Christine d'Abo

30 Tage für die Liebe

Zu diesem Buch:
Manche Menschen suchen ihr ganzes Leben lang nach ihrem Seelengefährten. Nicht so Alyssa Barrow. Sie traf ihre große Liebe mit neunzehn, und eigentlich sollten sie glücklich bis an ihr Lebensende sein – doch dann wurde Rob unheilbar krank … Vor seinem Tod musste sie ihm versprechen, sich nicht vom Leben abzuwenden, sondern nach einem neuen Glück – inklusive Leidenschaft – Ausschau zu halten. Dazu hinterließ er ihr dreißig erotische Karten mit Anweisungen und Vorschlägen für dreißig Tage Lust und Liebe sowie den Satz: *Du wirst es wissen, wenn die Zeit gekommen ist* … Jetzt, zwei Jahre später, scheint es so weit zu sein, denn Alyssa muss nur einen Blick auf ihren neuen Nachbarn Harrison Kemp werfen, um zu wissen, dass er derjenige ist, mit dem sie Robs Spiel spielen will. Und welcher Mann könnte bei diesem Angebot schon Nein sagen? Harrison jedenfalls nicht, und gemeinsam stürzen sie sich in ein sinnliches Abenteuer. Alyssa spürt, wie sie unter seinen Küssen und heißen Berührungen förmlich aufblüht. Doch was als leidenschaftliches Spiel beginnt, entwickelt sich bald zu tiefen Gefühlen füreinander, und Alyssa merkt, dass sie nicht nur bereit ist für Sex, sondern auch für eine neue Liebe. Nur stand davon nichts in den Karten!

Über die Autorin:
Christine d'Abo hat bereits über dreißig Liebesromane und Kurzgeschichten geschrieben und veröffentlicht. Wenn sie einmal nicht am Computer sitzt, treibt sie für ihr Leben gern Sport und verbringt viel Zeit mit ihrer Familie und ihren beiden Hunden. Weitere Informationen unter: www.christinedabo.com

Die Romane von Christine d'Abo bei LYX:

30 Tage für die Liebe

30 Nächte für die Liebe (*erscheint Dezember 2016*)

CHRISTINE D'ABO

30 Tage für die Liebe

Roman

Ins Deutsche übertragen
von Anita Nirschl

LYX
EGMONT

Die Originalausgabe erschien 2015 unter dem Titel
30 Days bei Kensington Publishing Corp., 119 West 40th Street,
New York, NY 10018.

Deutschsprachige Erstausgabe Mai 2016 bei LYX
verlegt durch EGMONT Verlagsgesellschaften mbH,
Gertrudenstraße 30–36, 50667 Köln

Published by Arrangement with
KENSINGTON PUBLISHING CORP., New York, USA
Dieses Werk wurde vermittelt durch die Literarische Agentur
Thomas Schlück GmbH, 30827 Garbsen.

1. Auflage
Redaktion: Anita Hirtreiter
Umschlaggestaltung & Umschlagillustration: © Guter Punkt
unter Verwendung eines Motivs von George Doyle / thinkstock
Satz: KCS GmbH, Stelle | www.schriftsetzerei.de
Printed in Germany (670421)
ISBN 978-3-7363-0145-0

www.egmont-lyx.de

MIX
Papier
FSC FSC® C083411

Für Mark. Mein Ein und Alles.

Teil 1

Das Angebot

1

Also, das Problem, mit nicht einmal fünfunddreißig Jahren schon Witwe zu sein, war, dass niemand wusste, wie er sich in meiner Gegenwart verhalten oder was er sagen sollte. Die Pärchen in meinem Freundeskreis luden mich zwar immer noch zu ihren Partys, Grillfesten und dergleichen ein, doch ich merkte, dass sie sich in meinem Beisein nicht wohlfühlten, denn die Unterhaltung driftete jedes Mal ab. *Oh, du siehst super aus! Ich habe dich nicht mehr gesehen, seit Rob … seit der Beerdigung. Hast du was mit deinen Haaren gemacht?*

Die wenigen Single-Freunde, die ich hatte, versuchten, mich in ihre Welt zu ziehen. Allerdings passte ich nicht ganz dazu. Während sie auf der Suche nach dem Richtigen durch die Bars und Clubs zogen, verglich ich jeden, den ich kennenlernte, automatisch mit Rob. Ich war nicht immer noch auf der Suche nach diesem einen besonderen Menschen – ich hatte ihn bereits gefunden und wieder verloren.

Eine Witwe zu sein ist nicht ganz dasselbe wie geschieden zu sein. Ich war in meiner Ehe ziemlich glücklich gewesen. Ich hatte regelmäßig Sex mit meinem fantastischen Mann gehabt. Danach sahen wir uns meistens ein Eishockeyspiel im Fernsehen an und aßen dabei im Bett kalte Pizza. Das war es, was ich immer gewollt hatte. Er war, was ich immer gewollt hatte.

Im Ernst, Scheißkrebs!

Also blieb ich immer mehr für mich. Das war eigentlich gar nicht schlimm. Ich war mit Rob zusammengekommen, als ich neunzehn war, und wir waren schon Freunde gewesen, lange bevor wir offiziell ein Paar wurden. Wir waren zusammen aufgewachsen, hatten dieselben Interessen, dieselben Ängste. Verdammt, ein Stichwort genügte, um uns zu verständigen, und wir hatten uns köstlich darüber amüsiert, wenn niemand sonst im Raum wusste, worüber zum Teufel wir da eigentlich redeten. Ihn nicht mehr an meiner Seite zu haben, zwang mich langsam wieder dazu, zu realisieren, dass ich nun allein war und kein Teil eines Paars.

Allein zu sein war … merkwürdig. Rob war seit knapp zwei Jahren tot, und immer noch ertappte ich mich in den ungewöhnlichsten Situationen dabei, dass ich mich umdrehte, um etwas zu ihm zu sagen. Obwohl das seit ein paar Monaten weniger oft vorzukommen begann. Ich kann nicht genau sagen, wie ich mich dabei fühlte. Schuldig? Oh mein Gott, ja! Aber ich wusste, es bedeutete, dass ich endlich anfing, darüber hinwegzukommen. Ich hatte niemandem etwas von diesem Sinneswandel erzählt. Stattdessen zog ich mich an diesen stillen Ort in meinem Kopf zurück, sprach weniger, beobachtete mehr. Es war anders. Ich schätze, ich war anders geworden, mehr aus Notwendigkeit heraus, als aus irgendeinem echten Verlangen nach Veränderung.

Wir hatten gewusst, dass seine Zeit zu Ende ging, und den letzten Monat seines Lebens dazu genutzt, einfach die Momente zu zweit zu genießen. Es war bei einem unserer zahlreichen Ausflüge an den Strand gewesen, als er mir *den Brief* überreichte.

»Was ist das?« Meine Finger waren feucht von der Gischt und klebrig von dem Eis, das ich gerade verputzt hatte.

»Wenn das so eine Art Abschiedsbrief sein soll, wo du mir Tipps gibst, wie ich ohne dich weiterleben soll, dann kann ich ihn nicht lesen.«

Das brachte ihn zum Grinsen. »Nein, er ist nicht kitschig oder so was. Aber ja, er ist für die Zeit, wenn ich nicht mehr da bin.«

»Rob …«

»Lyssa, hör mir zu. Es ist nicht, was du denkst, versprochen.« Er holte geräuschvoll Luft und blies die eingefallenen Wangen auf. »Mit wie vielen Männern hast du bisher eigentlich geschlafen?« Die Meeresbrise ließ sein Hemd flattern, und die Sonne brachte seine braunen Augen zum Funkeln. Wenn er noch Haare gehabt hätte, wären sie ihm aus der Stirn geweht worden. Wie gern hätte ich ihm noch ein einziges Mal durchs Haar gestrichen! »Und wenn du sagst, mit mehr als einem, dann werde ich nicht sauer sein, versprochen.«

»Jetzt komm schon! Du weißt genau, dass du der einzige Mann bist, mit dem ich je zusammen war.« Wir hatten nach unserer Hochzeit viel darüber gesprochen. Rob fühlte sich ein wenig schuldig, weil ich keine Gelegenheit gehabt hatte, mich auszutoben. Irgendwie glaubte er, ich würde mich wegen meiner mangelnden Erfahrung eines Tages langweilen oder es ihm irgendwann übel nehmen.

Der Idiot.

»Genau das meine ich.« Er nahm meine Hand und drückte mir den Umschlag erneut in die Handfläche. »Mach ihn erst auf, wenn du dazu bereit bist. Verdammt, vielleicht willst du ihn auch nie aufmachen. Es ist nur …« Er drückte meine Finger, doch zum ersten Mal seit langer Zeit konnte er mir nicht in die Augen sehen. »Ich weiß, du hast gesagt, dass du nicht glaubst, je mit einem anderen zusammen sein zu wollen.«

»Tu ich auch nicht.« Schon der bloße Gedanke machte mich krank.

»Baby, du solltest nicht allein bleiben. Du hast zu viel Licht und Liebe in dir. Ich kann mir nicht vorstellen, dass du ganz allein bist, niemanden hast, um die Freude, die du zu geben hast, mit ihm zu teilen. Nein. Ich kenne dich. Es wird eine Zeit kommen, in der du erkennst, dass du bereit für etwas Neues bist …«

»Nein.«

»… und ich weiß, dass du deswegen ein schlechtes Gewissen haben wirst. Du wirst deine Gefühle ignorieren, solange du kannst, und denken, dass du niemanden brauchst. Und dann wird etwas passieren. Du wirst jemanden sehen und insgeheim denken: *hübscher Arsch, Junge,* und das war's dann. Auch wenn du dir deswegen die Augen ausweinst, wird dir klar werden, dass du bereit bist.«

»Oh bitte! Ich würde nicht weinen.« Weil es nicht passieren würde. Niemals. »Nicht wegen einem hübschen Arsch.«

Er kicherte, und endlich sah er mir in die Augen. »Du wirst bestimmt weinen. Aber dann wirst du dich an diese Unterhaltung erinnern und wissen, dass ich recht hatte. Also sage ich jetzt schon: *Hab ich's dir doch gesagt.* Und wenn es dann so weit ist, will ich, dass du diesen Brief nimmst und ihn aufmachst.«

»Rob …«

»Es geht darin um Sex.«

Mit offenem Mund starrte ich ihn an. »Was?«

»Nur ein paar Ideen in Sachen Sex, die ich für dich hatte, wenn ich nicht mehr da bin. Um wieder in den Sattel zu steigen. Den Cowboy zu reiten. So was in der Art.«

Ich war noch nicht bereit, mir vorzustellen, dass er nicht

mehr da sein würde, geschweige denn mit irgendeinem anderen Sex zu haben. »Ich will nicht mehr darüber reden. Im Ernst, halt die Klappe oder ich hau dir eine rein!«

»Okay.«

Doch er ließ mich den Brief nicht vergessen. Immer wieder versuchte er, mit mir darüber zu reden, aber jedes Mal blockte ich ab. Als ich den Umschlag zwischen einem Stapel Dokumente im Schrank versteckte, fand er seinen Weg zurück auf meine Kommode. In der Schachtel im Keller mit Papieren, die älter waren als ich? Tauchte er wie von Zauberhand auf meinem Schreibtisch auf. In der Recyclingtonne? Wieder auf der Küchenzeile. Ich hätte dieses Spiel noch weiterspielen können, doch dann ging es Rob schlechter, und der Brief und was darin geschrieben stand, war das Letzte, woran ich dachte.

Der Krebs siegte.

Und ich war plötzlich allein.

Es war eigentlich nicht so schlimm, wie ich zuerst angenommen hatte. Fast das ganze erste Jahr lang dachte ich ständig an Rob und vermisste ihn schrecklich. Ich funktionierte, arbeitete, ging aus, doch ich machte alles nur wie auf Autopilot. Ich weinte mehr Tränen, als ich je für möglich gehalten hatte. Meine Brust schmerzte und mein Magen rumorte. Wenn ich mich nicht krank fühlte, dann gingen mir tausend Gedanken durch den Kopf. Ich konnte nicht einmal so tun, als wäre ich in der Lage, mich zu konzentrieren, aber meine Freunde und Arbeitskollegen sprachen mich nie auf meine Zerstreutheit an.

Dann tauchte ich allmählich aus der Versenkung auf und fing wieder an zu leben. Ich vermisste Rob noch immer und dachte täglich an ihn, aber die Enge in meiner Brust ließ nach. Das war der Moment, in dem die Schuldgefühle einsetzten. Wenigstens hatte er mir schon prophezeit, dass es so kommen würde.

Ich hörte eine Zeit lang auf, unsere Freunde zu besuchen. Sie hatten sich daran gewöhnt, mich in der Einzahl als Alyssa zu sehen, nicht in der Mehrzahl als Rob und Alyssa, und diese Ungezwungenheit machte mich wütend darauf, dass sie immer noch Paare waren. Ihnen war ihr Leben nicht ohne Erlaubnis zerstört und entrissen worden. Sie lachten, waren fröhlich, während ich sie die ganze Zeit über nur anschreien wollte.

Also ging ich auf Abstand.

Das half. Ich konnte wieder zur Ruhe kommen, weinen, auf irgendwelche Sachen einschlagen, und allmählich arrangierte ich mich mit meiner Situation. Ich konnte wieder auf die Öffentlichkeit losgelassen werden und stellte keine Gefahr mehr für glückliche Paare dar.

Etwas, das mir bei der ganzen Sache half, war, meine Gewohnheiten zu ändern. Ich stellte alle Möbel in unserer Eigentumswohnung um, strich die Wände, hängte sogar ein paar neue Bilder auf. Rob hätte sie gehasst. Ich war selber nicht sonderlich begeistert, doch sie erfüllten ihren Zweck. Ich fing an, in ein neues Café einen halben Block weiter entfernt zu gehen. Auf dem Weg dorthin sah ich neue Leute, lächelte über einen Straßenkünstler, der immer dieselben drei Lieder auf seiner Gitarre spielte, musste einem neuen Barista namens Len beibringen, wie ich meinen Kaffee mochte. Alles bestens.

Im Juni hatte ich das Schlimmste überstanden. Es hatte beinahe zwei Jahre gedauert, doch nun wusste ich, dass es mir gut gehen würde.

Das war der Moment, als es passierte.

Ein neuer Typ zog in den Wohnkomplex ein.

Das Gebäude war früher mal eine Schule gewesen, jede Wohnung bestand aus drei umgebauten Klassenzimmern. Rob hatte es toll gefunden, dass wir einen funktionierenden Trinkwasserbrunnen draußen direkt neben unserer Eingangstür hatten. Zum Spaß hatten wir die Wohnungen nach Studienfächern benannt. Wir waren Englisch, wegen der schieren Unmenge von Büchern, die wir besaßen. Mr und Mrs Le Page waren Französisch, die Familie Chin war Hauswirtschaft und so weiter und so fort. Der Neue war in Touristik eingezogen. Seine Wohnung war im Besitz einer Firma, die dort ihre Außendienstmitarbeiter für einen längeren Zeitraum unterbrachte. Sie lag gleich den Flur entlang gegenüber von unserer Wohnung.

Nein, meiner Wohnung.

Und er hatte einen hübschen Arsch.

Ich wusste das, weil das Erste, was ich von ihm sah, seine Rückansicht war, als er gerade gebückt einen großen Umzugskarton durch seine Eingangstür schob. Seine Jeans spannte sich straff, während er sich mit langen Beinen gegen die schwere Last stemmte. Ich wusste nicht, wie lange ich dort gestanden hatte, ohne meine Tür aufzuschließen. Er musste meinen Blick auf sich gespürt haben, denn er schaute über seine Schulter und lächelte.

Ich erschauderte. Sogar auf die Entfernung spürte ich die Intensität seines Blicks.

Dann hörte ich Robs Lachen in meinem Kopf, dieses leise Glucksen, wenn er wusste, dass er eine Auseinandersetzung für sich entschieden hatte. Ich musste zusehen, dass ich in meine Wohnung kam, bevor ich mich noch mehr zum Trottel machte. Also winkte ich dem Kerl kurz zu und beeilte mich, den Schlüssel ins Schloss zu fummeln. Ich wusste, dass er mich beobachtete, was das Ganze zu einer regelrechten Herausforderung machte. *Klick, wusch, peng,* und ich war endlich drin und in Sicherheit. Aufatmend lehnte ich die Stirn an die Tür und sann kurz darüber nach, wie hoch wohl meine Wahrscheinlichkeit stand, vor Scham tot umzufallen. In Anbetracht meines gegenwärtigen Zustands würde ich schätzen, vierzig Prozent.

Der Typ hatte einen wirklich hübschen Hintern.

Das war der Moment, in dem ich mich an meine Unterhaltung mit Rob am Strand und seinen Brief erinnerte. Ich fühlte mich schuldig, doch dieses Schuldgefühl war nicht annähernd so stark, wie es einmal gewesen war. Entschlossen stieß ich mich von der Tür ab und ging langsam ins Schlafzimmer. Der Umschlag war in meiner Unterwäscheschublade, tief unter meinen BHs und Höschen vergraben – was Rob sicher gefallen hätte. Ich hatte schon eine ganze Weile nicht mehr an ihn gedacht, aber anstatt bei der Aussicht, ihn zu öffnen, traurig zu werden, verspürte ich ein seltsames erwartungsvolles Kribbeln.

Den Brief in Händen setzte ich mich auf den Bettrand. Auf dem Umschlag waren immer noch die Flecken meiner eisverschmierten Finger. Schokolade-Karamell. Ich strich mit dem Daumen darüber.

Nichts sonst zierte die Vorderseite des Umschlags, keinerlei Anzeichen auf seinen möglichen Inhalt. Ich schnaubte kurz, dann leckte ich mir nervös über die Lippen und schob schließlich den Finger unter den Rand, um das Papier aufzureißen.

Im Innern des Umschlags verbarg sich ein einzelnes Blatt

Papier, das um einen Stapel Karteikarten gewickelt war. Den Karten schenkte ich vorerst keine Beachtung, sondern faltete den Brief auseinander. Es dauerte einen Moment, bis ich ihn lesen konnte. Das hier war etwas Neues von Rob, und mein Herz brach noch etwas mehr. Unsichtbare Finger schnürten mir die Brust zu.

Alyssa,

ich liebe Dich. Und ich weiß, Du liebst mich. Ich bin froh, dass Du bereit bist, Dein Leben weiterzuleben und wieder ein wenig Spaß zu haben. Aber ich kenne Dich auch gut genug, um zu wissen, dass Du Dich nur zaghaft ein wenig vorwagen und dann wieder zurückziehen wirst. Tu das nicht. Und um Gottes willen, geh auch nicht sofort wieder eine ernste Beziehung ein! Ich war immer der Meinung, dass Du Dir nicht genug Zeit genommen hast herauszufinden, wer Du als Mensch bist, bevor aus uns ein Paar wurde. Wir haben uns Hals über Kopf in eine Beziehung gestürzt, und zu unserem Glück hat sie funktioniert, und es war fantastisch.

Du hast immer gesagt, Du hast es nie bereut, so jung mit mir zusammengekommen zu sein, aber Du warst auch nie mit einem anderen aus. Du hast mit keinem anderen geschlafen. Ich habe Dir die Chance auf diese Erfahrung genommen, und es tat mir immer leid, dass Du nie die Gelegenheit hattest, Dich auszuprobieren. Ich möchte Dir meine Erlaubnis geben, loszuziehen und zu experimentieren. Spaß zu haben. Rumzumachen und Dich nicht im Geringsten deswegen schuldig zu fühlen.

Außerdem dachte ich, dass ich Dir ein paar Vorschläge anbieten könnte, wie Du am besten damit anfängst.

Tu mir den Gefallen, okay?

Ich hatte in letzter Zeit ziemlich viel Zeit. Wenn Du nicht da warst, habe ich mich mit diesem kleinen Projekt beschäftigt. Ich nenne es Alyssas 30 Tage für die Liebe. *Bitte hab nicht an dreißig Tagen hintereinander Sex, denn dann wäre ich eifersüchtig. Eigentlich nicht wirklich. Wenn Du kannst, nur zu! Aber im Ernst, ich wäre eifersüchtig.*

Jedenfalls, selbst wenn Du diese Karten nicht benutzt, hat es mir eine Menge Spaß gemacht, mir auszumalen, wie Du sie nachspielst. Du wirst sie lesen und Dir denken: Oh mein Gott, das sind ja totale Männerfantasien! Schon okay. Das sind sie auch. Ändere sie ruhig ab, wenn Du willst.

Sogar wenn Du nicht bei mir warst, hast Du mich glücklich gemacht. Jetzt höre ich aber auf, bevor ich noch sentimental werde. Geh und lass Dich flachlegen und genieß den versauten Sex!

Ich liebe Dich, Baby.

Rob

Ich musste lachen. Das war so typisch Rob. Ich konnte mir bildlich vorstellen, wie er sich Ideen für seine Karten ausdachte, während er seine Chemo bekam. Wenn ich so darüber nachdachte, erklärte das die meisten Pop-ups, die ich nach seinem Tod von seinem Laptop hatte löschen müssen.

Sexkarten. Er hatte mir verdammte Sexkarten geschrieben! Ich verliebte mich auf der Stelle neu in ihn. Mein bester Freund und Geliebter gab mir aus dem Grab heraus Ratschläge, wie ich etwas mit anderen Männern anfangen sollte. Der Gedanke war eine Mischung aus schräg und süß, die perfekte Beschreibung für ihn.

Mit zitternden Fingern blätterte ich die Karten durch. Tränen traten mir in die Augen, aber ich konnte nicht aufhören zu kichern. Wäre er noch hier gewesen, hätte ich ihn dafür, dass er mich dermaßen durcheinanderbrachte, in den Arm geboxt. Immer noch lachend überflog ich den Kartenstapel weiter. Bei einigen davon erwartete er doch wohl nicht im Ernst, dass ich das machte? Einen Dreier. Sex in der Öffentlichkeit. Fesselspiele. Sex mit einem Vibrator in meinem Hintern.

Das klang ehrlich gesagt interessant.

Schließlich kehrte ich zur ersten Karte zurück und betrachtete sie eingehend. Oben auf jede Karte hatte er in Druckbuchstaben *30 Tage für die Liebe* geschrieben, und direkt darunter den Tag, den sie repräsentierte. Diese hatte *Eins* oben stehen und nur ein einziges Wort in seiner unordentlichen Handschrift in der Mitte der Karte. Obwohl es die einfachste Aufgabe zu sein schien, hatte ich leichte Bedenken, mit diesem verrückten Spiel anzufangen.

Masturbiere.

Das war etwas, worauf ich schon so lange verzichtet hatte, dass ich mich fragte, ob mein Körper überhaupt noch wusste, wie es ging.

Draußen dämmerte es, und bald wäre es Zeit zum Schlafengehen. Erinnerungen an Rob und der hübsche Arsch des Neuen schwirrten in meinem Kopf herum. Meine Brustwarzen wurden empfindlich und rieben am Stoff meines BHs, als ich mich auf der Matratze zurücklegte.

Eigentlich war es doch halb so wild. Es war nicht einmal richtiger Sex. Nicht wirklich.

Masturbiere. Das konnte ich. Auf jeden Fall.

Bei einigen der anderen Karten allerdings hatte Rob meine Abenteuerlust womöglich ein wenig überschätzt. Aber wenigstens diese eine Sache hier konnte ich tun. Ich nahm die

Tag-eins-Karte, legte die anderen auf meinen Nachttisch und ging hinaus in die Küche, um mir etwas zu essen zu machen.

Es war nur eine einzige Sache. Ich brauchte nicht alles zu tun, was auf diesen Karten stand. Verdammt, und wenn ich je auch nur diese eine Sache machte, wäre es schon eine Veränderung zum Positiven.

Früher hatte ich Sex geliebt. Wir hatten einander genossen, erforscht und Spaß miteinander gehabt, wann immer wir konnten. Für Kinder waren wir noch nicht bereit gewesen, was uns jedoch nicht davon abhielt, bei jeder Gelegenheit zu üben. Je mehr ich darüber nachdachte, desto mehr erkannte ich, dass es mir fehlte. Ich war es leid, mich leer und allein zu fühlen.

Ich konnte das hier tun.

Also ließ ich das Geschirr auf dem Tisch stehen, nahm die Karte und ging ins Badezimmer. Wenn ich dieser Sache ernsthaft eine Chance geben wollte, dann würde ich es auch richtig machen. Und das bedeutete, ich müsste mich darauf vorbereiten.

Wasser strömte über meinen Körper, was meine Finger leicht über meine Haut gleiten ließ. Ich nahm mir Zeit und benutzte einen Waschlappen anstelle meines üblichen Luffa-Schwamms. Die Dusche war nie ein Ort gewesen, an dem ich mich selbst befriedigt hatte, aber ich wusste, wenn das hier funktionieren sollte, wenn ich Robs Karten ernst nehmen wollte, dann musste ich wie bei allem anderen in meinem Leben meine Gewohnheiten ändern.

Also kein Entspannen im Bett, wo wir einst so viel Spaß gehabt hatten.

Nachdem ich mich schnell abgebraust hatte, hängte ich

den Waschlappen an den Haken und wusch als Nächstes mein Haar. Ich hatte schon immer eine Schwäche dafür, am Kopf berührt zu werden, für Finger, die über meine Kopfhaut fuhren. Früher hatte manchmal schon ein Friseurbesuch ausgereicht, um mich so anzutörnen, dass ich mich auf Rob stürzte, sobald ich zur Tür hereinkam. Anders als sonst während der ganzen letzten zwei Jahre nahm ich mir diesmal Zeit und ließ meine Fingernägel über meine Haut wandern, bis ich erschauderte.

Shampoobläschen glitten an meinem Hals hinunter und fielen auf meine Brust. Ich verstrich den Schaum über meinen Brüsten, deren Warzen bereits hart waren, als ich sie berührte. Einen Moment lang war nichts von dem lustvollen Kribbeln zu spüren, das sich sonst immer eingestellt hatte, wenn ich mich berührte. Wieder streichelte ich die Spitze und kniff und rollte die empfindsame Haut zwischen Daumen und Zeigefinger.

Es war schwer, mein Gehirn auszuschalten und einfach nur zu fühlen. Entschlossen schob ich das, was ich empfand, die Einsamkeit, einfach alles beiseite und erlaubte meinem Körper, die Führung zu übernehmen. Ich fuhr mit dem Fingernagel über meinen Nippel und schnippte zweimal hart dagegen.

Ein Keuchen entschlüpfte mir, bevor ich es überhaupt bemerkte. Zum ersten Mal seit einer Ewigkeit war ich erregt. Ich hatte mir viel zu lange nicht erlaubt, irgendetwas anderes als Wut und Trauer zu spüren. Es war, als hätte ich ein Fenster aufgestoßen und eine kräftige Brise wehte herein.

Ich hasste es, wenn Rob recht hatte.

Ich drehte mich um, spülte das Shampoo aus meinem Haar und massierte die Spülung ein. Die glitschige Flüssigkeit war perfekt für das, was ich vorhatte. Mit dem Rücken zum Wasserstrahl legte ich die Finger auf meine Klitoris, umkreiste das anschwellende Fleisch und versuchte, mich zu entspannen und mich meiner Erregung hinzugeben.

Es fühlte sich gut an.

Mit der anderen Hand stützte ich mich an die Wand und schloss die Augen. Wassertropfen spritzten auf mich, doch ich ignorierte sie. Meine Welt konzentrierte sich auf die Stelle zwischen meinen Schenkeln, die Stelle, wo nur Rob gewesen war, und auf mein wachsendes Bedürfnis, etwas Lustvolles zu empfinden. Ich wählte einen einfachen Rhythmus, etwas, das mich bisher stets zum gewünschten Ziel gebracht hatte. Eine Weile funktionierte es. Mein Atem wurde schwerer, und ich begann zu zittern. Ich verstärkte den Druck und riskierte es sogar, die Finger in meinen schlüpfrigen Tunnel gleiten zu lassen, während ich mich daran erinnerte, wie es gewesen war, wenn Rob in mich stieß.

Kaum tauchte sein Gesicht in meinem Kopf auf, verflog die Erregung, die ich gespürt hatte. Eben hatte ich noch den Gipfel in Richtung Orgasmusland erklommen, und im nächsten Moment stürzte ich hinab in die Realität.

»Scheiße.« Ich lehnte mich mit der Stirn an die Wand. Das war ja nicht gerade ein befriedigendes Ergebnis.

Der Gedanke brachte mich zum Kichern. Dann fing ich an zu weinen.

Okay, vielleicht war ich noch nicht ganz bereit für das hier. Ich wusch die Spülung aus meinem Haar und stellte das Wasser ab. Das Handtuch hüllte mich warm und trocken ein und spendete mir Trost für mein Versagen.

2

Nikki schlug vor, am nächsten Samstagmorgen gemeinsam auf den Bauernmarkt zu gehen. Die Sommerluft war trotz der frühen Uhrzeit bereits so warm, dass ich mein Haar zu einem Dutt hochstecken musste. Ich liebte meine Schwester aus unzähligen Gründen, aber gerade jetzt hätte ich sie für ihre Fähigkeit, mich zum Lachen zu bringen, umarmen können.

»Oh mein Gott, schau dir das an!« Sie nahm eine Gurke von der Größe eines Arms und fing an, damit herumzuwedeln. »Damit könnte man einen umbringen. Oder eine sehr vergnügliche Nacht verbringen.« Sie drehte sich zu dem Verkäufer um und bezahlte. »Das Baby hier gehört mir. Hallo, mein Liebling! Ich werde dich mit nach Hause nehmen und ganz lieb zu dir sein.« Sie küsste die Gurke auf die Spitze.

»Du bist so was von versaut!« Die Vorstellung, dass meine Schwester es mit einer Gurke trieb, erinnerte mich wieder an mein eigenes Dilemma. Allerdings würde ich nicht ihrem Beispiel folgen und mir ein Date vom Gemüsestand kaufen.

»Was ist los?« Sie rempelte leicht meinen Arm an, während wir durch die sich lichtende Menge spazierten. »Gerade hast du noch breit gelächelt und jetzt nicht mehr. Ich will, dass meine kleine Schwester glücklich ist.«

»Ich bin glücklich.« Nein, war ich nicht.

»Nein, bist du nicht. Versuch nicht, mich zu verarschen. Ich bin Diplom-Psychologin und merke es, wenn Leute mir nicht die Wahrheit sagen.« Das war der Nachteil, eine Seelenklempnerin zur Schwester zu haben – sie wusste sofort, wenn etwas mit mir nicht stimmte.

Nikki hakte sich bei mir unter und zog mich zu einem Kaffeestand. Sobald ich mit einem großen schwarzen Kaffee versorgt war, suchten wir uns einen freien Tisch, um uns zu setzen. Nikki tätschelte meine Hand, bevor sie die Hälfte ihres Getränks in großen Schlucken in sich hineinkippte.

»Ich weiß echt nicht, wie du das trinken kannst, solange es noch so heiß ist.«

»Ich bin eben ein Freak.« Sie grinste. »Und du versuchst, vom Thema abzulenken. Also, was ist los?«

Meine Familie gab sich Mühe, das Thema Rob mir gegenüber nicht mehr anzuschneiden. Sie redeten mit mir über ihn, wenn ich von selbst die Sprache darauf brachte, aber das war's auch schon. Ich wusste nicht, ob das daran lag, dass sie mich nicht aufregen wollten, oder ob sie einfach nicht wussten, was sie sagen sollten.

»Es ist ein bisschen seltsam.« Ich hatte mir angewöhnt, Robs letzten Brief mit mir herumzutragen, seit ich den Umschlag geöffnet hatte. Obwohl ich nicht mehr in Tränen ausbrach, fühlte ich mich immer noch ein bisschen verloren. Robs Worte so nah bei mir zu haben, machte alles irgendwie ein bisschen leichter. Nikki sagte nichts, als ich den Brief aus meiner Handtasche holte und ihn über den Tisch schob. »Der ist von Rob.«

Ihre Augen weiteten sich. »Und du hast ihn jetzt erst gefunden?«

»Eigentlich nicht. Er hatte mir schon davon erzählt … Am Strand. Er sagte, er ist für die Zeit, in der ich glaube, bereit für etwas Neues zu sein.«

Nikki hatte Rob wie einen kleinen Bruder geliebt, obwohl sie nur zwei Jahre älter als er gewesen war. Wir kannten ihn schon so lange, dass wir ihn damit aufgezogen hatten, er solle meinen Nachnamen Wood annehmen anstatt ich seinen Nachnamen Barrow. »Und, bist du's? Bereit für etwas Neues?«

Sie klang skeptisch, was nicht wirklich überraschend war. Nikki hatte einmal erklärt, Rob und ich gäben ihr Hoffnung, eines Tages ebenfalls ihren Seelenverwandten zu finden. Im Augenblick war sie auf der Jagd nach Ehemann Nummer vier.

»Ich werde ihn nie vergessen. Und nein, ich bin nicht sicher, ob ich mich wieder auf die Suche machen will. Aber in dem Brief geht es nicht so sehr um Verabredungen, sondern vielmehr um Sex.«

Nikki zog die Augenbrauen hoch und nahm das Blatt Papier zögernd in die Hand. »Soll ich ihn lesen?«

»Würde ich ihn dir geben, wenn du es nicht solltest?«

»Und ob du das würdest, du Perverse. Oh mein Gott, er hat dir Sexkarten gegeben!«

Bei dem entsetzten Ausdruck auf ihrem Gesicht musste ich laut losprusten. »Du weißt, dass ich schon Sex hatte, oder? Oft.«

»Igitt, hör bloß auf!« Vorsichtig legte sie den Brief wieder auf den Tisch. »Kann ich mich trauen zu fragen, was auf den Karten draufstand?«

»Nur, wenn du fürs Leben gezeichnet werden willst.« Es war gut, so darüber reden zu können, ohne mit den Tränen kämpfen zu müssen. »Ich werde nicht gleich wieder anfangen, mich zu verabreden, aber …«

»Aber …«, Nikki drückte noch einmal meine Hand, »… du bist bereit für neue Erfahrungen. Er hat recht, weißt du. Du solltest wieder rausgehen und Spaß haben. Bei Sex muss es nicht um Liebe gehen. Es kann darum gehen, etwas spüren zu wollen. Berührt zu werden. All diese Glückshormone durch dein Hirn schießen zu lassen, damit du nicht durchdrehst und jemanden umbringst.«

»Ist bei dir wohl auch schon eine Weile her?« Ich grinste sie an, als sie mir die Zunge herausstreckte. »Ich weiß ja, dass du recht hast, und Rob auch. Ich werde nur einfach die Angst nicht los, dass ich es beim Sex nicht draufhabe. Was ihm gefiel, wusste ich. Und er kannte meinen Körper und was mich anmacht. Das haben wir durch gemeinsames Herumprobieren herausgefunden. Ich kann mir nicht vorstellen, das alles mit einem anderen noch mal neu herauszufinden.«

Das war der Knackpunkt meines Problems. Vielleicht läge die Sache anders, wenn ich vorher schon Verabredungen gehabt hätte, mit einem anderen intim gewesen wäre, aber so war es nicht gelaufen. Mein Leben war auf den Kopf gestellt worden. Ich konnte mich entweder weiter in Erinnerungen an die Vergangenheit verlieren und allein bleiben, oder ich konnte tun, was Rob von mir wollte, und offen für neue Erfahrungen sein.

Sosehr ich ihm auch treu bleiben wollte, war ich doch einsam.

»Weißt du was? Ich finde, du solltest es tun.« Nikki lehnte sich zurück und ließ den Blick über die vorbeiziehende Menge schweifen. »Ich meine, du und Rob habt perfekt zusammengepasst. Aber er hat schon auch recht damit, dass du dich nicht sofort wieder in eine Beziehung stürzen solltest. Wir könnten ein bisschen Spaß haben, durch die Bars ziehen, auf eine Single-Kreuzfahrt gehen, irgendwas, damit du wieder unter die Leute kommst und ein paar heißen Typen begegnest. Ich würde mir an deiner Stelle keine Sorgen darüber machen, dass du gar nicht weißt, was sie im Bett wollen. Die meisten werden es dir nur allzu gern sagen.«

Rob hatte das nicht getan. Er war während unserer ganzen Ehe beim Sex überraschend schweigsam gewesen. »Seine erste Karte war etwas Einfaches, aber ich war nicht einmal fähig, das zu tun.«

»Was stand denn drauf?«

Scheiße, ich wollte diese Unterhaltung wirklich nicht in der Öffentlichkeit führen. Ich holte tief Luft und ignorierte mein wachsendes Unbehagen. »Er hat mir gesagt, ich soll masturbieren.«

Nikki blinzelte ein paarmal. »Du meinst, das hast du bisher nicht getan?«

»Nein. Sex stand in letzter Zeit nicht gerade ganz oben auf meiner Liste.«

»Ich weiß, aber … Im Ernst jetzt?«

Ich verdrehte die Augen. »Ich weiß, es ist schwer zu glauben, aber normalerweise habe ich nicht ständig Sex im Kopf.« Die Antidepressiva, die ich nach Robs Tod genommen hatte, waren dabei auch keine Hilfe gewesen. Dass ich sie inzwischen nicht mehr nahm, machte die Vorstellung von Sex wenigstens ein bisschen reizvoller.

»Scheiße.« Sie schüttelte den Kopf. »Ich wäre durchgedreht.« Sie schob die Tüte mit der riesigen Gurke zu mir rüber. »Die brauchst du eindeutig dringender als ich.«

»Spinnst du? Die benutze ich ganz sicher nicht.« Na ja, vielleicht um einen leckeren Gurkensalat zu machen, aber das wäre auch schon alles.

»Hast du denn etwas, das du benutzen kannst? Einen anständigen Vibrator und Pornos?«

Ich wusste, dass ich puterrot im Gesicht war. Bei der geringsten Gelegenheit rot anzulaufen war etwas, das ich an mir hasste. »Ich habe da was in meinem Nachtkästchen. Denke ich.«

Grinsend beugte Nikki sich dicht zu mir vor. »Wir sollten in den Sexshop gehen. Selbst wenn du was hast, geht es hier schließlich um Neuanfänge. Du brauchst ein paar neue Spielsachen. Welche, die nur für dich sind. Und Gleitgel. Und noch so einiges.« Sie stand auf und nahm ihre Sachen. »Na, komm!«

»Nein.«

»Los, Alyssa.«

»Nein.«

»Hör auf deine Schwester. Du brauchst das.«

»Ich werde nicht …«

»Doch, das wirst du.« Ich war auf den Füßen, bevor ich wusste, wie mir geschah. Nikki zog mich hinter sich her und hielt nur lange genug an, um ein Paar mit einem kleinen Kind anzusprechen. »Brauchen Sie einen Tisch? Wir sind hier fertig.«

»Ich hasse dich.« Tat ich nicht. Tatsächlich bekam ich endlich das Gefühl, dass ich die Sache in den Griff bekommen könnte. Dass ich mit Nikkis Hilfe in der Lage sein würde, den ersten Schritt in mein neues Leben zu wagen.

Offensichtlich hielt meine Zukunft eine Menge Vibratoren für mich bereit.

Aber keine Gurken!

3

Ich würde ja gern behaupten, mich im Sexshop bewundernswert geschlagen zu haben, aber das wäre gelogen. Mein Gesicht war puterrot, als ich unbeholfen die Verpackungen in den Regalen und den Wühltischen studierte.

Wann immer Rob und ich in der Vergangenheit etwas gebraucht hatten, war er es gewesen, der in den Laden gegangen war. Allein. Ich hatte mich immer zu sehr geschämt, mit ihm hineinzugehen. Nun, nicht nur das. Ich hatte mir auch Sorgen gemacht, dort jemandem über den Weg zu laufen, den ich kannte. Wie sollte man einem Arbeitskollegen erklären, warum man sich gerade einen Butt-Plug anschaut? Oder einen Umschnalldildo? Nicht, dass wir eins von beiden je benutzt hätten, aber schon die bloße Vorstellung, diese Unterhaltung zu führen, reichte, um mich abzuschrecken.

Doch nun besaß ich nicht mehr den Luxus, jemand anders das Kaufen erledigen zu lassen.

Nikki lachte mich die ganze Zeit über aus und fand geradezu perverses Vergnügen daran, mir Silikondildos unter die Nase zu halten. Sie war schon immer selbstsicherer als ich gewesen, sogar schon als kleines Kind. Das war eine ihrer nervigeren Eigenschaften.

Nikki drückte mir einen gewaltigen Penis in die Hand, der so groß war, dass er unmöglich in einen menschlichen Körper passen konnte. »Ich glaube, ich habe gefunden, was du brauchst.«

In dem Moment bog ein älterer Mann um die Ecke in unseren Gang. Einen klitzekleinen Moment lang hatten wir Augenkontakt, bevor sein Blick auf das fiel, was ich in der Hand hielt. Dann grinste er.

Schnell ließ ich das Ding fallen und drehte mich zu dem Regal hinter mir um. Vibratoren. *Ja, der hier sieht doch gut aus.* Die Verpackung versprach irgendwelche Aufsätze und *neue multidirektionale Vibrations-Action.* Klar, warum nicht? Ich drehte mich um und rannte damit zur Kasse. Lachend kam Nikki hinter mir her. »Du bist so ein feiges Huhn!«

»Ach, halt die Klappe!«

»Der taugt wahrscheinlich nicht mal was.«

Das Letzte, was ich im Moment gebrauchen konnte, war eine Lektion in Sachen Dildos von meiner Schwester. »Der ist völlig in Ordnung.« Ich hielt nicht an, bis ich die Kasse erreicht hatte.

»Wäre das alles?« Die Kassiererin war ein junges Mädchen, das aussah, als wäre es noch gar nicht alt genug, um hier zu arbeiten. Ihr braunes Haar war zu einem strengen Dutt frisiert und ihr Make-up makellos. Sie lächelte, als sie den Vibrator einscannte, als wäre das hier nicht der allerpeinlichste Kauf, den ich je getätigt hatte. »Haben Sie schon unsere Kundenkarte?«

»Ja und nein.« Ich wäre am liebsten gestorben.

Nikki ließ einen Haufen Zeug auf die Theke fallen. »Das alles nimmt sie auch noch. Oh, und den hier auch.« Eine DVD landete oben auf dem Haufen. »Ist ein guter Film.«

Das Mädchen nahm ihn, und ihre Augen weiteten sich. »Oh, den finde ich auch toll. Ist ein bisschen billig produziert, aber der Sex war großartig.«

Nikki gab einen äußerst seltsamen Laut von sich, den ich

nur als Schnurren beschreiben konnte. »Der Pirat! Mit diesen Aufsätzen anstelle des Hakens …«

»Ja, der ist verdammt heiß.« Das Mädchen schnalzte mit der Zunge. »Der wird Ihnen gefallen.«

Tja, ich war tatsächlich gestorben und in der Hölle gelandet. »Danke.« Finster funkelte ich Nikki an, die nur unbeeindruckt zurücklächelte. »Das wäre alles.«

Ich hielt den Blick gesenkt, während ich der Kassiererin meine Kreditkarte reichte, und starrte auf die Tube mit prickelndem Gleitgel. Ich bezweifelte, dass ich irgendetwas von dem Zeug würde umtauschen können, deshalb betete ich, dass Nikki mich nicht aufs Kreuz gelegt hatte. Sprichwörtlich gesehen.

Nun, nachdem ich die Widrigkeiten des Sexshops überlebt hatte, stand ich schon wieder vor der gewaltigen Herausforderung, eine Tür öffnen zu müssen. Irgendwann würde ich diese grundlegende Fähigkeit hoffentlich wieder neu lernen. Während ich angestrengt auf der Suche nach dem Hausschlüssel in meiner Handtasche wühlte, eine Tüte voll Sexspielzeug unter den Arm geklemmt, zählte ich die Minuten, bis ich mich endlich ins Bett legen und ein Nickerchen machen konnte.

»Hey, soll ich dir das abnehmen?«

Beim Klang der eindeutig männlichen Stimme hinter mir fuhr ich erschrocken zusammen und ließ die Schlüssel fallen. Als ich mich umdrehte, fand ich mich von Angesicht zu Angesicht mit Mr Knackarsch wieder. Tags zuvor hatte ich nur einen kurzen Blick auf ihn erhascht, doch jetzt bot sich mir ungehinderte Sicht auf seine körperliche Vollkommenheit. Groß, mit der Statur eines Läufers, gefühlvollen braunen Augen und ordentlich geschnittenem schwarzem Haar. Als er näher kam, umfingen mich der Duft seines Aftershaves und ein Hauch von Kaffee. Ein brennender Stich des Verlangens fuhr mir in den Bauch, der auch meiner unteren Region nicht entging. Er war unschwer einer der attraktivsten Männer, denen ich im Leben so nahegekommen war.

Gott, machte mich das zu einer schlechten Ehefrau? Sorry, Rob.

»Ich wollte dich nicht erschrecken.« Er bückte sich und hob meine Schlüssel auf. »Ich habe dich letztens gesehen, als ich eingezogen bin, und wollte kurz Hallo sagen. Ich hatte noch keine Gelegenheit, einen meiner Nachbarn kennenzulernen.«

»Keine Sorge. Ich bin nur … Ich hatte einen komischen Tag.« Ich rückte die Tüte unter meinem Arm zurecht und betete, dass er das Logo des Sexshops nicht bemerkte. »Ich bin Alyssa Barrow.«

»Harrison Kemp.« Er grinste. »Meine Mom war Star-Wars-Fan.«

»Schön.« Ich drehte mich um und schaffte es, den richtigen Schlüssel zu finden und ins Schloss zu stecken, was jedoch nicht dazu beitrug, die Anspannung in meinem Körper zu lindern. Es war schwierig, tief durchzuatmen, ohne sich seiner Nähe deutlich bewusst zu sein. »Wie gefällt dir deine neue Wohnung? Hast du dich schon eingelebt?«

Im Haus war die Luft deutlich kühler als draußen, und mein T-Shirt und der Spitzen-BH trugen nur wenig dazu bei, meine nun steifen Brustwarzen zu verbergen. Na toll, ich könnte die vorwitzigen Dinger zwar mit meiner Tüte verdecken, aber dann würde ich meine Einkäufe zur Schau stellen. Oder ich könnte einfach nichts unternehmen und die Mädels ihre Anwesenheit kundtun lassen.

Ach, zum Teufel damit! Ich beschloss, mir ein Beispiel an

Nikki zu nehmen und mich nicht darum zu kümmern, was Harrison denken mochte, ganz gleich, wie unwohl ich mich dabei fühlte.

»Es stehen immer noch überall Umzugskartons rum. Im Auspacken bin ich echt mies, das ist mir schon vor langer Zeit klar geworden. Mit ein bisschen Glück habe ich genau dann alles dort, wo es hingehört, wenn mein Vertrag für dieses Vertriebsgebiet ausläuft und ich wieder umziehen muss.« Er hielt mit mir Schritt, als wir uns auf den Weg zu unseren Wohnungen machten. Dabei glitt sein Blick nur kurz eine Etage tiefer, bevor er wieder zu meinen Augen zurückkehrte.

Ich straffte die Schultern und marschierte weiter neben Harrison her. »Das würde mich wahnsinnig machen. Mein Mann hat früher Sachen in Kartons aufbewahrt, nur um mich zu ärgern.« Ich blieb stehen und holte tief Luft. »Mein verstorbener Mann, besser gesagt.«

Harrison runzelte die Stirn. »Mein aufrichtiges Beileid.«

»Danke.« Es gab viele Leute, mit denen ich über Rob sprach, aber es erschien mir nicht richtig, mit Harrison über ihn zu reden. »Nun, hier wohne ich. Gewöhnlich treffen wir Eigentümer und Mieter uns einmal im Monat zu einer Versammlung in der alten Cafeteria. Die nächste ist kommenden Freitag. Wir sehen uns dann spätestens dort.«

»Wenn nicht eher. Ich werde in nächster Zeit ständig kommen und gehen, um irgendwelche Sachen zu kaufen. Ich habe zwar sicher alles irgendwo in einem Karton, aber du weißt ja, wie das ist. War schön, dich kennenzulernen, Alyssa.« Er lächelte, blieb jedoch nicht länger an meiner Tür stehen. »Noch einen schönen Abend!«

Die Luft in meiner Wohnung war stickig und schwer vom Duft meines Raumsprays. Der Drang zu lachen überwog nur knapp den Drang, mich zu übergeben. Ein heißer, süßer Kerl hatte mich angequatscht, während ich Sexspielzeug in einer Tüte mit mir herumtrug und vorhatte, ins Bett zu gehen, um mich selbst zu befriedigen.

Das einzig Positive daran, Harrison über den Weg gelaufen zu sein, war der zusätzliche Adrenalinschub, der nun durch meine Adern strömte. Er half hoffentlich dabei, meine Erregung anzuheizen, um bei meiner Aufgabe von Tag eins Erfolg zu haben. Wenn ich je mein Leben weiterleben wollte, dann musste ich meine Schuldgefühle in den Griff bekommen. Ich hatte mir selbst die Erlaubnis erteilt, Neues auszuprobieren, unbekannte Empfindungen zuzulassen. Ich musste Karte Nummer eins hinter mich bringen.

Verdammte Karte Nummer eins.

Diesmal machte ich mir nicht die Mühe, ins Schlafzimmer zu gehen, stattdessen schüttete ich den Inhalt meiner Tüte auf den Wohnzimmertisch. Zwei Tuben Gleitgel – einmal wärmend, einmal normal – ein Silikondildo, eine DVD, eine Schachtel mit einem vibrierenden … Ei? »Scheiße, Nikki!« Unter den anderen Gegenständen befand sich das eine Ding, das ich selbst ausgesucht hatte, wenn auch in aller Eile, die Schachtel mit einem Vibrator aus blauem Metall.

Als Rob und ich damals zusammengekommen waren, hatte ich auch schon einen Vibrator besessen, doch der war kein Vergleich zu dem hier gewesen. Dieser hier war lang, dick und mit einem gekrümmten Schaft, der, wie die Kassiererin behauptet hatte, direkt meinen G-Punkt stimulieren würde. Mich unter Garantie schreien und Sterne sehen lassen würde. Ich schloss die Augen und leerte meinen Verstand von allen Gedanken. Es war schwer, die Sturzflut an Emotionen anzunehmen, die mich durchströmte, aber ich tat es. Dann schob ich sie beiseite und machte mich bereit. Ich brauchte das hier. Ich war es mir schuldig.

Es war Zeit, mit der Show zu beginnen.

Ich stellte die Schachtel hochkant auf den Tisch, dann stand ich auf und zog T-Shirt, Shorts und Socken aus. Mein BH und das Höschen passten nicht zueinander – nicht, dass ich mir darüber dieser Tage allzu viele Gedanken machte – und waren eher nach Bequemlichkeit als nach Optik ausgesucht. Achtlos ließ ich meine abgelegte Kleidung fallen, nahm die DVD und ging damit zum Fernseher. Ich hatte in der Vergangenheit schon Pornos angesehen, aber nicht regelmäßig. Ich wusste, dass Rob ein paar Videos auf seinem Computer hatte, Sachen, die er sich ansah, wenn er scharf und ich zu müde oder zu wund gewesen war. Bis heute waren Pornos nicht wirklich etwas, das ich als wichtig für mein Sexleben betrachtete.

Die Hülle der DVD verkündete, dass es sich hier um eine Art Parodie auf einen großen Blockbuster-Streifen handelte. Nikki hatte mir auf der Heimfahrt versichert, dass es ein frauenfreundlicher Film war und er mir gefallen würde. Ich hatte nicht die leiseste Ahnung, was der Unterschied zwischen Pornos für Männer und für Frauen war, deshalb würde ich ihr da einfach vertrauen müssen.

Nachdem ich die DVD in den Player eingelegt hatte, schnappte ich mir die Schachtel mit dem Vibrator und holte eine Schere aus der Küche. Es dauerte nur ein paar Minuten, ihn aus seinem Plastikgefängnis zu befreien und für den Einsatz zu säubern. Als ich ins Wohnzimmer zurückkehrte, war der Film bereits in vollem Gange.

Piraten. Da waren sexy Piraten auf meinem Bildschirm und entledigten sich ihrer Kleidung.

Okay. Damit konnte ich arbeiten.

Ich legte den Vibrator neben mich auf die Couch und wandte meine Aufmerksamkeit der Action auf dem Bildschirm zu. Der Mann war vor der Piratenkönigin auf die Knie gegangen und küsste sich langsam an ihrem Körper hinunter. Von der Frau kamen anerkennende Laute im Überfluss, leises Stöhnen unterbrochen von einem gelegentlichen Keuchen. Ich stellte die Füße auf den Couchtisch und ließ die Beine auseinanderfallen. Obwohl ich fest entschlossen war, Spaß zu haben, wollte ich das Ganze nicht überstürzen. Es gab keinerlei Druck, mich zu beeilen und fertig zu werden. Niemanden sonst, auf den ich Rücksicht nehmen musste. Es gab nur mich, meinen Körper und zwei sexy Piraten. Wenn ich nichts anderes tun wollte, als den Film anzusehen, dann war das auch in Ordnung. Oder ich konnte mich superschnell zum Orgasmus bringen und mich danach wieder um andere Sachen kümmern. Ich konnte egoistisch sein und brauchte mir um nichts Gedanken zu machen.

Cool.

Die gesamte erste Sexszene verstrich, ohne dass ich irgendetwas mit meinem Körper anstellte. Meine Brustwarzen waren unter dem Stoff des BHs steif geworden. Mit steigender Erregung wurde mein Höschen feucht. Dieser Porno hatte eine richtige Handlung, und ich fühlte mich von den Ereignissen in den Bann gezogen. Als sich die nächste Sexszene anbahnte und unser Held sich daran machte, die Heldin zu verführen, war ich bereit für Action.

Der Vibrator hatte ein angenehmes Gewicht, als ich ihn in die Hand nahm. Ich beschloss zu versuchen, die Handlungen des Helden im Film mit dem Spielzeug nachzuahmen. Ohne die Augen vom Bildschirm abzuwenden, fuhr ich mit dem Vibrator über meine Wange und meine Lippen, während sein harter Schwanz über das Gesicht seiner Piratin strich. Als sie den Mund öffnete und an dem steifen Schaft leckte und saugte, nahm ich das kühle Metall in den eigenen Mund. Ich fuhr mit der Zunge über die Spitze und erschauderte leicht bei dem metallischen Geschmack. Ich saugte fester, leckte der Länge nach am Schaft entlang und fuhr dann wieder mit der Spitze über meine Lippen, wobei ich mir die ganze Zeit den Piraten vorstellte.

»Ich muss an deinen üppigen Titten saugen.« Der Satz hätte mich eigentlich kichern lassen sollen, doch stattdessen stockte mir kurz der Atem und meine Mitte pulsierte. Da war etwas in seiner Stimme, ein Hauch von Kontrolle vermischt mit Lust, das etwas tief in mir zum Klingen brachte.

Auf dem Bildschirm stieß der Held die Heldin auf einen Teppich vor einem prasselnden Feuer. Er zog ihr die Bluse herunter und entblößte ihre Brüste, worauf die Frau den Rücken wölbte. Ich tat es ihnen gleich und zog das Vorderteil meines BHs herunter, ohne den Verschluss im Rücken zu öffnen, was meine Brüste nach oben drückte. Meine Brustwarzen waren hart und empfindsam. Als der Held sich von ihrem Hals hinunter zu ihrer Brust küsste, zog ich mit dem immer noch feuchten Vibrator ebenfalls eine Spur nach unten und umkreiste die erste Brustwarze, bevor ich zur zweiten weiterwanderte.

Mein Körper begann zu zittern, und ich wusste, dass ich nicht mehr lange in der Lage sein würde, mich zu zügeln. Es war eine Ewigkeit her, seit ich irgendeine körperliche Erfüllung verspürt hatte, die etwas mit sexueller Lust zu tun hatte, und nun, da ich mich darauf eingelassen hatte, konnte ich mich nicht zurückhalten. Zum Glück ließ mich der Pirat nicht lange warten.

Er entledigte seine Geliebte ihrer Kleider, also zog ich mein Höschen aus. Es war bereits feucht und trug den intensiven Moschusduft meiner Erregung. Ich ließ es zu Boden fallen und setzte mich mit weit gespreizten Beinen wieder in Position. Ich brannte darauf, den Vibrator einfach in mich zu schieben und einzuschalten, aber mir war klar, dass ich dann überhaupt nicht mehr lange durchhalten würde. Stattdessen fuhr ich langsam über meinen Bauch und umkreiste meinen Venushügel, bevor ich die Spitze endlich hinunter über meine Klitoris gleiten ließ.

Wäre der Vibrator eingeschaltet gewesen, wäre ich gekommen.

Stattdessen machte ich weiter, bis ich die Spitze in meine Vagina drücken konnte und die angenehme Dehnung meiner Muskeln nach all der Zeit spürte. Der Pirat auf dem Bildschirm war noch nicht ganz bereit, seine Geliebte zu nehmen, doch ich wartete nicht auf ihn. Ich griff mit der freien Hand nach unten und drehte das Ende des Vibrators, um ihn einzuschalten.

Ich keuchte auf, als die Empfindungen mich zum Leben erweckten. Halb glaubte ich, auf der Stelle zu kommen, doch mein Körper hielt dem Ansturm stand. Ich brauchte einen Augenblick, um mich darauf einzustellen, aber dann war ich endlich in der Lage, das Vergnügen entspannt und ohne Hast zu genießen. Ich fing an, den Vibrator pumpend ein- und aus zu führen und ab und zu neckend meine Öffnung zu umkreisen. Nach ein paar Sekunden drehte ich den Vibrator ein paar Stufen höher, um die Intensität zu steigern.

Mein Körper liebte es.

»Fick mich hart. Mach mich zu der deinen.« Die Heldin war jetzt auf allen vieren und stellte ihren Hintern und die frei schwingenden Brüste zur Schau.

Es waren hübsche Brüste. Groß und üppig, mit Nippeln, die nur darauf warteten, in den Mund genommen zu werden … Und wann zum Teufel hatte ich je auf Brüste geachtet? *Wen interessiert's? Genieß es einfach.*

Während ich mich weiter selbst befriedigte, schnippte ich mit der Fingerspitze über meine Brustwarze. Das Gefühl ging in den überwältigend heftigen Vibrationen in meiner Vagina unter, aber ich machte weiter, im selben Rhythmus des stoßenden Metalls, und mein Atem verwandelte sich in ein Keuchen. Mit jedem Schnippen meiner Finger wurden meine Brüste empfindsamer.

Ich war jetzt ganz kurz davor. Die Muskeln in meinen Oberschenkeln zuckten unkontrolliert. Schweiß sammelte sich zwischen meinen Brüsten und in meinem Kreuz. Die beiden Piraten stöhnten laut, während er sie von hinten nahm. Ihre Haut war gerötet, und mir gefiel dieser wunderbare Anblick.

Mein Orgasmus lag zum Greifen nah. Ich wusste, was ich tun musste, wollte jedoch nicht, dass das Vergnügen aufhörte. Es würde mehr davon geben. Ein anderes Mal. *Nimm es dir. Bitte.*

Ich zog den Vibrator aus mir heraus, drückte die nasse Spitze auf meine Klitoris und kniff mich fest in die Brustwarze. Ein Atemzug, zwei, und ich schloss fest die Augen.

Die Wonne, die Erfüllung kam aus jeder Zelle meines Körpers. Eine Explosion, die mich von innen heraus in Stücke zu reißen schien, die Stille und Einsamkeit fortsprengte und durch Licht ersetzte. Ich schrie auf und bog den Rücken so weit durch, dass mein Hintern sich von der Couch hob. Zuerst verlor ich das Gehör, und dann verschwamm meine Sicht, als ich kraftlos zusammenbrach.

Ich konnte mich nicht erinnern, nach dem Sex schon einmal ohnmächtig geworden zu sein. Versteht mich nicht falsch, Rob hatte mir im Lauf der Jahre ein paar wirklich gute Orgasmen geschenkt, aber das hier war …

Herrgott, es gab nicht einmal Worte dafür, wie umwerfend das gewesen war! Ich hatte es endlich getan, alles beiseitegeschoben und etwas zurückerobert, das mir gehörte. Rob wäre begeistert. Verdammt, ich war völlig aus dem Häuschen! Ich wollte lachen, einen nackten Siegestanz quer durch die Wohnung aufführen, noch mehr von dem Film ansehen und ausprobieren, ob ich das noch mal schaffte. Das hieß, sobald ich wieder Energie dazu hatte, denn verdammt, war ich schläfrig!

Während ich so dasaß und versuchte, wieder zu Kräften zu kommen, wurde mir bewusst, dass jemand an meine Tür klopfte. Laut.

Mist, da war jemand. Und wollte verdammt noch mal auf der Stelle mit mir reden!

»Scheiße.« Ich schnappte mir Höschen und T-Shirt und schlüpfte hinein, während ich zum DVD-Player stolperte und ihn ausschaltete. »Einen Moment!«

Ich riss mir die Shorts hoch, ohne mir die Mühe zu machen, sie zuzuknöpfen, und spähte stattdessen durch den Türspion. Es war Harrison.

Ach du Scheiße!

Es war zu spät, so zu tun, als wäre ich nicht zu Hause, und ich hatte keine Zeit, kurz in den Spiegel zu schauen, um nachzusehen, ob ich immer noch ein Sex-Gesicht hatte. Mein Herz, das gerade noch wegen meines Orgasmus gehämmert hatte, hämmerte nun wegen des Gefühls drohenden Unheils. Tief durchatmend fuhr ich mir schnell mit den Fingern durchs Haar, bevor ich die Tür einen Spalt öffnete.

»Hi«, lächelte ich mit zitternden Wangen. *Bitte bemerk es nicht!* »Was gibt's?«

Anstelle des charmanten Lächelns von unserer Begegnung von vorhin hatte Harrison eine besorgte Miene auf dem Gesicht, sein ganzer Körper war angespannt. »Geht es dir gut? Ich wollte gerade rausgehen, als ich einen Schrei hörte. Ich hätte schwören können, er kam aus deiner Wohnung.«

Ich brauchte keinen Spiegel, um zu wissen, dass ich knallrot war. Oh Gott, ich hätte auf der Stelle tot umfallen können. »Ach so, ja. Mir geht's gut. Danke.«

»Ich weiß, du wohnst hier allein, und da habe mir Sorgen gemacht, dass dir was passiert ist. Dass jemand in die Wohnung eingedrungen ist …« Er starrte mich ein paar Herzschläge lang an, und ich hatte nicht den geringsten Zweifel daran, was er sah. Gerötetes Gesicht, zerzaustes Haar, halb angezogen.

Seine Augen weiteten sich, und er öffnete die Lippen. *Und schon geht ihm ein Licht auf!* Jetzt würde ich also für immer als *die, die so laut kommt, dass es alle h*ören bekannt sein. *Na prächtig! Ob es wohl zu spät ist umzuziehen?*

»Ja, also, mir geht es gut.« Ich legte eine Hand an meinen Hals. Meine Haut fühlte sich immer noch warm an. »Ähm, das ist jetzt peinlich.«

»Tut mir leid.« Er sah nicht aus, als täte es ihm leid. Tatsächlich sah er neugierig aus. »Warst du im Schlafzimmer? Ich würde das gern wissen, denn wenn die Wohnungen hier so hellhörig sind …«

»Nein!« Gott, ich wollte vor Scham sterben! »Nein. Die Wohnungen sind überhaupt nicht hellhörig. Kein Grund zur Sorge.«

Ich würde nie wieder masturbieren!

»Ich habe dich in Verlegenheit gebracht.« Er sah immer noch nicht aus, als täte es ihm leid. Nein, ich war mir ziemlich sicher, dass er das hier lustig fand.

»Nein, hast du nicht. Na ja, vielleicht ein bisschen.« *Könnte sich der Boden jetzt bitte schön auftun und mich verschlucken?* »Es … ist schon eine Weile her bei mir. Toter Mann und so. Also ja. Es geht mir gut. Ich denke, ich muss jetzt wieder rein. Okay, danke fürs Nachsehen.«

Harrison sagte nichts weiter, als ich die Tür zumachte, aber ich hätte schwören können, dass ich gerade noch sah, wie er zu grinsen anfing, als die Tür ins Schloss fiel.

Mein Leben verlief so was von anders, als ich wollte!

4

»Das ist die mit Abstand schlechteste Idee aller Zeiten.« Unmittelbar hinter dem Eingang blieb ich stehen, verschränkte die Arme und funkelte Nikki an. »Im Ernst, ich gehe keinen Schritt weiter.«

Ich hatte mich von meiner Schwester im Lauf der Jahre ja schon zu einer Menge Dummheiten überreden lassen, aber in einen Club zu gehen, der größtenteils von Studenten bevölkert war, stand nun ganz oben auf dieser Liste. Auch wenn ich mich gewiss noch nicht zum alten Eisen zählte, wurde mir innerhalb der ersten fünf Minuten nach unserer Ankunft schmerzhaft bewusst, dass ich auch keine zwanzig mehr war. Gerade kam eine Gruppe aufgestylter Mädchen vorbei, deren Outfits eindeutig verkündeten, dass sie Spaß haben wollten – okay, verdammt, sie sahen wirklich heiß aus. Finster starrte ich vor mich hin. Ich war mindestens zehn Jahre älter als die meisten dieser Leute. Wie zum Teufel sollte ich Nikkis Meinung nach hier jemanden finden, um zwanglosen Sex mit ihm zu haben? Einfach hingehen und sagen: *Hey, Lust zu vögeln?*

Okay, das war irgendwie eine dumme Frage.

Aber trotzdem …

Nikki tat meine Bedenken mit einer wegwerfenden Handbewegung und einem schnellen »Vertrau mir« ab, bevor sie mich in Richtung Tanzfläche zog. Ich wusste, ich hätte sie Robs Karten nicht lesen lassen sollen. Wenn meine Schwester auf einer Mission war, kam nie was Gutes dabei heraus.

Sie hatte die verrückte Idee, es wäre die beste Starthilfe für meine Wiedereinführung in die Dating-Welt, sich einen Überblick über alle verfügbaren Möglichkeiten zu verschaffen. Ich war nicht begeistert gewesen, als sie Speeddating vorgeschlagen hatte, aber im Nachhinein wäre es vielleicht sinnvoller gewesen als das hier. Ungelogen, ich wusste nicht einmal, welcher Song da gerade lief. Und twerkten die da etwa?

Auf gar keinen Fall!

»Nikki …«

Sie hielt mir den Mund zu. »Baby, hab einfach Spaß! Das ist alles, worum es hier geht. Nicht um Sex oder um einen Partner fürs Leben zu finden. Wir sind nur hier, um uns zu amüsieren. Zwei Mädels, die einen draufmachen und Spaß haben.«

Meine Schwester ist ein Tanzfreak und wurde schnell von der Masse zuckender Leiber verschluckt. Allein hatte ich nur zwei Möglichkeiten: tanzen oder gehen. Mit einem hatte Nikki recht, ich hatte mir schon lange nicht mehr viel in Sachen Spaß erlaubt. Was machte es also schon, wenn das hier nicht meine übliche Art und Weise auszugehen war? Der Sinn der ganzen Sache war es, rauszugehen und etwas anderes zu machen. Ein schneller Blick in die Runde beruhigte mich, dass ich nicht die Einzige hier jenseits der dreißig war. Alle hatten Spaß. Es gab keinen Grund, warum ich mich nicht unter die Leute mischen und ebenfalls Spaß haben sollte.

Ich machte einen Schritt in Richtung Tanzfläche. Als die Welt davon nicht unterging, machte ich noch einen. Während ich mich langsam näher wagte, hämmerte der Bass der Musik meine Bedenken fort, und der Rhythmus fing an, mich in seinen Bann zu ziehen. Ich kam bis zum Rand der Menge, nah genug, um ein Teil davon zu werden. Ich schloss die Augen und versuchte, mich zu entspannen, den Beat zu spüren. Dann stieß ich den Atem aus und begann, meine Hüften im Rhythmus zu wiegen. Der Song war nicht wichtig, die Leute um mich herum waren nicht wichtig. Ich war hier, um mich zu amüsieren.

Zum ersten Mal seit langer Zeit musste ich mir selbst die Erlaubnis geben, egoistisch zu sein.

Also tat ich es auch.

Hände streiften meinen Körper und holten meine Aufmerksamkeit zurück in die Gegenwart. Das gelegentliche zufällige Anrempeln machte etwas Vorsätzlicherem Platz. Bevor ich michs versah, befand ich mich nicht mehr am Rand der Menge, sondern bewegte mich mittendrin. Die Angst, die ich gehegt hatte, schwand, und ich war in der Lage, meine Vorsicht ein kleines bisschen fallen zu lassen. Ein Lächeln keimte auf, als ich tiefer in die Musik und die Energie der Menge eintauchte. Vielleicht hatte Nikki recht mit dem Ganzen hier. Vielleicht war es wirklich genau das, was ich brauchte.

Ich blieb noch eine Weile ein anonymes Gesicht in der Menge, bis ein dunkelhäutiger Typ, der ein bisschen älter als der Rest aussah, neben mir auftauchte und synchron in meine Bewegungen mit einfiel. Es war kein zufälliges Umdrehen und *Hoppla, wen haben wir denn da?*. Nein, er tanzte *mit* mir. *Okay, also passiert das hier wirklich.* Ich lächelte ihn an, strich mir das Haar hinters Ohr und spielte einfach mit.

Hier geht es nur darum, Spaß zu haben. Du versuchst nicht, ihn abzuschleppen. Wenige Minuten später tanzte ich lachend, während ich mich bemühte, nicht wie eine Weiße Mitte dreißig ohne Gespür für Rhythmus auszusehen.

Der Song wechselte, und mein Tanzpartner trat näher. »Ich bin Marcus.«

»Alyssa.« Ich lächelte ein bisschen breiter. Marcus sah gut aus, hatte meine Größe und roch fantastisch. Sein Shirt war eng genug, um selbst in dem schwachen Licht seine Muskeln erkennen zu lassen. Er strahlte nicht einmal irgendetwas Seltsames oder Gruseliges aus. Das lief ja besser, als ich dachte.

Ohne zu zögern legte er die Hände an meine Hüften und zog mich eng an sich. »Ich habe dich hier noch nie gesehen.«

Ich war von vornherein keine tolle Tänzerin, und da ich es abgesehen von Rob und ein paar Freunden mit niemand sonst getan hatte, fühlte es sich komisch an, einem Mann, den ich nicht kannte, so nahe zu sein. Ich wusste nicht genau, wo ich mit meinen Händen hinsollte. Sollte ich sie an seine Hüften legen? Um seinen Hals? Ich entschied mich dafür, sie zu heben und mich leicht an seinen Oberarmen festzuhalten. »Nein, das ist mein erstes Mal.«

Marcus' Grinsen ließ einen Schauer durch mich hindurchrieseln, aber ich war mir nicht sicher, ob es mir gefiel oder nicht. »Schön.«

Er hielt mich fest und schob seine Hüften vor, was seinen Schritt in direkten Kontakt mit meinem brachte. Ich will nicht behaupten, dass ich schockiert war, aber das war ich total. Ich rieb mich an einem Mann, den ich nicht kannte, mitten auf der Tanzfläche eines Clubs, in dem ich noch nie gewesen war. Etwas, das ich normalerweise nie tun würde, ganz unabhängig von meinem Beziehungsstatus.

Ich versuchte, einen Schritt rückwärts zu machen, doch Marcus hielt mich fest. Er hatte die Augen geschlossen und einen seligen Gesichtsausdruck, während er tanzte. Scheiße, vielleicht reagierte ich übertrieben. Der Typ wollte eindeutig nur Spaß haben. Ich drückte seinen Bizeps und zog mich erneut ein wenig zurück. Marcus öffnete die Augen und grinste, bevor er mich vollständig an sich zog.

»Komm schon, Baby. Zeig mir, was du draufhast.«

»Ich denke nicht …«

Jemand rempelte mich von hinten an und drückte mich eng an Marcus. Seine Augen leuchteten auf, und sein Grinsen hätte selbst das kälteste Herz zum Schmelzen bringen können. Er war kein schlechter Kerl. Ich sollte mich wegen eines einfachen Tanzes nicht so anstellen. Also zwang ich meinen Körper, sich zu entspannen, und versuchte wieder zurück in den Song zu kommen. Ich ließ meine Augen zufallen, gab mich dem Rhythmus hin und schmiegte mich an ihn.

Das war der Moment, in dem ich bemerkte, dass er einen Steifen hatte.

Sofort riss ich die Augen auf und trat einen Schritt zurück. Das plötzliche Fehlen meines Körpers brachte Marcus kurz zum Stolpern. Er schüttelte leicht den Kopf. »Was ist los?«

»Ich … Ich brauche was zu trinken.«

Marcus grinste wieder. »Ich geb dir einen Drink aus, Baby.«

»Nein!« Ich trat einen weiteren Schritt zurück. »Ich hol mir selber einen.«

»Hey, wir hatten doch Spaß.« Er streckte die Hand nach mir aus, aber ich entzog mich seinem Griff.

Wir hatten uns an den Rand der Tanzfläche bewegt. Die Bar war deutlich in Sicht – nun ja, zumindest die Menschentraube vor der Bar war zu sehen – ebenso wie die Tür. »Ich denke, ich sollte gehen.«

»Amüsierst du dich nicht?« In seiner Stimme schwang nicht einmal der kleinste Hauch von Sarkasmus. Er schien es ehrlich wissen zu wollen.

»Nein, eigentlich nicht.«

»Wie schade. Ein hübsches Mädchen wie du sollte immer Spaß haben.« Die Musik wechselte wieder, diesmal zu einem langsameren Rhythmus. »Wir können uns unterhalten. Oder tanzen. Lieber tanzen.«

Bevor ich Gelegenheit hatte, ihm zu antworten, trat ein anderer Mann neben uns. Er war größer als wir beide, seine braunen Augen ernst, sein Körper angespannt. Mein Verstand brauchte einen Moment, um die Tatsache zu begreifen, dass das Gesicht, zu dem diese Augen gehörten, eines war, das ich kannte.

Ich schluckte heftig. »Harrison? Was machst du denn hier?«

Marcus hob die Hände. »Mann, ich wusste nicht, dass sie mit jemandem hier ist.«

»Bin ich auch nicht.« Ich streckte die Hand aus und legte sie Marcus auf die Schulter. »Er ist mein neuer Nachbar.«

Harrison hatte immer noch nichts gesagt. Sein Blick wanderte zwischen meinem Gesicht und der Stelle, an der ich Marcus berührte, hin und her. Ich ließ die Hand sinken. Ein plötzlicher, unerklärlicher Anfall von Schuldgefühlen erfasste mich. Dumm, wenn man bedachte, dass ich erst zweimal im Leben mit Harrison gesprochen hatte. »Ich denke, ich gehe jetzt.«

»In Ordnung, meine Hübsche. Pass auf dich auf.« Marcus zwinkerte mir zu, bevor er wieder in der Menge verschwand.

Das wäre schön gewesen – einfach zu verschwinden und sich in Luft aufzulösen. Es hätte mir erspart, was gleich kommen würde. Aus irgendeinem Grund war ich leicht genervt von Harrison. Er hatte kein Recht, herzukommen und meinen Tanzpartner zu vergraulen, selbst wenn ich mich unwohl gefühlt und selbst mit dem Gedanken gespielt hatte zu gehen.

Ich verschränkte die Arme und sah ihn an. »Warum hast du das gemacht?«

»Was gemacht?« Ich konnte ihn gut verstehen, trotz des basslastigen Songs, der gerade lief. »Ich habe kein Wort gesagt.«

»Das war auch gar nicht nötig. Hat man dir Knurren und Finster-Dreinschauen auf einem Vertriebsseminar beigebracht?«

Harrison sah hinüber zu einem Tisch hinter ihm. »Ich bin mit einem Kunden hier. Ich wollte gerade zur Bar, um Drinks zu holen, als ich sah, wie du versucht hast, von diesem Widerling wegzukommen. Ich wollte nur sichergehen, dass es dir gut geht.«

Es war eine ritterliche Tat. Ich sollte mich nicht darüber aufregen. Dennoch sträubten sich mir sofort die Nackenhaare. »Marcus war kein Widerling. Er war ein netter Kerl, der sich beim Tanzen nur zufällig gern an einem reibt. Und nur fürs Protokoll, ich bin absolut in der Lage, selbst auf mich aufzupassen.«

»Hab nie was anderes behauptet.«

»Ich passe schon auf mich auf, seit ich bei meinen Eltern ausgezogen bin.«

»Da bin ich mir sicher.«

»Du kennst mich überhaupt nicht. Du weißt nicht, wozu ich in der Lage bin. Das nächste Mal solltest du also warten, bis du gebeten wirst«, ich bohrte ihm den Finger in die Brust, »bevor du deine Nase irgendwo reinsteckst, wo sie nichts verloren hat.«

Anstatt sich zurückzuziehen, wie Marcus es getan hatte, hielt Harrison meine Hand fest und drückte sie an seine Brust. Seine Finger waren warm und seine Haut weich. Anders als bei Marcus, reagierte mein Körper sofort. Was absolut unfair war.

Er drückte leicht meine Hand. »Du hast recht. Ich kenne dich nicht. Ich hätte mich raushalten sollen. Aber ich werde mich nicht dafür entschuldigen, mich einzumischen, wenn ich glaube, dass jemand in Gefahr ist. Lieber riskiere ich, dass du wütend auf mich wirst, als zuzusehen, wie dir was passiert.«

Als ich schon dachte, das war's, er hat gesagt, was er sagen wollte, und wird mich gleich loslassen, überraschte Harrison mich erneut. Er hob meine Hand an seinen Mund und hauchte einen sanften Kuss auf meinen Handrücken. »Ich wünsch dir einen schönen Abend.«

Ich bin mir sicher, dass ich viel länger so dastand und seinem Rücken hinterherstarrte, als ich sollte, die Hand immer noch in der Luft. Was zum Teufel war das denn gewesen? War ich gerade auf einen Mann wütend geworden, der nur versucht hatte, das Richtige zu tun? Hielt er mich für jemanden, der gerettet werden musste?

Gottverdammt, ich wusste nicht, ob mir das Herz aufgehen sollte oder ich da rübergehen wollte, um ihm eine reinzuhauen. Beides? War es möglich, beides zu wollen?

»Hey, kommst du wieder tanzen?« Nikki war an meiner Seite aufgetaucht, ohne etwas von dem Drama zu ahnen, das sich gerade abgespielt hatte. »Du kannst jetzt noch nicht gehen. Wir sind doch erst seit höchstens zehn Minuten hier.«

»Schon viel länger.« Ich sah sie nicht einmal an. Meine Aufmerksamkeit war immer noch von dem sich entfernenden Hintern meines frustrierenden Nachbarn gefesselt.

Harrison hatte sich wieder zu einem Mann und einer Frau an den Tisch gesetzt. Obwohl er mich nicht ansah, hatte ich den Eindruck, dass er sich sehr wohl bewusst war, was ich machte. Ich kannte ihn nicht gut genug, um einschätzen zu können, was für ein Mensch er war, aber ich würde nicht zulassen, dass irgendjemand glaubte, ich wäre so leicht zu beeinflussen. Es gehörte schon ein wenig mehr dazu als ein unangebrachter Akt der Freundlichkeit und ein ausgezeichnet sitzendes Paar Hosen, um mich rumzukriegen.

Scheiß auf ihn.

Ich nahm Nikki bei der Hand und marschierte auf die Mitte der Tanzfläche. »Na los, rocken wir die Bude!«

5

Ich schaffte es eineinhalb Wochen lang, mich nicht wieder mit Harrison auseinandersetzen zu müssen. Also, wenn ich vollkommen ehrlich zu mir gewesen wäre, dann wäre mir klar geworden, dass ich womöglich auf die ganze Situation überreagiert hatte. Ja, es hatte mich aus dem Konzept gebracht, ihn dort in dem Club zu sehen. Ja, ich hatte versucht, von Marcus wegzukommen. Harrison hatte nichts getan, was von einem vernünftig denkenden Menschen als beleidigend aufgefasst werden würde.

Nur weil er sich eingemischt hatte, obwohl ich absolut in der Lage gewesen war, mich selbst zu retten, machte ihn das nicht zu einem schlechten Menschen. Es machte ihn einfach nur zu einem wichtigtuerischen, wenn auch wohlmeinenden Menschen. Und sicher, vielleicht hatte ich es ein wenig mit der Angst bekommen und keine Ahnung gehabt, wie ich dem gut aussehenden und tanzfreudigen Marcus verklickern sollte, dass ich wirklich nicht bereit für eine heiße Engtanznummer war, aber ich brauchte auch Übung darin, aus solchen Situationen wieder herauszukommen. Ich musste mir eine ganze Palette neuer Fähigkeiten aneignen.

Dafür konnte Harrison nichts.

Deshalb gab es keinen logischen Grund, warum ich nicht zumindest höflich zu meinem neuen Nachbarn sein sollte, als er bei unserer monatlichen Versammlung in die Cafeteria geschlendert kam. Dennoch stand ich da und starrte ihn finster an, während er sich ungezwungen unter die Leute mischte. Ich glaube, so was nennt man *den Raum für sich einnehmen.*

Der Styroporbecher in meiner Hand bekam einen Sprung und ließ heißen Kaffee über meine Haut schwappen. »Scheiße.«

Meine ältliche Nachbarin aus der Wohnung über mir, Mrs Le Page, reichte mir eine Serviette. »Vorsichtig, meine Liebe. Diese Becher darf man nicht so fest drücken.«

»Danke.«

»Oh, ist das der neue Mieter, den Sie da gerade angestarrt haben? Er wohnt auf Ihrer Etage, nicht wahr? Das bedeutet, er ist einer von dieser Firma.« Mrs Le Page machte einen gurrenden Laut, der bei einer vierundachtzigjährigen Frau leicht verstörend wirkte. »Und schnuckelig ist er auch noch.«

»Sein Name ist Harrison.« Das Letzte, was ich gebrauchen konnte, war, dass Mrs Le Page auf die Idee kam, hier Schicksal zu spielen. Da hatte ich schon genug mit Nikki zu tun. »Ich bezweifle, dass er lange hier sein wird. Er sagte was von einem befristeten Vertrag. Er arbeitet im Vertrieb.«

»Im Vertrieb. Das bedeutet, er ist redegewandt. Dann wollen wir das doch mal auf die Probe stellen, was?« Bevor ich noch Gelegenheit hatte, Luft zu holen, schlenderte Mrs Le Page bereits zu Harrison hinüber.

»Verdammt.« Der heiße Kaffee wurde unerträglich. Ich ignorierte das Kichern meiner aufdringlichen Nachbarin und ging zum Tisch mit den Erfrischungen, um mir einen anderen Becher zu holen und noch einen Keks zu stibitzen.

Es war seltsam, spüren zu können, wie Harrisons Stimme an meinem Rückgrat entlangvibrierte. Ich war seinem guten Aussehen gegenüber nicht blind – Herrgott, jeder würde seinen kräftigen Kiefer bewundern und das volle schwarze Haar berühren wollen, um zu sehen, wie weich es sich anfühlte! –, aber er war nicht im Geringsten mein Typ. Ich hatte mich noch nie zu Alpha-Männern hingezogen gefühlt. Sie neigten dazu, zu laut zu sein, zu herrisch, nicht bereit, sich auf die Couch zu kuscheln und Liebesschnulzen zu gucken. Er war nicht die Art von Mann, mit dem ich mich unterhalten würde, nicht einmal bei einer geselligen Situation wie dieser.

Warum bemühte ich mich also angestrengt zu verstehen, worüber er mit Mrs Le Page sprach, einer Frau, die alt genug war, um seine Großmutter zu sein? War ich vielleicht plötzlich besessen? Von Aliens entführt worden oder so was?

Ein weiterer Kicheranfall von Mrs Le Page verschmolz mit Harrisons tiefem, kehligem Lachen. Es sollte mich nicht so sehr verlocken, mich umzudrehen, um nachzusehen, worüber sie lachten oder welchen Gesichtsausdruck er hatte. Aber das tat es. Das tat es wirklich sehr.

»Es wird Zeit, anzufangen. Wenn sich alle bitte einen Platz suchen würden.« Pierce Wilton, der gegenwärtige Vorsitzende unserer Eigentümergemeinschaft, klatschte in die Hände, woraufhin alle zu ihren üblichen Plätzen schlurften. Pierce war nicht gerade mein Lieblingsnachbar, hauptsächlich wegen seiner schroffen Art mir gegenüber, seit Rob gestorben war, aber er kümmerte sich anständig darum, dass unser Gebäude in Schuss blieb, deshalb sah ich über alles Übrige hinweg.

Die Leute plauderten munter weiter, wenn auch mit gedämpfteren Stimmen, während sie es sich bequem machten. Diese Treffen dauerten gern länger als nötig, aber man konnte auch nicht früher gehen, ohne vor den übrigen Bewohnern wie ein Idiot auszusehen. Normalerweise fanden Mr und Mrs Le Page ihren Weg in meine Sitzreihe und verdrehten gelegentlich gemeinsam mit mir die Augen, während Pierce vor sich hin schwafelte. Es machte das ganze Procedere unterhaltsam und gab uns etwas, worüber wir hinterher beim Kaffee plaudern konnten.

Ich hätte wirklich nicht überrascht sein sollen, als Harrison auf dem Stuhl direkt neben mir Platz nahm. Ich versteifte mich, als mich der Geruch seines frisch aufgetragenen Aftershaves erreichte. Diesmal trug ich einen wattierten BH, der meine plötzlich steifen Brustwarzen verbarg, obwohl meine Shorts ziemlich hochgerutscht waren und dadurch Druck auf meine Klitoris ausübten. Das Letzte, was ich wollte, war, dass Harrison dachte, er könnte mich dazu bringen, vor Verlangen auf meinem Stuhl herumzurutschen.

Selbst wenn er es konnte.

Blöde Libido.

»Ich danke Ihnen allen, dass Sie heute Abend gekommen sind.« Pierce bedachte uns mit seinem typischen Lächeln, das so kurz war, dass man es leicht übersehen konnte, wenn man gerade blinzelte. »Außerdem möchte ich unseren neuesten Bewohner begrüßen, Harrison Kemp.« Alle applaudierten höflich. »Ich werde heute Abend für Mr Kemp noch einmal ein paar Grundregeln der Hausordnung durchgehen. Außerdem kann diese Auffrischung uns allen nicht schaden. Ich werde jetzt nicht auf den Fitnessraum-Vorfall eingehen, obwohl sich noch niemand zu der Nutzung außerhalb der Öffnungszeiten bekannt hat.« Er sah uns über den Rand seiner Brille hinweg an. »Bitte passen Sie alle gut auf, besonders Sie, Mr Kemp.«

Harrison stöhnte leise. »Scheiße.«

»Na, herzlichen Dank, Kumpel«, murmelte ich, die Augen stur nach vorn gerichtet. Das Letzte, was ich wollte, war,

Pierce' Zorn auf mich zu ziehen, weil ich nicht aufpasste. »Diesmal könntest du mir Ärger ersparen, wenn du willst.«

Harrison seufzte. »Beim letzten Mal schienst du nicht sonderlich begeistert davon zu sein.«

»War ich auch nicht.«

Pierce hörte auf zu reden und sah uns direkt an. »Alyssa, ich glaube kaum, dass Mr Kemp es begrüßen würde, ein Bußgeld zahlen zu müssen, weil er die Regeln nicht hören konnte.«

»Tut mir leid.« Mein Gesicht brannte. »Ich werde still sein.«

»Beim Grillfest haben wir noch genügend Zeit, um uns zu unterhalten.« Er wartete noch einen Moment, bevor er fortfuhr.

Am liebsten wäre ich tot umgefallen. Ich hatte noch nie gern im Mittelpunkt einer Gruppe gestanden. Sogar als ich noch zur Schule gegangen war, hatte ich es nach Kräften vermieden, im Unterricht aufgerufen zu werden. Ohne Harrison Beachtung zu schenken, rutschte ich in meinem Stuhl nach unten und betete, dass Pierce nicht noch mal auf mir herumhacken würde.

Entweder war Harrison wegen der Sache im Club noch sauer auf mich oder er hatte einen kindischen Zug an sich. Zuerst hielt ich es für ein Versehen, dass er mit dem Knie gegen meins stieß. Aber das zweite Mal war eindeutig ein Versuch, meine Aufmerksamkeit zu erregen. Das dritte Mal nervte. Beim vierten Rempler langte ich hinüber und kniff ihn mit einem finsteren Blick in den Oberschenkel.

Der Idiot grinste mich feixend an.

Wie hatte ich diesen Kindskopf nur jemals attraktiv finden können? Oder ritterlich?

Das hier bedeutete eindeutig Krieg. Ich achtete darauf, dass mein Timing perfekt war, und zog mein Knie weg, als er das nächste Mal versuchte, mich anzurempeln. Er runzelte die Stirn. Ich grinste. Er streckte die Hand aus und kniff mich in die Kniescheibe.

Er konnte unmöglich wissen, dass meine Knie unglaublich kitzlig sind, deshalb hatte er mit meinem schrillen Quieken sicher nicht gerechnet. Alle drehten sich um und sahen mich an, während mein Magen sich zusammenzog. Ich wäre am liebsten vor Scham gestorben.

Harrison stampfte laut mit dem Fuß auf den Boden. »Da war eine Spinne, die sie erschreckt hat. Ich hab sie umgebracht.«

»Sorry noch mal.«

»Ich hasse Spinnen«, schaltete Mrs Le Page sich ein und klang weit belustigter, als das Thema erlaubte. »Pierce, in letzter Zeit bemerken wir in unserer Wohnung viel mehr von diesen Tieren als üblich. Das wäre vielleicht etwas, um das man sich kümmern sollte.«

»Ich setze es auf die Hausmeisterliste.« Ob er uns nun glaubte oder nicht, Pierce machte sich pflichtbewusst eine Notiz in seinem Büchlein. »Gibt es noch andere Themen, die wir ansprechen sollten?«

»Nein, lasst uns essen.« Mr Le Page stand auf und hielt seiner Frau die Hand hin. »Ich bin am Verhungern, und Bill brutzelt oben ganz alleine Burger.«

Pierce ließ den Blick durch den Raum schweifen und schüttelte den Kopf. Wir mussten den armen Mann in den Wahnsinn treiben. »Wenn es keine anderen Anliegen mehr gibt, dann ist die Sitzung hiermit beendet. Unser Willkommensgrillfest für Mr Kemp findet oben auf der Dachterrasse statt.«

Ich konnte meine Zunge gerade noch lange genug im Zaum

halten, bis die anderen zu reden anfingen, bevor ich mich zu Harrison umdrehte. »Du bist ein Arschloch.«

»Nein, bin ich nicht.« Sein Grinsen war nicht sehr überzeugend. »Ich langweile mich nur schnell.«

»Pierce wird dir das diesmal noch durchgehen lassen, aber er wird brutal, wenn man nicht aufpasst. Er war früher Schulleiter an dieser Highschool, bevor man sie in Eigentumswohnungen umgewandelt hat. Man nannte ihn den Gefängnisdirektor.« Ich setzte das Wort mit den Fingern in Anführungszeichen, mehr aus Gewohnheit, als um es zu betonen.

»Dann hätte er mich nicht gemocht. Eine Sportskanone, die sich so toll vorkam, dass es sogar meine Eltern ankotzte.« Harrison stand auf, was seinen Schritt gefährlich nah an mein Gesicht brachte. »Zeigst du mir, wo es zur Dachterrasse geht?«

»Du brauchst nur den anderen hinterherzulaufen.«

»Was denn, kommst du nicht mit hoch?« Der elende Kerl wirkte beinahe enttäuscht. »Mir wurde vorgeworfen, meine Nachbarn nicht zu kennen. Ich hatte gehofft, ich bekäme Gelegenheit, das zu ändern.«

Warum musste er so verflixt logisch sein? Ich konnte ihm schlecht vorwerfen, mich nicht zu kennen, und dann eine perfekte Gelegenheit ausschlagen, gesellig etwas Zeit mit ihm zu verbringen. Besonders da ich immer zu den Grillfesten ging. Mein Fehlen würde auffallen, und dann würde das Getuschel losgehen. Gefolgt von Gerüchten. Scheiße, das wäre schlimmer als damals, als alle dachten, ich wäre schwanger.

Oder als sie das mit Rob erfahren hatten.

Ich ignorierte seine ausgestreckte Hand und stand auf. »Also schön. Aber ich bin mir immer noch nicht sicher, ob ich dich leiden kann. Na, dann komm.«

Harrison trabte wie ein großer, folgsamer Hund hinter mir her, während ich die Treppe zur Dachterrasse hochstieg. Der Duft von gegrillten Burgern mischte sich mit den kratzigen Klängen der Musik, die aus dem alten Radio kam, das niemandem zu gehören schien. Gelächter und leichte Unterhaltung hüllten uns ein, als wir uns zu den anderen gesellten. Hier oben waren viel mehr Leute als auf der Versammlung. Die verheirateten Paare hatten das Glück, sich bei der Teilnahme an den Treffen abwechseln zu können, damit nicht beide leiden mussten, und trafen sich hinterher beim Grillfest wieder. Rob und ich hatten das auch so gemacht, obwohl mir die seltenen Male, an denen wir gemeinsam hingingen, lieber gewesen waren. Das hatte Spaß gemacht – in etwa so wie das Herumalbern mit Harrison.

Ich blieb so plötzlich stehen, dass Harrison geradewegs an mir vorbeilatschte. Er blieb stehen und schaute sich stirnrunzelnd zu mir um. »Alles okay?«

»Ja. Tut mir leid.«

Er kam zurück und rückte mir dabei wieder ein bisschen zu nah, wie damals in der Bar. »Wie wär's, wenn ich dir was zu trinken hole? Sieht so aus, als habe jemand Bier mitgebracht.«

»Klar.« Ich war keine große Trinkerin, aber ein bisschen Alkohol würde mir in meinem gegenwärtigen Zustand guttun. »Ja, hört sich gut an.«

Ich sah Harrison zu, wie er zur Bar hinüberging und dabei häufig stehen blieb, um mit den anderen Bewohnern zu reden. Zuerst dachte ich, er flirtete, weil die Damen dabei erröteten. Aber je länger ich ihn beobachtete, desto mehr wurde mir bewusst, dass dem nicht so war. Harrison war einer von diesen Typen, die der Person, mit der sie gerade sprachen, ihre gesamte Aufmerksamkeit schenkten. Ob Frauen oder

Männer, er lächelte und nickte, während sie sich mit ihm unterhielten. Kein Wunder, dass ich jedes Mal rot anlief wie ein Teenager, wenn er in meine Richtung sah. Dieses Maß an Eindringlichkeit war ich nicht gewohnt.

»Mir scheint, unser neuer Mieter ist Ihnen schon ins Auge gestochen.«

Scheiße. »Nein, Mrs Le Page. Er sieht zwar gut aus, ist aber nicht wirklich mein Typ.«

Die ältere Frau hakte sich bei mir unter und tätschelte meine Hand. Es war dieselbe Hand, die Harrison geküsst hatte. »Es gibt nur einen Typ, den eine Frau haben sollte. Einen Mann, der sie richtig behandelt. Genau so, wie Ihr Rob es getan hat.«

Bei der Erwähnung seines Namens schnürte sich mir die Brust zu. Durch Harrisons Ankunft im Haus und Robs Karten hatte ich weniger oft an den Mann gedacht, den ich verloren hatte, und öfter an den Versuch, die Vergangenheit hinter mir zu lassen. Ich war mir nicht sicher, ob mir das gefiel.

»Ein nettes Mädchen wie Sie sollte nicht allein sein. Und auch wenn er am Ende doch nicht der Richtige für Sie ist, dann kann gucken zumindest nicht schaden.« Sie gab wieder diesen gurrenden Laut von sich. »Sie müssen zugeben, dass er ziemlich nett anzusehen ist.«

»Ja, er ist nicht schlecht.« Harrison hatte sich zwei Plastikbecher mit Bier geschnappt und war dabei, sich seinen Weg wieder zu uns zurückzubahnen. »Mrs Le Page?«

»Ja?«

»Wie lässt man die Vergangenheit hinter sich?« Ich schluckte den plötzlichen Kloß in meinem Hals hinunter. »Als ich geheiratet habe, hätte ich nie gedacht, dass ich mich noch einmal nach jemand anderem würde umsehen müssen. Ich war nie unglücklich mit dem, was wir hatten. Wie fange ich überhaupt damit an, nach etwas anderem, nach jemand anderem zu suchen?«

Sie drehte sich zu mir um und legte mir lächelnd ihre weiche Hand an die Wange. »Immer einen Schritt nach dem anderen. Mehr kann niemand von uns tun.« Sie blieb an meiner Seite, bis Harrison zurück war. »Mr Kemp, wie gefällt Ihnen Ihre neue Wohnung?«

Er reichte mir das Bier, dabei streiften seine Finger die meinen, als ich ihm den mit Kondenswasser beschlagenen Becher abnahm. »Großartig für eine Mietwohnung. Meine Firma bringt mich für die nächsten drei Monate hier unter, solange ich für diese Niederlassung arbeite. Ich habe noch nicht ausgepackt, aber das wird noch.«

»Oh, dafür brauchen die meisten von uns eine Weile. Ich bin mir sicher, dass in unserer Wohnung auch noch irgendwo Umzugskartons herumstehen. Und wir wohnen hier schon seit zehn Jahren.« Sie drehte sich zu mir um, und das Lächeln auf ihrem Gesicht verriet mir, dass mir das, was da gleich kam, nicht gefallen würde. »Alyssa hier wohnt seit sechs Jahren im Haus. Ich bin sicher, wenn Sie Hilfe dabei brauchen, sich einzugewöhnen, ist sie Ihnen mehr als gern behilflich.«

Und mit diesen Worten ging sie davon.

Harrison gab sich Mühe, sein Lächeln hinter dem Becher zu verstecken, als er einen Schluck von seinem Bier nahm. »Werden wir da gerade verkuppelt?«

»Schon möglich, denke ich.« Ich hätte nicht seufzen sollen, konnte mich aber nicht daran hindern.

»Deinem Tonfall nach zu schätzen bist du nicht allzu begeistert.« Das Funkeln in seinen braunen Augen verriet mir, dass er es genoss, mich zu necken.

»Das ist es nicht.« Ich nahm einen Schluck Bier und verzog über den bitteren Geschmack das Gesicht. Bäh, jemand hatte wieder dieses hopfige Zeug gekauft. »Sie hat so was schon ein paarmal versucht, seit Rob gestorben ist. Nichts zu Aufdringliches, aber auch nichts, das ich wollte.«

»Stimmt ja, du brauchst nicht gerettet zu werden. Nicht einmal von netten alten Damen.«

Ich hätte diese Bemerkung als die leichtfertige Neckerei nehmen sollen, die sie eindeutig war, doch das konnte ich nicht. Ich drehte mich zu ihm um und sah ihm direkt ins Gesicht. »Was soll das bedeuten?«

Falls Harrison die Gefahr spürte, in der er sich befand, ließ seine Miene das nicht erkennen. »Du bist eine Frau, die auf sich selbst aufpassen kann. Was fantastisch ist, wenn auch weniger unterhaltsam für Mrs Le Page.«

»Ich bin sicher, sie kommt drüber hinweg.«

Harrison kam ein bisschen näher, und einen Moment lang war er das Einzige, worauf ich mich konzentrieren konnte. Die Breite seiner Brust und Schultern. Den würzigen Duft seines Aftershaves. Seine Nähe, die meine untere Körperpartie kribbeln ließ, wie schon seit Jahren nicht mehr. Ich wusste, wenn ich die Augen schloss, könnte ich mir mühelos vorstellen, wie sich sein Körper anfühlte, wenn er sich schweißgebadet an meinen presste. Wenn ich schlau gewesen wäre, hätte ich ihn dort im Club gepackt und dazu gebracht, mit mir zu tanzen. Wie hätte es sich wohl angefühlt, Harrisons Hände an meinen Hüften zu haben, statt die von Marcus?

»Du solltest allerdings wirklich vorsichtiger sein, wenn du allein unterwegs bist.« Er lächelte, aber das Funkeln in seinen Augen wurde schwächer. »Mir war nicht bewusst, wie heftig es in dem Laden zugehen kann, sonst wäre ich nie mit meinen Kunden dort hingegangen. Zum Glück sind sie nicht so konservativ wie andere.«

Schon erstaunlich, wie schnell ein Mann eine Frau abtörnen kann, ohne es überhaupt drauf anzulegen. »Wie bitte?«

Ich bin mir nicht sicher, ob ihm klar war, dass er sich gerade auf sehr dünnes Eis begeben hatte, weil er unbekümmert weitermachte. »Es ist wichtig, sich vorher schlauzumachen. Ich bin neu in der Stadt. Du fängst gerade erst an, wieder rauszugehen. Da macht man schnell mal Fehler.«

»Fehler?« Meine Finger krallten sich fester um den Becher. Wenigstens war es diesmal kein Kaffee.

»Zumindest wenn du nicht gerettet werden willst. Du bist eine alleinstehende Frau, und ich nehme an, du hast nicht viel Erfahrung. Du solltest zuerst deine Hausaufgaben machen …«

Ich gab ihm gar nicht die Gelegenheit, sich da wieder rauszureden. Wie in einem schlechten Film schüttete ich ihm mein Bier ins Gesicht. Die bernsteinfarbene Flüssigkeit lief über seine Haut und breitete sich auf seinem nun nicht mehr weißen Hemd aus. Er blinzelte sich das Bier aus den Augen und starrte mich mit offenem Mund an.

»Wie kannst du es wagen?« Ich schleuderte den Becher zu Boden. Es interessierte mich nicht, dass alle auf dem Dach uns anstarrten. »Du weißt nicht das Geringste darüber, was ich tun kann und was nicht. Ich musste meinen Mann zu Grabe tragen, als ich dreiunddreißig war. Ich musste herausfinden, was bei einem Todesfall gesetzlich alles zu regeln ist. Musste die Leute davon überzeugen, dass das alles keine Ausrede war. *Nein, mein Mann drückt sich nicht vor Ihrem Anruf. Er ist wirklich tot.*«

Harrison streckte die Hand nach mir aus. »Alyssa, entschuldige …«

»Nein. Du darfst dich nicht entschuldigen. Du darfst überhaupt keine Meinung dazu haben. Ich gehe!«

Aufgebracht marschierte ich an allen vorbei und gab mir dabei größte Mühe, ihre mitleidigen Blicke zu ignorieren. Das war das Letzte, was ich wollte oder brauchte. Es war schon schwer genug für mich, wieder auf andere zuzugehen, ohne dass mir wildfremde Leute, die zu wissen glaubten, was gut für mich ist, ihre Meinung aufdrückten.

»Alyssa!«, rief Harrison hinter mir her.

Ich blieb stehen, bevor ich den Ausgang erreichte, drehte mich aber nicht um. »Was?«

»Nur fürs Protokoll, ich weiß, dass du sehr wohl in der Lage bist, auf dich aufzupassen. Aber es ist nichts Falsches dran, um Hilfe zu bitten.«

»Ach, leck mich doch.«

Ich konnte nur mit Mühe die Tränen zurückhalten und ging wieder in meine Wohnung.

6

Ich stand nun schon beinahe zehn Minuten vor Harrisons Wohnungstür und fragte mich, für wie bescheuert er mich wohl halten musste. Gott, ich hatte in der Vergangenheit schon einige Momente geistiger Umnachtung gehabt, aber das hier war das erste Mal, dass ich mich so gewaltig blamiert hatte. Mir blieb keine andere Wahl, als mich zu entschuldigen – er hatte es nicht verdient, dass ich ihn so zur Schnecke machte, und das Mindeste, was ich ihm schuldete, war ein neues Hemd.

Außerdem war es eine Verschwendung von gutem Bier gewesen. Auch wenn es zu hopfig war.

Mit einem verärgerten Schnauben trat ich von einem Fuß auf den anderen. Das Ganze aufzuschieben würde es auch nicht leichter machen. Ich musste mich zusammenreißen, mich entschuldigen und zum nächsten Schritt übergehen. Falls dieser Schritt mit Harrison sein würde, toll. Doch die einzige Möglichkeit, das herauszufinden, war, mit ihm zu reden. Und damit das passierte, musste ich handeln.

Na schön. Gehen wir's an.

Ich hielt den Atem an, machte die Augen zu und klopfte. In meinem Magen rumorte es, und ich konnte nicht aufhören, die Finger um die Karteikarte zu krampfen, die ich mitgebracht hatte. Zweifellos war ich der letzte Mensch, den Harrison sehen wollte. Aber für gewöhnlich versuchte ich, ehrlich zu mir selbst zu sein, wenn schon zu niemand sonst. Tief in meinem Innern wusste ich, dass meine Wut nichts mit dem zu tun hatte, was Harrison gesagt hatte, und alles damit, welche Gefühle er in mir auslöste.

Er weckte etwas in mir. Hauptsächlich Lust.

Es kotzte mich ebenso sehr an, wie es mir Angst machte.

In den zwanzig Minuten, während ich in meiner Wohnung auf und ab getigert war, hatte mein Verstand sich im Kreis gedreht, von Wut über Scham bis zu dem Gedanken, was ich mit Robs Karten tun sollte. Ich hatte aufgehört herumzurennen, den Stapel genommen und gewusst, wenn ich diese Sache tatsächlich probieren wollte, dann war Harrison die beste Wahl.

Na ja, zumindest eine Option. Ganz zu schweigen davon, dass ich bei ihm im Geiste eine Menge Kästchen abhakte, was die Kriterien für einen geeigneten Kandidaten betraf.

In der Nähe. Heiß. Kein kompletter Widerling. Heiß. In ein paar Monaten wieder fort.

Heiß.

War das hier Fremdgehen? Es fühlte sich so an, obwohl Rob nicht nur tot war, sondern mir auch noch die ausdrückliche Erlaubnis dazu gegeben hatte. Warum also fühlte es sich an, als wäre ich drauf und dran, den größten Fehler meines Lebens zu begehen, wenn ich Robs Rat befolgte?

Aber selbst falls Harrison mich abweisen sollte, wirkte er zumindest wie jemand, der mir ein paar vernünftige Tipps geben konnte, wie man Männer ansprach. Schließlich war er einer. Vermutlich wusste er, was ihm bei Frauen gefiel. Und seine Tipps wären wesentlich aktueller als das, was Mr Le Page anzubieten hatte. Abendessen und Tanzstunden? Ja, nee.

Wirklich, ich hatte nichts zu verlieren.

Überhaupt nichts.

Als Harrison auf mein Klopfen nicht reagierte, brachte ich den Mut auf, noch einmal zu klopfen. Ich würde bis zehn zählen, und dann war ich weg. Entschuldigen konnte ich mich auch, wenn ich ihn das nächste Mal im Flur traf. Denn wenn er sich nicht blicken ließ, wollte mir das Universum damit eindeutig sagen, dass das hier eine blöde Idee war.

Eins.

Eine wirklich blöde Idee.

Zwei.

Eine wirklich, wirklich blöde Idee.

Drei.

Irgendwo hinter der Tür erklang ein dumpfes Poltern, und ich dachte kurz daran, abzuhauen. Vier. Vielleicht hatte er das Klopfen nicht gehört? Ich sollte wahrscheinlich noch mal klopfen. Fünf. Oder?

Sechssiebenachtneunzehn. *Och ja, schätze, er hat mich nicht gehört.* Es war Zeit zu gehen.

Ich drehte mich um und schaffte fünf Schritte, bevor ich hörte, wie hinter mir die Tür aufging.

»Bist du gekommen, um mir noch einen Drink ins Gesicht zu schütten?«

Nun, ich vermute, viele Männer würden mich nicht mit so neckendem Tonfall begrüßen, nachdem ich ihnen einen halben Liter warmes Bier über den Kopf gegossen hatte, aber zum Glück schien Harrison keiner von ihnen zu sein. Sosehr ich es auch vorgezogen hätte, meinen Rückzug in die Sicherheit meiner vier Wände fortzusetzen, musste ich die Situation zwischen uns klären. Nicht zuletzt war er mein Nachbar, und ich musste mich ebenfalls wie eine gute Nachbarin verhalten. Ohne zu sehr darüber nachzudenken, ließ ich den Kopf hängen und schlurfte zu ihm zurück. Ich sagte kein Wort, bis ich direkt vor ihm stand.

»Alyssa?«

Ich schaute hoch und schenkte ihm meine beste Nachahmung eines Lächelns. Scheiße, er trug immer noch das biergetränkte Hemd. »Hi. Komme ich grad ungelegen?«

Harrison lehnte die Arme lässig über seinem Kopf an den Türrahmen und grinste mich schief an. »Ich wollte mich gerade umziehen. Mir ist da ein kleines Missgeschick passiert.«

Mein Gesicht glühte, und wenn es eine Möglichkeit gegeben hätte, mein Erröten zu verbergen, hätte ich es getan. »Das tut mir so leid.«

»Nicht nötig. Ich war ein Esel.« Er ließ die Hände fallen, trat aber nicht zurück. »Geht es dir gut?«

»Abgesehen davon, dass ich mich wie ein Trottel fühle, weil ich dir Bier ins Gesicht geschüttet habe? Oh ja, prächtig.« Die Karteikarte begann, sich in meiner schweißnassen Handfläche zu biegen. »Eigentlich bin ich gekommen, weil ich mich gefragt habe, ob ich mit dir über etwas reden könnte?«

»Klingt ernst.«

»Eigentlich nicht. Na ja, vielleicht. Nur, ich … Ich brauche eine neutrale Meinung. Ich kenne dich eigentlich gar nicht, und komischerweise spricht das irgendwie für dich. Denke ich. Ich weiß nicht.«

»Wie ich schon sagte, das klingt ernst.« Er zögerte einen Moment, bevor er einen Schritt rückwärts machte und mich hereinwinkte. »Macht's dir was aus, wenn ich mir vorher ein sauberes Hemd anziehe?«

»Nein, kein Problem.«

Es war merkwürdig, über die Schwelle in seine Wohnung zu treten. Ich weiß nicht genau, wie ich mir das Innere von

Harrisons Wohnung vorgestellt hatte, aber jedenfalls nicht wie dieses verrückte Chaos. An den Wänden hingen die typischen gerahmten Bilder, wie es sie in jedem besseren Supermarkt zu kaufen gab. Die Möbel waren ganz aus Leder, der Couchtisch hatte eine Glasplatte und Füße aus Schmiedeeisen. Sogar der Teppich war flauschig. Die ganze Bude schrie geradezu nach Firmenmietwohnung, besonders da überall offene Umzugskartons verstreut standen und zerknülltes Packpapier herumlag.

Er hatte es ernst gemeint, dass Auspacken nicht seine Stärke war. Gerade als ich eine stichelnde Bemerkung diesbezüglich machen wollte, wurde mir bewusst, dass er sein Hemd ausgezogen hatte. Ich war sprachlos.

Nackter. Mann.

Harrison drehte sich zu mir um, sein besudeltes Hemd in der Hand. »Mach es dir bequem. Ich bin gleich wieder da.«

»Wie bitte?« Feste Muskeln. Gebräunt. *Oh Gott, Brusthaare!* Ich mochte Brusthaare. Ich könnte mit den Fingern hindurchfahren und dran ziehen, gerade fest genug, um ihn zu reizen.

»Alyssa? Meine Augen sind hier oben.« Verdammt, er zog mich auf. Nein, damit würde er mich nur dazu bringen, ihn zu mögen, und das war es nicht, was ich wollte.

Mein Gesicht wurde abermals heiß, als mir bewusst wurde, dass es keine Möglichkeit gab, mein unverhohlenes Angaffen wieder zurechtzurücken. »Sorry. Tut mir leid.«

»Es gibt Schlimmeres für das männliche Ego, als von einer schönen Frau angestarrt zu werden.« Er deutete zu seiner Linken. »Die Küche ist da drüben, falls du was trinken möchtest. Ich hab vielleicht sogar Bier im Kühlschrank.«

Es sagte viel über meinen geistigen Zustand aus, dass ich

seine Bemerkung über Bier nicht einmal hinterfragte. Ich steuerte schnurstracks auf den Kühlschrank zu, fand das eben erwähnte Getränk und war dankbar, dass er einen magnetischen Flaschenöffner an der Seite der Tür hatte. Ich schloss die Augen und nahm drei große Schlucke aus der Flasche, bevor ich innehielt.

Was zum Teufel machte ich hier eigentlich? Es war ja nicht so, als würde ich Harrison besonders gut kennen, ganz gewiss nicht lange genug, um ihm einen solchen Vorschlag zu unterbreiten. Ganz zu schweigen von der Tatsache, dass ich ihn erst vor Kurzem öffentlich mit einem Getränk angegriffen hatte. Obwohl ich total provoziert worden war, machte man sich mit so was bei Leuten nicht gerade beliebt.

Vielleicht stand er nicht auf Sex mit Praktisch-Fremden. Verdammt, vielleicht gefiel ich ihm gar nicht auf diese Weise. Mein Magen zog sich zusammen, als mir zum ersten Mal der Gedanke kam, dass ich tatsächlich zurückgewiesen werden könnte. Ich musste die Sache cool angehen.

»Oh mein Gott, bin ich ein Idiot.« Ich nahm einen weiteren tiefen Zug von der Bierflasche.

»Gut, du hast es gefunden.«

Ich zuckte zusammen, als er in die Küche kam. Er knöpfte sich das frische Hemd zu. Es war das Gleiche wie das, das er zuvor angehabt hatte, nur dunkelblau. Wenigstens würde man auf dem hier Flecken nicht sehen, falls wir in eine weitere ernste Diskussion geraten sollten.

»Alles okay?« Er trat dicht an mich heran und nahm mir die Flasche aus der Hand. »Du hast beim Grillfest auch schon ein bisschen neben der Spur gewirkt. Gibt es ein Problem, bei dem du Hilfe brauch…«

»Ich muss mit jemandem Sex haben.«

Wir hörten beide auf zu reden und starrten einander in die Augen. Es dauerte einen Moment, bis mir klar wurde, dass ich das tatsächlich laut gesagt hatte. Mein erster Impuls war, es zu überspielen, mich zu entschuldigen, irgendetwas zu sagen, um die wachsende Verlegenheit aufzulockern, die zwischen uns entstanden war. Doch dann sah ich ihm wirklich in die Augen und war überwältigt von der Intensität seines Blickes. Er wirkte nicht beleidigt oder angewidert von meiner Bitte.

Nein, er wirkte genau das Gegenteil.

»Hm, ja.« Ich räusperte mich. Mir war klar, dass ich die richtigen Worte finden musste, um nicht wie eine Irre rüberzukommen. »Okay, also Rob, er ist mein verstorbener Mann, aber ich glaube, das weißt du schon. Jedenfalls, er war der einzige Mann, mit dem ich je zusammen war, und er hatte Angst, dass ich nichts unternehmen würde, sobald ich bereit bin, die Vergangenheit hinter mir zu lassen, also hat er mir diese Karteikarten hinterlassen, um mir zu helfen, Sex mit anderen Männern zu haben, und ich hab versucht, mit den Karten anzufangen, aber dieses *Geh in eine Bar und such dir irgendeinen Kerl* hat nicht ganz so funktioniert, wie ich gehofft hatte, also wollte ich wissen, ob du Sex mit mir haben würdest. Und falls nicht, ist das auch okay, aber du hast gesagt, ich soll um Hilfe bitten, also tue ich das hiermit irgendwie.«

Harrison hob die Arme und nahm mein Gesicht in seine Hände. Ich hielt den Atem an, als er sich vorbeugte und mir einen sanften Kuss mitten auf die Stirn gab. »Ich hole mir jetzt was zu trinken, und dann schlage ich vor, wir gehen ins Wohnzimmer, damit wir uns hinsetzen und reden können. Vorzugsweise in mehreren Sätzen. Mit Satzzeichen. Und Atempausen.«

Mein Herz hätte genauso gut ein Presslufthammer sein können, so heftig hämmerte es in meiner Brust. »Okay. Das hört sich gut an.«

Er ließ mich nicht los, stattdessen langte er nach unten, um meine Hand zu nehmen. Er brauchte nur einen Augenblick, um sich ein eigenes Bier zu holen, bevor er mich zum Sofa führte. Ich setzte mich mit einem Schnauben, dann bemerkte ich, dass ich die Karteikarte mit tödlichem Griff umklammert hielt. Als Harrison sich zu mir setzte, rieb sein Oberschenkel an meinem, was mir einen weiteren Schauer durch den Körper jagte.

Ich wusste, wenn ich diese Sache ernst meinte, dann musste ich ihm zeigen, was ich mitgebracht hatte. Doch das Risiko einzugehen und die Initiative zu ergreifen stellte sich als viel schwieriger heraus, als ich erwartet hatte. Ich schaute auf die verbogene Pappkarte hinunter und wusste, wenn ich es mit Harrison nicht schaffte, dann hatte ich null Chance, es mit einem anderen zu tun.

»Ist das die Karte?« Er griff nicht danach, sondern trank stattdessen einen Schluck Bier.

»Eine davon. Rob hat mir insgesamt dreißig hinterlassen. Eine davon habe ich schon gemacht … aber die übrigen erfordern, dass ich mit jemand zusammen bin.«

»Darf ich sie sehen?« Er griff immer noch nicht danach, sondern wartete, dass ich diejenige war, die diese Entscheidung traf.

Der Augenblick war gekommen. Eigentlich gab es keinen Grund, warum ich die Karten befolgen sollte, die Rob sich für mich ausgedacht hatte. Ganz gewiss brauchte ich sie Harrison nicht zu zeigen. Ich meine, er gefiel mir, und ich war mehr als in der Lage, etwas mit ihm anzufangen, wenn ich wollte. Ich war es leid, allein zu sein, nicht berührt zu werden, niemanden neben mir zu haben, mit dem ich Witze machen und über all die albernen Dinge lachen konnte, die ich online gefunden hatte. Ich brauchte ihm die Karte nicht zu geben, aber es war vermutlich am besten, wenn ich es tat.

Gott, warum war das nur so verdammt schwer?

Ich stieß ein leises Schnauben aus, dann lächelte ich verlegen und hielt ihm die Karte hin. »Sorry, sie ist ein bisschen feucht.«

»Schon okay.« Sein Lächeln ließ meine Nervosität schmelzen. »Ich möchte, dass du noch mal ganz von vorne anfängst. Was sind das für Karten und warum hast du sie?«

Ich schaffte es ein weiteres Mal durch die ganze Erklärung, diesmal allerdings mit ausreichend langen Pausen, um dabei zu atmen. Die ganze Zeit über, während ich sprach, las Harrison die Karte. Das hätte nicht so viel Aufmerksamkeit erfordert, wenn man bedachte, wie wenig auf der hier geschrieben stand, doch er schien auf die Worte fixiert zu sein. Erst als ich zu Ende gesprochen hatte, stellte er seine nun leere Flasche auf den Couchtisch und las den nächsten Schritt von Robs Plan für mich vor.

»Berühr einen nackten Mann.« Er legte die Karte neben die Flasche auf den Tisch. »Und du willst, dass ich dieser nackte Mann bin?«

Ich machte mir nicht die Mühe, meine Verlegenheit zu verbergen. »Meine Schwester war diejenige, die mich in diesen Club geschleppt hat, damit ich mir einen Typen aufreiße. Nicht, dass sie das ausdrücklich gesagt hätte, aber das war es, was sie sich erhofft hatte. Nachdem du weg warst, hatte ich ein oder zwei, die interessiert wirkten. Es war schön. Aber sobald ich anfing, auch nur annähernd ernsthaft den nächsten

Schritt zu machen, geriet ich in Panik.« Mit einem Stöhnen ließ ich den Kopf auf die Rückenlehne der Couch sinken. »Ich musste so was noch nie zuvor machen. Ich komme mir vor wie eine fünfunddreißigjährige Jungfrau.«

Harrisons Oberschenkel drückte sich ein wenig fester an meinen. »Ich schätze, dein Mann hat so etwas schon geahnt. Daher die Karten?«

»Ja.«

»Ich muss ehrlich sein, manche Männer würden sich von so was Schrägem abschrecken lassen. Eine Sexliste vom toten Ehemann? Nicht normal.«

Ich verlor ein wenig den Mut. »Daran hab ich gar nicht gedacht.«

Harrison kicherte. »War mir schon klar. Das macht dich ja gerade so charmant.«

Ich traute mich beinahe nicht zu fragen, aber es gab längst kein Zurück mehr. »Bist du's? Abgeschreckt, meine ich? Denn wenn du es bist, ist das auch gut. Ich meine nicht gut, aber ich verstehe es. Und ich kann gehen, auf der Stelle. Wenn du willst.«

Anstatt zu antworten, stand er auf und lächelte zu mir herunter. In null Komma nichts fing er an, die Knöpfe wieder zu öffnen, die er erst wenige Augenblicke zuvor fertig zugeknöpft hatte. »Ich hätte mir einen Schritt sparen können, wenn ich das früher gewusst hätte.«

Oh. Mein. Gott. »Ich … ehrlich, ich … Haben wir jetzt Sex?«

»Nein.« Er lächelte süffisant. So ein Schlitzohr! Offensichtlich genoss er das hier regelrecht. »Wir machen das, was auf der Karte steht. Du wirst einen nackten Mann berühren.«

Sein Hemd fiel lautlos zu Boden, während er nach seinem

Gürtel griff. Ich wollte etwas sagen – ihn ermutigen, eine Bemerkung über seine definierten Bauchmuskeln machen, noch einmal wegen der Sex-Sache fragen –, aber mein Mund schien funktionsunfähig zu sein. Als seine Jeans zu Boden fiel, starrte ich ihn mit offenem Mund an und begann vor Aufregung zu zittern.

Harrison zog sich nackt aus.

Ich würde leibhaftig einen sexy nackten Kerl sehen. Allen Ernstes!

Als er seine engen Boxershorts nicht auszog, entschlüpfte mir ein kleiner klagender Aufschrei. Wieder lachte Harrison leise und stemmte die Arme in die Hüften. »Ich denke, das ist ein guter Anfang.«

»Hä?« Ich wollte mir über die Lippen lecken, wollte aber nicht sehnsüchtig wirken. Auch wenn ich es war.

»Nur anfassen. Kein Sex.« Er setzte sich wieder, ließ diesmal jedoch einen kleinen Abstand zwischen uns. »Fangen wir mit was Leichtem an, und dann kannst du herausfinden, ob du mit diesen Karten noch weitergehen willst. Ich habe das Gefühl, du bist dir da selbst nicht so sicher.«

»Aber …« Beinahe fing ich an zu sabbern, deshalb schluckte ich heftig. »Du bist nicht nackt.«

»Das kommt der Sache fürs erste Mal nah genug.« Er lehnte sich zurück, legte die Füße auf den Couchtisch und schloss die Augen. »Wann immer du so weit bist, leg los. Oder auch nicht. Du kannst gehen, und ich würde nicht schlecht von dir denken. Wenn überhaupt, dann bewundere ich dich jetzt nur noch umso mehr.«

Das war nicht, was ich zu hören erwartet hatte. Ich wusste nicht genau, was ich sagen sollte, oder was er auf das hin überhaupt von mir erwartete. Er bewunderte mich für das, was ich zu tun versuchte? War es vielleicht etwas Bewundernswertes zu versuchen, sich flachlegen zu lassen? Ich verdrängte diesen Gedanken aus meinem Kopf und versuchte, mich auf die vor mir liegende Aufgabe zu konzentrieren. Ich hatte einen fast nackten attraktiven Mann neben mir sitzen, der darauf wartete, dass ich die Hand ausstreckte und ihn berührte.

Ich zog meine Füße auf die Couch und setzte mich ihm zugewandt in den Schneidersitz. Das gab mir eine gewisse Barriere, aber eine, die ich mühelos überwinden könnte, wenn ich bereit war. Es machte Sinn, erst einmal nur zu gucken. Ich meine, ich hatte noch nicht viele nackte Männer aus der Nähe gesehen, die nicht mit mir verwandt waren, und keiner davon war so fit wie Harrison gewesen.

Der Kerl war wirklich durchtrainiert.

Ich räusperte mich, schaute aber nicht weg. Er hatte kein Gramm Fett an sich, was ich auch nicht gewohnt war. »Ich muss reden, sonst wird mir das zu schräg.«

»Ich kann reden. Damit verdiene ich meinen Lebensunterhalt.« Wieder dieses verdammte Grinsen. Ich konnte mir gut vorstellen, dass das mit der Zeit nervte. »Worüber willst du reden?«

Seine Brustwarzen waren steif, obwohl ich die Luft gar nicht so kalt fand. Ich wollte mit der Fingerspitze über den harten Knubbel streichen, um zu sehen, welche Reaktion ich damit hervorrufen würde. Meine Hand war bereits in Bewegung, bevor ich hinterfragen konnte, was ich da tat. In der letztmöglichen Sekunde kniff ich und verlagerte meine Aufmerksamkeit auf seinen Bizeps. Ich berührte den Muskel mit der Fingerspitze und umkreiste die Wölbungen seines Arms.

»Du musst ziemlich viel trainieren.«

Harrison schluckte heftig. »Ich gehe jeden Morgen um

fünf ins Fitnessstudio. Das mache ich schon seit Jahren. Es hilft mir, die ganzen Geschäftsessen und Cocktailstunden auszugleichen, die ich durchstehen muss.«

Er bekam Gänsehaut, als ich die Erkundungstour mit meinem Finger als einzigem Berührungspunkt fortsetzte. Ich rückte näher und strich hoch zu seinem Schlüsselbein. Der Duft seines Deodorants war stark, als habe er es frisch aufgetragen, bevor er in das saubere Hemd geschlüpft war. Vielleicht hatte er das. »Erzähl mir, wie so ein typischer Tag bei dir abläuft.«

Ich ging dazu über, drei Finger statt einem zu nehmen, als ich seine Brust erreichte. Sorgfältig darauf bedacht, seine Brustwarzen zu meiden, fuhr ich mit den Fingerspitzen durch sein Brusthaar und seufzte, als ich spürte, wie rau es war. Harrison hatte jede Menge davon, ganz im Gegensatz zu Rob. Scheiße, ich wollte jetzt nicht an Rob denken, selbst wenn es verständlich war, Vergleiche anzustellen.

»Wie gesagt, morgens gehe ich gleich ins Fitnessstudio, dann ab ins Büro und zwischendurch zu Kundenterminen. Abends zu Hause koche ich mir was und arbeite danach noch ein wenig, bevor ich ins Bett gehe. Nichts Spektakuläres. Wenn ich allerdings in einer Stadt bin, die ich nicht kenne, mache ich auch ein wenig Sightseeing.« Er stieß ein lautes Stöhnen aus. »Bleib weg von meinen Seiten. Da bin ich kitzlig. Ich hab dich gewarnt.«

»Du kannst unmöglich mit diesem roten Tuch vor meiner Nase herumwedeln und dann erwarten, dass ich mich nicht drauf stürze.« Ich erhob mich auf die Knie und ließ meine Finger über seinen Bauch spazieren – steinharte Bauchmuskeln, weiches Haar um seinen Nabel – und hinunter zu seiner Seite. »Wo ist Mr Kemp denn kitzlig …?«

»Lass das. Ich warne dich …«

»Etwa ungefähr …«

»Alyssa …«

»Hier?!«

Ich lachte quiekend, als er losbrüllte und bockend die Hüften vom Sofa aufbäumte. Ich konnte ein wenig fies sein, was Kitzeln betraf, und nun, da ich wusste, dass er einen Schwachpunkt hatte, konnte ich nicht aufhören. Harrison versuchte lachend, sich meiner Berührung zu entziehen. Alles, was ich wollte, war, weiter seine Seiten zu drücken und ihn zu kitzeln. Ich fand es herrlich, wie sein Gesicht rot anlief, während sein Lachen tief aus dem Bauch herauskam. Womit ich nicht gerechnet hatte, war, dass er sich umdrehen, mich an der Taille packen und in die Sofakissen drücken würde.

»Aufhören! Ich krieg keine Luft.« Er hatte die Augen fest zugekniffen, und Tränen standen ihm in den Augenwinkeln. »Teuflisches Weibsstück.«

Ich lachte mindestens genauso heftig wie er. All meine vorherige Anspannung war endlich verflogen. Es war mir sogar egal, dass er mir die Handgelenke neben dem Kopf festhielt oder dass das Einzige, was mich davon abhielt, seinen Schwanz zu sehen, dünne schwarze Boxershorts waren. Als mein Lachen versiegte, machte Harrison endlich die Augen auf. Er hatte ein Strahlen an sich, als habe er diesen Moment der Albernheit ebenso nötig gehabt wie ich.

»Wie lange ist es her, dass du eine Freundin gehabt hast?«

Etwas in seiner Miene veränderte sich. Es war so subtil, dass ich es mühelos übersehen hätte, hätte ich nicht direkt unter ihm gelegen. Harrison ließ meine Handgelenke los und stützte sich neben meinem Kopf ab.

»Es ist schon eine Weile her bei mir. Nicht lange, wenn

man bedenkt, was für einen Job ich habe. Ich bleibe nie lange an einem Ort.« Er neigte den Kopf zur Seite. »Bist du fertig mit erforschen?«

Ich hatte ihn durcheinandergebracht, das merkte ich. Wenn ich schlau wäre, würde ich Ja sagen, ihm für seine Hilfe danken und verschwinden.

Ich hatte noch nie behauptet, schlau zu sein.

»Nicht ganz«, flüsterte ich.

Ich nahm beide Hände und strich an seinen Armen entlang hoch zu seinen Schultern. Die Bewegung sorgte dafür, dass ich den Oberkörper anhob, wodurch mein Gesicht nur wenige Zentimeter von seinem entfernt war. Doch so verlockend es war, ihn zu küssen, zu spüren, wie es sich anfühlte, wenn sich ein Paar Lippen, die nicht Rob gehörten, auf meine pressten, tat ich es nicht. Stattdessen strich ich mit den Fingern über seine Schulter zu seinem Rücken. Die Muskeln dort waren ebenso fest wie an Brust und Armen. Ich brauchte seine Oberschenkel und Waden nicht zu berühren, um zu wissen, wie steinhart sie waren. So wie Harrison breitbeinig über mir kniete, konnte ich beinahe jeden Zentimeter von ihm spüren.

Na ja, außer einiger wesentlicher Zentimeter.

Ich hätte nicht hinsehen sollen, doch kaum zuckte der Gedanke an seinen Schwanz durch meinen Kopf, wanderten meine Augen hinunter, um nachzusehen. So reizend seine Shorts auch waren, sie trugen wenig dazu bei, seine Erektion zu verbergen. Seine gewaltige Erektion.

Wow.

Er stöhnte. Als ich den Blick hob, stellte ich fest, dass er zu mir heruntersah. Seine Erregung war unverkennbar, selbst wenn mir der offensichtliche Beweis nicht ins Gesicht gestarrt hätte. Harrisons Körper zitterte, als er sich räusperte. »Das ist schwerer, als ich gedacht hatte.«

»Dich von mir berühren zu lassen?«

»Keinen Sex mit dir zu haben.«

Ich war feucht und hätte nichts lieber getan, als mich an seinem Oberschenkel zu reiben, um mir Erleichterung zu verschaffen. Er war warm, roch so gut, und zum ersten Mal konnte ich mir mich mit einem anderen Mann vorstellen. Der Gedanke war ebenso aufregend wie beängstigend. »Du meinst, das können wir nicht?«

»Nein. Das stand nicht auf der Karte.«

Diese Scheißkarten. »Ich hab noch mehr bei mir zu Hause. Ich bin sicher, da sind ein paar dabei, auf denen steht, dass wir Sex haben können. Mehr als eine. Haufenweise.«

»Davon bin ich überzeugt. Aber laut dieser hier ist erst Tag drei. Ich finde, du solltest sie der Reihe nach machen. An Tag drei gibt es keinen Sex.«

»Ich wette, wir dürfen schummeln und diese Regel brechen.« Ich war im Augenblick bereit, so manches zu brechen, wenn es bedeutete, dass ich Sex haben konnte.

Harrison stand auf und streckte die Hand aus. »Ich mache dir ein Angebot. Bring morgen Abend den Rest der Karten rüber. Ich mache uns Abendessen, und wir können sie uns ansehen. Die … Regeln besprechen.«

Mein ganzer Körper vibrierte, als ich auf die Füße kam. »Regeln?«

Er hätte albern aussehen sollen, wie er vor mir stand, nackt, die Hände in die Hüften gestützt, mit seiner Erektion, die hinter seinen Boxershorts hervorragte, aber ich wollte nichts mehr, als ihn überall zu berühren. »Ja, Regeln. Nur so kann ich das tun.«

Ich war überzeugt, dass ich aussah wie ein nach Luft schnappender Fisch auf dem Trockenen. »Aber das musst du nicht. Ich wollte gar nicht alle Karten durchgehen. Nur ein paar. Und dann Sex mit einer Zufallsbekanntschaft haben.«

Harrison schüttelte den Kopf. »Nein. Morgen Abend. Essen. Karten. Reden.«

Ich verdrehte die Augen. »Neandertalersprache. Juhu.«

»Alyssa.«

»Okay, okay. Ich hatte sowieso nichts vor. Ich komme rüber.«

»Gut. Und jetzt bringe ich dich raus, damit ich mir in Ruhe einen runterholen kann.«

»Oh Gott!« Ich schnappte mir meine Sneakers und lief zur Tür. »Sag mir doch keine solchen Sachen!«

»Ich bin nicht gut im Lügen. Nicht mal bei Notlugen.« Er ließ mich in der offenen Tür noch einmal innehalten, indem er meinen Namen rief. »Passt es dir gegen sechs Uhr?«

»Klar.« Ich grinste und wies mit einem Kopfnicken auf seinen Schwanz. »Viel Spaß!«

Bevor er antworten konnte, zog ich die Tür hinter mir zu und hastete zu meiner Wohnung. Ich rammte den Schlüssel ins Schloss, riss die Tür auf und hechtete regelrecht in Sicherheit. Kaum war sie hinter mir ins Schloss gefallen, brach ich in heftiges Kichern aus und rutschte zu Boden. Das Holz lag fest in meinem Rücken und verhinderte, dass ich mich in eine Pfütze Glibber auflöste.

Das hier war gerade wirklich passiert. Ich hatte Harrison berührt. Wir hatten gelacht. Wir hatten beinahe Sex gehabt.

Es würde Regeln geben.

Mein Körper fühlte sich lebendig an, erregt und bereit, es mit allem aufzunehmen, was er mit mir vorhaben mochte.

Meine Brustwarzen waren steif, und meine Klitoris drängte fest gegen mein feuchtes Höschen. Wie es schien, würde Harrison heute Nacht nicht der Einzige sein, der masturbierte. Mit einem Lachen rappelte ich mich auf die Füße und stolperte ins Schlafzimmer, um meinen neuen Vibrator zu suchen.

Der heutige Abend hatte sich viel besser entwickelt, als ich erwartet hatte. Ich konnte nur hoffen, dass es morgen genauso gut werden würde.

7

Ich meldete mich bei der Arbeit krank, da ich mich sicher auf keinen Fall lange genug konzentrieren können würde, um meine Dokumente zu öffnen, geschweige denn irgendetwas Produktives damit anzustellen. Auch wenn es lustig wäre, vermurkste Prozessdokumente zu erstellen und dann zu sehen, was die Programmierer daraus machten, hätte ich damit auf lange Sicht nur noch mehr Arbeit. Stattdessen versuchte ich zu schlafen und nicht an das Abendessen und was danach kommen würde zu denken. Allerdings hielt ich es nach dem Weckerklingeln nur ungefähr zwanzig Minuten lang im Bett aus, bis ich aufstand.

Offensichtlich war ich aufgeregt. Oder geil. Vermutlich beides.

Ich beschloss, mich mit Kochsendungen abzulenken, in der Hoffnung, meine kulinarischen Fähigkeiten zu kultivieren. Nachdem ich aufmerksam einen Kochduell-Marathon verfolgt hatte, zog mich eine Sendung über verführerische Gaumenfreuden als Vorspeisen in ihren Bann. Es erschien sinnvoll, nicht mit leeren Händen zu Harrison rüberzugehen. Normalerweise würde ich eine Flasche Wein mitbringen, aber im Hinblick auf meine jüngste Erfolgsgeschichte in Sachen Getränke erschien mir Essen als die zivilisiertere Wahl. Jedenfalls würde ich ihm das weit weniger wahrscheinlich über den Kopf kippen. Ich schnappte mir einen Stift und fing an, mir Notizen zu machen.

Für den Rest des Nachmittags erfüllte der Duft nach gebratenem Knoblauch und Tomaten meine Wohnung. Ich machte das in letzter Zeit so selten, dass die Handlung des Anbratens eine beruhigende Wirkung auf mich ausübte. Ich liebte es zu kochen, aber es war schwer, die nötige Energie dafür aufzubringen, wenn man nur für sich alleine kocht. Gut möglich, dass ich ein wenig mehr kochte, als ich heute Abend brauchen würde, aber das machte nichts. Reste konnten nie schaden.

Meine Gedanken gingen auf Wanderschaft, während ich die Zutaten vorbereitete, die ich zusammengestellt hatte. Es machte Spaß, sich Harrisons Reaktion beim Probieren der Spießchen vorzustellen. Ich fragte mich, ob er sich den Saft von den Fingerspitzen lecken würde, ob er an ihnen saugen würde, um auch noch den letzten Rest Geschmack zu genießen. Es fiel mir erstaunlich schwer, mich nicht ins Schlafzimmer davonzustehlen. Wer hätte gedacht, dass meine Selbstbefriedigungs-Trockenzeit auf so spektakuläre Weise enden würde – Porno und Nachbar-Fantasien. Juhu!

Ich hantierte so geschäftig in meiner Küche, dass ich beinahe mein Zeitgefühl verloren hätte. Darum durchfuhr mich ein heftiger Stich Panik, als es laut an der Tür klopfte. Scheiße, es war halb sechs, und ich hatte noch nicht mal geduscht! Ich schnappte mir ein Geschirrtuch, um mir den Knoblauchsaft von den Fingern zu reiben, und lief zur Tür.

»Harrison.« Es war noch viel zu früh. Ich spähte aus der Tür, um zu sehen, ob noch jemand in der Nähe war. »Alles okay?«

Also, ich weiß, dass ich nicht gerade sehr aufmerksam bin, was das andere Geschlecht betrifft. Mir fällt es nie auf, wenn jemand mich abcheckt. Ich dachte immer, das läge einfach daran, dass es so selten vorkommt. Allerdings wurde mir von einer Reihe von Leuten immer wieder bestätigt, dass mein Hintern sehr wohl wohlwollend gemustert wird und ich tatsächlich einfach nichts davon mitkriege. Wie dem auch sei, selbst ich konnte sehen, dass die Art, wie Harrison mich ansah, etwas Hitziges an sich hatte. Ich hatte mein Haar nachlässig zu einem Knoten gedreht und mir nicht die Mühe gemacht, Make-up aufzulegen. Mein T-Shirt und die Shorts versteckten sich unter der Leinenschürze, die vom jahrelangen Gebrauch mit Flecken übersät war. Nicht gerade mein attraktivster Look.

»Du kochst.«

Irgendetwas an der Art, wie er es sagte, kam mir nicht richtig vor. »Ja. Ich dachte, ich bringe eine kleine Vorspeise mit. Ich war mir nicht sicher, was du dir vorgestellt hattest, aber ich wollte nicht mit leeren Händen kommen.«

Er leckte sich die Lippen. »Das riecht köstlich.«

»Ich bin eine Frau mit vielen Talenten.« Du lieber Himmel, ich flirtete total!

Anstatt es bleiben zu lassen, schob ich keck die Hüfte zur Seite, warf mir das Geschirrtuch über die Schulter und stemmte die Arme in die Hüften. Wenn ich schon diesen Weg mit ihm gehen wollte, dann aber auch richtig.

»Passt es dir immer noch, wenn ich in einer halben Stunde rüberkomme, oder brauchst du noch ein wenig mehr Zeit?«

Er kniff die Lippen zusammen, und sein Blick wurde schmal. Aber so schnell, wie er sich versteift hatte, entspannte er sich auch wieder und stieß einen Seufzer aus. »Ein Meeting hat länger gedauert. Solange es dir nichts ausmacht, mir beim Kochen zuzusehen, komm ruhig rüber.«

Rob hatte null Talent in der Küche besessen. Die meisten

Männer in meiner Familie wussten gerade noch, wo die Küche war, geschweige denn, wie man irgendetwas Anspruchsvolleres als Müsli oder Toast zubereitete. Wie cool war es, mit einem Typen zusammen zu sein, der mehr konnte, als nur schnell was in die Mikrowelle zu stecken? »Klingt nach einer guten Idee. Ich komme rüber, sobald die Spießchen fertig sind und ich mich ein bisschen hübsch gemacht habe.«

»Du siehst fantastisch aus, so wie du bist.« Er nickte mir zu, wobei sein Blick kurz über meinen Körper glitt, bevor er den Flur entlang zu seiner Wohnung ging. »Wir können mit unserem Gespräch anfangen, sobald du da bist.«

So verlockend es auch war, ihm hinterherzusehen, schloss ich dennoch die Tür und sauste zurück, um mich fertig zu machen. Das Angaffen würde warten müssen.

Schließlich warteten Regeln auf mich.

Ich brauchte ein bisschen länger als dreißig Minuten, um fertig zu kochen und vorzeigbar auszusehen. Es hätte bei Weitem nicht so lang gedauert, wenn es meine Absicht gewesen wäre, weiter diesen sexhungrigen *O mein Gott, es passiert wirklich*-Ausdruck auf dem Gesicht zu haben, aber ich wollte nicht als verzweifelt rüberkommen. Oder verrückt.

Auch wenn ich tatsächlich anfing, an meiner geistigen Gesundheit zu zweifeln.

Als ich diesmal an Harrisons Tür klopfte, machte er beinahe sofort auf. Er hatte eindeutig ebenfalls geduscht. Sein Haar war immer noch feucht, und sein dunkelblaues Hemd klebte ihm an ein paar Stellen an der Brust. Ich verstärkte meinen Griff um den Teller mit den Spießchen und richtete meine Aufmerksamkeit gewaltsam auf sein Gesicht.

Er gab sich Mühe, mich nicht auszulachen.

»Also, hi!« Ich hielt den Teller hoch und lächelte. »Ich hab die hier.«

»Und ich hab Wein. Komm rein.«

Anders als gestern Abend war Harrisons Wohnung heute deutlich ordentlicher. »Du hättest nicht für mich aufzuräumen brauchen.« Ich folgte ihm in die Küche, wo ich meinen Teller gegen ein Glas Weißwein eintauschte.

»Hab ich nicht. Ich habe einfach nur einen Haufen der Kartons ins Nebenzimmer geschoben.« Er nahm einen der Spieße und zog mit den Zähnen eine Kirschtomate herunter. »Lecker.«

Ich gab einen wimmernden Laut von mir.

»Ich röste gerade Gemüse im Ofen, für eine eigene Soße. Ich dachte mir, Pasta wäre eine sichere Wahl. Wusste nicht, ob du irgendwelche Allergien hast oder bestimmte Sachen nicht magst.« Seine Zunge schnellte vor und leckte über das Stück Hühnchen, bevor er es ebenfalls vom Spieß zog.

Das ist der Teil der Unterhaltung, an dem du antworten solltest. Ich räusperte mich. »Ich esse alles. Ich meine, ich mag alles. Und Allergien hab ich keine.«

Er lachte. Kein leises Glucksen oder höfliches Kichern. Nein, Harrison lachte tief aus dem Bauch heraus. »Wie viel Schiss hast du gerade?«

»Auf einer Skala von eins bis zehn? Ich würde eine ganze Packung Lorazepam schlucken.«

»Das Gemüse braucht noch eine Weile. Warum setzen wir uns nicht aufs Sofa und reden?«

Das Bild seines fast nackten, in die Kissen gelehnten Körpers blitzte vor meinem inneren Auge auf. »Hier ist okay. Da ist der Wein näher.«

Er füllte mein Glas nach. »Na gut. Dann also hier.«

Er zog sich einen Barhocker heran, setzte sich drauf und klopfte dann auf den Platz neben ihm. Ein so großer Mann sollte sich nicht in einen so schmalen Hocker setzen müssen, aber auf dem Sofa hätte ich keine zehn Minuten überlebt. Ich verrückte den Hocker etwas, um mehr Platz zwischen uns zu schaffen. »Okay.«

Die Pause war unerwartet. Wie zum Teufel sollte einer von uns dieses Gespräch in Gang bringen?

»Tut mir leid.« Ich seufzte und drehte mein Glas zwischen den Händen. »Ich habe ehrlich keine Ahnung, was ich da tue, oder warum ich darüber nachdenke, diese Karten zu befolgen. Du hattest recht, es ist verdammt merkwürdig. Wie verkorkst bin ich, dass ich diese ganze Sache überhaupt in Betracht ziehe?«

»Du kommst mir nicht verkorkst vor. Einsam, ja. Aber nicht verrückt.«

»Das ist doch schon mal was, nehm ich an.«

Harrison hatte den Ellbogen auf die Arbeitsplatte und das Gesicht zwischen Daumen und Zeigefinger gestützt. Es fühlte sich an, als versuche er, aus mir schlau zu werden, und wüsste immer noch nicht genau, woran er bei mir war. Das war das unbehaglichste Nicht-erste-Date, das ich je hatte.

Die oberste Regel in Sachen Geselligkeit lautete, den anderen kennenzulernen. Das konnte ich. »Du arbeitest im Vertrieb? Wie ist das so?«

Seine Augen funkelten, als er langsam den Mund zu einem schiefen Lächeln verzog. »Ich treffe interessante Leute. Da muss man sehr wortgewandt sein.«

»Ich bin Dokumentationsentwicklerin für eine Softwarefirma. Wortgewandtheit spielt da keine Rolle.«

»Ich wette, du machst deine Arbeit super.«

»Es ist stinklangweilig, aber von irgendetwas muss man ja leben.« Eigentlich war es gar nicht langweilig. Ich liebte es, Programme auseinanderzupflücken, all die Tücken und Feinheiten zusammenzufassen, damit sich nicht irgendein armer User daran die Zähne ausbiss. Ich war allerdings noch nie jemandem außerhalb dieses Berufsfelds begegnet, der das ebenso sah, also beschränkte ich mein Gerede über die Arbeit für gewöhnlich auf ein Minimum.

»In meinem Berufszweig treffe ich alle möglichen Leute.« Harrison beugte sich vor und senkte verschwörerisch die Stimme. »Kennst du Charlie Brown?«

Ich blinzelte. »Wie bitte?«

»Charlie Brown. Kahlköpfiger Junge, niedlicher Beagle als Haustier.«

»Ja, klar.«

»Weißt du noch, wie er immer wieder versucht, den Football zu kicken, den Lucy für ihn hält? Er gibt jedes Mal sein Bestes. Er rennt zur Linie und holt zu einem gewaltigen Tritt aus, nur damit Lucy ihm den Ball in der allerletzten Sekunde wegzieht. Er landet auf seinem Hintern. Jedes. Einzelne. Mal.«

Er rückte wieder näher, und ich konnte den Seifenduft riechen, der immer noch an seiner Haut hing. Ich wurde mir meines eigenen Körpers bewusst, wie nah er seinem war, wie groß er war im Vergleich zu mir. Ich war nicht sicher, ob ich mich zu ihm lehnen oder aus seiner Wohnung flüchten wollte.

»Ja«, gelang es mir zu quäken.

»Du erinnerst mich an Charlie Brown. Bereit, auf den Football zuzurennen, bereit, dein Bestes zu geben, obwohl du genau weißt, dass er dir in der letzten Sekunde wieder weggezogen werden könnte. Ich möchte, dass du eines weißt.« Als er sich diesmal weiter vorbeugte, waren unsere Lippen nur noch wenige Zentimeter voneinander entfernt. »Ich bin nicht so wie Lucy.«

Der Ofentimer klingelte. In Windeseile war Harrison um die Küchenzeile herum und holte die Pfanne aus dem Ofen.

Scheiße.

Scheiße, verdammter Mist, dieser verlogene Arsch!

Er war so wie die verfluchte Lucy. Nur war es kein Football, den er mir vor der Nase wegzog.

Wir unterhielten uns über belangloses Zeug, während wir das Abendessen fertig zubereiteten. Ich bin sicher, er wollte mir damit die Anspannung nehmen, mir helfen, mich zu entspannen, bevor unsere Unterhaltung ihre unweigerliche Wendung in Richtung Sex nahm, doch das klappte nicht. Als wir uns zum Essen setzten, konnte ich nicht anders, als seine breite Brust und die Ungezwungenheit, mit der er sich bewegte, zu bewundern. Jedes Mal, wenn er die Gabel zum Mund führte, wollte ich nur wissen, wie es wohl wäre, ihn zu küssen. Jedes Mal, wenn er nach seinem Glas griff, fragte ich mich, wie fest er beim Sex meine Brüste kneten würde. Als er nach den Brötchen langte und ich das Spiel der Muskeln seiner entblößten Unterarme beobachtete, stellte ich mir vor, wie er mich in die Matratze presste, während er in mich stieß.

»Es gibt noch Nachtisch. Schokoladenkuchen.«

Er wollte mich wohl fertigmachen! »Bitte sag mir, dass du den nicht selbst gebacken hast. Mit einem Mann, der kochen und auch noch backen kann, komme ich echt nicht klar.«

»Keine Sorge. Der ist gekauft.«

»Gott sei Dank.«

Ich wollte warten, bis er den Kuchen serviert hatte, ehe ich das Thema auf die Regeln brachte. So nett das Essen auch gewesen war, hatte ich es langsam satt, um den Grund herumzuschleichen, wegen dem ich hier war. Kaum stand ein in der Mikrowelle erwärmter flüssiger Schokoladenkuchen vor mir, nahm ich einen Schluck Wein, räusperte mich und sah Harrison direkt in die Augen. »Also.«

»Ja?« Er nahm die Gabel und schob sich ein großes klebriges Stück in den Mund.

»Ich …«

Er leckte den Rücken der Gabel ab und zwinkerte mir dabei zu. »Ich nehme an, du bist bereit, deinen Vorschlag zu diskutieren?«

»Hm?« Da war ein Schokoladenfleck an seiner Unterlippe. Ich wollte sie um jeden Preis sauber lecken. »Richtig. Die Karten.«

»Hast du sie mitgebracht?«

Die verdammten Dinger brannten mir ein Loch in die Tasche, seit ich sie dort hineingesteckt hatte. »Ich weiß, du hast gesagt, wir sollten sie alle der Reihe nach befolgen, aber so hatte ich das nicht vor. Ich meine, sie sind nur Anregungen. Vorschläge, um mich wieder raus ins Land der Verabredungen zu bekommen.«

Ich weiß nicht, warum ich zögerte, sie Harrison zu zeigen, aber es fiel mir viel schwerer als erwartet, sie über den Tisch zu schieben. Meine Brust schnürte sich zu, weshalb ich mich bewusst zum Weiteratmen zwingen musste. »Also gut, da sind sie.«

Harrison nahm sie nicht sofort. Er verputzte weiter seinen Schokoladenkuchen, dabei flog sein Blick bei jedem Bissen zwischen mir und den Karten hin und her. Erst als er fertig war, legte er die Gabel auf den Teller, stellte ihn beiseite und nahm die Karteikarten.

Auf der Suche nach Ablenkung verdrückte ich meinen eigenen Nachtisch mit drei großen Bissen.

Er blätterte durch die Karten, bis er zu der kam, die, wie ich nur vermuten konnte, Tag eins war. Er leckte sich über die Unterlippe. »Jetzt weiß ich, was du an dem Nachmittag gemacht hast, als ich dachte, du wirst umgebracht.«

Und da war sie wieder, die Hitze in meinen Wangen. »Das wirst du wohl nie vergessen, was?«

»Nö.« Er wandte seine Aufmerksamkeit wieder den Karten zu. »Dein verstorbener Mann hatte eine ziemlich reiche Fantasie. Ich nehme an, du hast noch nicht viele von diesen Sachen gemacht.«

»Nein. Rob wollte meinen Horizont erweitern.« Ich hatte länger im Internet gesurft, um ein klein wenig zu recherchieren, welche Sexsachen ich ausprobieren könnte. Nun, das hatte mich fürs Leben gezeichnet. Im Ernst, das Internet ist ein beängstigender Ort. »Ehrlich gesagt, ein paar davon lesen sich eher wie seine Wunschliste als meine, aber er hatte die besten Absichten.«

»Ich helfe dir gern dabei, auf neue Ideen zu kommen.« Sein Lächeln legte die Haut um seine Augen in kleine Fältchen. »Aber wie schon erwähnt, bin ich der Meinung, wir brauchen zuerst ein paar Grundregeln. Nicht nur für dich, sondern auch für mich.«

Das ergab Sinn. Wir waren beide dabei, eine sexuelle Beziehung mit einem Fremden einzugehen, den wir erst wenige Wochen kannten und nur ein paarmal getroffen hatten. Allerdings erschien es mir auch nicht richtig, unser Experiment auf eine Liste von Dos and Dont's zu reduzieren. Für mich war es bei Sex nie rein um Lust gegangen. Es war meine Möglichkeit gewesen, mit Rob verbunden zu sein, mir zu bestätigen, dass mit uns als Paar noch alles in Ordnung war. Die Hälfte der Zeit hatte ich nicht einmal einen Orgasmus. Nicht, weil Rob nicht bereit gewesen wäre, etwas für mich zu tun, sondern weil ich nicht das Bedürfnis danach verspürt hatte.

Was ich mit Harrison gleich unternehmen würde, war etwas völlig anderes. Ich hatte keine Ahnung, ob es mich verändern oder die Welt aus einem anderen Blickwinkel sehen lassen würde.

»Klar. Regeln machen Sinn.« Ich verschränkte die Finger und beugte mich vor. »Willst du anfangen, oder soll ich?«

»Wie wär's, wenn wir uns abwechseln? Zuerst du, dann ich.«

»Okay.« Mein Verstand war kaum mehr als ein Tornado, der durch meinen Schädel wirbelte. Ich schnaubte leise und sagte das Erste, was mir in den Sinn kam. »Wir müssen Kondome benutzen.«

»Einverstanden. Wir müssen uns beide auf Geschlechtskrankheiten untersuchen lassen, bevor wir anfangen.«

Wow, daran hatte ich nicht einmal gedacht. »Einverstanden. Ich weiß, dass Rob diese Karten mit den allerbesten Absichten geschrieben hat, aber ich darf Einspruch erheben, falls ich mich dabei unwohl fühle. Ich finde, dasselbe sollte auch für dich gelten.«

»Ich habe zwar nichts zu Abgefahrenes auf der Liste entdeckt, aber einverstanden.« Er zögerte einen Moment und trank einen weiteren Schluck Wein, was mich unruhig auf meinem Platz herumrutschen ließ. »Eine Sache muss ich klarstellen. Ich bin wegen eines befristeten Vertrags hier. Die Geschäftsstelle hier in Toronto braucht mich nur für drei Monate, dann ziehe ich wieder weiter. Ich mag dich und will dir keine falschen Hoffnungen machen. Wenn wir das hier tun, dann geht es dabei nur um Sex. Ich hab's nicht so mit Beziehungen. Das liegt nicht an dir. Das ist einfach nicht mehr mein Ding.«

Es war nichts Ungewöhnliches, dass die Mieter dieser Wohnung häufig wechselten. Deshalb hatten wir sie Touristik getauft. Warum ich nicht wirklich daran gedacht hatte, dass Harrisons Aufenthalt nicht von Dauer sein würde, war merkwürdig. Aber obwohl ich mich zu Harrison hingezogen fühlte, hatte Rob recht damit, dass ich mich nicht gleich wieder in eine ernste Beziehung stürzen sollte. Zu wissen, dass die Sache zwischen uns nur vorübergehend sein würde, machte die Beziehung sicherer.

Ich stellte mein Glas ab und wischte mit den Händen über meine Oberschenkel. »Rob war der einzige Mann, mit dem ich je geschlafen habe. Ich bin nie mit einem anderen ausgegangen. Ich denke, eine Gelegenheit, Spaß zu haben, etwas darüber herauszufinden, was ich mag und was nicht, wird mir guttun. Ich brauche das. Mach dir keine Sorgen, dass ich zu anhänglich werde. Ich bin nicht bereit für eine Beziehung. Noch nicht. Hierbei geht es wirklich nur um Sex.«

Ich streckte ihm die Hand hin und war stolz auf mich, dass sie nicht zitterte. Harrison sah sie an, ergriff sie jedoch nicht.

»Eine Sache noch.« Er beugte sich vor, was mich zwang, meine Hand sinken zu lassen. »Wir fangen wieder ganz am Anfang an. Bei Tag eins. Wir nehmen jede Karte der Reihe nach, reden darüber, wenn du willst, aber wir gehen sie alle durch. Wenn du gegen etwas Einspruch erheben willst, okay, aber das beendet dann unsere Erkundungstour. Du musst mir vertrauen, dass ich dir nicht wehtun werde. Und ich muss dir auch vertrauen. Mein Ruf, mein Ansehen in meiner Firma könnten darunter leiden, falls rauskommt, dass ich das hier mache. Einige meiner Kunden sind erzkonservativ und würden die Flucht ergreifen, wenn sie Wind davon bekommen.«

»Darüber hatte ich gar nicht groß nachgedacht. Wenn du dadurch Probleme bekommst …«

»Mein Sexleben geht die nichts an.« Sein Blick wurde eindringlich, und ich hatte wieder das Gefühl, dass er mich küssen würde. »Solange ich die Sache nicht an die große Glocke hänge, ist alles bestens.«

Als ich diesmal die Hand ausstreckte, ergriff er sie. Mit einem festen Händeschütteln besiegelten wir den Deal. Wie es allerdings von hier aus weitergehen würde, war mir schleierhaft.

»Also.« Ich strich mir das Haar hinters Ohr. »Was jetzt?«

Harrison nahm sein Glas wieder und trank einen großen Schluck. »Wir fangen wieder bei Tag eins an.«

»Nun, das kann ich heute Nacht machen. Es sei denn, wir zählen heute Morgen schon.« Letzteres murmelte ich nur leise, doch das Funkeln in seinen Augen verriet mir, dass er es trotzdem gehört hatte.

»Nein.« Er stellte sein Glas ab und stand auf. Dann nahm er mir mein Glas aus der Hand und stellte es neben seinem auf den Tisch. »Wir stecken da gemeinsam drin. Das bedeutet, ich muss bei jeder Aufgabe dabei sein.«

»Du willst, dass ich mich befriedige? Vor dir?« Nein. Das konnte ich auf keinen Fall.

»Ist das ein Problem?«

»Ja.« Das hatte ich nicht einmal vor Rob getan. Es war etwas Privates, etwas, wofür ich mich während meiner Ehe stets schuldig gefühlt hatte. »Ich meine, ich …«

Er lachte. »Du kannst mir nicht erzählen, dass du nicht

weißt, wie es geht. Ich hab den gegenteiligen Beweis gehört, als ich eingezogen bin.«

»Da war ich allein. Und ich hatte einen Porno und einen Vibrator. Ich weiß nicht einmal, wo dein Bad ist. Wie kannst du da von mir erwarten, dass ich es hier tue?«

»Ich hab nicht gesagt, dass du es hier tun sollst. Ich muss nur zusehen.«

Anstatt mich in sein Schlafzimmer oder zu einem anderen geeigneten Ort zu führen, verschwand Harrison im Flur, nur um wenige Minuten später mit einem Laptop wieder aufzutauchen. »Ich nehme an, du kannst mit einem Computer umgehen?«

»Ja, logisch.«

»Hast du schon mal Videochats genutzt?«

»Klar. Bei der Arbeit ständig.« Die Erkenntnis traf mich wie ein unerwarteter Schlag. »Du willst, dass ich mich vor laufender Kamera zum Orgasmus bringe?«

»Ich habe eine Webseite, die ich für Präsentationen nutze. Du kannst dich einloggen und alle Einstellungen kontrollieren, sogar blockieren, dass ich irgendetwas von dem aufzeichne, was du sendest. Es ist absolut sicher. Ich werde dich sehen, mit dir sprechen können, aber ich werde nicht im selben Raum sein.«

Meine spontane Reaktion war, Nein zu sagen. Es gab so viele Gründe, warum das eine schlechte Idee war. So viele potenzielle Probleme, Dinge, die nach hinten losgehen konnten, dass nur ein kompletter Vollidiot Ja sagen würde. Doch statt der Weigerung, die eigentlich kommen sollte, beugte ich mich vor und warf einen Blick auf die Webseite. »Der Host zeichnet die Sitzung nicht auf?«

»Nein. Der Betreiber der Seite ist ein Freund von mir. Er

hat mir ein paar Sonderleistungen zur Verfügung gestellt, die normalerweise nicht erhältlich sind. Ich verspreche dir, dass es hundertprozentig sicher ist.«

Nun, wenn ich mich schon auf ein sexuelles Abenteuer einließ, dann war das hier jedenfalls eine ziemlich einzigartige Weise, die Sache ins Rollen zu bringen.

Ich streckte die Hand aus und streifte Harrisons Finger mit meinen. »Tag eins?«

»Mit Publikum. Du kannst deinen eigenen Laptop nehmen und ihn aufstellen, wo du willst. Du wirst bei dir zu Hause sein, mit deinen eigenen Sachen.« Er beugte sich vor, sodass sein heißer Atem mich am Hals kitzelte. »Ich werde sehen, was dir gefällt. Was dich erregt. Ich werde wissen, was ich tun muss, um dich heißzumachen.«

Nur ein Idiot würde Ja sagen. Ich wandte den Kopf und hauchte ihm einen sanften Kuss auf die Wange.

»Gib mir die Zugangsdaten.«

8

Der Laptop war noch nicht mal eingeschaltet, und doch spürte ich bereits, wie mich seine Linse vorwurfsvoll beobachtete. Ich hatte ihn auf den Couchtisch gestellt und dorthin ausgerichtet, wo ich … was zum Teufel auch immer am Ende tun würde. Seit ich von Harrison nach Hause gekommen war, hatte ich versucht, nicht groß darüber nachzudenken, wozu ich mich da bereit erklärt hatte.

Im Ernst, vor laufender Kamera zu masturbieren war entweder die brillanteste Idee aller Zeiten oder einfach nur grenzenlos dämlich. Das würde ich über kurz oder lang noch entscheiden. Höchstwahrscheinlich hing es davon ab, ob diese Sache hier für mich nach hinten losging oder nicht.

Ich versuchte, mir einzureden, dass Rob sich das Ganze beim Schreiben seiner Sexkarten anders vorgestellt hatte. Doch sosehr ich auch glauben wollte, er hätte mit dem, was ich gleich tun würde, ein Problem gehabt, wusste ich doch, dass es nicht so war. Wenn überhaupt, hätte er mich vielmehr noch ermutigt.

Na ja, wenn das hier etwas werden sollte, dann musste ich den Computer einschalten und mich einloggen. Halb hoffte ich auf technische Schwierigkeiten als Vorwand, um zu kneifen, aber nein, alles lief wie am Schnürchen. Die Log-in-Maske verschwand, und zurück blieb eine Willkommensseite. Innerhalb einer Minute betrat ein zweiter User den Chatroom: *HanShotFirst*.

Herrje, er war wirklich ein Star-Wars-Geek!

Der Klang eines Räusperns vibrierte aus den Laptop-Lautsprechern. Harrison sagte sonst nichts, doch dieser eine kleine Laut ließ mein Herz so schnell und heftig hämmern, dass ich davon überzeugt war, es müsste an der Innenseite meiner Rippen Spuren hinterlassen. Nur zu gern hätte ich ihn ignoriert, aber das war jetzt völlig unmöglich.

»Kannst du mich gut sehen?« Ich hielt das Gesicht von der Kamera abgewandt. Sicher war ich knallrot. »Ich kann den Laptop ein wenig drehen, wenn's sein muss.«

»Ich seh dich klar und deutlich.«

Als ich mich auf der Seite eingeloggt hatte, hatte ich die Option ausgeschaltet, ihn sehen zu können. Ich hätte sie eingeschaltet lassen sollen, denn nun versorgte mich mein Verstand stattdessen mit allen möglichen Bildern, die real sein mochten oder auch nicht. Ich sah Harrison mitten auf seiner Couch sitzen und sich in die ledernen Kissen zurücklehnen. Sicher war sein Hemd aufgeknöpft und klaffte auseinander. Bei der Erinnerung daran, wie sich seine Haut anfühlte, wie weich und geschmeidig das Haar auf seiner Brust war, juckte es mich in den Fingern, ihn zu berühren.

»Alyssa? Ist alles okay?«

Scheiße, hoffentlich hab ich nicht gesabbert! »Ja, natürlich. Ich muss nur noch schnell ein paar Sachen holen.«

»Du weißt, dass du immer noch einen Rückzieher machen kannst …«

»Sag das nicht! Wenn du mir ein Hintertürchen offen lässt, dann benutze ich es vielleicht, und das will ich wirklich nicht. Sei … sei einfach still, okay? Sag kein Wort.«

»Jawohl, Ma'am.« Sogar durch den Computer hindurch konnte ich hören, dass der Idiot mich auslachte.

Ich marschierte ins Schlafzimmer und gab mir noch ein paar Minuten, um mich zu beruhigen. Das hier war seltsam und aufregend zur gleichen Zeit. Meine Beine waren weich, als ich mich auf den Bettrand setzte, und mein Körper vibrierte vor Erregung. Das hier war etwas Neues. Es war genau so etwas, was ich insgeheim schon immer hatte tun wollen. Dank Harrisons brillanter Idee befand ich mich sicher in meinen eigenen vier Wänden und hatte die Kontrolle darüber, wie viel er zu sehen bekam. Es gab nichts, worüber ich mir Sorgen zu machen brauchte.

Mit zitternden Fingern löste ich mein Haar aus dem Knoten, zu dem ich es gedreht hatte. Ich schüttelte meine blonden Locken kurz aus, dann streifte ich die Socken ab, bevor ich wieder aufstand, um meine Shorts auszuziehen. Mit drei schnellen Handgriffen entledigte ich mich meines BHs, ohne dabei das T-Shirt auszuziehen. Meine Brustwarzen rieben gegen den weichen Stoff, was einen weiteren Schauer der Erregung durch mich hindurchrieseln ließ.

Mich vor laufender Kamera vor einem Mann, den ich kaum kannte, selbst zu befriedigen. Ich hatte mir ja schon einiges ausgemalt, was ich im Leben noch tun würde, doch dieser Satz war mir dabei kein einziges Mal in den Sinn gekommen. Es war gewagt, sexy und etwas, das mich verändern würde, das wusste ich. Ich musste nur mutig genug sein, es durchzuziehen.

»Los geht's!« Meine Worte füllten mein leeres Schlafzimmer.

Anstatt mich für meinen üblichen Vibrator zu entscheiden, langte ich in die Tüte aus dem Sexshop und nahm eines der Toys heraus, die Nikki ausgesucht hatte. Das Silikon war weich, aber strukturiert. Ich strich mit dem Finger an dem langen geäderten Schaft entlang. Das Ding war riesig und würde seinen Job mehr als gründlich erledigen. Ich schnappte mir noch eine Tube Gleitgel, dann ging ich zurück ins Wohnzimmer.

»Da bist du ja«, erklang Harrisons Stimme vom Computer. »Einen Moment lang dachte ich schon, du hättest es dir anders überlegt.«

»Nö.« Allerdings nahm ich eine kleine Anpassung vor. Ich nahm den Laptop und veränderte den Winkel ein wenig. »Musste mich nur ein bisschen darauf einstimmen.«

Anstatt ihm freie Sicht auf mein Gesicht zu gewähren – denn sosehr ich ihm in Sachen Nicht-Aufzeichnen auch vertrauen wollte, kannte ich ihn dazu einfach nicht gut genug –, stellte ich den Laptop so, dass er nur meinen Körper sehen konnte. Er beschwerte sich nicht darüber. Er sagte überhaupt nichts. Ich deutete sein Schweigen als den Beginn unseres kleinen Projekts, nahm die Fernbedienung und drückte auf Play.

Da waren meine Piraten!

Ich wäre lieber gestorben als zuzugeben, wie sehr mir dieser Film tatsächlich gefiel. Er war perfektes Sexfantasie-Material: von einem Piraten entführt zu werden, der nichts mehr wollte, als dich zu nehmen, und alle Beteiligten hatten ihren Spaß. Ich spulte vor zu meiner Lieblingsszene – denn ja, ich hatte ihn schon so oft gesehen – und legte dann die Fernbedienung neben mich aufs Sofa.

Neben den Laptop. Wo Harrison mich beobachtete.

Ich rutschte ein wenig auf meinem Platz herum, um es mir bequem zu machen. Ich musste mich auf den Film konzentrieren und nicht auf das Geräusch von Harrisons Atem.

»Dirne, komm her und bring einen Krug Ale!« Der Piratenkapitän saß breitbeinig und mit nacktem Oberkörper am Tisch. Der Schauspieler sah heiß aus. Jeder Muskel war gut definiert, und er hatte kräftig aussehende Unterarme. Sein Gesicht war unrasiert, ich nehme an, als Versuch, ihn gefährlich wirken zu lassen, aber das unterstrich nur noch seinen Look eines GQ-Models.

Eine vollbusige Brünette schlenderte herbei und knallte einen hölzernen Krug auf den Tisch. »Lasst es Euch wohl sein, Captain. Kann ich sonst noch was Gutes für Euch tun?«

Harrison schnaubte prustend.

»Halt die Klappe!« Ich nahm den Silikondildo und wedelte damit vor der Kamera herum. »Lenk mich nicht ab!«

Er gab noch einmal einen ächzenden Laut von sich, dann wurde er wieder stumm.

Mir wurde bewusst, dass ich lächelte, als ich mit der Spitze des Dildos meine Lippen berührte. Meine Aufmerksamkeit war hin- und hergerissen zwischen dem Piratenkapitän, der der Schankmaid das Hemd aufriss, um ihre Brüste zu entblößen, und dem Verlangen, meinen eingeladenen Voyeur zu reizen. Nein, hier ging es nicht um ihn. Ich rief mir wieder in Erinnerung, egoistisch zu sein. Ich war die Einzige, die für mein Vergnügen verantwortlich war. Nicht Harrison und nicht mein Piratenkapitän. Ich griff nach dem Gleitgel und spritzte einen Klecks auf die Spitze des Dildos, bevor ich mich aus meinem Höschen schälte.

»Ich will mich an dir laben.« Der Piratenkapitän hob das Mädchen hoch und »warf« es mit schwungvoller Geste auf den Tisch. »Ich werde deine Sahne lecken.«

Vom Computer kam ein weiteres Prusten, aber diesmal ignorierte ich ihn.

Ich ahmte nach, was ich auf dem Bildschirm sah, und passte die Bewegungen des Vibrators denen des Piraten an. Ich fuhr mit der Spitze über meine Klitoris, neckte sie mit zarten, kaum spürbaren Liebkosungen. Mein Daumen schwebte über dem Ein-Schalter, aber das wollte ich mir aufheben, bis ich ihn in mich schob. Ich umkreiste meine Klitoris und nahm mir die Zeit, über dem empfindsamen Nervenbündel ein wenig mehr Druck auszuüben. Ein leises Keuchen entschlüpfte mir.

Die Schankmaid auf dem Bildschirm stöhnte und zuckte mit den Hüften, während sie seinen Kopf an Ort und Stelle festhielt. Ich hielt den Atem an und sah zu. Ich liebte diese Stelle, den Moment, wenn der Piratenkapitän sich zurückzog und die Kamera auf sein Gesicht zoomte. Sein Haar war lang genug, dass es ihm ins Gesicht fiel und es teilweise verhüllte. Der Fokus rückte auf seine Augen und den teuflischen Blick, mit dem er die Frau ansah, die er gleich nehmen würde. Er war dick mit Kajal geschminkt, was seine Augen so sehr betonte, dass man sie einfach anstarren musste.

Doch obwohl ich diese Szene schon oft gesehen hatte, war diesmal etwas anders. Als die Kamera heranzoomte, bemerkte ich zum ersten Mal, dass die Augen des Piraten exakt die gleiche Farbe hatten wie die von Harrison. Ich keuchte auf und drängte den Vibrator dadurch unabsichtlich fester gegen meine feuchte Öffnung.

»Ich werde dich vögeln, bis du schreist.« Die geraunten Worte des Piraten vermischten sich mit dem Geräusch von Harrisons schwerem Atmen, das aus dem Computer drang.

Erregung vermag seltsame Dinge mit dem Verstand anzustellen. Innerhalb eines Wimpernschlags verwandelte sich der Pirat auf dem Bildschirm in Harrison, und ich beobachtete ihn dabei, wie er eine willige Partnerin verführte. Es war sein schwarzes Haar, das seine von Bartstoppeln überzogene Wange küsste. Es war sein langer, dicker Schwanz, der aus der seidenen Hose hervorschnellte, als sie zu Boden fiel.

Ich wollte diese Dirne sein, die auf dem Tisch vor ihm ausgestreckt lag. Ich wollte ihm meine Brüste darbieten, damit er daran saugte, wollte diejenige sein, die er mit seinem Schaft aufspießte, bis ich kam.

»Ja, ich will die deine sein.« Die Schankmaid zog ihren Rock hoch und spreizte weit die Beine. Ihre Vulva war nass vor Verlangen und glänzte im flackernden Feuerschein.

Mit hart erkämpfter Zurückhaltung positionierte ich die Eichel des Dildos an meinem Eingang und wartete. Würde Harrison so viel Geduld mit mir haben? Würde er meine Öffnung weiter so liebkosen, bis ich ihn anflehte, mich zu nehmen?

Der Piratenkapitän packte sie an den Hüften und drang mit einem einzigen geschmeidigen Stoß in sie ein. Meine Hand zitterte, als ich es ihm gleichtat. Ich schob das Silikon tief in mich hinein. Ich wartete nicht, bis mein Körper sich an die Größe des Vibrators gewöhnt hatte, sondern fing an, mit kurzen pumpenden Bewegungen zu stoßen, so wie ich es auf dem Bildschirm sah.

Das Paar stöhnte im Chor, hin und wieder unterbrochen vom Ächzen des Piraten und den Lustschreien der Frau.

Als ich die Zunge hervorschnellen ließ, um meine Lippen zu benetzen, schmeckte ich Salz und Gewürze des Abendessens. Diese kleine Erinnerung zog meinen Blick vom Fernsehbildschirm fort und zum Computer, wo mich die Kamera beobachtete. Auf dem dunklen Schirm spiegelten sich die Lust in meinem Blick und die Röte meiner Haut wider.

Harrison war auf der anderen Seite dieser Kamera. Auch wenn ich ihn nicht sehen konnte, spürte ich seine Gegenwart im Raum. Es war nicht schwer, sich vorzustellen, wie sein Blick über mich wanderte, während ich den Silikonschwanz immer wieder in mich stieß. Wünschte er sich, es wäre seiner? Wie würde es sich anfühlen, wenn er mit seinen großen Händen meine Hüften packte, während er in mich eindrang? Würde er so besitzergreifend wie der Piratenkapitän sein und mich auf dem Tisch nehmen? Vielleicht würde er mich lieber an die Wand pressen und mich dort mit seinem Körper gefangen halten? Sein Schwanz wäre dick und würde mich so vollständig weiten und ausfüllen, bis ich ihn regelrecht schmecken konnte.

Ich stöhnte für den Bruchteil einer Sekunde vor der Frau auf dem Bildschirm. Flatternd schloss ich die Augen, und meine Fantasie brauchte keine visuelle Unterstützung mehr, um mich an meinen Ort der Seligkeit zu befördern. Mein geistiges Bild von Pirat Harrison war alles, was dazu nötig war. Seine feste Brust, in das seidene Hemd gehüllt. Das Muskelspiel seiner strammen Pobacken, während er in meine feuchte Öffnung stieß. Ich würde seinen Hintern packen, die Nägel in die festen Muskeln graben und ihn festhalten, bis ich bekam, was ich wollte.

Der Pornofilm lief weiter. Die Laute füllten meinen Kopf, während ich den Vibrator wie wild bewegte. Ich war so … kurz … davor. Keuchend versuchte ich, genug Luft in meine Lunge zu bekommen, um nicht ohnmächtig zu werden. Ich hatte die Augen fest zugekniffen und ließ nicht locker.

Gleich …

»Gottverdammt, jaaa!«, brüllte der Piratenkapitän, als er kam. Ich konnte das Klatschen ihrer schweißnassen Leiber hören, während er sich durch seinen Orgasmus pumpte. Die lusterfüllten Schreie der Frau folgten gleich darauf.

Ich sah nichts davon. Mit einem Tempo, das schmerzhaft sein sollte, es aber nicht war, kam ich den Stößen des Toys mit den Hüften entgegen. Ich hielt den Atem an, schwankte einen Herzschlag lang über der Klippe der Erfüllung, bevor mein Körper in den Abgrund taumelte.

Ich empfand Orgasmen oft als Explosion von Farben hinter meinen Lidern, eine gleißend helle Wonne, die jede Zelle meines Körpers mit Hitze durchströmte. Ob es an Harrisons Beteiligung lag oder einfach nur an der jähen Gier meines Körpers nach Erfüllung, diesmal war es anders. Der Orgasmus ging über eine Explosion oder wirbelnde Farben in meinem Kopf hinaus. Meine Muskeln umklammerten den Vibrator mit tödlichem Griff, während die Lust jede Fähigkeit, irgendetwas anderes zu spüren oder zu empfinden, auslöschte. Es war so intensiv, dass es beinahe schmerzte. Ich schrie auf, als eine weitere Woge über mich hereinbrach, doch diesmal gelang es mir, die Augen zu öffnen und zu sehen, wie der Pirat sein Sperma auf dem Bauch der Frau verteilte.

So schnell, wie mein Verstand ausgesetzt hatte, kehrte meine Fähigkeit zu denken wieder zurück. *Wow! Nicht einfach nur wow, sondern unbeschreiblich wow!* Meine Zehennägel kribbelten, so heftig war ich gekommen. Irgendetwas war anders, und ich wusste, dass es ganz und gar mit meinem neuen Nachbarn zu tun hatte.

Ich ließ den Vibrator auf die Couch fallen. Mein Atem kam stoßweise, während ich darum kämpfte, mich wieder unter Kontrolle zu bekommen. Ich tastete nach der Fernbedienung und schaltete die DVD aus. Meine Piraten hatten sich nach diesem außergewöhnlichen Dienst, den sie mir erwiesen hatten, eine Pause verdient.

»Du lieber Himmel, das war intensiv!« Ich lachte schwach

und ließ den Kopf zurück auf die Couch sinken. Es dauerte einen Augenblick, bis mir bewusst wurde, dass ein Geräusch vom anderen Ende des Computers kam, eines, das ich nicht ganz zuordnen konnte. »Harrison? Bist du noch da?«

»Ich bin drei Monate lang da.« Seine Stimme hatte etwas Raues, Atemloses angenommen, unterlegt von einem rhythmischen Geräusch im Hintergrund. Es hatte ihn erregt, was er gesehen hatte, so viel war klar. »Drei Monate für dreißig Tage Sex.«

Ich öffnete den Mund, um etwas zu sagen, doch die Worte blieben mir im Hals stecken, als Harrison ein Stöhnen von sich gab.

Moment mal. »Was machst du?«

»Ich muss zwar wieder fort, aber du und ich, wir werden diese Karten durchgehen.« Die Geräusche wurden stärker, ein leises Quietschen, das mich daran erinnerte, wie wir auf seiner Couch rumgemacht hatten. »Ich werde dich dazu bringen, zu kommen, dich lebendig zu fühlen. Jaaa!« Sein kraftvolles Stöhnen drang verzerrt aus den Lautsprecher meines Laptops.

Großer Gott, er hatte sich einen runtergeholt. Er war gerade gekommen!

Mein Herz raste erneut, und mein Körper, von dem ich gedacht hatte, er hätte jegliche sexuelle Energie verausgabt, drohte wieder zum Leben zu erwachen.

»Hast du mich gehört, Alyssa?« Anders als beim Piraten-Harrison meiner Fantasie lag in der Stimme des echten Harrison keine Spur von Neckerei. Seine Worte kamen als kurze, abgehackte Fetzen heraus, die unterstrichen, wie ernst er es meinte.

»Ja.« Mit zitternden Lippen und schmerzenden Wangen

schluckte ich mein Verlangen hinunter. »Ich hab dich gehört.«

»Du und ich. Dreißig Tage Sex. Wir geben uns gegenseitig ein gutes Gefühl. Nehmen uns, was wir brauchen. Und dann gehen wir wieder getrennte Wege, zurück in unser normales Leben. Einverstanden?«

Oh mein Gott. Er hatte mich beobachtet, während ich mich selbst befriedigte, und das hatte ihn so erregt, dass er sich einen runtergeholt hatte. Das hier war schmutzig, aber einfach nur herrlich – und völlig unerwartet. Nicht nur hielt Harrison mich nicht für einen kompletten Freak, weil ich diese Karten ausprobieren wollte, er freute sich sogar darauf. Bei ihm war ich sicher. Es gab keinerlei Druck nach mehr als dem, was vereinbart war. Ich konnte alles haben.

Ich schluckte heftig und gestattete mir, einmal tief durchzuatmen, bevor ich mich umwandte und direkt in die Kamera schaute.

»Einverstanden.« Und dann klappte ich den Laptop zu.

Teil 2

Sex, Lügen und Offenbarungen

9

Ich war zu dem Schluss gekommen, dass ich in Bezug auf Harrison und diese ganze Sexgeschichte überprüfen lassen musste, ob mit mir alles stimmte. Doch anders als andere Leute, die die Überweisung eines Arztes brauchten, um zu einem Psychologen zu gehen, hatte ich das Glück, mit meiner Schwester reden zu können.

Die meisten Leute, die Nikki kennenlernten, ohne zu wissen, was sie beruflich machte, würden nie darauf kommen, dass sie Psychologin war. Sie war ein bisschen verrückt und konnte keine Beziehung länger als ein Jahr lang aufrechterhalten. Nicht gerade die typische Person, von der man sich Rat in Beziehungsfragen erhofft. Aber Nikki hatte die unheimliche Fähigkeit, den Kern eines Problems zu erkennen und einen in die richtige Richtung zu lenken. Sie war meine große Schwester, und ich liebte sie wie verrückt. Wenn mir jemand sagen konnte, was ich wissen musste, dann sie.

Im Lauf der Jahre hatte ich es mir angewöhnt, gelegentlich nach der Arbeit bei ihr im Büro vorbeizuschauen. Ich kam gerade von meinem Test auf Geschlechtskrankheiten zurück, was in jederlei Hinsicht peinlich war, und stand in Nikkis Wartezimmer. Es fiel mir immer noch schwer, die Frau in Businesskleidung, die ich mit einem Patienten aus ihrem Büro kommen sah, mit dem Mädchen in Einklang zu bringen, das sich auf der Highschool einmal die Haare grün gefärbt hatte, nur um unsere Mom zu ärgern. Obwohl sie immer noch gelegentlich eine rote Strähne in ihrem hellbraunen Haar trug, hatte sie ihre rebellische Phase größtenteils hinter sich gelassen.

Ich fing ihren Blick auf und winkte kurz, bevor ich zum hinteren Teil ihres Wartezimmers ging. Eine alte Ausgabe des *New Yorker* fiel mir ins Auge, und ich blätterte sofort zu dem Teil mit den Buchbesprechungen, um zu sehen, ob ich irgendwelche Empfehlungen verpasst hatte. Oh, die hier hörte sich gut an.

»Alyssa?« Nikki stand mit hinter dem Rücken verschränkten Händen in der Tür. Ihr vorheriger Patient war noch da und vereinbarte gerade einen Termin bei ihrer Sprechstundenhilfe Linda, was bedeutete, dass sie ganz professionell blieb, bis er fort war. »Kommst du zu mir ins Büro?«

»Klar. Danke.« Ich hielt das Magazin in der Hand und lächelte Linda im Vorbeigehen zu. »Komme ich grad ungelegen?«

»Überhaupt nicht. Ich muss nur noch ein wenig Papierkram erledigen.« Nikki schloss die Tür, bevor sie mich umarmte. »Hey, Süße. Was gibt's?«

»Ach, nichts Besonderes. Brauche ich einen Vorwand, um dich zu besuchen?«

»Normalerweise nicht. Aber zu mir ins Büro kommst du nur, wenn du willst, dass ich ernst bin und dir einen vernünftigen Rat gebe, anstatt dich dazu anzustiften, Sex mit einer Gurke zu haben.« Sie bedeutete mir, mich zu setzen. »Frau Doktor ist jetzt zu sprechen. Also, nur raus damit.«

Ich liebte meine Schwester wirklich. Ich ließ mich in den überaus bequemen Sessel plumpsen, streifte die Schuhe ab und zog die Füße unter meinen Hintern. »Es geht um die Karten.«

Ihrem amüsierten Gesichtsausdruck nach zu urteilen war es nicht nötig zu erklären, welche Karten ich meinte. »Ich gehe davon aus, dass du dich entschieden hast, etwas damit anzustellen.«

Wir hatten die Art von Beziehung zueinander, die es mir erlaubte, ihr einfach alles zu sagen. Aber Sex, nun, das war noch nie ein leichtes Thema für mich gewesen. Anstatt ihr in die Augen zu sehen, schlug ich die Zeitschrift an einer zufälligen Seite auf. »Ähm, schon möglich.«

»Du suchst eindeutig einen Rat zu diesem Thema. Ansonsten hättest du mich einfach angerufen.«

Ich musste mich zusammenreißen, nicht verlegen herumzuzappeln. »Hatte ich schon erwähnt, dass da ein neuer Typ in die Wohnung schräg gegenüber von mir eingezogen ist?«

»Nein, hast du nicht.« Sie saß auf dem Rand ihres Schreibtisches, die Hände links und rechts von sich aufgestützt. »Ich gehe davon aus, dieser Mr Neuer Typ ist heiß?«

»Erinnerst du dich noch an den Abend im Club? Der Kerl, mit dem ich geredet habe, bevor wir beide auf die Tanzfläche gingen?«

»Ja. Ich meine, ich habe nicht allzu viel von ihm gesehen, aber … Oh Scheiße!« Nikki leckte sich die Lippen. »Der ist dein Nachbar? Den hast du mir vorenthalten!«

»Ist nicht dein Typ.« Er war absolut ihr Typ. »Außerdem hab ich ihn zuerst gesehen.«

Sie verdrehte die Augen. »Also, heißer Typ bei dir im Haus. Wo liegt das Problem? Hat er dich noch nicht bemerkt? Ich meine, ein kleiner, natürlich rein zufälliger Busenblitzer dürfte das schnell ändern.« Sie kicherte.

Mein Gesicht wurde heiß. »Nikki, hör auf!«

»Keine Chance.« Sie beugte sich vor. »Dann hat er dich

also schon bemerkt. Ist er auf dich zugekommen? Was hast du gemacht? Ich brauche keine Einzelheiten, aber ein paar Eckdaten wären nicht schlecht.«

Ich mochte ihr zwar nahestehen, aber auf gar keinen Fall würde ich ihr die Details unseres kleinen Videochats erzählen. »Wir haben zusammen zu Abend gegessen. Er ist wegen eines auf drei Monate befristeten Vertrags hier und hat angeboten, mir bei meinem kleinen Sexproblem zu helfen.«

Als Nikki nicht sofort so schlagfertig wie sonst darauf antwortete, blickte ich hoch und bemerkte überrascht ihren nachdenklichen Gesichtsausdruck. »Was genau hat er dir angeboten?«

»Im Prinzip drei Monate, in denen wir an dreißig Tagen Sex haben. Wir gehen die Karten der Reihe nach durch, nachdem wir uns auf Geschlechtskrankheiten haben testen lassen und all das. Ich kann jederzeit Einspruch erheben. Wenn wir fertig sind, geht er wieder. Beziehungen sind nicht sein Ding. Nicht mehr. Was immer das auch heißen mag.«

»Also ohne irgendwelche Verpflichtungen. Interessant.«

Interessant gefiel mir nicht. Für mich mussten die Dinge vorhersehbar sein, denn ich wollte wissen, worauf ich mich einließ und was auf mich zukam. Das hier lag so weit außerhalb meiner Komfortzone, dass ich mich dabei sehr unwohl fühlte. »Ich wusste, das Ganze war ein Fehler.«

»Das habe ich nicht gesagt.«

»Du hast *interessant* gesagt. Aus Erfahrung weiß ich, dass das *bedenklich* bedeutet.«

Nikki beugte sich vor, die Hände immer noch an der Kante des Schreibtischs. »In diesem Fall bedeutet es wirklich interessant. Was hast du gleich noch mal gesagt, macht der Kerl beruflich?«

»Das hab ich nicht gesagt. Und er arbeitet im Vertrieb. Er ist auf befristete Zeit hier, um ein Problem mit einem Kunden zu lösen. Dann schicken sie ihn woandershin. Um ehrlich zu sein, weiß ich nicht einmal genau, wo er ursprünglich herkommt. Aber ja, er ist so eine Art Kunden-Guru.«

»Ah. Das ergibt Sinn.«

»Was denn?«

»Er ist ein Problemlöser. Er ist es gewohnt, ein Problem vorgesetzt zu bekommen und sich durchzuarbeiten. Du und deine Sexkarten seid ein Problem, und er nimmt es auf sich, zu helfen. Er hat selber auch was davon und deutlich klargemacht, dass eine Beziehung nicht infrage kommt. Ich würde sagen, mach es!«

Ich blinzelte, weil ich einen Augenblick brauchte, um ihre Worte wirken zu lassen. »Du meinst, ich bin nicht verrückt, so was ausprobieren zu wollen? Er könnte ein Stalker sein, oder ein Irrer oder sonst was.«

»Glaubst du das wirklich?«

Nach all der Mühe, die er sich gegeben hatte, um dafür zu sorgen, dass ich sicher war, dass ich diejenige war, die bei unserer Begegnung die Kontrolle hatte, wusste ich, dass Harrison mir auf keinen Fall jemals wehtun würde. »Nein.«

»Du musst in dieser Sache deinem Instinkt vertrauen. Du fühlst dich zu ihm hingezogen. Er hat dir genau gesagt, was du von ihm zu erwarten hast. Du kannst ein paar interessante Aspekte deiner Sexualität entdecken, ohne dabei dein Herz aufs Spiel zu setzen. Das ist doch eine Win-win-Situation.«

»Du meinst, wir könnten Freunde mit gewissen Vorzügen sein?«

»Wenn es dir hilft, es so zu sehen, na klar. Du musst wieder aus dir herauskommen und am Leben teilhaben. Wenn dieser Typ derjenige ist, der dir dabei hilft, dann werde ich ihn für immer dafür lieben.« Nikki wischte mir eine Träne fort, die sich irgendwie aus meinem Auge gestohlen hatte. »Nicht weinen, Süße.«

»Tu ich doch gar nicht.« Ich stand auf und wischte heftig die übrigen Tränen fort. »Danke. Ich musste nur sichergehen, dass ich das Richtige tue. Diese dämlichen Karten von Rob haben mich sexverrückt gemacht oder so was. Ich bekomme sie einfach nicht mehr aus dem Kopf.«

Bevor ich es verhindern konnte, umarmte Nikki mich wieder. »Du bist nicht verrückt. Du wirst Rob immer lieben. Aber du brauchst nicht allein zu bleiben. Wenn du eine Erlaubnis brauchst, um das hier zu tun, dann werde ich sie dir mit Freuden erteilen. Geh und leb dein Leben. Hab wilden, animalischen Sex mit Kochlöffeln oder was auch immer Rob auf diese Dinger geschrieben hat.«

Ich musste zweimal schlucken, ehe ich ein ersticktes »Danke« herausbrachte.

Nikki löste sich wieder von mir, gab mir einen Kuss auf die Wange und öffnete die Tür. »Ich bin immer für dich da. Hör mal, warum kommst du nicht Freitagabend zu mir rüber und wir quatschen bei Pizza und Bier? Du kannst mir erzählen, wie es mit deinem Typ läuft.«

»Harrison. Sein Name ist Harrison.«

Sie lächelte. »Guter Name.«

»Er ist auch ein guter Kerl.«

»Dann geh und hab Spaß. Und halt mich auf dem Laufenden.«

Zum ersten Mal, seit ich den Laptop zugeklappt hatte, erfasste mich ein Gefühl von Erleichterung. Wenn Nikki recht hatte und er in mir einfach nur ein Problem sah, das es zu lösen galt, dann konnte ich gefahrlos Robs Karten befolgen, ohne mir Sorgen machen zu müssen, dass ich mein Herz aufs Spiel setzte. Wenn Harrison in mir nur ein weiteres Projekt sah, dann konnte ich das auch.

Ich konnte Robs Wunsch erfüllen, ohne das Gefühl zu haben, ihn zu betrügen. Ja, das Ganze könnte tatsächlich funktionieren. Als nächster Punkt auf der Tagesordnung galt es, die zweite Karte zu ziehen und zu tun, was sie verlangte.

Harrison machte sich besser schon mal bereit!

10

Ich weiß nicht, was ich erwartet hatte, nachdem ich mich endlich mit dem Gedanken an die Karten und Harrisons Teilnahme angefreundet hatte, aber dass er zwei Tage später zu einer Geschäftsreise aufbrach, hatte ich nicht mit einberechnet. Nennt mich naiv, aber ich hatte törichterweise angenommen, dass man sich in derselben Stadt befinden musste, um Sex zu haben.

Als ich von Nikki zurückkam und die unter meiner Tür hindurchgeschobene Nachricht fand, er müsse unerwartet geschäftlich eine ganze Woche lang nach Montreal fahren, schmollte ich geschlagene fünf Minuten lang und machte mich dann auf die Suche nach einem Becher Eiscreme. Einen halben Liter Schoko-Nuss später riss ich mich zusammen, wusch mir das Gesicht und machte einfach so weiter wie bisher. Schließlich hatten wir drei Monate für die dreißig Tage zur Verfügung, und mehr hatte er mir von seiner Zeit nicht versprochen. Der Junge war in der Stadt, um einen Job zu erledigen, und ich musste mehr Eiscreme besorgen.

Außerdem: So sehr ich mir auch wünschte, einfach alles andere zu ignorieren, zu Hause zu bleiben und an Sex zu denken, ging das Leben doch weiter. Morgen war Montag, und ich wurde nicht gern gefeuert.

Im Büro war viel los, als ich am nächsten Morgen reinkam. Es war diese komische Woche im Sommer, in der die meisten Leute ihren Urlaub entweder gerade hinter oder unmittelbar vor sich hatten. Die daraus resultierende Flut an Einladungen zu Meetings in meinem Postfach erfüllte mich mit einem Gefühl der Furcht. Es war selten wirklich notwendig, dass ich bei Update-Meetings anwesend war. Schließlich würden an dem Produkt noch einige Änderungen vorgenommen werden, bevor es die Dokumentationsphase erreichte. Dennoch fiel es schwer, Nein zu sagen, wenn man nur fürs bloße Erscheinen Eiskaffee und Donuts in Aussicht gestellt bekam.

Ein Bestechungsversuch, der mir nur recht war.

Der Projektor warf ein Bild an die Wand hinter Gary Snelling, das wie ein verrückter Sehtest aussah. Die Schrift wurde nach unten hin immer kleiner, was es beinahe unmöglich machte, sie zu entziffern. Ich hatte ihn in der Vergangenheit schon darauf angesprochen, allerdings schien er den Teil mit »Das kann kein Mensch lesen« eindeutig nicht verstanden zu haben.

Gary war der Projektleiter für Orion, unser aktuellstes Software-Update-Release. Auch wenn er nicht gerade der begnadetste Redner war, verstand er sich hervorragend aufs Dokumentieren von Projektänderungen. Normalerweise brauchte ich nur seine Aufzeichnungen zu nehmen und sie für meine Zwecke umzumodeln. Was bedeutete, dass ich nicht so aufmerksam zuzuhören brauchte, wie ich eigentlich sollte. Was wiederum meinen Gedanken Gelegenheit gab, auf Wanderschaft zu gehen.

Als unser Update-Meeting in die zweite Stunde ging, vibrierte mein Handy, das ich auf dem Schoß liegen hatte. Vor Freude über die Ablenkung hätte ich weinen können. Unauffällig drehte ich das Handy um, sodass ich aufs Display sehen konnte.

Hi.

Die Nummer war mir nicht bekannt, deshalb antwortete ich nicht. Dennoch fragte ich mich unweigerlich, wer es wohl sein mochte.

Hi?

Das Vibrieren fühlte sich gut an. Ein kleines Mittel, die Langeweile des Vormittags ein wenig aufzurütteln.

Alyssa? Ich hoffe, ich habe die richtige Nummer.

Ich brauchte eine Minute, um zu kapieren, dass es Harrisons Nummer war. Ich hatte sie nur einmal gesehen, als er sie für mich auf ein Stück Papier gekritzelt hatte. Die Aussicht, mit ihm zu chatten, verbesserte meine Stimmung erheblich. Ich vergewisserte mich, dass niemand auf mich achtete, und tippte so verstohlen wie möglich.

Harrison?

Ja, ich bin's. Hab gerade in meinem Hotelzimmer eingecheckt. Wollte mich kurz bei dir melden. Hast du meine Nachricht bekommen?

Hab ich. :-(

Sorry deswegen. Ist Teil meines Jobs. Ich hätte eher geschrieben, aber mein Akku war leer. Was machst du gerade?

Okay, völlig normale Unterhaltung. Es war komisch, diese ganze Sexgeschichte ständig im Hinterkopf zu haben. Sofort hätte ich ihm lieber schmutzige Sachen getextet als rumzuquatschen. Aber in der Not frisst der Teufel Fliegen.

Meine Finger schwebten über den Tasten, während ich versuchte, mir etwas einfallen zu lassen, das mich nicht wie einen Trottel klingen lassen würde. *Ich versuch grad, nicht bei einem Projektmeeting einzuschlafen.*

Hört sich lustig an. Was machst du noch mal?

Ich bin Dokumentationsentwicklerin für eine Softwarefirma.

Genau. Ich erinnere mich. Gefällt's dir?

Ich schnaubte, wodurch ich vorübergehend Garys Blick auf mich zog. »Du hast recht, Alyssa. Nur drei Tage zum Testen der GUI sind nicht genug. Danke dafür.«

»Keine Ursache.« Irgendjemand würde mir nach diesem Meeting entweder danken oder den Hals umdrehen.

Sobald Gary fortfuhr, konnte ich meine Aufmerksamkeit wieder Harrison zuwenden. *Die Firma ist toll. Dieses Meeting weniger. Laaaaangweilig!!*

LOL! Ist das ein wichtiges Meeting? Soll ich dich in Ruhe lassen?

Gott, nein! Normalerweise nehme ich gar nicht teil, aber es gab Kaffee und Muffins.

Damit kriegen sie einen. Ist bei mir in der Arbeit genauso.

Ich lächelte und drehte mein Handy wieder um. Gary war zur Etatbesprechung übergegangen und fragte jeden anwesenden Abteilungsleiter nach dem neuesten Stand. An der Stelle klinkte ich mich normalerweise aus und steuerte zwecks Nachschubs die Kaffeekanne an. Seltsamerweise vibrierte mein Körper vor Energie und meine Haut war hyperempfindlich, wodurch mich jedes Mal, wenn meine Finger zufällig die Innenseite meines Unterarms streiften, ein Schauer durchrieselte. Das konnte doch nicht wegen Harrison sein – oder?

Mein Handy vibrierte wieder, aber ich musste warten, bis ich die Nachricht lesen konnte. Die PR-Managerin, die auf meiner Seite des Tisches saß, gab gerade ihren Bericht ab, was bedeutete, dass die meisten Augen in unsere Richtung blickten. Nach ein paar Minuten wanderte die Unterhaltung weiter, und ich konnte endlich mein Handy umdrehen und nachsehen.

Was hast du gerade an?

Ich starrte die Worte viel länger an als nötig, um eine Antwort zu formulieren. War das ein freundliches *Hey, ich versuche immer noch, dich besser kennenzulernen, also erzähl mir was über dich!* oder eher so was wie *Lüg mich an und sag mir, es ist schwarze Spitze!*?

Nein. Das konnte er nicht fragen.

Oder?

Ich tippte das erwartete *Schwarzen Rock und ärmellose Bluse*, drückte aber nicht auf Senden. So aufregend die Vorstellung, sexy SMS zu verschicken, auch war, ich wusste nicht, ob das irgendetwas mit unserer Vereinbarung zu tun hatte. Ich löschte meine Antwort wieder und hoffte, dass niemand in diesem Moment zu mir hersah, sonst hätte mein Erröten verraten, was ich vorhatte. *Es ist Montag und dieses Meeting hat mich völlig erschöpft, also frage ich ganz direkt: Wird das hier Sexting?*

Eine Pause entstand. Ich konnte mir regelrecht vorstellen, wie Harrison im Hotel auf seinem Bett lag und sich kaputtlachte. Natürlich war das kein Sexting! Ich hatte ihm gerade gesagt, dass ich in einem Meeting war, und wusste, dass er eben erst im Hotel eingecheckt hatte. Es war eine verrückte Idee. Eindeutig musste ich zum Psychiater oder so was, weil ich ganz offensichtlich durchgeknallt war.

Hast du deine Karten nicht gelesen?

Was für eine blöde Frage. Natürlich hatte ich meine Karten gelesen! Ich hatte stundenlang über ihnen gebrütet und jeden Vorschlag studiert, der darauf geschrieben stand …

Oh.

Oh, Tag zwei war Sexting!

Natürlich.

Sofort wäre ich am liebsten zum Sterben unter den Konferenztisch gekrochen. Mein Nachbar-Schrägstrich-Liebhaber versuchte, mich mobil in eine sexuelle Begegnung zu verwickeln, während ich in einem Meeting saß, und ich war zu blöd, es zu kapieren.

Ein weiteres Vibrieren. *Wir können das auch später machen.*

Nein!!!! Ich holte tief Luft und schob meinen Stuhl vom Tisch zurück. »Tut mir so leid, aber ich muss kurz mal raus.«

Gary runzelte die Stirn. »Hat noch jemand Fragen an Alyssa, bevor sie geht?«

Ich lächelte die Vielzahl sich schüttelnder Köpfe an. »Danke. Ich hole alles über das Meetingprotokoll nach. Sie können mir gern eine E-Mail schreiben, falls in der Zwischenzeit noch etwas zur Sprache kommt.« Und damit flüchtete ich in Richtung Waschraum.

Nikki sagte immer, ich wäre die schlechteste Lügnerin der Welt. Nicht weil ich errötete oder stotterte. Anscheinend waren es meine Augen, die mich verrieten. Also hielt ich meinen Blick gesenkt und gab mein Bestes, das vibrierende Handy in meiner Hand zu ignorieren, bis ich die Damentoilette an der Rückseite des Gebäudes erreichte.

Alle Kabinen waren leer, und ich schlüpfte in die am weitesten von der Tür entfernte, ehe ich es wagte, einen Blick darauf zu werfen, was Harrison schrieb.

Alyssa? Bist du noch da? Vielleicht war das keine gute Idee.

Meine Finger zitterten, als ich antwortete. Ich musste drei Tippfehler ausbessern, bevor ich es schaffte, meine Antwort zu senden. *Okay. Ich bin jetzt auf der Toilette.*

Ich höre lieber auf.

Wehe, du wagst es! Ich habe ein Meeting sausen lassen,

damit wir das hier tun können. Also, was wolltest du wissen?

Es folgte eine Pause, und ich befürchtete schon, die Sache verbockt zu haben, ehe wir überhaupt loslegen konnten. Harrison kam mir nicht wie jemand vor, der zu lange über etwas nachdenkt. Wenn überhaupt, dann hatte Nikki den Nagel auf den Kopf getroffen, dass er ein Problemlöser war. Zweifellos arbeitete er einen Plan aus, wie man das hier richtig machte.

Ich brauchte kein *richtig*. Ich brauchte einen abgehakten Tag zwei, und die einzige Möglichkeit, das zu erreichen, war, sich an ein wenig digitalem Flirten zu beteiligen. Also setzte ich mich auf den Toilettendeckel, stützte die Ellbogen auf die Knie und tippte vorgebeugt. *Ich trage einen schwarzen Rock und eine ärmellose weiße Bluse.*

Da. Wenigstens ein Anfang.

Jetzt wollten wir mal sehen, wohin uns die Sache führen würde.

Harrisons Antwort kam einen Moment später. Ich kicherte, ohne nachzudenken.

Wie kurz ist der Rock?

Kurz.

Wie kurz? Über dem Knie? Noch höher?

Klar, als ob ich so was jemals ins Büro anziehen würde! Das hier hatte nichts mit der Realität zu tun, und Harrison würde es nichts ausmachen, wenn ich schwindelte.

Er hört knapp zehn Zentimeter über den Knien auf. Man sieht eine Menge von meinen Schenkeln.

Trägst du Nylonstrümpfe?

Nein. Ist zu heiß dafür. Nackte Beine sind mir ohnehin lieber. Ich hab mich heute Morgen rasiert, darum ist meine Haut schön glatt.

Meine Fantasie beschloss, an der Action teilzunehmen. Ich schloss die Augen und stellte mir Harrison in seinem Hotelzimmer vor, auf dem Bett ausgestreckt. Seine Krawatte wäre verschwunden und die obersten drei Knöpfe seines Anzughemds geöffnet. Ich wusste, wie seine nackte Haut aussah, wie viel Haar seine Brust bedeckte, was nur noch zu dem Bild vor meinem geistigen Auge beitrug. Mein Handy vibrierte, und ich starrte auf weitere Worte. Eine Forderung.

Ich will, dass du die Hand an die Innenseite deines Knies legst.

Es war erregend, dass er mir sagte, was ich tun sollte, ohne mich durch seine Gegenwart unter Druck zu setzen. Ich brauchte nicht zu gehorchen, aber es wäre viel interessanter, wenn ich es täte. Ich hielt das Handy mit der linken Hand und tippte unbeholfen eine Antwort, während ich meine kalten Finger um mein Knie legte.

Okay.

Gut. Reib mit dem Daumen über deine Haut. Schön langsam. Ich kann mir vorstellen, wie es sich anfühlt. Wie du riechst.

Harrisons Hände waren viel größer als meine, aber ich gab mein Bestes, mir vorzustellen, es wäre er.

Ich habe mein Hemd ausgezogen. Ich bekomme einen Ständer, wenn ich dran denke, was du da gerade machst. Du bist so ein böses Mädchen, es dir bei der Arbeit zu besorgen.

Ich glaub's ja nicht. Ernsthaft!

Spreiz die Beine so weit, wie dein Rock es zulässt.

Der Baumwollstoff grub sich in meine Haut, als ich die Beine spreizte. Der Rock war in Wirklichkeit knielang, was mir weit weniger Spielraum bot, als Harrison annahm. Das würde mir in Zukunft eine Lehre sein, zu schwindeln.

Ich will, dass du die Hand an der Innenseite deines Schenkels hochschiebst. Aber fass dich noch nicht an. Fahr dabei mit den Nägeln über die Haut.

Jetzt hörte ich in Gedanken seine Stimme. Sie war tief, heiser. Er würde so klingen wie in jener Nacht, nachdem er gekommen war, ein Beinahe-Knurren, das tief in meiner Brust vibrierte.

Ich war feucht vor Verlangen, und meine Brustwarzen versteiften sich unter dem BH. Kitzelnd strich ich die empfindsame Haut entlang, bis ganz dicht an mein Höschen. Diese neckende Folter war eine Versuchung, wie ich sie noch nicht erlebt hatte. Jedenfalls nicht so.

Ich will, dass du dein Handy auf den Oberschenkel legst, damit du die andere Hand frei hast. Berühr damit deine Brust. Aber spar den Nippel fürs Erste noch aus. Knete nur den fleischigen Teil, so wie ich es tun würde.

Ich biss mir auf die Zunge, um nicht zu stöhnen, aber irgendwie gelang es mir zu tun, was er verlangte. Das hier war auf so vielerlei Art falsch, dass ich gar nicht wusste, wo ich anfangen sollte. Ich verführte mich selbst während der Arbeit auf der Toilette. Scheiße, es bestand die Chance, dass ich kommen würde, ohne dass er mich überhaupt berührte. Gott, das hier war Wahnsinn.

Schieb die Hand unter deine Bluse. Ich will, dass du dich jetzt in die Brustwarze kneifst.

Oh, Yes, Sir!

Mein Verstand hörte auf, sich Sorgen darüber zu machen, was richtig oder falsch war, und beschloss, einfach mitzumachen. Ich schob die Hand von unten in meinen BH und schnippte mit der Fingerspitze über die empfindsame Knospe. Diesmal konnte ich ein Aufseufzen nicht verhindern.

Ebenso wenig hinderte ich meine andere Hand daran, zu weit unter meinen Rock zu gehen.

Meine Fingernägel streiften den feuchten Baumwollstoff meines Höschens, was mir einen Schauer durch den Leib jagte.

In diesem Moment öffnete sich die Tür des Waschraums, und das gleichmäßige Klackern von Absätzen erfüllte den Raum.

Scheiße.

Warum? Warum ausgerechnet jetzt?

Ich will, dass du die Finger auf deine Scham legst. Reib deinen Kitzler.

Sorry, Harrison, daraus würde jetzt nichts werden. Ich zog die Hand unter der Bluse hervor und schnappte mir das Handy. *Es ist grad jemand reingekommen. :-(*

Und?

Und darum werde ich nicht mehr weitermachen. Man könnte mich hören. Die Frau in der anderen Kabine pinkelte jetzt. Na wunderbar. *Der Moment ist vorbei. :-(*

Du erhebst also Einspruch?

Sie pinkelt!

Ja, das ist ein Stimmungskiller. Tut mir leid.

Nicht nötig. Das hat mehr Spaß gemacht, als ich seit einer ganzen Weile hatte. Wenn ich nach Hause komme, werde ich die Hilfe meines Vibrators brauchen. Ich muss auf dem Heimweg noch einen Satz frische Batterien besorgen. Die letzten hab ich schon aufgebraucht.

Die eigentliche Frage ist, betrachtest du das als erfolgreichen Tag zwei?

Ausgezeichnete Frage. Klar, wir hatten gesextet, aber irgendwie fühlte es sich nicht ganz richtig an. *Keiner ist gekommen.*

Das ist ein Problem.

Eigentlich nicht. Bei mir mochte zwar eine Frau – nein, inzwischen waren es schon zwei – mit im Raum sein, aber er war ungestört. Grinsend tippte ich. *Hast du immer noch deine Hose an?*

Eine Pause. *Jetzt nicht mehr.*

Das volle Ausmaß meiner Erfahrung mit dieser Art von Flirten hatte sich in den letzten fünf Minuten gezeigt. Zum Glück für Harrison lernte ich schnell.

Ich will, dass du durch die Unterhose hindurch deinen Schwanz in die Hand nimmst. Drück ihn kräftig, aber ohne zu streicheln. Er antwortete nicht, was ich als gutes Zeichen nahm. *Wie hart bist du?*

Ich könnte Beton zertrümmern.

Muss unangenehm sein.

Du hast ja keine Ahnung.

Dann solltest du ein bisschen Druck ablassen, finde ich. Warum knöpfst du nicht dein Hemd ganz auf? Aber lass es noch an.

Erledigt.

Jemand betätigte die Toilettenspülung und wusch sich die Hände, aber ich war immer noch nicht allein. Das stellte sich als ernste Lektion in Sachen Selbstbeherrschung heraus. *Ich will sehen, wie schnell du kommen kannst. Schieb deine Unterhose hinunter zu den Knien. Sag mir, sobald du …*

Fertig.

… fertig bist. Schnell. Okay, fang an zu massieren. Nicht tippen, nur lesen. Nun lag der Druck auf mir, es für ihn gut werden zu lassen. Meinen Piratenporno als Inspiration nutzend tippte ich, so schnell ich konnte.

Stell dir vor, dass ich zwischen deinen Beinen knie. Ich wet-

te, du wusstest nicht, dass ich Blowjobs liebe, stimmt's? Das tu ich nämlich. Ich liebe es, an deinem Schaft entlangzulecken. Und besonders liebe ich den Geschmack deiner Erregung, dieses Aroma, das ganz und gar deines ist. Es schmeckt ein wenig bitter. Einzigartig. Ich würde ein bisschen an deiner Eichel saugen. Mit der Zunge darüberschnellen. Dann würde ich die Hände nehmen und deine Hoden streicheln. Ich würde meine Nägel in deine Oberschenkel graben.

Ich wette, du riechst gut. Ein bisschen verschwitzt, weil du den ganzen Tag im Anzug unterwegs warst. Ich mag diesen Geruch. Nach Moschus. Du bist kurz davor zu kommen. Du legst deine Hand an meinen Hinterkopf. Du willst meine Bewegungen kontrollieren, aber ich lasse dich nicht. Ich sauge und lecke einfach weiter. Deine Hoden ziehen sich in meinen Händen zusammen. Du bist so kurz davor zu kommen. Ich ziehe mich zurück, als ich spüre, wie dein Körper sich anspannt. Dein Sperma spritzt mir übers Gesicht, auf meine Lippen. Ich lecke davon ab, so viel ich kann.

»Ist alles okay da drin?« Eine Frauenstimme von der anderen Seite der Kabinentür riss mich jäh wieder zurück in die Wirklichkeit.

»Ja, alles in Ordnung.«

»Ich habe ein Keuchen gehört. Es klang, als wäre Ihnen übel.«

»Nein. Nein, es geht mir gut. Danke.«

»Okay. Wenn Sie sicher sind.«

»Klar. Noch mal danke.«

Lieber Gott: Ich würde jetzt gerne sterben. Danke. Mit freundlichen Grüßen, ich.

Ich wartete, bis die Frau fort und ich sicher war, wieder allein zu sein, bevor ich einen weiteren Blick auf mein Handy riskierte. Harrison hatte auf keine meiner Nachrichten geantwortet. Ich strich mir das Haar hinters Ohr, ehe ich tippte. *Harrison?*

Immer noch nichts. Mit zitternden Beinen stand ich auf, schloss die Kabinentür auf und streckte den Kopf hinaus. Die Luft war rein. Ich wusch mir die Hände und schaffte es zurück an meinen Arbeitsplatz, ehe mein Handy wieder vibrierte.

Tut mir leid. Ich musste duschen. Dank dir hatte ich Sperma in den Haaren.

Tut mir leid! Es tat mir kein bisschen leid.

Nein, tut's dir nicht. Aber ich weiß dein Mitgefühl zu schätzen.

Keine Ursache. Er war gekommen. Es hatte tatsächlich funktioniert. *Ich würde sagen, Tag zwei war ein Erfolg.*

Selbst wenn du es nicht genießen konntest?

Wer sagt denn, dass ich es nicht genossen habe?? Jetzt war es mir schon zweimal gelungen, Harrison zum Kommen zu bringen, ohne ihn zu berühren. Eindeutig fing ich an, diese ganze Sexsache in den Griff zu bekommen. Wer brauchte da schon Karten! *Mach dir keine Sorgen um mich. Sobald ich nach Hause komme, möchte ich Tag eins wiederholen.*

Ich wünschte, da könnte ich dabei sein. Vielleicht wenn ich zurück bin.

Vielleicht. Hängt davon ab, was wir für Tag drei tun müssen. Das war schön, dieses ungezwungene Geplänkel mit einem Mann, den ich mochte. Ich hatte das Hin und Her vermisst, das Rob und ich uns früher geliefert hatten. Wie wir einander stundenlang anheizten, bevor wir uns in die Arme fielen.

Kaum blitzte Rob in meinen Gedanken auf, verflog etwas von dem Hochgefühl, das ich empfand. Das hier war nicht dasselbe. Harrison hatte von Anfang an klargemacht, dass es ihm bei diesen Spielchen nur um Sex ging, darum, mir eine sichere Umgebung zu bieten, in der ich experimentieren konnte. Er hatte kein Interesse daran, auf dem Sofa zu kuscheln und dabei die Nachrichten zu schauen. *Schaust du eigentlich gern Nachrichten?*

Gelegentlich. Nein, eigentlich nicht. Ich bekomme alle Infos, die ich brauche, online.

Oh.

Alyssa, ist alles okay?

Alles bestens. Ich mach mich besser wieder an die Arbeit.

Wir sehen uns in ein paar Tagen. Ich bin am Freitag wieder in Toronto. Wollen wir gemeinsam zu Abend essen?

Ich tippte *Sicher*, änderte es jedoch schnell wieder. *Ich glaube, da hab ich schon was vor. Ich sag dir Bescheid.*

Schon okay. Mach's gut.

Ich wusste nicht wie, aber ich würde mir etwas einfallen lassen müssen, ehe er wieder zurück in die Stadt kam.

11

Ich brauchte einen Plan. Nun ja, ich brauchte immer einen Plan, ganz egal in welcher Situation. So war ich schon, seit ich alt genug zum Sprechen war. Dafür gebe ich voll und ganz meiner Mutter die Schuld. Aber wenn ich bei meinem Dreißig-Tage-Sexabenteuer Erfolg haben wollte, musste ich logisch an die Sache herangehen. Ich musste sichergehen, dass ich jeden Aspekt berücksichtigte, um dafür zu sorgen, dass wir beide bekamen, was wir wollten. Also nahm ich ein Blatt Papier und machte eine Liste.

Schritt eins: Alle Karten lesen.

Schritt zwei: Entscheiden, ob auf besagten Karten etwas steht, wobei ich mich unwohl fühle.

Schritt drei: ???

Schritt vier: Sex haben.

Nun, das war ein Anfang.

Harrison hatte mir im Laufe der Woche ein paar Nachrichten geschickt, aber es hatte keine Wiederholung von Tag zwei mehr gegeben. Zuerst war ich ein wenig enttäuscht deswegen. Sobald ich jedoch ein wenig Zeit gehabt hatte, über unser kleines Abenteuer nachzudenken, wurde mir bewusst, wie viel Spaß es mir tatsächlich gemacht hatte. Einander während der Arbeitszeit schmutzige Dinge zu simsen würde ich bei einem zukünftigen Freund definitiv ins Repertoire aufnehmen. Falls ich es je so weit mit jemandem schaffte. Je länger Harrison und ich uns unterhielten, desto klarer wurde mir, dass er mir ein wenig Freiraum ließ. Was toll war, schließlich machte ich mir selbst schon mehr als genug Druck.

Heute würde er nach Hause kommen, und ich hatte immer noch nicht herausgefunden, wie mein nächster Schritt aussah. Doch anstatt mir darüber den Kopf zu zerbrechen, holte ich meine Liste raus und setzte meinen Plan in die Tat um. Das Logischste war, mit Schritt eins anzufangen. Ich breitete alle Karten fein säuberlich in Reihen auf den Küchentisch aus, um mir ein Gesamtbild zu machen.

Das Gesamtbild erwies sich als jede Menge interessanter Sex. Wer hätte gedacht, dass Rob so eine reiche Fantasie hatte? Während ich die Karten durchsah, machte ich mir eine Liste von allen Gegenständen, die ich vielleicht brauchen würde, um alle dreißig Tage zu absolvieren. Gleitgel (4-mal), Packung Kondome (2-mal ??), eine Grapefruit (zeitnah kaufen), Vibrator (lilafarbenen benutzen), Latexhandschuhe (er hat meinen Vorschlag damals wirklich ernst genommen??), Dessous, ein Paddle (Nikki fragen) …

Zwei Blatt Papier später hatte ich die Liste für meine 30-Tage-Überlebensausrüstung fertig.

Yeah. Also, das würde interessant werden.

Ich durchwühlte meinen Schrank auf der Suche nach einer Sporttasche, um all meine Utensilien der Verdammnis an einem Ort zu haben. Ein paar Dinge würde ich noch besorgen müssen, aber es gab auch eine Menge, was ich aus meiner Wohnung zusammensuchen konnte. Ich musste nur diese alte Tasche finden, die ich hier reingestopft hatte, nachdem ich mich im Fitnessstudio ange…

… Da war sie ja!

Das grelle Neonlogo meines selten besuchten Fitnessstudios lag unter einem riesigen Müllsack voll alter Kleider begraben. Beides fiel heraus, als ich am Henkel zog. Ich schob den Müllsack beiseite, fest entschlossen, das Ding endlich in den Sammelcontainer unten an der Straße zu werfen, und wandte meine Aufmerksamkeit meiner neuen Sex-Survival-Ausrüstung zu. Ich hatte eine Liste und ich hatte eine Tasche. Blieb nur noch, sie aufzustocken und mich auf Harrisons Rückkehr vorzubereiten.

Als ich die Räder seines Koffers an meiner Tür vorbeirattern hörte, war es mir gerade mal gelungen, die Hälfte der Gegenstände auf meiner Liste zusammenzutragen. Ich hatte eigentlich vorgehabt, in den Sexshop zu gehen, um ein Paddle und noch zwei Flaschen Gleitgel zu besorgen, in letzter Minute jedoch gekniffen. Trotzdem war noch genug von meinem Shoppingtrip mit Nikki übrig, dass wir anfangen konnten. Was ich allerdings geschafft hatte, war, in die Apotheke zu gehen und zwei Packungen Kondome zu kaufen. Dabei hatte ich mir einen Wettkampf im Rot-Anlaufen mit dem jungen Kassierer geliefert, der meinen Einkauf eintippte. Zum Glück beherrschte er die Kunst des Augenkontakt-Vermeidens, wodurch wir beide die Begegnung unbeschadet überlebten.

Ich wartete, bis Harrison an meiner Tür vorbei war, bevor ich aufmachte, um einen Blick auf ihn zu erhaschen. Bei seiner zerzausten Erscheinung stockte mir der Atem. Sein normalerweise ordentliches schwarzes Haar sah aus, als habe er den größten Teil des Tages damit verbracht, mit den Fingern hindurchzufahren. Sein Hemd steckte immer noch im Hosenbund, aber sogar aus dieser Entfernung sah ich die tiefen Falten, die sich durch langes Sitzen gebildet hatten.

Er sah aus, als brauche er eine lange heiße Dusche und eine anständige Mahlzeit.

Und eventuell die Gelegenheit, an Tag drei teilzunehmen. Vielleicht.

»Du entwickelst dich noch zu einer richtigen Stalkerin«, hallte seine Stimme den Flur entlang. Lächelnd schaute er mich über die Schulter hinweg an.

»Ich wollte dich nicht stören. Nur kurz Hi sagen.« Ich hob die Hand und winkte leicht. »Hi.«

»Hallo.« Ohne hinzusehen, steckte er den Schlüssel ins Schloss und öffnete die Tür. »Hattest du eine schöne Woche?«

»Ja.« Ein wenig selbstsicherer lehnte ich mich an den Türrahmen, um ihn anzusehen. »Wie waren deine Meetings? Hast du alles mit deinem Kunden geklärt?«

»Nicht ganz, aber ich konnte eine Krise abwenden.« Er schob seinen Koffer mit dem Fuß durch die Tür, dann schlenderte er zu mir zurück. »Schön, dich so fröhlich zu sehen.«

»Ich hab gute Laune.« Als er näher kam, konnte ich besser sehen, wie müde er war. »Aber du siehst fertig aus.«

»Ja, es war eine lange Woche.« Er rieb sich den Nacken. »Meine einzigen Lichtblicke waren es, mit dir zu simsen.«

Oooh! Mir wurde ganz warm ums Herz. »Willst du nicht wissen, warum ich so gute Laune habe?«

»Natürlich.« Er lächelte, was die Haut um seine Augen in Fältchen legte. »Warum?«

»Weil ich einen Plan habe.«

»Warum finde ich das nicht beruhigend?«

»Weil du ein kluger Mann bist.« Ich strich mir das Haar hinter die Ohren und riskierte es, mich vorzubeugen und ihm einen Kuss auf die Wange zu geben. »Danke für Tag zwei. Du hast mich zwar unvorbereitet erwischt, aber ich hatte viel Spaß damit, es im Kopf noch mal durchzuspielen.«

Harrison stützte sich mit der Hand an der Wand neben

meinem Kopf ab. Seine Gegenwart war ebenso erregend wie beruhigend. »Du warst sehr gut.«

Mein Herz klopfte, und ich musste mich zwingen, gleichmäßig weiterzuatmen. »Danke.«

»Ich nehme an, du hast den Rest der Karten durchgesehen. Daher dein Plan?«

Obwohl er es nicht laut aussprach, wusste ich, dass er wissen wollte, ob ich immer noch mit unserem Vorhaben weitermachen wollte. Ich nickte einmal und gab mir Mühe, meine Lippen nicht zittern zu lassen, als ich lächelte. »Ich hab eine Liste zusammengestellt.«

Er zog die Augenbrauen hoch. »Ach ja?«

»Und ein Überlebenspaket. Sachen, die wir brauchen, um die Aufgaben auf den Karten zu erfüllen. Ich habe zwar noch nicht alles, aber fürs Erste sind wir versorgt.«

»Gut zu wissen.«

»Ich wusste nicht, wie beschäftigt du in nächster Zeit sein wirst. Ich wollte keine Mutmaßungen anstellen oder so was, aber ich wollte einsatzbereit sein, nur für den Fall, dass du ein bisschen Zeit hast, mich in der nächsten oder übernächsten Woche in deinem Terminplan unterzubringen …«

»Alyssa.«

Ich schluckte heftig. »Ja?«

»Du redest schon wieder ohne Punkt und Komma.«

»Sorry.«

Er stupste mich mit dem Finger auf die Nasenspitze. »Ich bin die nächsten zwei Wochen in der Stadt. Dann muss ich noch mal nach Montreal. Ich bin sicher, wir bringen ein paar deiner Karten in meinem Terminplan unter.«

Wegen der Aussicht, Sex mit ihm zu haben, sollte ich eigentlich nicht so aus dem Häuschen sein, doch das war ich.

In Sachen Dating mochte ich ein wenig unerfahren sein, aber Sex liebte ich. Rob hatte gern gewitzelt, das wäre unser liebstes Hobby. Wenn man bedachte, wie oft wir uns letztendlich liebten, anstatt ins Kino zu gehen oder etwas anderes zu machen, war das absolut nachvollziehbar.

»Was ist dir gerade durch den Kopf gegangen?« Harrison hatte die Stirn gerunzelt und sich ein wenig zurückgezogen.

»Nichts. Ich dachte nur grad an Sex. Das mache ich in letzter Zeit anscheinend häufig.«

»Nein, nicht Sex. Da war noch etwas anderes. Dein Gesichtsausdruck hat sich verändert.«

Tatsächlich? Ich konnte mir nicht vorstellen, dass meine Gedanken an Rob so offensichtlich waren. Doch anscheinend lag ich da falsch. »Rob.«

»Ah.« Harrison trat einen Schritt zurück. »Sag Bescheid, wenn du bereit bist weiterzumachen. Ich steh zur Verfügung. Aber jetzt muss ich duschen und auspacken.«

Ich hätte etwas sagen sollen, um ihn am Gehen zu hindern, doch die Worte blieben mir im Hals stecken. Es war schließlich nicht so, als hätte Harrison nicht von Rob gewusst. Er hatte von Anfang an klargestellt, dass es ihm nur um Sex ging. Warum zum Teufel verhielt er sich dann so?

Und warum machte es mir so viel aus?

12

Wenn ich versuche, ein Problem zu lösen, neige ich dazu umherzulaufen. So bin ich nun mal. Nachdem Harrison in seiner Wohnung verschwunden war, fing ich an, bei mir im Flur auf und ab zu tigern. Dass ich an Rob gedacht hatte, hatte ihn verärgert. Nicht dass ich das absichtlich getan hatte, dennoch entschuldigte das nicht die Tatsache.

Wenn ich mit Harrison und meinem 30-Tage-Experiment vorwärtskommen wollte, dann musste ich, so schwer das auch sein mochte, alle Gedanken an Rob beiseiteschieben.

Leichter gesagt als getan, aber letzten Endes war das die einzige Möglichkeit, wie ich mein Leben wirklich weiterleben konnte.

Entschlossen schnappte ich mir meine Sex-Survival-Ausrüstung und marschierte hinüber zu Harrisons Wohnung. Ich klopfte zweimal und lauschte auf den unvermeidlichen dumpfen Klang seiner sich nähernden Schritte. Ohne darauf zu warten, hereingebeten zu werden, drängte ich mich mit einem Lächeln und einem »Schon verstanden« in seine Wohnung.

»Hallo, Alyssa. Klar, komm doch rein. Fühl dich ganz wie zu Hause.«

Ich zog die Schuhe aus und marschierte schnurstracks in sein Wohnzimmer. »Im Ernst, Mann? Du hast immer noch nicht ausgepackt?«

»War beschäftigt.«

»Ich kann dir dabei helfen, wenn du willst.«

»Nein, danke. Was gibt's?«

Ich stellte die Sporttasche auf seinen Wohnzimmertisch. »Hab ich doch gesagt. Ich hab schon verstanden.«

Harrison verschränkte die Arme und stand breitbeinig da. »Was verstanden?«

»Warum ich dich vorhin verärgert habe.«

»Ich war nicht verärgert.« Er schaute zu Boden und schüttelte den Kopf. »Ich hatte einfach eine anstrengende Woche und bin müde.«

»Na schön, du warst nicht verärgert. Sondern verschnupft. Sagt man das bei Männern? Sauer? Genervt? Was auch immer. Hör mal, ich finde, wir sollten das offen ansprechen, wenn wir weitermachen wollen.«

Harrison lächelte, aber es war ein knappes, einstudiertes Lächeln, die Sorte, die er vermutlich seinen Kunden zeigte. »Was offen ansprechen?«

Die kleine Rede, die ich mir hastig auf dem dreißig Sekunden langen Weg hierher im Geiste zurechtgelegt hatte, verpuffte. Schätze, ich musste improvisieren. »Ich bin eine fünfunddreißigjährige Witwe.«

Er zuckte zusammen, sagte jedoch nichts.

»Rob war mein Ein und Alles. Oder zumindest nahm ich das an. Es tut mir leid, wenn du dich dabei unwohl fühlst, dass ich hin und wieder an ihn denke. Das mache ich nicht mit Absicht. Ich vergleiche dich nicht oder irgendwas in der Art. Es ist nur … Ich habe nicht so viel Erfahrung. Vor dir war er der einzige andere Mann, den ich je berührt habe. Mit dem ich intim war. Mein Verstand wird gelegentlich dorthin abschweifen, ob ich das will oder nicht.«

Ich konnte mir nicht vorstellen, was er fühlte. Was wir

taten, stand auf der Liste von Merkwürdigkeiten ganz weit oben. Davon abgesehen hatte er Bescheid gewusst, als wir angefangen hatten.

»Du hast recht.« Er nickte, obwohl es eher eine Antwort auf seine eigenen Gedanken zu sein schien als auf irgendetwas dessen, was ich gesagt hatte. »Keiner von uns macht das hier wegen einer Beziehung. Es hat nichts mit mir zu tun, an wen du denkst. Wie ich schon sagte, es war eine lange Woche.«

»Danke.« Ich fummelte am Henkel der Sporttasche herum. »Wie wär's, wenn wir das Gespräch ein wenig erfreulicher beenden?«

»Woran hast du da gedacht?«

Ich griff in die Tasche und holte den Stapel Karten heraus. Die ersten beiden steckte ich ans Ende des Stapels, wodurch nun Tag drei oben lag. Ich warf die Karte auf den Tisch und aus einem Impuls heraus auch noch Karte vier dazu. Dann verschränkte ich die Arme in derselben Haltung wie Harrison.

Er zog die Augenbrauen hoch. »Was?«

Mit einem Nicken wies ich auf die Karten. »Das.«

»Du hast da zwei Karten.«

Ich warf ihm ein Schmunzeln zu. »Was ist los, kriegst du das nicht hin?«

Er beugte sich vor, um sie sich näher anzusehen. »Eine davon haben wir schon gemacht.«

»Du hast gesagt, wir sollten sie der Reihe nach machen. Einen nackten Mann berühren ist Tag drei.«

»Angezogen trockenvögeln ist Tag vier.« Obwohl er sich bemühte, desinteressiert zu bleiben, verriet mir die Vorderseite seiner Anzughose, dass ich seine Aufmerksamkeit erregt hatte. »Das kommt mir unlogisch vor.«

»Nun, du kannst dich nackt ausziehen, und ich behalte meine Unterwäsche an. So kommen wir nicht in Versuchung zu schummeln.«

Er schien darüber nachzudenken. »Was hast du sonst noch in deiner Tasche?«

»Hab ich dir doch schon gesagt. Dinge, die wir für die anderen Tage brauchen könnten. Ich wollte dir nur zeigen, dass ich – Hey, lass das da drin!«

»Bist du sicher, dass du auch wirklich genug Gleitgel hast?«, schmunzelte er, als er die verschiedenen Tuben musterte. »Kondome habe ich selber. Die hättest du nicht zu kaufen brauchen.«

»Ich wollte nicht davon ausgehen. Außerdem ist es wohl kaum fair, dich für alles bezahlen zu lassen. Du bist schließlich derjenige, der mir einen Gefallen tut, also danke dafür.«

»Du brauchst mir nicht zu danken.« Er sah mich mit einem Hunger im Blick an, der mich unwillkürlich einen Schritt zurückweichen ließ. So hatte mich noch nie jemand angesehen. »Schließlich hab ich auch was davon.«

Harrison ließ die Packung Kondome wieder zurück in die Tasche fallen und fing, ohne den Blickkontakt zu unterbrechen, an, sein Hemd aufzuknöpfen. »Ich hab aber noch nicht geduscht.«

»Ist mir egal.« Die Worte kamen hastig heraus. »Ich will dich riechen.«

Seine Lippen verzogen sich zu einem Lächeln. »Sei vorsichtig mit deinen Wünschen. Das hier ist nicht wie im Film. Ich stinke.« Der Baumwollstoff fiel mit einem leisen Wusch zu Boden. »Willst du einfach nur so dastehen?«

»Ganz genau. Ich will zusehen.« Er brauchte nicht zu wissen, dass ich erst wieder zu Atem und klarem Verstand kommen musste. Das Letzte, was ich wollte, war, dass irgendwelche verirrten Gedanken den Augenblick ruinierten.

Außerdem war es keine lästige Pflicht, Harrison dabei zuzusehen, wie er sich nackt auszog.

Mit sicheren Bewegungen legte er alles ab bis auf die Unterhose. Ich wartete voller Vorfreude, an der gleichen Stelle, an der wir vor ein paar Wochen angefangen hatten. Es war seltsam, wie vertraut ich inzwischen mit der Vorstellung eines anderen männlichen Körpers geworden war. Ich kannte bereits die verschiedenen Hügel und Täler seiner Brust. Die gewölbten Bauchmuskeln, und wie der Pfad aus Haaren zu seinem Penis hinunterführte, den ich hoffentlich bald zu sehen bekommen würde.

Harrison hakte die Daumen unter den Bund seiner Unterhose, fing noch einmal meinen Blick auf und zog sie dann bis zu den Knöcheln hinunter. Als er sich wieder aufrichtete, ließ ich mir einen Moment Zeit, bevor ich meinen Blick an seinem Körper entlang zu dem letzten Teil hinunterwandern ließ, der mir noch verborgen gewesen war.

Wow.

Das war … Ja, das war tatsächlich ein beinahe perfekter Schwanz.

»Alyssa, dein Mund steht offen.« Er lachte mich total aus.

»Das hier ist erst der zweite Penis, den ich im wahren Leben zu Gesicht bekomme. Ich genieße eben den Augenblick.«

Er stemmte die Arme in die Hüften, was das Objekt meiner Aufmerksamkeit noch mehr in den Fokus rückte. »Im Augenblick ziehe ich hier allerdings den Kürzeren.«

»Was? War das etwa ein Schwanz-Witz? So kurz ist er nämlich nicht, Kumpel.«

»Tag vier. Du erinnerst dich?«

Stimmt! Ich musste diese Vision männlicher Perfektion trockenvögeln. Oh, was für eine Aufgabe! Schätze, da musste ich wohl ein Opfer bringen.

Irgendwo in meinem Hinterkopf hatte ich wohl geplant, wie dieser Moment ablaufen würde, denn zum Glück trug ich keine Bluse mit Knöpfen. Meine Hände zitterten wie verrückt, und ich hätte sie unmöglich aufbekommen. Ich packte den Saum meines Shirts, zog es mir über den Kopf und ließ es auf sein Hemd fallen. Beim Ausziehen meiner Shorts wollte mein Höschen gleich mit herunter, deshalb musste ich es ein wenig zurechtrücken, bevor ich mich Harrison wieder zuwenden konnte.

Ich war mir nicht sicher, ob der Ausdruck des Verlangens auf seinem Gesicht den meinen widerspiegelte, aber er entsprach zweifellos der Lust, die mich durchströmte. Das hier würde wirklich passieren.

»Setz dich aufs Sofa.« Meine Stimme hatte etwas von meinem vorherigen Selbstvertrauen wiedererlangt. »In die Mitte. Hände ausgebreitet auf die Rückenlehne. Ich will nichts im Weg haben.«

Das Lächeln war nicht von seinem Gesicht gewichen. Wenn überhaupt, schien es sogar das Funkeln in seinen Augen noch zu verstärken. »Ja, Ma'am.«

Sein Schwanz stand in Hab-Acht-Stellung, als er sich in Position setzte. Die Eichel streifte das dichte Haar, das den unteren Teil seines Bauchs bedeckte, und ein Lusttropfen blieb daran hängen. Er war bei Weitem größer als … jeder Mann, den ich bisher gesehen hatte. Nicht wie ein Pornostar, aber immer noch beeindruckend. Es half, dass wir das hier eigentlich schon mal getan hatten. Dass ich mit den Händen über seine Haut gestrichen, die Muskeln unter meinen Fingerspitzen gespürt hatte. Meine Brüste sehnten sich bereits schmerzhaft danach, von ihm berührt zu werden. Es wäre leicht, sich rittlings auf ihn zu setzen und seinen Schwanz in mich gleiten zu lassen. Er war eindeutig ebenso erregt wie ich, und es würde schnell und hart, also richtig schmutzig werden.

Nein. Wenn, dann mussten wir das schon richtig machen.

Ich ging zu ihm und stellte mich zwischen seine Beine. Harrison umklammerte die Rückenlehne des Sofas mit so festem Griff, dass die Muskelstränge an seinen Unterarmen hervortraten. Warum mich das anmachte, war ein wenig rätselhaft. Seine angestrengte Zurückhaltung vielleicht? Ich sog meine Unterlippe in den Mund und strich neckend mit der Zungenspitze darüber. Ein Blowjob stand auf keiner der beiden Karten. Wie schade.

»Also?« Fragend neigte er den Kopf zur Seite.

Also, in der Tat. Ich ging auf die Knie und legte die Hände um seine Waden. »Diesmal fange ich unten an und arbeite mich nach oben.«

»Danke für die Warnung.« Es freute mich, dass etwas von seiner Keckheit verflogen war. »Spar meine Seiten aus, sonst bekommst du eine Wiederholung vom letzten Mal.«

»Du hast gesagt, du trainierst, stimmt's?« Ich strich hinunter zu seinen Füßen, wobei ich seine Muskeln massierte. Er hatte kräftige Fußgewölbe und haarige Zehen. Das fand ich gut. Es machte ihn menschlicher und weniger perfekt. »Joggst du?«

»Ja.« Er stieß das Wort zwischen zusammengebissenen Zähnen hervor, während ich mit den Daumen über seine Fußsohlen rieb. »Das kitzelt.«

»So schlimm wie an den Seiten?« Wenn das so weiterging, würde ich mir noch einen Lageplan zeichnen müssen. *Vorsicht, hier bin ich kitzlig.* »Hör auf zu treten.«

»Hör auf, da unten so lange rumzufummeln.«

Da ich das Schicksal nicht herausfordern wollte, änderte ich die Richtung und arbeitete mich wieder über die Waden hoch zu seinen Schenkeln. Dabei fiel mir auf, wie fest seine Muskeln waren. Mir war nicht bewusst gewesen, wie erregend ein schönes Paar Männerbeine sein konnte. Stärke, ein solides Fundament, jemand, der hart arbeitete.

Je näher ich seinem Schwanz kam, desto schneller pulsierte das Blut unter seiner Haut. Oh ja. Er war nicht immun gegen meine Berührung, gegen die Art und Weise, wie ich mich vorbeugte und meinen Atem neckend über seine Haut streichen ließ, während ich zwischen festen und sanften Liebkosungen wechselte.

»Noch nicht«, flüsterte ich. »Ich will unsere Zeit nutzen. Ich muss dich kennenlernen.«

Harrison knurrte, bewegte sich jedoch nicht.

Anders als beim letzten Mal war ich schlau genug, seine Seiten zu meiden. Obwohl das lustig gewesen war, ging es heute Abend um gemeinsame Orgasmen. Also konzentrierte ich meine Aufmerksamkeit stattdessen auf seine Brust. Seine Brustwarzen waren harte Knubbel, die durch das Dickicht seiner Haare herauslugten. Rob hatte es gehasst, wenn ich auch nur in ihre Nähe gekommen war. Vielleicht würde es Harrison nicht so viel ausmachen. Ich streckte die Zunge heraus, um ihn so weit wie möglich vorzuwarnen, bevor ich den Mund auf seine Brustwarze senkte. Anstatt sich zu entziehen, sog er heftig den Atem ein und wölbte mir die Hüften entgegen.

»Fuck!«

»Willst du, dass ich aufhöre?« Ich leckte weiter.

»Nein.«

»Gut.« Ich biss leicht zu. »Das macht Spaß.«

»In Aktion bin ich besser als als Anschauungsobjekt.« Wieder schob er seine Hüften vor.

Ich knabberte und leckte mich weiter über seine Brust und hoch zu seinem Hals. »Heute gibt es keine Action. Aber noch eine Menge Anfassen.«

»Mir wurde trockenvögeln versprochen.«

»Hetz mich nicht. Ich bekomme vielleicht keine weitere Chance auf Tag drei.«

Harrison bewegte sich, und einen Moment lang glaubte ich, er würde mich wieder in die Kissen werfen wie beim letzten Mal. Schneller, als ich es mir je zugetraut hätte, schwang ich mich rittlings auf seine Schenkel und drückte seine Hände wieder auf die Rückenlehne. »Nicht. Bewegen.«

Unsere Lippen waren jetzt nur noch Zentimeter voneinander entfernt. Es wäre leicht gewesen, sich hinunterzubeugen und ihn zu küssen, langsam und zärtlich, wie ich es normalerweise gernhatte. Aber nichts an dem, was wir taten, hatte irgendetwas mit normaler Verführung zu tun. Hier ging es um rohen, puren Sex und das gegenseitige Genießen, das damit einherging. Ich brauchte mich nicht zu verlieben, um Harrisons Körper zu genießen. Nein, ich würde jede dieser Erfahrungen als genau das auskosten, was es war.

Ich nahm sein Gesicht in die Hände, dabei rieben meine Finger hart über seine Bartstoppeln. Sein Schweiß vermischte sich mit seinem Deodorant und dem Rest Aftershave. Ich atmete tief ein, um es mir so gut wie möglich einzuprägen, in mein Gedächtnis einzubrennen, damit ich es später wieder abrufen konnte. Seine Lippen teilten sich und ließen verborgenes Weiß darunter aufblitzen. Ja, das war es, was ich wollte. Ich ließ die Augen offen, so lang ich konnte, und schloss sie erst, als ich nah genug war, um heftig an seiner Unterlippe zu saugen.

Ein Luftstrom kitzelte meine Wange, als er den Atem einsog. Ich wollte nicht, dass er etwas sagte. Nicht, wenn ich endlich meinen Kopf da hatte, wo ich ihn haben wollte. Ich biss ihn in die Lippe, woraufhin er zusammenzuckte. Seine Hände fanden meine Hüften, doch anstatt mich von sich herunterzuziehen, ermutigte er mich, mich zu bewegen.

Es dauerte eine Sekunde, bis ich den Dreh heraushatte, mich an ihm zu reiben und gleichzeitig sein Gesicht festzuhalten, aber ich schaffte es, einen Rhythmus zu finden, der uns beide im Nu keuchen ließ. Sein Schwanz hätte genauso gut aus Stein sein können, so hart presste er sich an meine Öffnung. Die feuchte Baumwolle klebte an meiner Haut, was die Reibung und den Druck auf meine Klitoris noch verstärkte. Ich stöhnte in seinen Mund, bevor ich seinen Atem einatmete.

»Genau so.« Er drückte meine Hüften fester. »Reib dich, bis du kommst.« In seinen Worten lag keine Zärtlichkeit, nur rohes Verlangen.

Wer war ich schon, dem Mann seine Bitte abzuschlagen?

Ich stützte mich auf seinen Schultern ab und verstärkte den Druck auf seinen Schwanz. Irgendwas musste ich richtig gemacht haben, denn ehe ich michs versah, verdrehte er die Augen und schloss sie dann.

»Das gefällt dir«, flüsterte ich, während ich an seinem Ohr leckte.

»Ja.« Sein Atem war heiß an meinem Hals.

»Kommst du?«

»Noch nicht. Du zuerst.«

Das musste er mir nicht zweimal sagen. Es war das erste Mal, dass ich seit Rob mit einem Mann zusammen war, und obwohl meine Piraten und der Vibrator eindeutig ihren Zweck erfüllten, konnten sie das überwältigende Gefühl nicht ersetzen, von einem Mann in den Armen gehalten zu werden. Ich gab das Verführen und Necken auf und presste stattdessen mein Gesicht in Harrisons Halsbeuge und konzentrierte meine Aufmerksamkeit aufs Kommen.

Schweiß überzog uns und vermischte sich zwischen unseren Leibern, während ich ihn ritt. Mein Baumwollhöschen war tropfnass vor Verlangen und der Anstrengung zu kommen. Der Stoff spannte sich straffer als zuvor und übte den perfekten Druck auf meine Klitoris aus. Ich hob die Hüften gerade genug an, um seinen Schaft an meinem Kitzler zu reiben. Da war es! Dieses Gefühl der Wonne und das Versprechen von Besinnungslosigkeit. Ich grub meine Nägel in Harrisons Schultern. Hitze stieg in mir auf, während meine Brust sich zuschnürte und die Muskeln in meinen Beinen zu zittern begannen. Fast da, kurz vor der Klippe …

»Aaaaah!«, schrie ich an seiner Haut auf, als lustvolle Wonne durch mich hindurchwogte. Keuchend sog ich wieder Atem in meine Lunge und ritt weiter, um gierig jedes Quäntchen Wonne auszukosten.

Erst als mein Gehör langsam zurückkehrte, hörte ich Harrison leise stöhnen. »Ja, ja, jaaa, Baby! Ja!«

Ich hörte nicht auf, mich zu bewegen. Meine Klitoris war überempfindlich von meinem Orgasmus, doch das war mir egal. Der kleine Stich Unbehagen war es wert, zu erleben, wie sein Körper zwischen meinen Schenkeln zum Leben erwachte. Seine Hüften stießen härter, und sein Schwanz presste sich höher an meinen Bauch.

Ich zog mich gerade weit genug zurück, um zusehen zu können, wie die rote Spitze zwischen uns hervorragte. Der starke Kontrast zwischen geröteter Haut auf weißer Baumwolle war das absolut Erotischste, das ich je gesehen hatte.

Harrison schob die Hände höher und umfasste meinen Brustkorb.

»Ich komme!«

Hin und her gerissen wollte ich gleichzeitig sein Gesicht und seinen Schwanz beobachten. Ich entschied mich für Letzteres und hielt den Atem an, als Sperma in langen Strahlen zwischen uns emporspritzte. Der warme Saft verschmierte auf unserer Haut, als wir uns weiter aneinander rieben, und verband uns auf ursprüngliche Weise. Endlich, sobald ich sicher war, dass er nichts mehr in sich hatte, hörte ich auf, mich zu bewegen, und brach auf seiner Brust zusammen.

Lange Zeit gab es nichts als unser gemeinsames Atmen in leicht versetztem Rhythmus. Das zarte Streifen seiner Finger über meine Haut ließ mich leicht zusammenzucken, doch dann entspannte ich mich und genoss das Gefühl, von ihm gestreichelt zu werden.

»Tag vier.« Er sprach die Worte mit Ehrfurcht aus.

»Nicht zu vergessen Tag drei. Das war eine wichtige Wiederholungsvorstellung.«

»Ja, das war es.«

Wir verstummten wieder. Es war seltsam, wie vertraut wir einander in so kurzer Zeit geworden waren. Vielleicht lag es am Sex. So musste es sein. Es war nicht so, dass ich viel über ihn wusste, wo er aufgewachsen war, welche Filme oder welche Musik er mochte. Konnten Menschen eine Beziehung miteinander haben, die rein auf Sex basierte? Konnte das von Dauer sein?

Nicht, dass einer von uns eine Beziehung wollte. Dummes, sexgeschädigtes Gehirn! Aber trotzdem.

»Was ist eigentlich deine Lieblingsfarbe?« Ich drehte den Kopf so, dass mein Kinn auf seiner Brust lag und ich seine Augen sehen konnte.

Er schaute zu mir herunter, doch der unbequeme Winkel zwang ihn, den Blick wieder abzuwenden. »Warum?«

»Nur so aus Neugier. Ich weiß nicht wirklich viel über dich.«

»Alyssa …«

»Keine Sorge, das ist kein Trick, um dich dazu zu bringen, mit mir auszugehen oder so was. Nenn mich altmodisch, aber ich weiß gern ein wenig über den Mann, mit dem ich schlafe.«

»Ich mach mir keine Sorgen.« Er drückte mir einen Kuss auf den Scheitel. »Braun.«

»Wirklich?« Robs Lieblingsfarbe war Blau gewesen. »Warum?«

»Ist das wichtig?« Da war er wieder, dieser merkwürdige Tonfall in seiner Stimme, wann immer es persönlich wurde.

Ich wollte nicht ruinieren, was wir hatten, nicht, wenn ich gerade angefangen hatte, mich auf die Sache einzulassen. Ich wollte Robs Karten durchspielen, mehr über mich selbst und das, was mir in Sachen Sex gefallen könnte, erfahren. Obwohl ich Harrison dazu nicht brauchte, war es deutlich weniger einschüchternd, ihn dabeizuhaben.

»Tut mir leid. Nein, das ist nicht wichtig. Ignorier mich einfach. Mein Gehirn hat noch Fehlzündungen von dem umwerfenden Sex.« Als ich mich von ihm löste, hielt er mich nicht zurück. »Das war der Wahnsinn.«

»Das war es.«

»Bist du immer noch einverstanden damit, mir bei der Sache zu helfen? Ich meine, wir haben immer noch viele Karten zu erledigen. Und ich weiß, dass du durch deine Arbeit ziemlich beschäftigt bist.«

Harrison lachte leise. »Ich bin mir sicher, ich kann dich dazwischenquetschen.«

»Gut.« Welche Wolke sich auch immer über uns gelegt hatte, hatte sich verzogen. »Ich ziehe mich besser an und geh duschen.«

»Das sollte ich auch.« Er klopfte sich auf die Brust, direkt über der Stelle, wo sein Sperma angetrocknet war. »Gut, dass ich vorhin noch nicht geduscht habe. Du könntest bleiben und mir dabei Gesellschaft leisten, weißt du. Könnte Spaß machen, gemeinsam sauber zu werden.«

»Lieber nicht. Ich sollte wirklich zurückgehen und mich fürs Schlafengehen fertig machen.« Ich zog Shirt und Shorts an, während er mir dabei zusah. »Außerdem können wir gar nicht zusammen duschen.«

»Warum nicht?«

Ich stupste ihn mit dem Finger auf die Nasenspitze. »Sex unter der Dusche kommt erst an Tag sechzehn.«

Als ich diesmal ging, folgte mir der Klang seines Lachens nach Hause.

13

Zu jeder Wohnung im Gebäude gehörte eine kleine Parzelle des Dachgartens zur freien Verwendung. Die meisten Bewohner nutzten das aus und pflanzten, was sie konnten. Manche liebten Blumen und hegten und pflegten die schönsten mehrjährigen Pflanzen, die man sich wünschen konnte. Mrs Le Page konzentrierte sich auf Gemüse, hauptsächlich Tomaten, und am Ende des Sommers verteilte sie die Ernte an jeden, der etwas davon haben wollte.

Und ich? Ich versuchte, Blumen zu pflanzen, vergaß aber ständig, sie zu gießen. Der Garten war auch eine der Aufgaben gewesen, die Rob und ich stets gemeinsam in Angriff genommen hatten. Keiner von uns zeichnete sich besonders darin aus, doch gemeinsam gelang es uns, die wenigen Pflanzen, die wir hatten, nicht ins Jenseits zu befördern. Als er starb, ließ ich die Dinge eine Weile schleifen. Erst als Pierce tatsächlich damit drohte, mir meine Privilegien zu entziehen, wenn ich mich nicht besser um meine Pflanzen kümmerte, konzentrierte ich mich gezwungenermaßen wieder auf meine Gartenarbeit. Ich wollte mein Beet nicht verlieren, einen der Orte meiner Erinnerungen, also war ich nun hier. Ich hatte mich für eine neue Herangehensweise entschieden und befolgte Mrs Le Page' Rat, Gemüse anzubauen.

Als ich vor meinem Beet kniete, eine lange Zucchini in der Hand, fragte ich mich, ob sie wohl schon fest genug war, um sie als Dildo zu verwenden.

Ja, so weit war es inzwischen mit mir gekommen. Ich hatte offiziell Sex im Kopf.

Rob wäre begeistert. Genauso wie Nikki.

Meine gegenwärtige Grübelei war das Ergebnis einer Harrison-Dürreperiode. Nach unserem Treffen Freitagabend hatte ich nicht viel von ihm gesehen. Am Samstagmorgen hatte ich ihn vom Fitnessstudio zurückkommen hören, als ich mich endlich auf der Suche nach Kaffee aus dem Bett gerollt hatte. Ich hatte mich nicht in der Nähe der Eingangstür herumgedrückt, in der Hoffnung mitzubekommen, ob er langsamer wurde. Oder klopfte. *Ich hab frischen Kaffee gekocht. Komm schon rein!* Ich war nicht einmal enttäuscht, als ich seine Tür ins Schloss fallen hörte. Er tauchte für den Rest des Wochenendes ab, und so war ich letztlich gezwungen, meine Neugier beiseitezuschieben.

Eigentlich war das gut so. Ich brauchte ein paar Tage, um mich daran zu erinnern, dass ich ein Leben hatte, das meine Aufmerksamkeit erforderte. Rechnungen mussten bezahlt werden, Eltern angerufen und beruhigt, Nachmittagskinovorstellungen alleine besucht. Zucchini missbraucht.

Nö, die hier war viel zu groß, um von Nutzen zu sein.

Vielleicht sollte ich mein Gurken-Embargo überdenken.

Die Tür zum Dachgarten öffnete sich quietschend, und neue Stimmen mischten sich unter das leise Summen der Stadt unter uns. Ich war vielleicht keine große Gärtnerin, aber ich genoss das Gefühl von Ruhe hier oben. Ich sagte Hallo zu den Neuankömmlingen und machte mich wieder daran, das Gemüse zwischen dem ganzen Unkraut hervorzuholen.

Als eine Tasche unerwartet neben mir zu Boden fiel, stieß ich einen Schrei aus. »Was zum Teufel!?«

Harrison stand einen halben Meter von mir entfernt, die

Arme grinsend vor der Brust verschränkt. »Das hast du bei mir vergessen.«

Das neonfarbene Fitnessstudio-Logo war die einzige Erinnerung, die ich bezüglich des Inhalts brauchte. »Scheiße.«

»Ich wollte sie dir zurückgeben. Nur für den Fall, dass du sie brauchst.« Er zog die Augenbrauen hoch. »Man kann nie vorbereitet genug sein.«

Ich ging auf die Knie und hob die Tasche aus meinem Zucchinibeet. »Die ist ja viel schwerer, als ich es in Erinnerung habe.«

»Ich habe mir erlaubt, noch ein paar Sachen von deiner Liste hinzuzufügen.«

Herr, steh mir bei! »Das fühlt sich nach mehr als nur ein paar an.«

Er zuckte die Schultern. »Ich musste mal aus der Wohnung raus und wollte Toronto ein wenig erkunden. Die Abwechslung hat mir gutgetan.«

»Freut mich, dass ich helfen konnte.« Die Zucchini lag schwer in meiner Hand. Anstatt sie fallen zu lassen, hielt ich sie hoch. »Da.«

»Ich wusste gar nicht, dass du eine Gärtnerin bist.« Er nahm sie und strich über die grüne Schale. »Schönes Exemplar.«

Schmutzige Gedanken; schmutzige, schmutzige Gedanken. »Danke. Normalerweise habe ich ja alles andere als einen grünen Daumen, aber dieses Jahr habe ich mich mehr angestrengt, und das ist das Ergebnis.«

Harrison kam näher und ging neben mir in die Hocke. »Du weißt, dass du die Blüten auch pflücken kannst. Die schmecken lecker im Salat.«

»Moment mal. Du gärtnerst?«

»Mein Dad. Er kann praktisch alles wachsen lassen. Ich

hab mir im Lauf der Jahre ein paar Sachen von ihm abgeguckt.« Ohne mich zu fragen, streckte Harrison die Hand aus und begann, Unkraut zu jäten.

Das hier war … anders.

Wir hatten beide klargemacht, dass wir uns nicht auf eine Beziehung einlassen wollten. Hier sollte es einfach nur um Sex gehen. Und nun offensichtlich auch um Zucchini. Es gab nichts anderes zu tun, als sich wieder dem Jäten und Ernten zu widmen, also taten wir das. Es war schön, Seite an Seite mit ihm zu arbeiten, ohne irgendetwas anderes zu erwarten. Ich nahm einen Hauch seines Aftershaves wahr, stärker als letzte Nacht, aber nicht so überwältigend, dass mir die Augen tränten.

»Ah, Mr Kemp. Wie freundlich von Ihnen, Ms Barrow zur Hand zu gehen. Das ist sehr liebenswürdig.«

Ich gratulierte mir selbst, dass ich beim Klang von Mrs Le Page' amüsierter Stimme nicht aufgestöhnt hatte. Als ich aufblickte, sah ich sie bei ihrem Mann untergehakt stehen. Die beiden waren so süß zusammen, dass es verboten gehörte. »Er gibt mir ein paar Tipps.«

»Es geht doch nichts über einen Mann mit einem grünen Daumen. Ich finde, so einer ist in mehr als nur einer Hinsicht geschickter.« Sie tätschelte die Hand ihres Mannes. »Hab ich nicht recht, Liebling?«

»Wenn du es sagst, Liebes.« Er zwinkerte mir zu.

Ich drehte mich wieder zu meinen Pflanzen um. Ich brauchte kein geistiges Bild vor Augen, was die beiden hinter verschlossenen Türen so trieben. Zweifellos war es schmutzig.

»Sie ist ein Naturtalent, aber ich wette, man kann ihr noch was beibringen.« Harrison stupste mich mit der Schulter an.

»Es macht mir nichts aus, ihr ein paar Sachen zu zeigen. Wenigstens weiß ich dann, dass die Zucchini überleben wird, wenn ich wieder ausziehe.«

»Sie bleiben nicht hier?« Das Paar wechselte einen Blick, bevor Mrs Le Page fortfuhr. »Aber Sie sind doch gerade erst eingezogen.«

»Ich hab nur einen befristeten Vertrag und bleibe nicht lange hier.«

»Aber Sie ziehen doch nicht sofort wieder aus.« Stirnrunzelnd sah sie mich an. »Unsere arme Alyssa.«

Nein. Nicht unsere arme Alyssa. Bitte nicht das.

Wieder rempelte Harrison mich leicht mit der Schulter an. »Nein, Ma'am. Ich bin für drei Monate hier.«

»Also genug Zeit, um Spaß zu haben. Das ist gut.« Mr Le Page stieß die Sporttasche leicht mit dem Fuß an. »Gartengeräte?«

Ich stand auf und drückte Mr Le Page drei der größten Zucchini, die ich hatte, vor die Brust. »Hier, nehmen Sie welche. Ich habe mehr, als ich je essen könnte, und im Gegenzug würde ich jederzeit gern Backwaren annehmen.«

Harrison lachte. »Klingt nach einem guten Tausch.«

»Und ob.« Mrs Le Page rettete das Gemüse aus dem unsicheren Griff ihres Mannes. »Danke, meine Liebe. So eine schöne große wie die hatte ich seit Jahren nicht mehr.«

Scheiße. Ich biss mir in die Wange, um nicht zu lachen. »Freut mich, wenn ich helfen konnte.«

Harrison hatte sich während dieses Wortwechsels wieder dem Unkrautzupfen gewidmet. Ich sah, wie er – vergeblich – versuchte, ein Grinsen zu unterdrücken. Er schaffte es, sein Lachen zurückzuhalten, bis das ältere Paar mit seiner Beute in den Händen davongewandert war.

»Sie hat ganz genau gewusst, was sie sagt, nicht wahr?« Mit vor Lachen bebenden Schultern kniff er sich in den Nasenrücken. »Was für ein Paar!«

»Vor ein paar Monaten hat jemand den Fitnessraum für etwas benutzt, bei dem es sich Pierce' Überzeugung nach nur um ein bizarres Sexspiel gehandelt haben konnte. Ich bin mir ziemlich sicher, das waren die beiden. Sie verhalten sich seitdem viel zu auffällig. Außerdem kichern sie wie kleine Kinder, wann immer Pierce es bei einer unserer Versammlungen anspricht.« Ich griff nach einer weiteren Ranke und zupfte vorsichtig die Blüten ab. »Ich kann nur hoffen, dass ich in ihrem Alter auch einmal mit jemandem so glücklich bin. Und immer noch Sex habe.«

»Dann willst du also eines Tages wieder heiraten?« Er wandte sich leicht von mir ab, um nach einer der Pflanzen an der gegenüberliegenden Seite zu greifen. »Wäre das denn nicht schwer?«

»Na ja, so weit habe ich eigentlich noch gar nicht vorausgedacht. Ich meine … Ich weiß nicht. Ich kann mir nicht vorstellen, mit jemand anderes als Rob zusammen zu sein, aber allein zu sein kann ich mir auch nicht vorstellen.« Der Schmerz in meinen Knien wurde allmählich zu viel. Ohne auf den Dreck zu achten, setzte ich mich auf die Steine. »Ich weiß, das ergibt keinen Sinn.«

»Doch, das tut es. Mein Dad war genauso, als meine Mom starb.« Dann kam er auf die Füße. »Du hast hier eine Menge Gemüse. Willst du das alles essen?«

»Deine Mom ist gestorben?« Okay, es war unhöflich, direkt nachzufragen, aber er hatte mich damit unvorbereitet erwischt. »Das tut mir leid.«

»Ist schon lange her.« Er bückte sich und schnappte sich

zwei Zucchini. »Macht's dir was aus, wenn ich mir ein paar nehme?«

»Nur zu.« Warum fühlte es sich an, als hatten wir gerade eine Art Grenze überschritten? Etwas drohte, sich zwischen uns zu verändern, und ich war nicht sicher, ob mir das gefiel. »Wir sollten Sex haben.«

»Mr Kemp, ich sehe, Sie versuchen, Ms Barrow zu helfen. Die Eigentümergemeinschaft ist Ihnen dafür dankbar.« Pierce kam den Weg entlang, ein Klemmbrett in der Hand. »Es freut mich, dass Sie Ihren Garten dieses Jahr ernst nehmen, Ms Barrow. Mr Kemp, wenn Sie die Parzelle nutzen wollen, die zu Ihrer Wohnung gehört, dann bitte ich Sie zu berücksichtigen, dass nicht alle Bewohner etwas für Gartenarbeit übrighaben. Stellen Sie sicher, dass es etwas Pflegeleichtes ist.«

Eine Litanei von Flüchen schoss mir durch den Kopf. »Hi, Pierce. Mögen Sie ein paar Zucchini?«

»Kann ich nicht ausstehen. Wenn Sie mehr haben, als Sie brauchen, denken Sie bitte dran, sie nicht verfaulen zu lassen. Legen Sie sie für die anderen in einen Korb auf dem Gemeinschaftstisch.« Dann nickte er uns zu und trollte sich.

»Ich schwör's, dieses Gebäude ist so wie in *Melrose Place*«, murmelte ich.

»Ja.« Harrison bückte sich und hob die Sporttasche auf. Mein Herzschlag legte einen Zahn zu, als ich ihm dabei zusah, wie er sie sich über die Schulter schwang. »Tag fünf, hm?«

Ich konnte mich nicht einmal erinnern, was es war. Mein gesamter Fokus lag auf Harrison und der Art und Weise, wie sich das T-Shirt über seiner Brust spannte. Bisher waren meine Gedanken seit einer Ewigkeit darum gekreist herauszufinden, in welche Richtung sich mein Leben entwickelte. Wenn ich mit ihm zusammen war, brauchte ich mir um nichts anderes Gedanken zu machen, als wie lange es dauern würde, bis ich meinen nächsten Orgasmus hatte.

Ja, so war es besser. Nichts über Familiengeschichten, Tod oder Gemüse. Nur Sex, schlicht und einfach. Lächelnd stand ich auf und klopfte mir den Schmutz von den Händen. »Bei mir oder bei dir?«

14

Ich brauchte bis zu meiner Eingangstür, um mich zu entscheiden, wo wir diesmal unser kleines Rendezvous haben würden.

Wenn ich einfach weiterging, würde Harrison nicht einmal zögern, seine Tür zu öffnen und mich reinzulassen. Aber irgendwann musste ich ihn in mein inneres Heiligtum einladen, sozusagen. Tag fünf erschien mir ein ebenso guter Tag dafür wie jeder andere.

Ich wühlte in meiner Tasche und kramte meinen Wohnungsschlüssel hervor. »Ich weiß gar nicht mehr, ob ich überhaupt die Küche sauber gemacht habe, bevor ich nach oben gegangen bin.«

Er zog die Augenbrauen hoch. »Ich habe seit drei Umzügen nicht ausgepackt.«

»Gutes Argument.«

Meine Nervosität begann, an mir zu nagen, als ich die Tür öffnete und hineintrat. »Nun, da wären wir.« Ich kickte meine herumliegenden Schuhe näher in Richtung Schrank. »Pass auf, dass du nicht stolperst.«

Das Plumpsen der Sporttasche auf den Boden ließ einen erwartungsvollen Schauer durch mich hindurchrieseln. »Genauso habe ich es mir vorgestellt.«

Ich sah mich um und versuchte, die Wohnung mit Harrisons Augen zu sehen. Organisiertes Chaos war vermutlich noch die beste Beschreibung. Mein Laptop stand auf dem

Wohnzimmertisch neben einer leeren Chipstüte und meinem E-Book-Reader.

Die Kissen lagen immer noch auf dem Boden, wo ich sie hingeschubst hatte, auf einem Haufen wie eine etwas wacklige Version von Jenga.

Ich ignorierte das Durcheinander und drehte mich zu Harrison um. Belustigt sah er sich um, wobei er die Arme in die Hüften gestemmt hatte.

Räuspernd zuckte ich mit den Schultern, als unsere Blicke sich trafen. »Entschuldige, aber das bin ich nun mal.«

»Du bist völlig in Ordnung. Und entschuldige dich nie dafür, wer du bist. Wenn es den Leuten nicht gefällt, dann brauchst du sie auch nicht.«

Die Sporttasche lag auf dem Boden zwischen uns. Die Karten waren irgendwo dort drin, und auf einer davon befand sich der Plan, wie wir die nächsten paar Stunden verbringen würden. Wenigstens hoffte ich, dass es Stunden sein würden, denn nun, da ich Sex im Kopf hatte, wollte ich mir wirklich dafür Zeit nehmen, diesen Hunger zu stillen.

»Ich kann mich nicht mehr erinnern, was Tag fünf noch mal war.« Da. Jetzt war es raus. »Aber wenn es nicht gerade was wirklich Merkwürdiges ist, erhebe ich keinen Einspruch.«

»Wir werden immer noch nicht miteinander schlafen.« Mit hochgezogenen Augenbrauen wies er mit dem Kinn in Richtung Tasche. »Du wirst keine zweite Karte dazunehmen wollen.«

»Nicht?« Das klang wie eine Herausforderung. »Vielleicht ja doch. Vielleicht werfe ich zwei Karten dazu, nur um unsere Grenzen auszutesten.«

»Tag fünf heißt, wir sollen uns gegenseitig selbst befriedigen.«

Oh.

Nun ja.

Ich räusperte mich. »Eine Karte wird reichen.«

Harrison ging an der Tasche vorbei ins Wohnzimmer. »Deine Entscheidung. Wir können eine Decke nehmen und sie auf dem Boden ausbreiten. Oder, wenn du dich dabei wohlfühlst, können wir ins Schlafzimmer gehen.«

»Ich würde sagen, wir nehmen den Fußboden.« Die Worte waren ein Reflex, etwas, das ich nicht infrage stellen wollte. Ich hatte nichts dagegen, dass er in meiner Wohnung war, aber ich war noch nicht bereit für Harrison in meinem Bett. Noch nicht.

»Ist mir recht.« Er warf die Kissen auf die Couch und hob vorsichtig den Wohnzimmertisch mitsamt allem darauf zur Seite. »Wir können ein wenig Vorarbeit leisten und uns dann Zeit lassen. Vielleicht willst du in der Tasche nachsehen, ob wir irgendetwas davon brauchen.«

Diese Aufgabe machte es leichter, meine Gedanken wieder zurück auf den Pfad zu lenken, auf dem ich sie haben wollte – sinnlichen Spaß mit meinem heißen Nachbarn. Während Harrison meine Möbel umstellte, wühlte ich mich durch die Ergänzungen, die er vorgenommen hatte. Wasserflaschen, Handtücher, ein paar Porno-DVDs … »Spinnst du, noch mehr Gleitgel?«

»Du hattest nichts von dem guten Zeug. Und ich habe eine gute, wasserfeste Marke gekauft. Für später.«

»Tag sechzehn«, murmelte ich. »Irgendwelche besonderen Wünsche?«

»Lass deine Fantasie spielen.«

»Wie du willst.«

Gleitgel (langweilig). Wasser (notwendig). Seidenschal (interessant). Nippelklemmen (auf keinen Fall). Oooh, Latexhandschuhe …

»Die sind für Tag sieben.«

Verdammt.

Am Ende entschied ich, es einfach zu halten: Gleitgel, Wasser und das Handtuch. Harrisons Hände auf meinem Körper zu haben wäre höchstwahrscheinlich alles, was ich an Stimulation brauchte, damit diese ganze Sache mit der gegenseitigen Selbstbefriedigung funktionierte.

Als ich meine Sachen zu Harrison hinübertrug, hatte er bereits die Couchdecke auf dem Boden ausgebreitet und arrangierte die Kissen auf einigermaßen bequem aussehende Weise. »Ich bringe die Vorräte.«

»Wir sollten noch eine Zucchini auf den Stapel legen.« Er zwinkerte mir zu. »Für den Fall, dass wir hungrig werden.«

Lachend prustete ich los. »Danke. Jetzt stelle ich mir vor, wie die Le Pages oben sich an meinem Gemüse vergehen.«

»Ich schlage vor, wir überlassen sie ihrem Unfug.« Er nahm mir das Handtuch ab und breitete es auf der Decke aus. »Und treiben unseren eigenen.«

Es machte keinen Unterschied, dass es technisch gesehen schon Tag fünf war. Ich wurde nervös, als er die Hand ausstreckte, um mich zu berühren. Harrison war immer noch mein Traummann. Der Märchenprinz, der in meine Träume galoppierte, um mich zu lieben, nachdem ich den Hunger ausgemerzt und den Weltfrieden geschaffen hatte. Es kam mir nicht real vor, ihn hier in meinem Wohnzimmer zu haben, seine Finger in meinem Haar, während er dicht zu mir trat, um mich auf die Schläfe zu küssen.

»Ich möchte dich ausziehen.« Er raunte die Worte an der Stelle, die er gerade geküsst hatte. »Ich möchte deine Haut auf meiner spüren. Deine Brüste auf meiner Brust. Ich will meine Finger in dich stoßen, bis sie klitschnass sind, wenn du kommst.«

Du lieber Gott!

Er strich sanft an meinem Rückgrat entlang und massierte die Haut unter meinem Shirt. Ich konnte sein Herz in seiner Brust pochen hören, oder vielleicht war es auch meines. Ich konnte es nicht mit Gewissheit sagen.

»Sag mir, dass du es willst.« Er umfasste meinen Hintern und knetete ihn, als er mich enger an sich zog. »Dass du willst, dass ich dich zum Schreien bringe.«

»Ja.« Ich klammerte mich an seinen Bizeps, um auf den Beinen zu bleiben. »Das will ich.«

Ich brauchte ihn nicht zweimal zu bitten.

Harrison hob mich hoch und trug mich die kurze Strecke zur Decke. Mit einer Kraft, die ich ihm nicht zugetraut hätte, beugte er sich vor und legte mich sanft auf den Rücken, den Kopf auf das nächstgelegene Kissen gebettet. Er wusste inzwischen, dass ich ihm gern beim Ausziehen zusah, und bewegte sich langsam und mit Bedacht, als er sein Hemd auszog und den Schritt seiner Jeans öffnete. Er war bereits hart. Sein Schwanz drängte darauf, seinem Baumwollgefängnis zu entkommen.

Nicht zufrieden damit, nur eine passive Beobachterin zu sein, machte ich kurzen Prozess mit meiner eigenen Jeans und den Schuhen. Das nächste Mal würde es Spaß machen, sich gleichzeitig auszuziehen, dieselben Kleidungsstücke abzulegen. Ich würde daran denken müssen, das bei einer der Karten hinzuzufügen. Oder mir selbst welche auszudenken.

Ich setzte mich auf und suchte seinen Blick, während ich

hinter mich griff und den Verschluss meines BHs öffnete. Ich hielt den Stoff noch einen Moment lang fest, bevor ich die Körbchen von meiner Haut gleiten ließ und sie durch ihr Gewicht an meinen Armen hinunterrutschten.

»Verdammt schön.« Er starrte mich an, dabei sprang sein Blick von Stelle zu Stelle über meinen Körper. Er öffnete und schloss die Finger an den Seiten, als wolle er die Hände ausstrecken und mich berühren, mich halten. Ich liebte es, dass er es nicht tat. Der Moment hatte etwas seltsam Magisches an sich; wir beide, hier, fast nackt, die einander ansahen. Ich hatte früher stets das Bedürfnis verspürt, sofort aktiv zu werden, wenn sich mir die Aussicht auf Sex bot. Es war bei Rob wie ein Reflex gewesen, gleich zur Sache zu kommen. Sex war diese wundervolle Sache, die wir machten, um unser verrücktes Leben zu unterbrechen. Es gab keinen Grund, es hinauszuzögern, da wir beide hinterher andere Dinge zu erledigen hatten.

Der Luxus, einfach hinzusehen … Wenn ich nur gewusst hätte, wie erregend das war, dann hätte ich mir mehr Zeit genommen, Rob anzusehen, bevor er von mir ging.

»Alyssa«, flüsterte Harrison.

Ich blinzelte und hob meinen Blick gewaltsam von seinen Hüftknochen zu seinen Augen. »Ja?«

»Berühr deine Brust.«

Ich schluckte und schloss einen trägen Moment lang die Lider, ehe ich die Hand hob und das Gewicht meiner Brust in der Handfläche wog. Wenn das Teil unserer gegenseitigen Selbstbefriedigung war, war ich voll und ganz dafür. Außerdem bot es eine Gelegenheit, ihm genau zu zeigen, was mir gefiel. Harrison mochte zwar mehr Erfahrung mit verschiedenen Partnerinnen haben, doch ich war auch keine errötende Jungfrau mehr, die nicht wusste, was sie erregte. Wenn ich wollte, dass er meinen Körper, dass er mich kennenlernte, dann lag es an mir, ihn zu führen.

Das Gewicht meiner Brust immer noch in meiner Handfläche, veränderte ich meine Haltung so, dass ich mit Daumen und Zeigefinger an meiner Brustwarze ziehen konnte. Sie war bereits steif und empfindsam, und es war nicht viel nötig, um den unsichtbaren Pfad durch meinen Körper zu ebnen. Diese direkte Verbindung der Lust von meinen Brüsten zu meiner Klitoris pulsierte mit jeder Bewegung meiner Finger und ließ meinen Atem schneller gehen.

»Macht dich das feucht?« Er massierte seinen Schwanz durch die Unterhose hindurch. »Ich wünschte, ich hätte jetzt meine Hände auf dir.«

»Nichts hält dich davon ab.« Ich spiegelte meine Bewegungen mit der anderen Hand an meiner freien Brust. »Hier geht es schließlich rein ums Kommen.«

»Noch nicht. Ich liebe es, dich zu beobachten. Deinen Gesichtsausdruck.« Er massierte seinen Schwanz noch ein paarmal, bevor er die Hand wieder fallen ließ. »Ich muss vorsichtig sein.«

»Ganz recht. Ich bin diejenige, die den Abzug drücken darf.« Ich kniff mich hart in beide Brustwarzen. »Das gefällt mir wirklich gut.«

»Bist du schon mal versohlt worden? Gefesselt? Oder hast sonst irgendwas Gewagtes gemacht?«

»Nein. Wir haben manchmal darüber gesprochen, aber Rob schien es stets mehr zu gefallen, es sich vorzustellen, als es in die Tat umzusetzen.«

»Was ist mit dir? Gefällt dir auch nur die Vorstellung, oder willst du es ausprobieren?«

Mir vorzustellen, wie ich auf allen vieren kniete, Harrison hinter mir, und seine Hand hart auf meinem Arsch landete, machte mich an. »Ich will es ausprobieren.«

»Gut. Ich freue mich schon drauf, dir ein paar Dinge zu zeigen.« Er stöhnte, ehe er sich neben mich kniete und nach meinem Höschen griff. »Das ziehe ich dir jetzt aus. Ich will sehen, wie nass du bist.«

Ich ließ meine Brüste los und half ihm. Als ich schließlich nackt war, wies ich mit einer Handbewegung auf seinen Schritt. »Deine auch. Ich will spielen können.« Wie von Zauberhand war seine Shorts verschwunden. »Danke.«

»Ihr Wunsch ist mir Befehl, Mylady.«

»Süß.« Ich sah mich um und versuchte herauszufinden, wie wir die bevorstehende Aufgabe am besten bewerkstelligten. »Seite an Seite?«

»Ja. Streck dich aus.«

Es dauerte einen Augenblick, in Position zu kommen. Ich verschob eines der Kissen, damit ich keinen Krampf im Nacken bekommen würde. Es war breit genug, dass er sich eine Ecke davon mopsen konnte, wodurch unsere Gesichter nur wenige Zentimeter voneinander entfernt waren. Wir übertraten die unsichtbare Linie nicht, die unsere Körper voneinander trennte, obwohl ich wusste, dass es sich bis dahin nur noch um eine Frage von Minuten handelte. Harrisons Gesicht war gerötet, und zum ersten Mal, seit wir uns begegnet waren, wirkte er unsicher. Geduld war noch nie meine Stärke gewesen, und das Bedürfnis, mit den Händen über seine Brust zu streichen, stellte eine Versuchung dar, die ich mir nicht lange verwehren wollte.

»Einer nach dem anderen?« Ich wusste nicht, warum ich flüsterte, aber es fühlte sich plötzlich notwendig an.

»Gemeinsam.« Sein Atem kitzelte meine Nase und jagte einen Schauer durch mich hindurch.

Harrison langte an mir vorbei zu der Tube Gleitgel, dabei streifte sein Unterarm meine Schulter. Ich hielt die Hand hin und wartete darauf, dass das kühle, glitschige Gel meine Handfläche füllte. Es war durchsichtig und klar und schien meine Haut darunter wie eine Lupe zu vergrößern. Ich hätte auf ihn warten sollen, doch ich wollte seinen Schwanz in die Hände bekommen, sein Gewicht in meiner Handfläche spüren. Als ich die Finger um seinen Schaft legte, entlockte ihm das ein weiteres Stöhnen. Er hielt mit seinen Bewegungen inne, als ich zögerlich ein paarmal auf und ab strich.

»Du hast einen sehr schönen Schwanz. Dick und geädert.«

»Du bist die Erste, die sagt, dass ihr die Adern gefallen.«

»Ich bin eben ein bisschen seltsam.« Ich drehte meine Hand ein wenig an seiner Eichel, bevor ich wieder nach unten strich.

»Ich mag seltsame Menschen.« Er lachte leise und füllte seine eigene Hand mit Gleitgel. »Kannst du dich noch ein bisschen mehr auf den Rücken legen?«

Ich tat es, obwohl es dadurch ein wenig unbequem wurde, ihn zu streicheln. Ich hätte vielleicht protestiert, nur nahm er seine Hand und bedeckte meine Brüste mit dem Gel. Also, das war ein Gefühl, das ich nicht erwartet hatte! Seine Finger glitten über meine Haut, dass ich Gänsehaut bekam.

»Wow.« Ich schloss die Augen, um dieses einzigartige Gefühl zu genießen.

Er kniff mich in die Brustwarze, wodurch mir ein überraschtes Keuchen entfuhr. »Das gefällt dir wirklich.«

»Tut es. Vielleicht bin ich eine verkappte Masochistin.«

»Ich helfe dir liebend gern, das herauszufinden.«

»Gut. Später.« Ich spreizte die Beine und ließ meinen Fuß zwischen seine Waden gleiten. »Fass mich an.«

Diesmal drückte er das Gleitgel direkt auf meine Öffnung. Das Gel war kühl auf meiner erhitzten Haut und klebte an meinem Schamhaar. Kurz verwirrte der krasse Kontrast zwischen seinen warmen Fingern und dem kühlen Gel meinen Körper, der nicht wusste, was er von den unterschiedlichen Empfindungen halten sollte. Harrison drehte sich ein wenig mehr auf die Seite. Diese neue Position machte es mir leichter, ihn zu massieren.

»Ja, genau so. Du machst das perfekt.« Er knabberte an meinem Ohrläppchen, während seine Finger über meine Klitoris zuckten. »Ich will auf dir kommen. Auf deinem Bauch.«

Heißes Sperma. Kaltes Gleitgel. Weiche Decke. Ich konzentrierte mich, um alle Details aufzunehmen. Ich bestand nur noch aus Empfindungen, Verlangen und dem Bedürfnis nach einem Orgasmus. Sosehr ich auch einfach nur passiv den Moment genießen wollte, hatte ich meine eigene Aufgabe zu erfüllen. Das Gleitgel an meinen Fingern war ein wenig klebrig geworden, und ich wollte mehr, um das Gefühl zu intensivieren. Ungeschickt griff ich nach der Tube und drückte viel mehr auf seinen Schwanz und seine Hoden, als nötig war.

Harrison machte den Mund auf, wahrscheinlich zu irgendeiner witzigen Bemerkung, aber ich wollte sie nicht hören. Ich beugte mich vor und verschloss seinen Mund mit einem Kuss.

Trotz allem, was wir bisher getan hatten, hatten wir uns noch nicht wirklich geküsst. Sicher hatte es Berührungen der Lippen gegeben, kleine Schmatzer auf die Wange und die Schläfen, Saugen an den Lippen, aber nicht das hier. Sein Mund war heiß und gierig, sobald wir einmal angefangen hatten. Ich ebenso. Ich wollte mir seinen Geschmack zusammen mit all den anderen Empfindungen einprägen.

Sobald das Küssen anfing, wurde auch das Berühren intensiver.

Ich massierte seinen Schwanz in gleichmäßigem, stetem Rhythmus. Er imitierte meine Bewegungen mit einem Finger in meiner Vagina, während er mit einem anderen über meine Klitoris rieb. Die doppelte Bewegung heizte mein Verlangen schnell bis zu dem Punkt an, an dem es nicht mehr lange dauern würde, bis ich kam. Ich drückte seinen Schwanz und saugte zugleich an seiner Lippe, in der Hoffnung, ihm telepathisch die Bilder in meinem Kopf zu übermitteln. Ich wollte ihn vollständig schlucken, bis ich sein Sperma schmecken konnte. Ich ließ meine Hand tiefer gleiten, sodass ich seine Hoden umfasste, und kratzte mit den Nägeln über ihre empfindliche Haut.

»Kannst du die andere Hand dazunehmen?«, fragte er an meinem Mund. »Ich mag es, wenn man mit meinen Eiern spielt. Dann komme ich heftiger.«

Das war nicht leicht, nicht mit seinen Händen zwischen meinen Beinen. »Dafür wirst du aufhören müssen.«

»Dann kann es warten.«

»Nein.« Ich schob ihn zurück, dabei tat es mir nicht einmal leid, nicht mehr von ihm berührt zu werden. »Du zuerst.«

Normalerweise war ich niemand, der sich einfach nahm, was er wollte, aber das würde sich gleich ändern. Harrison war völlig meiner Gnade ausgeliefert, als ich seinen Schwanz in eine Hand und seine Hoden in die andere nahm. Ich fühlte mich mächtig und weiblicher als je zuvor in meinem Leben, diesen selbstsicheren, sexy Mann unter meiner Kontrolle zu haben. Fest entschlossen, ihn so heftig kommen zu lassen, wie ich nur konnte, massierte ich seinen Schwanz in meiner Faust, während ich mit seinen Hoden spielte. Je mehr er stöhnte, desto kühner wurde ich. Ich griff zwischen seine Beine und drückte mit den Fingern auf die Stelle hinter seinen Hoden. Harrison bäumte sich heftig in meiner Hand auf und krallte die Fäuste in die Decke.

»Oh ja!«

Bevor ich begriff, was geschah, schoss Sperma über meine Hand, sein Schamhaar und den unteren Teil seines Bauchs. Harrisons Schreie hielten an, bis der letzte Tropfen seinen Körper verlassen hatte und er zurück auf den Boden sackte. Eine ganze Weile regte er sich nicht mehr, und ich fragte mich unwillkürlich, ob ich ihn womöglich überstrapaziert hatte.

Dann endlich leckte er sich über die Lippen, spähte unter einem Augenlid hervor und sah mich an. »Jetzt konnte ich gar nicht auf dir kommen.«

Lachend wischte ich mir mit dem Sperma auf meiner Hand über die Brüste, wo es sich mit dem immer noch feuchten Gleitgel vermischte. »Wie ist es damit?«

»Das dürfte fürs Erste genügen.« Ohne zu fragen, schubste er mich zurück und ließ die Hand zwischen meine Schenkel gleiten. »Auf in die nächste Runde.«

»Auf in die nächste Runde.« Lächelnd schloss ich die Augen. »Wird nicht lange dauern.«

Er fuhr mit den Fingerspitzen durch die Mischung aus Sperma und Gleitgel und verteilte die Schweinerei auf meinen Brustwarzen. Er versuchte, sie zu kneifen, doch die Haut war nun so glitschig, dass er nicht mehr denselben Griff hatte. Trotzdem versuchte er es weiter, während er mich mit der anderen Hand zwischen den Beinen verwöhnte.

»Du bist so eng. Ich liebe dein Schamhaar. Die Frauen, mit

denen ich zusammen war, waren rasiert oder gewachst. Ich hatte ganz vergessen, wie schön es ist, wenn dort Haare sind. Sie halten deinen Geruch. Ich will dich lecken, dich schmecken, an deiner Haut knabbern, bis du mich anbettelst, dich zu nehmen.«

Blindlings griff ich nach ihm und packte ihn hart an der Schulter. »Tu es. Tu es jetzt.«

»Nein.«

»Harrison.«

»Nein. Nicht jetzt. An einem anderen Tag.«

Diese. Scheiß. Karten.

»An diesem Tag stoße ich mit meinem Schwanz ganz tief in dich hinein.« Er nahm den Finger und ahmte die Handlung nach. »Ich fange schön langsam an, gerade so, dass ich all diese köstlichen Laute hören kann, die du von dir gibst. Ich will mir Zeit lassen, aber du bist so verdammt wild unter mir. Ich werde mich nicht zurückhalten können und dich härter nehmen. Schneller.«

Sein Daumen drückte auf meine Klitoris, während sein Finger pumpend in mich stieß. Das hier war besser als jeder Dildo, besser als jeder Traummann aus einem Film. Das hier war reines, rohes Verlangen. Heißer Sex zwischen einvernehmlichen Erwachsenen, rein zum Vergnügen.

»Ja, genau so, Baby«, raunte er. »Du bist schon kurz davor. Ich kann spüren, wie deine Muskeln versuchen, meinen Finger in dich hineinzuziehen. Komm für mich!« Er kniff mich in die Brustwarze, während er den Druck auf meine Klitoris verstärkte.

»Nein. Nein, nein, nein.« Ich wollte nicht, dass es aufhörte. Noch nicht. Nicht, wenn ich endlich das Gefühl hatte, jeden Moment wieder zum Leben zu erwachen.

»Doch. Komm für mich, Lyssa!«

Der Schock darüber, meinen Kosenamen zu hören, schleuderte mich in den Orgasmus. Mit fest geschlossenen Augen zerstob ich unter der Wucht der Erfüllung. Ich schrie, mein Körper bäumte sich vom Boden auf, während meine Muskeln sich zusammenzogen. Ich wollte es aufhalten, genießen, abschwächen, damit ich die Dinge wieder unter Kontrolle bekam. Ich konnte es nicht. Alles, was mir gelang, war die Wellen der Lust zu reiten, bis sie schließlich verebbten und mir die Sinne schwanden.

Nach einem mächtigen Orgasmus das Bewusstsein zu verlieren war normalerweise nichts, worüber ich mir Gedanken zu machen brauchte. Rob war ein guter und aufmerksamer Liebhaber gewesen und hatte mich immer befriedigt, aber er hatte mich nie derart umgehauen, wie Harrison es getan hatte. Wenn ich es irgendwie beschreiben sollte, war das Beste, was mir einfiel, geplättet.

Harrison hatte mich mit Sex geplättet.

Als mir bewusst wurde, dass ich allein auf dem Boden lag, Harrisons Hemd über mich drapiert, musste ich lächeln. Ich nahm mir einen Moment Zeit, um den Geruch seines Körpers in mich aufzusaugen, dann schloss ich die Augen und lauschte, um zu hören, wohin er gegangen sein mochte. Ich glaubte, dass er vielleicht kurz unter die Dusche gesprungen war, konnte allerdings kein Wasser rauschen hören. Seltsam, aber andererseits war nichts an unserer Beziehung völlig normal. Er hätte mühelos halb nackt in seine Wohnung gehen können, und es hätte ebenso viel Sinn ergeben, wie sich hier zu säubern.

Das geistige Bild von ihm, wie er nackt den Flur entlanghuschte, brachte mich erneut zum Lächeln. Ich konnte mir vorstellen, dass er das tat, und musste ihn bei dem Gedanken unweigerlich ein bisschen lieben.

Wow, Moment mal. *Habe ich da gerade von Liebe gesprochen?* Wo zum Teufel war der Gedanke auf einmal hergekommen?

Obwohl ich nicht ganz ehrlich zu mir selbst war, wenn ich mich weigerte, mir einzugestehen, dass ich anfing, Gefühle für ihn zu haben. Schließlich war das bei all dem Sex nur natürlich. Aber Liebe? Nein. Das hier war nur Sex. Ende der Geschichte.

Schließlich brachte ich genug Energie auf, um mich in eine sitzende Position aufzurichten. Ich steckte den Kopf durch den Halsausschnitt des Hemds und die Arme in die Ärmel und zog den Saum zurecht, bis ich größtenteils bedeckt war. Erst als ich damit fertig war, bemerkte ich Harrison, der auf einem Stuhl ein paar Schritte entfernt saß.

»Hi.« Ich lächelte und strich mir das Haar aus den Augen. »Warum bist du da drüben?«

»Ich habe dir beim Schlafen zugesehen.«

»Oh. Das ist süß.«

Er nickte. »Was wünschst du dir eigentlich? Vom Leben?«

Ein normaler Mensch hätte ziemlich schnell eine Antwort parat gehabt, aber ich musste den Kopf schütteln, um eine Verbindung zwischen seinen Worten herstellen zu können. »Was meinst du?«

»Du bist eine fünfunddreißigjährige Witwe, die als Dokumentationsentwicklerin arbeitet. Du hast Sex mit deinem Nachbarn, damit du mehr Erfahrungen sammelst, und dennoch scheinst du schreckliche Angst davor zu haben, vorwärtszukommen. Also bin ich neugierig. Was ist es, das du dir wünschst?«

Sofort dachte ich an diesen Test, den man in der neunten Klasse ausfüllen musste, um herauszufinden, was man später mal werden wollte. Da war dieser seltsame Druck, dass man, falls man die Fragen falsch beantwortete, am Ende einen Riesenfehler machte und sein Leben ruinierte. Harrison hatte denselben Gesichtsausdruck wie mein Berufsberater damals, als er den Fragebogen vor mich hingeschoben hatte.

Du hast nur einen Versuch, Alyssa. Vermassel es nicht.

»Ich weiß es nicht.« Ich kam auf die Knie hoch und zog an seinem Hemd, um sicherzugehen, dass ich bedeckt war. »Ich habe noch nicht wirklich darüber nachgedacht.«

»In Ordnung.« Aber das schien nicht die Antwort gewesen zu sein, die er sich erhofft hatte. »Ich gehe besser heim und mach mich sauber. Ich wollte dich nicht allein lassen, bis ich wusste, dass du wach und okay bist.«

»Dein Hemd …«

»Behalt es.« Er kam zu mir und küsste mich auf den Scheitel. »Obwohl du es vielleicht waschen solltest, jetzt da es voller Gleitgel ist.«

»Mach ich. Harrison?«

Er blieb stehen und schaute sich zu mir um.

»Ich weiß, dass du nicht auf der Suche nach einer Beziehung bist. Ich bin es auch nicht. Aber das hier war gut. Du warst gut für mich.«

Der Funke, der in seinen Augen gefehlt hatte, erwachte plötzlich wieder zum Leben. Er schenkte mir ein Lächeln und ein Nicken, bevor er ging. Ich schlang die Arme um mich, zog sein Hemd enger und atmete seinen Duft ein. Hier ging es nur um Sex. Und um sonst nichts. Auf keinen Fall würde ich zulassen, dass ich mich in den ersten Kerl verliebte, mit dem ich mich nach Rob einließ, denn das war eine schlechte Idee.

Und zwar eine ganz schlechte.

Ich sprang auf die Füße, machte einen wilden Satz zum Telefon und drückte auf die Schnellwahltaste für Nikki. »Hey, Süße. Was gibt's?«

»Schwester, wir haben ein Problem.«

15

Ich hatte bereits einen Kaffee intus und trank gerade meinen zweiten, als Nikki schließlich in den Laden schneite. Der verräterische Koffeinrausch pulsierte durch meinen Körper und gab mir das Gefühl, dringend pinkeln zu müssen. Was komisch war, denn normalerweise reagierte ich nicht so.

Nikki runzelte die Stirn, noch bevor sie sich überhaupt setzte. »Du siehst aus, als würdest du gleich explodieren.«

»Ich bin total aufgedreht.« Ich hielt meine Hände still, wippte jedoch weiter mit dem Bein. »Danke fürs Kommen.«

»Du hast gesagt, es gibt ein Problem, also bin ich hier.« Sie ließ sich auf den Stuhl fallen, verschränkte die Finger auf dem Tisch und schenkte mir ihr bestes professionelles Lächeln. »Was ist los?«

So vieles. »Ich habe deinen Rat befolgt.«

Nikki richtete sich auf. »Wilden, animalischen Sex mit dem heißen Nachbarn?«

»Oh ja.«

»Ausgezeichnet.« Sie beugte sich näher. »War es umwerfend?«

»Ich werde dir keine Details erzählen.«

»Und ob du das wirst!«

Ich imitierte ihre Haltung und beugte mich ebenfalls vor. »Wir haben uns nackt ausgezogen und gegenseitig mit reichlich Gleitgel selbst befriedigt.«

»Versaut«, stellte sie mit einem Grinsen fest. »Finde ich gut.«

»War ja klar.«

»Also, wo liegt das Problem? Klingt, als wär die Sache gut gelaufen.«

Wie zum Teufel sollte ich ihr sagen, was das eigentliche Problem war? »Ich mag ihn.«

»Das will ich doch hoffen. Wenn man den wilden, animalischen Sex bedenkt.«

»Nein. Ich meine … Ich *mag* ihn.«

Nikki grinste. »Du liebe Güte, das ist ja wieder wie in der achten Klasse. Du *magst* einen Jungen. Meine kleine Schwester wird erwachsen.«

»Sei nicht so gemein.« Ich versetzte ihr sicherheitshalber noch einen Klaps auf die Hand. »Ich soll ihn nicht mögen.«

»Warum nicht? Ist das eine der Regeln?«

»Ist es, ehrlich gesagt. Nun ja, keiner von uns beiden will eine Beziehung. Er war sehr deutlich, was das betrifft und wann er wieder fortgeht.« Nikki hob meine Hand und begann, sie eingehend zu mustern. »Was machst du da?«

»Nachsehen, ob du ein Roboter bist.«

»Warum?«

»Oh gut, du bist keiner.« Sie ließ meine Hand mit einem leisen Platschen wieder auf den Tisch fallen.

Ich verdrehte die Augen. »Damit willst du etwas andeuten. Das spür ich.«

»Du hast mir gerade gesagt, dass du großartigen Sex mit einem Mann hast, der sich charmant und großzügig anhört. Du hast mir auch gesagt, dass du vielleicht etwas für ihn empfindest, was ich als normal betrachten würde. Ich wollte nur sichergehen, dass du immer noch du bist. Denn jeder andere normale Mensch in deiner Situation würde ebenfalls irgendeine Form von Zuneigung aufbauen. Du darfst ihn mögen, sogar sehr mögen. Das bedeutet ja noch lange nicht, dass du ihn gleich heiraten musst.«

»Ich weiß.« Ich kippte die zweite Hälfte meines Kaffees hinunter und genoss das leichte Brennen in meiner Kehle. »Wirklich.«

»Ah.« Nikki lehnte sich zurück und trommelte mit den Fingern auf den Tisch. »Du willst eigentlich, dass sich das irgendwohin entwickelt.«

»Nein, will ich nicht!« Ich stellte die leere Tasse so heftig ab, dass das Geräusch sich mit dem Stimmengewirr im Hintergrund vermischte. »Warum sagst du das?«

»Baby, du willst dich damit über Robs Verlust hinwegtrösten. Zwar ein um Jahre verspätetes Trostpflaster, aber trotzdem ein Trostpflaster. Du solltest es einfach als unverbindliche Affäre genießen. Lass dich nicht zu sehr in die ganze Sache verwickeln, das ist alles.«

»Dessen bin ich mir sehr wohl bewusst, Nikki.« Das Koffein-High wurde jetzt wirklich schlimm. Ich musste aufstehen und mich bewegen, sonst scharrte ich noch ein Loch in den Fußboden. »Könnten wir vielleicht ein wenig spazieren gehen?«

»Nein, ich denke, wir sollten ohne Ablenkungen darüber reden.«

Wenn sie wüsste! »Na schön. Ich darf Harrison also mögen, soll mich aber abgesehen von Sex nicht näher mit ihm einlassen. Meine Gefühle so weit wie möglich von ihm fernhalten. Das hab ich verstanden.«

»Wirklich?« Nikki machte ihre typische Miene mit diesem kleinen halben Stirnrunzeln, das mir verriet, dass sie mir das Ganze nicht abkaufte. »Wie viele feste Freunde hattest du noch gleich?«

»Einen.« Ich wusste, worauf das hinauslief. Es war dieselbe Unterhaltung, die wir schon damals geführt hatten, als Rob mir den Heiratsantrag gemacht hatte. »Ich bin erwachsen. Ich weiß, wie Beziehungen funktionieren, auch wenn meine eigene Erfahrung eingeschränkt ist.« Der Barista streifte mich auf seinem Weg zurück aus dem Hinterzimmer, und ich blickte gerade im richtigen Moment hoch, um zu sehen, dass er mir zuzwinkerte. *Was zum …?*

»Du weißt, wie eine Beziehung funktioniert. Die zwischen dir und Rob. Diese Sache mit Harrison ist gut für dich. Aber du bist es euch beiden schuldig, nicht zu schnell zu weit zu gehen. Rob hatte recht, als er sagte, dass du dich nicht gleich wieder mit dem ersten Kerl, den du kennenlernst, auf was Festes einlassen sollst. Dass diese Sache hier ein Ablaufdatum hat, ist ein Pluspunkt. Dadurch ist es weniger wahrscheinlich, dass er Gefühle entwickelt. Und das wirst du auch nicht.«

Zu wissen, dass Harrison in weniger als drei Monaten wieder fort sein würde, mochte zwar vieles sein, aber wie ein Pluspunkt fühlte es sich nicht an. »Vielleicht.«

»Ganz sicher. Du kannst Spaß haben und es dann abhaken und hinter dir lassen. Sobald du bereit bist, kann ich dir helfen, einen Account bei einem Online-Dating-Portal anzulegen. Oder wir machen Speeddating! Ich weiß, die Idee gefällt dir nicht, aber das könnte unheimlich lustig werden. Vielleicht haben wir sogar ein paar Doppeldates. Es gibt jede Menge Möglichkeiten.«

Als ich meiner Schwester in die Augen sah, entdeckte ich zum ersten Mal eine seltsame Mischung aus Aufregung und Verzweiflung. Unser ganzes Leben lang war sie nie in der Lage gewesen, sich langfristig an einen Partner zu binden. Sie war von einer Reihe von Freunden an der Highschool zu einer Reihe von Ehemännern nach ihrem Abschluss in York übergegangen. Während all der Zeit war ich mit Rob zusammen gewesen. Ich wusste, sie hätte ihm nie etwas Böses gewünscht, aber zum ersten Mal wurde mir bewusst, dass sie und ich nun etwas gemeinsam hatten – wir waren beide Single und auf der Suche.

Eindeutig war sie über diese Aussicht begeisterter als ich.

»Ja, wir können eine Menge unternehmen.« Ich wollte nicht auf Männerfang gehen. Das war das Schöne daran, jetzt mit Harrison zusammen zu sein. Er war verfügbar, sexy, Single und hatte keine Angst, mit mir rumzuhängen. Aber das Ganze war nur vorübergehend, was bedeutete, dass ich meiner Schwester bald in den Dating-Abgrund folgen würde.

»Ganz recht.« Wieder lehnte sie sich näher zu mir. »Und weil ich weiß, dass du in solchen Dingen völlig ahnungslos bist, wollte ich dich nur darüber informieren, dass dich der heiße Typ hinter dem Tresen die ganze Zeit über voll abgecheckt hat.« Bevor ich mich umdrehen und hinsehen konnte, drückte sie fest meine Hand. »Nicht hinsehen!«

»Du hast doch gerade gesagt …«

»Du hast noch so viel zu lernen, Kleines!«

Ein Energieschub machte es mir unmöglich, noch länger stillzusitzen. »Ich muss los.«

»Du verhältst dich heute wirklich ein bisschen hibbeliger als sonst.«

»Ich würde ja vermuten, dass mir jemand was in den Kaffee getan hat, aber den hab ich nicht aus den Augen gelassen.«

»Hey«, rief mir der süße Typ hinter dem Tresen zu – Len, mein üblicher Barista.

»Hi«, lächelte ich zurück. Meine Finger zitterten, als ich mir das Haar hinters Ohr strich.

»Hat dir dein Kaffee geschmeckt?« In seinen Augen lag ein eifriger Ausdruck, während er regelrecht von einem Fuß auf den anderen wippte.

»Ja, der war gut. Irgendwie ziemlich stark.«

»Super. Ich hab in beide einen Extra-Espresso und einen Schuss Sirup mit einer neuen Geschmacksrichtung gekippt. Ich nenne ihn *die Rakete*.«

Ich blinzelte. Der Kerl versuchte, mich mit einer Überdosis Koffein um die Ecke zu bringen! »Die Rakete. Ja. Das trifft es.« Ich musste einen Marathon laufen gehen. »Ich werd's mir merken, für den Fall, dass ich je noch mal so einen bestellen sollte.«

»Ich bin übrigens Len.« Er streckte mir die Hand hin, was mir kaum eine andere Wahl ließ, als sie zu schütteln. »Du kommst in letzter Zeit oft her.«

»Ja. War schön, dich kennenzulernen, Len.«

»Ihr Name ist Alyssa«, verriet Nikki hinter mir.

Ich werde sie umbringen.

»Alyssa. Ein schöner Name für eine schöne Lady.« Er zwinkerte wieder und ließ meine Hand los. »Wir sehen uns morgen.«

»Vielleicht.« Mit einer einzigen schnellen Bewegung drehte ich mich um und schnappte mir meine Handtasche. Ich musste hier raus. »Herzlichen Dank, Nikki!«

»Ich wollte nur helfen.«

Ich ignorierte ihr Grinsen und nahm einen Umweg nach Hause.

16

Eigentlich hätte ich eine Medaille verdient. Nach der Gleitgelrubbelparty auf dem Fußboden mit Harrison und meinem nicht wirklich hilfreichen Gespräch mit Nikki dachte ich nämlich eine ganze Woche lang nicht an Sex. Na ja, nicht an meine Sexkarten. Natürlich dachte ich an Sex. Ich meine, pfff, also bitte. Sex!

Zum ersten Mal seit Beginn dieser verrückten Reise hatte ich das Gefühl, bereit zu sein. Ich brauchte Harrison nicht wissen zu lassen, dass ich anfing, Gefühle für ihn zu entwickeln. Nikki hatte recht, es war eine völlig natürliche Reaktion, mich zu dem Mann hingezogen zu fühlen, mit dem ich diese Spielchen trieb. Schließlich war er erst mein zweiter Liebhaber und half mir durch eine schwere Zeit in meinem Leben. Und ich brauchte nichts dagegen zu unternehmen, da unsere Beziehung ein natürliches Verfallsdatum hatte. Eines Tages würden wir uns die Hände schütteln, vielleicht noch ein Küsschen auf die Wange geben, und dann wäre er fort.

Puff.

Also war ich mental an dem Punkt angekommen, an dem ich das Ganze als das genießen konnte, was es war. Und falls ich doch ein paar Tränen vergoss, wenn er schließlich weiterzog, dann blieben mir immer noch Speeddating und heiße Baristas, sobald ich meine Gefühle sortiert hatte. Was gut war, denn ich wollte wirklich Sex haben.

Also, am besten auf der Stelle, verdammt!

Stattdessen ging ich joggen.

Ich bin wirklich beim besten Willen keine Sportskanone, trotzdem genieße ich das erschöpfte Hochgefühl, das sich einstellt, nachdem ich circa acht Kilometer oder so auf den Straßen unterwegs war. Ich hatte zu laufen angefangen, als Rob krank wurde, als eine Art Stressbewältigung, und es hatte mir auch durch die ersten sechs Monate nach seinem Tod geholfen. Ich konnte dadurch meine Wut auspowern, bevor sie zu hell aufloderte. Schließlich wurde es zum Mittel meiner Wahl, wenn ich überschüssige Energie loswerden musste. Etwa auf halber Strecke meiner üblichen Route wurde mir diesmal bewusst, dass das Laufen sehr wohl zu meinem Ersatz für Sex geworden war.

Wenn mir das vor ein paar Jahren jemand gesagt hätte, hätte ich lauthals gelacht. Und gar nicht wieder damit aufgehört.

Es ist ehrlich gesagt ziemlich unterhaltsam, in Toronto zu joggen. Ich nehme gern die U-Bahn hinunter zum See und laufe am Ufer entlang. Dort sind immer jede Menge Leute unterwegs, besonders im Sommer, was es auch noch zu einem spaßigen Abenteuer im Menschenbeobachten macht. Wenn ich nicht genug Zeit für diese große Runde habe, dann laufe ich einfach durch meine Nachbarschaft und weiche dabei den anderen Fußgängern mit ihren unzähligen Taschen, Rucksäcken und Einkäufen aus.

Eine der anspruchsvolleren Strecken führt mich an meinem Fitnessstudio vorbei, einen Ort, an den ich bis zu meinem Entschluss, die Sporttasche, die ich dort als Werbegeschenk bekommen hatte, für meine Sexausrüstung zu verwenden, schon eine ganze Weile keinen Gedanken mehr verschwendet hatte. Die Chance bestand, dass meine Mitgliedschaft immer noch aktiv war. Ich wurde langsamer und musterte mein verschwitztes Spiegelbild im Fenster. Drinnen füllte Feierabend-Publikum das Studio. Ich erkannte ein paar der Stammgäste aus der Zeit, in der ich regelmäßig trainiert hatte, aber die meisten Gesichter waren mir fremd. Ich wollte gerade wieder weiterlaufen, da entdeckte ich Harrison, der an der Stange neben der Rezeption Klimmzüge machte.

Er trainierte täglich. Das hier war das Fitnessstudio, das unserem Haus am nächsten lag. Irgendwie logisch.

Im nächsten Moment trat ich durch die Eingangstür in den klimatisierten Raum und wurde vom Geruch nach Schweiß, Desinfektionsmittel und Metall begrüßt. Hinter dem Tresen stand ein junger Mann, der aussah, als wäre er gerade mal zwanzig. Sein Bizeps wölbte sich unter den engen Ärmeln seines Mitarbeitershirts.

»Hi, willkommen. Sind Sie Mitglied?«

»Hi«, ich beugte mich vor, um sein Namensschild lesen zu können, »Brandon. Ähm, vor einer Weile hatte ich noch eine Mitgliedschaft, aber ich weiß ehrlich gesagt nicht genau, wann sie ausläuft. Könnten Sie da vielleicht nachsehen?«

»Klar. Wenn Sie Ihren Mitgliedsausweis nicht dabeihaben, dann sagen Sie mir einfach Ihre Daten, und ich suche Sie raus.«

Ich achtete nur halbherzig auf ihn und seine Fragen, sondern nutzte die Zeit stattdessen dafür, Harrison verstohlen aus den Augenwinkeln zu beobachten. Ich brauchte nicht lange, um zu bemerken, dass ich nicht die einzige Frau war, die sein Training fasziniert beobachtete. Er war von Klimmzügen zu Push-ups übergegangen, und seine Muskeln an Rücken und Schultern zeichneten sich durch das schweißnasse Shirt deutlich ab.

»Da haben wir Sie ja. Alyssa Barrow. Stimmt, Ihr Vertrag läuft tatsächlich noch eineinhalb Monate. Soll ich Ihnen einen neuen Mitgliedsausweis ausstellen?«

Harrison stand auf, als eine junge Brünette zu ihm kam und lächelnd andeutete, dass sie die Klimmzugstange benutzen wollte. Ich beobachtete, wie sie es versuchte und zu Boden plumpste, ohne einen einzigen Klimmzug zu schaffen. Dann lächelte sie ihn schüchtern an und zuckte leicht mit den Schultern. *Subtil wie mit dem Vorschlaghammer, Lady.* Nervös wartete ich darauf, dass er sie abblitzen ließ, dass sie enttäuscht wieder zurück in den Yogaraum schlich, oder von wo immer sie auch hergekommen sein mochte.

Stattdessen kam ich in den Genuss von Harrison, der ihr bedeutete, es noch mal zu versuchen, und sie um die Taille fasste und hochhob, während sie fünf Klimmzüge machte.

»Ms Barrow?« Brandon wirkte mehr als nur ein wenig beunruhigt, als ich wieder in seine Richtung blickte. »Ist alles in Ordnung?«

»Oh ja, alles bestens. Hab nur gerade einen alten Bekannten gesehen. Er ist aber zu beschäftigt, um sich zu unterhalten.«

Ich musste lauter gesprochen haben, als ich dachte, denn als Harrison der Frau herunterhalf, schaute er zu mir herüber. Sein geschockter Gesichtsausdruck wäre lustig gewesen, wenn nicht die Brünette genau diesen Moment genutzt hätte, um ihm einen Kuss auf die Wange zu geben.

»Du Arsch!« Mehr als nur ein paar Leute, einschließlich der Frau, schauten in meine Richtung.

»Alyssa?« Er ließ die Frau stehen, ohne sich noch einmal umzublicken, und kam mit langen Schritten auf mich zu. »Was machst du denn hier?«

»Ich kam gerade vorbeigejoggt und wollte nachsehen, wie lange meine Mitgliedschaft noch läuft. Ich bin dir nicht gefolgt, wenn es das ist, was du glaubst.« Ich gab ihm gar keine Gelegenheit zu antworten, sondern riss Brandon meine Karte aus der Hand. »Danke. Das mit dem Verlängern überlege ich mir noch.« Dann ergriff ich die Flucht.

Warum zum Teufel war ich nur stehen geblieben? Auch wenn ich keinen Anspruch auf seine Zeit oder Zuneigung besaß, hatte ich es nicht nötig, mir seine Flirts unter die Nase reiben zu lassen.

»Alyssa, warte!«

Ich hätte wissen sollen, dass er locker imstande war, mich einzuholen. Zum Teufel mit seinen langen Beinen und dem durchtrainierten Körper! »Was willst du?«

»Stehen bleiben, damit wir reden können.«

»Es gibt nichts zu reden.« Er hielt lange genug mit mir Schritt, dass ich wusste, er würde mich nicht in Ruhe lassen. Knurrend machte ich meinen Unmut deutlich und verfiel in Schritttempo. »Bist du jetzt glücklich?«

»Nein.«

Aus der Nähe betrachtet war sein verschwitztes Trainingsoutfit sogar noch heißer, als erlaubt war. Zum Glück ärgerte ich mich viel zu sehr über mich selbst, um irgendwelchen unschönen Versuchungen zu erliegen, wie etwa ihm den Schweiß vom Hals zu lecken.

Er für seinen Teil schien ebenso fasziniert von meinem Outfit zu sein wie ich von seinem. »Ich hatte nicht erwartet, dich zu sehen.«

»Hab ich mir gedacht. Und wie ich schon sagte, ich bin dir nicht gefolgt. Ich bin jetzt seit drei Jahren da Mitglied.« Unwichtig, dass ich nie hinging. Ich zahlte!

»Das hab ich auch nie behauptet.« Er stemmte die Arme in die Hüften und trat dicht vor mich. »Ich habe der Frau keine falschen Hoffnungen gemacht.«

»Nein, du hast ihr nur bei ihren Klimmzügen geholfen. Weil so was im Fitnessstudio ja jeden Tag vorkommt. Irgendein Kerl. Hübsches Mädchen. Klimmzüge.«

»Lyssa.«

Ich zuckte zusammen. »Nenn mich nicht so. Mein Name ist Alyssa. Ich bin die zusätzliche Silbe wert.«

»Du hast recht.«

Dann standen wir einfach nur mitten auf dem Gehweg und starrten uns an, während die Menge um uns herumströmte. Es war deutlich, dass Harrison nicht wusste, was er sagen sollte, eine neue Erfahrung für ihn, wie ich mir vorstellen konnte. Merkwürdigerweise hatte ich nicht dasselbe Problem.

Ich genoss es, dass seine Pupillen sich weiteten, als ich so dicht vor ihn trat, dass sich meine Brüste an seine Brust pressten. »Und ob ich recht habe, verdammt! Schließlich bin ich nicht nur eine deiner Launen. Ich sollte dir schon mehr wert sein. Wir hatten eine Abmachung, und auch wenn ich in romantischer Hinsicht keinerlei Anspruch auf dich habe, will ich dich nicht mit jedem Fitness-Bunny da draußen teilen. Sonst hätten wir uns diese Bluttests genauso gut sparen können.«

»Ich war mit niemand sonst zusammen.«

Mit erhobenem Finger brachte ich ihn zum Schweigen. »Schön, aber wenn wir mit dem hier weitermachen, dann bin ich diejenige, die sagt, wo's lang geht. Ich füge zu unserer Liste von Regeln noch etwas hinzu. Zusatz Nummer eins lautet: keine anderen Frauen. Wenn du gehen willst, schön, dann geh. Ich finde schon einen anderen, der mir hilft.« Ich unterstrich meine Worte mit einer verscheuchenden Handbewegung.

Er lächelte mich an. »Warum sollte ich denn irgendwo hingehen wollen? Wir haben schließlich Karten abzuhaken. Abgemacht, keine anderen Frauen.«

»Gut.« Ich machte einen Schritt zurück und verschränkte die Arme in der Hoffnung, dadurch meine inzwischen steifen Nippel zu verbergen.

»Sonst noch was?« Er trat näher, als eine Gruppe Leute an ihm vorbeiging.

»Bisher nicht.« Beschämt und aufgeregt über meine Reaktion wandte ich den Blick ab. »Ich will, dass du heute Abend zu mir kommst.«

»Kann ich machen.« Der Idiot fing schon wieder an, mehr als nur ein bisschen selbstgefällig zu klingen. Ich war mir nicht sicher, ob mir das gefiel.

»Und bring einen Energydrink mit oder so was, weil ich vorhabe, dich ordentlich auszupowern. Ich will zwei oder drei Karten abhaken. Vielleicht mehr, wenn ich dazu in der Stimmung bin.« Ich riskierte es, einen Nippel zu zeigen, damit ich ihm meinen Finger energisch in die Brust bohren konnte. »Verstanden?«

»Ja, Ma'am.« Er beugte sich vor und knabberte an meinem Ohrläppchen. »Ich werde dich nicht enttäuschen.«

»Das will ich dir auch geraten haben.« Bevor ich noch einen kompletten Idioten aus mir machte, drehte ich mich um und rannte los, in gemäßigtem Tempo, damit es nicht so aussah, als würde ich vor ihm davonlaufen. Sondern einfach nur laufen.

Kaum war ich um die Ecke gebogen und sicher, dass er mir nicht folgte, brach ich in Gelächter aus. Ich begriff zwar nicht ganz, was ich da gerade getan hatte, aber ich ließ mich einfach darauf ein. Harrison würde zu mir kommen, um Sex zu haben. Ich hielt die Zügel in der Hand und hatte ausnahmsweise mal keine Angst vor dieser Vorstellung.

Ich war so guter Laune, dass ich einfach weiterlief.

17

Es ist echt scheußlich, jeden einzelnen Muskel in seinem Hintern zu spüren. Mein Körper musste mich daran erinnern, dass ich keine Marathonläuferin oder überhaupt irgendwie in Form war, damit ich beim nächsten Mal, wenn ich das Bedürfnis hatte, einen Sprint einzulegen, nicht so dämlich war.

Ich war echt blöd.

Ich hatte extralange geduscht, nachdem ich mich die Treppe zu meiner Wohnung hochgequält hatte. Die Flure waren leer, dadurch wurde wenigstens niemand Zeuge meiner mangelnden sportlichen Fitness. Scheiße, Harrison würde doch irgendwann heute Abend auf eine Runde Marathonsex rüberkommen. Denn ich musste ja unbedingt einen auf *Ich bin die Frau und du befriedigst mich, wann ich es will* machen, anstatt mich wie ein ganz normaler Mensch zu verhalten.

Ich war echt so was von blöd.

Nachdem ich mich abgetrocknet hatte, schlüpfte ich in ein Sommerkleid und ließ BH und Höschen einfach weg. Sicher, nicht gerade die richtige Kleidung für ein Date, aber andererseits war es ja auch gar kein Date. Es war eine Sexverabredung. Er war mein Sexkumpel. Wir hatten eine Affäre. Waren Freunde mit gewissen Vorzügen. Falls wir einander tatsächlich als Freunde bezeichnen konnten.

Es wäre schön gewesen, wenn wir das wirklich wären – Freunde, meine ich. Ich vermisste es, einen männlichen Kumpel zu haben. Es war schließlich nicht so, dass meine verheirateten Kumpel ihre Frauen zu Hause ließen, um mit mir rumzuhängen oder in einen Actionfilm zu gehen. Ich konnte zwar immer mit ein paar der Mädels gehen, aber das war etwas anderes. Bei Männern durfte ich anders sein, etwas, das mir bis jetzt nicht bewusst gewesen war. Ich war entspannter, konnte mich ein bisschen mehr zum Trottel machen und brauchte mir nicht den Kopf darüber zu zerbrechen, was andere dachten. Männer waren unverkrampfter als Frauen. Zumindest als die Frauen, mit denen ich normalerweise zusammen war. Das fehlte mir irgendwie.

Als es dreißig Minuten später an der Tür klopfte, ertappte ich mich dabei, dass ich vor meiner DVD-Sammlung stand und an meinen Jason-Statham-Filmen herumfingerte. Ich fragte mich, ob ich wohl meinen Piratenporno durch einen dieser Filme ersetzen könnte. *Einen Versuch wär's wert.*

»Komme gleich!« Ich berührte meine Brüste und hoffte, dass sich meine Brustwarzen nicht zu sehr durch das Kleid hindurch abzeichneten. Ich meine, man kann schließlich auch zu eifrig wirken. »Harrison, ich bin froh, dass du es geschafft hast …« Ich öffnete die Tür und verstummte, als ich erkannte, wer draußen stand. »Pierce. Tut mir leid, ich hatte Sie nicht erwartet.«

Zum Glück hielt er seinen Blick auf meine Augen gerichtet. *Scheiße, ich würde nie, nie wieder den BH weglassen! Nie mehr!*

»Ms Barrow.« Er drückte mir einen Flyer in die Hand. »Hier ist der Eigentümer-Newsletter für August. Der Verwaltungsbeirat erläutert unsere geänderte Gemeinschaftsordnung, da sollten Sie einen Blick drauf werfen.«

»Danke.« Ich drückte das Blatt an meine Brust. »Gemeinschaftsordnung.«

»Ich weiß, Sie sind keines unserer aktiveren Mitglieder, aber versuchen Sie bitte, sie durchzulesen. Das wird Ihnen Bußgelder ersparen.«

»Ja, werde ich machen.«

»Hm, dann lasse ich Sie jetzt wieder in Ruhe, damit Sie sich für Ihr Date fertig machen können.«

»Es ist kein Date.« Schnell klappte ich den Mund wieder zu. Ich wusste nicht genau, warum ich das Bedürfnis hatte, ihn zu korrigieren.

»Ach ja?« Er zog die Augenbrauen hoch und musterte mich von oben bis unten. »Wenn Sie es sagen.«

»Nun, ja. Tue ich.« Ich konnte ihn nicht länger ansehen. »Ich meine, ja, ich schätze, man könnte es ein Date nennen, je nachdem, wie Sie das definieren. Es ist aber nichts allzu Ernstes. Es ist nur … Sie wissen schon …«

»Sex?« Seine Lippen drohten, sich zu einem Lächeln zu verziehen. »Ich bin mir bewusst, was Sex ist, Ms Barrow. Gelegentlich habe ich sogar ab und zu selbst welchen.«

Gott, ich wollte vor Scham sterben! »Etwas anderes hatte ich auch nicht angenommen.«

»Es ist gut für Sie, dass Sie wieder unter die Leute kommen. Rob hätte nicht gewollt, dass Sie allein bleiben.« Er nickte mir zu und ging.

Hatte Pierce mir da gerade die Erlaubnis gegeben, Sex zu haben? Das war … seltsam? Ja, *seltsam* war das richtige Wort dafür. Wohl am besten, wenn ich nicht länger darüber nachdachte. Ich spähte aus der Tür, um nachzusehen, ob es irgendein Zeichen von Harrison gab. Pierce' Schritte hallten den Flur entlang, als er sich auf den Weg zu den anderen Bewohnern machte. Das war im Augenblick das einzige Anzeichen von Leben.

Kaum hatte ich die Tür wieder geschlossen, vibrierte mein Handy. Ich rannte hinüber zur Küchenzeile und fing an zu lachen, als ich die Nachricht las. *Ist er weg?*

Oh, Harrison! *Feigling.*

Nein.

Doch.

Bei ihm komm ich mir vor wie ein Teenager in Schwierigkeiten.

Da bildest du dir ziemlich viel ein.

Werd nicht frech.

Komm einfach rüber.

Ja, Ma'am.

Du lieber Himmel, er kam rüber! Ich vergewisserte mich, dass meine Wohnungstür unverschlossen war, dann rannte ich zum Sofa. Ich lehnte mich in die Kissen und drapierte meine Hand auf der Rückenlehne. Das fühlte sich irgendwie komisch an, also zog ich die Beine aufs Sofa, streckte mich lang aus und stützte das Kinn in die Hand. Nein, das war zu lässig. Ich setzte mich wieder auf und verschränkte die Beine, was meinen Rock über die Knie hochrutschen ließ. Zu übereifrig.

In der Sekunde, in der ich hörte, dass meine Tür aufging, hielt es mich nicht mehr auf dem Sofa, und ich sprang auf die Füße. Harrison kam herein, ein Lächeln auf dem Gesicht und eine Flasche Wein in der Hand. »Hey.«

Er sah außerdem frisch geduscht aus – gut, dass Sex unter der Dusche nicht auf dem Programm stand. Sein schwarzes Haar war noch feucht und zurückgekämmt. Er trug Jeans und ein Hemd. Entweder hielt er nicht viel von T-Shirts oder er wollte unsere Begegnungen als etwas Besonderes behandeln. Ich würde mich nicht mit ihm darüber streiten. Mir gefiel der Look an ihm.

»Hey. Ich hol uns Gläser.« Ich versuchte überhaupt nicht, Zeit zu schinden. Er hatte Wein mitgebracht, und ich war nur eine gute Gastgeberin.

»Betrachte den Wein als Entschuldigung. Für das Klimmzug-Mädchen.«

Ich hätte mich nicht so darüber freuen sollen, dass er ihren Namen nicht kannte, aber das tat ich. »Mir tut es auch leid. Ich habe total überreagiert.«

»Vielleicht ein kleines bisschen, aber du hattest recht. Es war niemandem gegenüber fair. Wir haben eine Vereinbarung.« Er kam herüber, stellte die Weinflasche ab und nahm meine Hand in seine. »Ich habe eine Abmachung mit dir getroffen und die feste Absicht, mich daran zu halten. Keine anderen Frauen.«

Meine Haut fing an zu kribbeln, als er mit dem Daumen über die Innenseite meines Handgelenks strich. Es war eine meiner erogenen Zonen, die es nie versäumte, mich in Fahrt zu bringen. Es hatte etwas Hypnotisches zu sehen, wie sein Daumen über die blasse Haut streichelte, langsam vor und zurück. Der Duft seines Shampoos und die Wärme, die sein Körper ausströmte, entspannten mich ebenso sehr, wie es mich erregte.

»Also.« Seine Stimme war ein tiefes Brummen, das jede Zelle in mir zu durchdringen schien. »Was hast du dir vorgestellt?«

Ausnahmsweise war ich so vorausschauend gewesen, mich rechtzeitig vorzubereiten. »Auf dem Tisch. Ich schenke uns etwas Wein ein.«

Es war eine ziemlich ambitionierte Liste von Dingen, die ich in einer Nacht zu bewerkstelligen hoffte. Aber in Anbetracht dessen, wie die Lage sich heute zwischen uns verändert hatte, würde ich keinen Rückzieher machen. Das Ganze mochte zwar als Robs Sexliste für mich angefangen haben, aber ich hatte sie mir zu Eigen gemacht. Jetzt war es an der Zeit, mir ein für alle Mal zu beweisen, dass ich bereit war, Rob für jemand oder etwas Neues hinter mir zu lassen.

»Das ist eine ganz schöne Liste.« Harrison hatte die Karten genommen und sah sie durch. »Ich bin froh, dass ich Wein mitgebracht habe.«

»Passt gut zu der ersten Karte.«

»Massiert euch gegenseitig maskiert.« Er runzelte die Stirn. »Warum maskiert?«

»Rob hatte eine Schwäche für Masken. Er sagte, das gäbe mir die Gelegenheit, so zu tun, als wäre er jemand anders. Es würde meine Fantasie anregen.«

Er musterte die fraglichen Gegenstände auf dem Tisch und verzog das Gesicht. »Ist das eine Zorro-Maske?«

»Das war alles, was ich im Sexshop finden konnte. Na ja, außer, du wolltest volle Bondage-Ausrüstung, aber ja, nee, dafür bin ich nicht bereit.«

»Dann bin ich lieber Zorro, danke. Was ist deine für eine?«

Die glitzernde grüne Maske hatte ich mir gekauft, als Rob und ich eine Woche in New Orleans verbracht hatten. Die Erinnerung daran war mehr als nur ein bisschen verschwommen, aber ich erinnerte mich an eine Menge Essen und Alkohol und etwas darüber, einen Haufen Plastikperlenketten zu bekommen. Rob wollte mich beinahe eine ganze Woche lang keinen BH tragen lassen, nachdem wir zurück waren. »Mardi Gras 2006. Das waren Zeiten!« Ich füllte unsere Weingläser und ging zu ihm.

Er hielt meine Maske in der Hand, als er mir das Weinglas abnahm. »Du hast da eine Menge Planung reingesteckt.«

»Hab ich.« Nun ja, ich hatte in den vergangenen paar Wochen eine Menge Fantasien mit ihm in der Hauptrolle gehabt. Das konnte man doch als Planung bezeichnen, oder?

»Also weißt du schon, wo du unser kleines Rendezvous stattfinden lassen willst?«

Ich wusste, dass Harrison anders als manch anderer nicht auf irgendetwas Bestimmtes aus war. Ich hatte zweifellos die Kontrolle darüber, wie die Sache laufen würde. Falls ich sagen würde: *Yeah Baby, ich habe ein Hotelzimmer gemietet*, dann wäre ihm das auch recht. Das war eines der Dinge, die ich an ihm schätzte.

Meine kleine Wohnung beherbergte viele Erinnerungen für mich. Sie war mein Zufluchtsort, meine kleine Welt, die nur von Rob und mir bewohnt worden war. Ich wusste, es würde die Zeit kommen, dass ich einen anderen Mann hier haben musste, wenn ich die Vergangenheit wirklich hinter mir lassen wollte.

Ich ignorierte mein heftig pochendes Herz, nahm einen Schluck Wein und zählte stumm bis drei, bevor ich zu Harrison hochblickte. »Nun, mein Bett ist viel bequemer als der Wohnzimmerfußboden. Ich habe sogar frische Laken aufgezogen.«

»Frische Laken. Hm, das ist natürlich verlockend.« Ich verharrte reglos, während er sein Glas abstellte. »Dann fangen wir besser an.«

Die Maske war kalt, als er sie an mein Gesicht legte. Ich hielt sie fest, während er sie zuband, und sofort reagierte mein Körper auf seine Nähe. Die Löcher für die Augen waren nicht besonders groß, was es erschwerte, ihn ganz zu sehen. Was schließlich Sinn und Zweck der Sache war, wenn ich darüber nachdachte. Das machte die Sache sehr geheimnisvoll.

»Verlegen wir das Ganze irgendwohin, wo es bequemer ist.« Ich ließ mein Glas stehen, nahm seine Hand und führte ihn zum Schlafzimmer.

Es war nicht so schwer, wie ich angenommen hatte, einen anderen Mann in mein innerstes Heiligtum zu lassen. Ich zögerte nicht einmal, als wir die Schwelle überquerten. Obwohl ich, bevor ich ihn zum Bett führte, kurz innehielt, um das Zimmer durch seine Augen zu betrachten. Ich hoffte, es gefiel ihm. »Da wären wir.«

Anstatt sich sofort auf mich zu stürzen, blieb Harrison stehen und sah sich um. Ich weiß nicht, wonach er suchte; es war ein ziemlich typisches Schlafzimmer. An den Wänden hingen, gerahmt und strategisch platziert, mehrere Schwarz-Weiß-Naturaufnahmen, die ich im Lauf der Jahre gesammelt hatte. Sie waren ein hübsches Gegengewicht zu den moosgrünen Wänden und der cremefarbenen Bordüre. Für ein Hauptschlafzimmer war es ziemlich groß. Die gegenüberliegende Wand säumten Bücherregale, jedes davon gefüllt mit einigen meiner Lieblingsbücher und allerlei Schnickschnack.

»Komisch, genau so habe ich es mir vorgestellt.« Es war weniger Überraschung in seiner Stimme als vielmehr Ehrfurcht. »Nicht zu aufgerüscht. Klassisch.«

Er sah mich als klassisch? Ich war froh, dass ich die Maske trug, weil ich wusste, dass ich rot anlief. »Danke.«

»Nein, ich danke dir. Ich weiß, dass das eine große Sache für dich ist.« Er hauchte einen Kuss auf die Innenseite meines Handgelenks.

Falls er versuchte, mich rumzukriegen, dann machte er seine Sache ausgezeichnet. »Wenn es jemand sein muss, dann bin ich froh, dass du es bist.«

»Also dann, ich denke, ich sollte mich auch bereit machen.«

Er ließ meine Hand los und hob die seidene Maske an sein Gesicht. »Wir haben heute Nacht viel vor.«

Ich warf einen Blick auf die Gegenstände, die am Fußende meines Bettes lagen, und lächelte.

»Es wird Zeit, dass wir loslegen.«

18

In Gedanken hatte ich es mir so vorgestellt: Erst würde ich ihm einen Lapdance geben, dann er mich massieren und mir ein wenig den Hintern versohlen, und ich würde das Ganze beenden, indem ich ihm mit einem Latexhandschuh einen runterholte. Nicht gerade ein typischer Dienstagabend, aber ganz sicher ein denkwürdiger. Die Masken waren eigentlich nur für die Massage gedacht, aber nun, da wir sie schon mal trugen, schien es wenig Sinn zu haben, sie abzunehmen. Schließlich wussten wir, wer der andere war; es diente mehr dem Spiel als irgendeinem Hauch von Geheimnis.

Alles war gut vorbereitet. Es war ein guter Plan. Das einzige winzig kleine Detail, das ich während all meiner spontanen Planerei nicht bedacht hatte, war die eine Sache, die ich hätte berücksichtigen sollen.

Harrison.

Der verdammte Kerl hatte seinen eigenen Kopf.

»Ich finde, du solltest dich hier hinsetzen.« Er führte mich zum Bettrand. »Und dich zurücklegen.«

»Aber die Karten …«

»Ich befolge doch die Karten.«

Ich hatte inzwischen gelernt, Harrisons Absichten nicht infrage zu stellen. Wenn etwas klar war, dann, dass der Mann sich mit Sex auskannte. Ich konnte mich darauf verlassen, dass er es für uns beide gut werden lassen würde. Er streifte mir die Schuhe von den Füßen und ließ sie zu Boden fallen.

Seine Hände waren warm, und wieder einmal staunte ich darüber, wie groß sie auf meinem Körper wirkten.

Dann umfasste er meine Knöchel und massierte mir sanft die Füße und die Zwischenräume meiner Zehen. Es kitzelte einen Moment lang, aber je länger er weitermachte, desto mehr entspannte ich mich.

»Das ist schön.« Ich klang ein wenig betrunken. »Du verwöhnst mich.«

»Ich mache nur, was mir gesagt wurde.« Dann zwinkerte er mir zu, während seine Hände an meinem Bein hoch zu meinen Waden glitten. »Mit Massageöl ginge es besser.«

»Da ist welches im Bad. Im Medizinschränkchen.«

»Rühr dich nicht vom Fleck.« Er stellte meinen Fuß auf dem Bett ab, das Bein angewinkelt. Dadurch rutschte mein Kleid nach oben und enthüllte ihm, dass ich auf Unterwäsche verzichtet hatte.

»Oh Mann«, murmelte er mit einem Fingerzeig auf mich. »Es dauert nicht lange.«

Ich kicherte, während er ins angrenzende Bad marschierte. »Auf dem obersten Regal. Es ist mit Vanille, glaub ich.«

»Hab's gefunden.«

Sein Grinsen vertiefte die Fältchen an seinen Augenwinkeln. Das gefiel mir an ihm. Es verlieh seinem Gesicht Charakter, Tiefe. Harrison quetschte eine großzügige Menge Öl in seine Handfläche, und sofort kam ich in den Genuss von Vanilleduft. Er rieb die Hände aneinander, um jeden Finger mit dem Öl zu benetzen, dann nahm er wieder meinen Fuß, um sich erneut der Aufgabe, mich zu massieren, zu widmen.

Das Öl erlaubte seinen Fingern, sich tief in meine verspannten Muskeln zu bohren, und ebnete ihm den Weg an meinen

Beinen empor. Er verführte mich mit sanftem Streicheln, vorsichtigen Berührungen, die sich anfühlten, als versuche er, durch meine Haut hindurch meine Seele zu erkunden. Ein Prickeln lief die Innenseite meiner Schenkel empor, bis mein Geschlecht sich jeder seiner Liebkosungen überdeutlich bewusst war. Mein Körper versuchte, der Verlockung, entspannt zu genießen, zu widerstehen und wollte sich stattdessen völlig der Lust hingeben, bis ich um Erlösung bettelte.

Doch davon wollte Harrison nichts wissen. Er arbeitete sich mit langsamen, bewussten Bewegungen vor, bis er meine Oberschenkel erreichte. Sorgsam darauf bedacht, die Stelle, an der ich ihn am meisten wollte, zu meiden, fuhr er damit fort, meine Haut zu kneten. Ich war nur noch ein wimmerndes Häuflein, zwei Drittel geil, ein Drittel entspannt.

»Ich denke, du solltest dich auf den Bauch legen.« Er drehte mich bereits herum, bevor ich protestieren konnte. »Dann komme ich an die Rückseite deiner Beine.«

Im Drehen rutschte mein Kleid noch höher. Luft küsste die Unterseite meines Hinterns. Ich wand mich unruhig, wodurch meine Oberschenkel zusätzlichen Druck auf meine Klitoris ausübten.

»Nicht kommen!« Er versetzte mir mit der flachen Hand einen kräftigen Klaps auf den Hintern.

Ich schrie auf. »Was zum Teufel?«

»Das stand auf der Liste.«

Ich schaute ihn über die Schulter hinweg an. »Na schön, aber nächstes Mal eine kleine Vorwarnung bitte.«

Er zuckte die Schultern. »Leg dich hin, sonst muss ich dich vielleicht früher als geplant wieder versohlen.«

Das Ganze lief völlig anders, als ich mir diesen Abend vorgestellt hatte.

Harrison kehrte zu meinen Füßen zurück und begann von Neuem mit der Prozedur, meine Beine zu massieren. Diesmal nahm er sich die Zeit, sie zu spreizen, sodass er alles sehen konnte. Der nächste Schlag auf meinen Hintern war nicht so hart wie beim ersten Mal. Die Haut brannte einen Augenblick lang, bevor der Schmerz zu einem angenehmen Glühen schmolz. Mehr Öl auf meiner Haut. Nun setzte sich die Massage an der Außenseite meiner Oberschenkel fort.

Ich zuckte zusammen, als er eine wunde Stelle traf. »Ich bin viel zu lange gejoggt.«

»Das merke ich. Du bist total verspannt.«

Dann versetzte er mir wieder einen Klaps.

»Du bist echt unmöglich.« Ich wollte meinen Hintern mit den Händen bedecken, um weitere Übergriffe zu verhindern, konnte mich aber nicht dazu aufraffen, mich zu bewegen, als er mit der Massage weitermachte. »Ruinierst eine völlig einwandfreie Massage mit all dem Gehaue.«

Er knetete meine Pobacken. »Ich mache nur, was mir gesagt wurde.«

»Das weiß ich. Dann streichen wir das eine von der Liste.«

»Du erhebst Einspruch?«

»Offensichtlich stehe ich nicht auf Versohlen.«

Harrison schob die Hand zwischen meine Schenkel und strich mit einem Finger der Länge nach über meine Spalte, um die Feuchtigkeit zu spüren. »Hättest mich beinah drangekriegt.« Er umkreiste meine Klitoris, dann rieb er rollend mit den Fingerknöcheln darüber. »Ich wette, wir könnten dich dazu bringen, es zu mögen. Erst mal langsam anfangen, mit ein paar leichten Klapsen.« Er nahm seine Hand wieder fort, um mir zu demonstrieren, was er meinte, indem er leicht auf meine Haut klopfte. »Dann könnte ich es ein wenig härter machen, schneller.« *Klatsch.* »Ich könnte dich auf allen vieren knien lassen, damit ich zwischen deinen Beinen hindurchgreifen und dich in die Nippel kneifen kann.«

Ich drückte das Gesicht in die Matratze und stöhnte.

»Ja, ich merk schon, dass du überhaupt nicht drauf stehst.« Ein weiterer Schlag, diesmal heftiger, brennender. Das prickelnde Nachbrennen verebbte schnell wieder und ließ eine tiefe Hitze anstelle des Schmerzes zurück. Sie begann sich hinunter zu meiner Mitte hin auszubreiten und erhitzte mich von innen heraus.

Verdammt, ich würde gleich kommen! »Harrison …«

»Bald.« Er fing wieder an, meinen Hintern zu massieren.

Nein, ich hatte doch gerade erst angefangen, es zu genießen!

Blöder Kerl.

Allmählich verlor ich mein Zeitgefühl, denn ich war ganz auf das konzentriert, was ich fühlte, während er mich weiter berührte. Gott, ich hatte immer noch mein Kleid an und war noch nicht gekommen und fühlte mich trotzdem sexuell befriedigter als je zuvor in meinem Leben. Als er mich zurück auf den Rücken drehte, war meine Maske verrutscht. Ich rückte sie wieder zurecht und sah, dass er einen Schritt zurücktrat.

»Wo gehst du hin?«

»Nirgendwohin.«

Dann geschah etwas Verrücktes. Er fing an, die Hüften kreisen zu lassen.

Mit offenem Mund starrte ich ihn an, als er begann, sein Hemd aufzuknöpfen, einen Knopf nach dem anderen. Eigentlich hatte ich mir ein paar Songs ausgesucht, um sie für meinen Lapdance zu benutzen, und eine Wiedergabeliste auf meinem MP3-Player erstellt. Harrison dabei zuzusehen, wie er sich sanft zu einem stummen Rhythmus wiegte, den Blick fest mit meinem verschmolzen, war viel sexier als irgendeine Musik, die ich hätte abspielen können. Intimer und erotischer als jede Verführung, die ich zustande gebracht hätte.

Ich ließ die Beine gespreizt und rappelte mich auf die Unterarme auf, während er weiter für mich strippte. Zentimeter um Zentimeter gab der Baumwollstoff seine Brust frei, bis er ihn von den Armen gleiten ließ, um ihn an den Handgelenken aufzuhalten. Das Hemd schmiegte sich um seine Hüften und rahmte kurz seinen Bauch und die Leisten ein, bevor es zu Boden fiel.

»Ich dachte, das sollte ein Lapdance werden.« Ich hatte es in neckendem Tonfall sagen wollen, doch es kam eher als verzweifelte Bitte heraus.

»Ich wärme mich auch erst auf.« Wie um seine Aussage zu untermauern, trat er näher, sodass er eines meiner Knie zwischen seine nahm. »Ich bin noch Anfänger bei dem hier.«

»Du bist sehr gut.« Er törnte mich total an, wie er seine Hüften wiegte und mir seine offensichtliche Erektion entgegenreckte.

Das Ganze hätte lächerlich sein sollen, ich auf dem Bett, während er diese seltsame zuckend-wiegende Sache ohne Musik aufführte. Aber das war es nicht. Ich fand es herrlich. Es ließ mir das Herz weich werden und gefährlich nah an den Bereich zwischen *mögen* und *eventuell verlieben* wandern.

Ich hielt den Atem an, als er die Hände aufs Bett stützte und die Hüften auf meinen Oberschenkel herabsenkte. Mit einer Bewegung, von der ich mir nur vorstellen konnte, dass er sie sich in einem Stripclub abgeguckt hatte, rieb er seinen von Stoff bedeckten Schwanz an meinem Bein. Ich wusste die Bewegung zu schätzen und meine Mitte pulsierte in dem Verlangen, zu berühren und berührt zu werden.

»Das ist heiß«, flüsterte ich. »Mehr davon.«

Eindeutig, um damit anzugeben, wie viel Zeit er im Fitnessstudio verbrachte, hielt Harrison die Kniebeuge, während er seinen Gürtel und den Schritt seiner Hose öffnete. Die schwarze Unterhose war deutlich zu sehen, ebenso wie seine Erektion. Wieder rieb er sich an meinem Schenkel, drängte seinen Schaft an mich.

»Wir kommen vielleicht nicht zu dieser anderen Karte.« Mit einem Gefühl von Kühnheit streckte ich die Hände aus und hielt ihn leicht an der Taille fest. »Wir können sie jederzeit vergessen und zu Sex übergehen.«

»Was wir bisher getan haben, ist Sex.« Er nahm meine Hände und führte sie an seiner Brust hoch, während er die Beine streckte.

»Es ist größtenteils Sex. Aber ich will das hier …«, ich packte durch den Slip hindurch seinen Schwanz, »in mir drinhaben.«

Harrison stöhnte. »Nicht vor Tag elf.«

Noch nie im Leben hatte ich einem Tag so entgegengefiebert. »Das heißt, ich muss dich mit den Handschuhen befriedigen.«

Diese Vorstellung schien ihm zu gefallen. »Und ich dich. Schließlich spricht ja nichts dagegen, oder?«

Oh, also das war eine absolut ausgezeichnete Idee! »Abgemacht.«

»Du zuerst.« Sanft schob er mich zurück aufs Bett. Der Handschuh, den ich auf die Matratze gelegt hatte, war auf den Boden gefallen. Harrison hob ihn auf und schlüpfte mit seiner großen Hand hinein, so gut er konnte. Ich hatte eine Packung Handschuhe aus der Apotheke mitgenommen. Sie waren so ähnlich wie die, die man in Arztpraxen findet, ganz weich. »Er passt nicht besonders gut.«

»Ich glaube nicht, dass mir das was ausmacht.« Ich spreizte die Beine und schob mein Kleid ganz hoch. »Wollen wir?«

Er grinste, bevor er neben mich aufs Bett kletterte. »Entspann dich einfach und genieß es. Das könnte sich ein bisschen merkwürdig anfühlen.«

Wie es sich anfühlte, war kalt. Die Fingerspitzen waren leicht gerippt und glitten ruckelnd über meine feuchte Haut. Seine Berührung hatte nicht viel Wärme, trotz der Intimität dessen, wo er mich liebkoste. Sie war seltsam und dennoch erregend, diese Berührung eines Fremden. Schon allein diese Neuartigkeit hätte mich zum Orgasmus bringen können.

Harrison ging noch einen Schritt weiter. Er spritzte eine großzügige Menge Gleitgel auf das Latex, ehe er einen benetzten Finger in mich schob, das Gesicht über meine Brust beugte und durch den Stoff hindurch an meiner Brustwarze zu lecken begann. Ich hob die Hüften vom Bett und kam dem Stoßen seiner Finger entgegen, gleichzeitig versuchte ich, seinem sündigen Mund zu entkommen. Ich spürte sein Lachen mehr als ich es hörte, als ich anfing, meine Hüften im Takt mit seinen Fingern zu bewegen. Er sog an meinem Nippel, sodass sich der nasse Stoff zusammenzog und auf der Haut klebte. Sein Speichel kühlte das Ganze und ließ meine Brustwarze sogar noch härter als sonst werden.

Ausnahmsweise einmal schien er nicht zu versuchen, die Dinge hinauszuzögern. Er gab einen festen und beständigen Rhythmus vor, der meine Muskeln im Nu dazu brachte, sich um seinen Finger zusammenzuziehen.

»Ja, so ist's gut.« Er saugte an meiner Brust. »Ich will, dass du schreist. Komm für mich, Baby!«

Ich kniff die Augen so fest zusammen, dass ich rotsah. Mein Körper versteifte sich, als ich aufschrie und mein Orgasmus mich so heftig überrollte, dass es beinahe nicht zu ertragen war. Welle um Welle wogte durch mich hindurch, bis sie endlich verebbten und mich als zitterndes Bündel zurückließen.

Harrison küsste sich an meinem Körper empor, bis er mir in die Augen sah. *Selbstgefälliger Idiot.*

»Du siehst glücklich aus.« Er strich mir das Haar von der Wange.

»Mmm. Kann mir gar nicht vorstellen, warum.« Ich legte meine flache Hand auf seine Brust. »So hatte ich das alles nicht geplant.«

»Ist doch gut gelaufen.«

»Du bist noch nicht gekommen.«

Er zog die Augenbrauen hoch. »Noch nicht.«

Ich schubste ihn, bis er sich flach auf den Rücken fallen ließ. »Gib mir den Handschuh.«

Der Handschuh war feucht, innen von seinem Schweiß und außen von meiner Lust. Ich wusste, dass das nicht ausreichen würde, um es für ihn lustvoll zu machen. Also schnappte ich mir die Flasche Massageöl und goss genug davon auf den Handschuh, dass er auch sicher glitschig genug war, um seine Sache gut zu machen. Dann zog ich eine kleine Show ab, indem ich Harrison ignorierte und anfing, mit seinem Schwanz zu reden. Wie man das eben so macht.

»Also, was haben wir denn da?« Mit meiner handschuhlosen Hand zog ich die Vorderseite seiner Unterhose herunter. »Das sieht mir gewaltig nach einem sehr schönen Schwanz aus.«

»Wenn ich behilflich sein soll, ich könnte diese ganze überflüssige Kleidung loswerden.«

»Aber schnell, bitte. Du unterbrichst uns bei unserer wertvollen Zeit miteinander.«

»Wen meinst du mit *uns*?« Er hob die Hüften und zog mit einer einzigen geschmeidigen Bewegung Hose und Unterhose aus.

»Mich und deinen Penis.«

»Du bist verrückt.« Aber er lachte trotzdem. »Tut mir leid wegen der Verzögerung.«

»Danke. Also, wo war ich? Ach ja, ungefähr da.«

Mit sicherem Griff nahm ich seinen Schwanz in die Hand und drückte ihn. Ich konnte seine Haut durch das Latex hindurch nicht spüren, aber ich wusste, wie es sich für ihn anfühlen musste, so gestreichelt zu werden. Das Öl auf dem Handschuh machte komische quietschende Geräusche, als ich anfing, ihn zu massieren. Harrison legte einen Arm über seine Augen und krallte seine andere Hand in meine Bettdecke. »Das ist … interessant.«

»Ich weiß, nicht wahr?« Ich steigerte das Tempo. »Ich wünschte, ich hätte auch noch den zweiten Handschuh genommen. Dann könnte ich damit mit deinen Hoden spielen. Schätze, es muss auch so gehen.«

Mit der freien Hand zog ich leicht an seinem Sack und kitzelte die Haut mit den Nägeln. Dieser Doppelangriff hatte ein Stoßen seiner Hüften zur Folge. Genau die Reaktion, die ich mir erhofft hatte. Es gab nur noch eine letzte Sache, die ich tun wollte, etwas, von dem ich schon träumte, seit wir mit unseren Spielchen angefangen hatten.

So vorsichtig ich nur konnte, damit er nicht merkte, was ich vorhatte, beugte ich mich vor und nahm seinen Schwanz in den Mund.

»Fuck!« Er stieß heftig nach oben, und ich konnte mich

gerade noch schnell genug zurückziehen, um nicht an ihm zu ersticken. »Tut mir leid.«

Ich neckte die Spitze seiner Eichel mit der Zunge. Sie schmeckte nach Öl, Gleitgel, Lusttropfen und Latex. Das hätte eigentlich eklig sein sollen. Stattdessen schluckte ich ihn tiefer und passte meine massierende Bewegung meinem Mund an. Die Gerüche und Laute waren total natürlich – und so erregend. Speichel kam zu der ganzen Mischung hinzu und erinnerte mich daran, wie schmutzig und wunderbar Sex war. Es gab nur noch eines, das alles perfekt machen würde.

Es dauerte nicht lange, bis ich spürte, wie sein Körper sich unter mir verräterisch anspannte. Es war lange her seit meinem letzten Blowjob, und ich hatte vor, ihn zu genießen. Er stöhnte und berührte meinen Hinterkopf, um mich vor seinem bevorstehenden Orgasmus zu warnen. Es war mir egal, ich blieb, wo ich war, weil ich sein Sperma in meinem Mund schmecken wollte.

Sein ganzer Körper bebte vor Erregung, bis ich den ersten Schwall auf meiner Zunge spürte. Erst dann schrie er auf und stieß tief in meinen Mund. Sperma traf meinen Gaumen, bitter und dickflüssig. Ich kenne viele Frauen, die den Geschmack nicht mögen, ich aber schon. Es gibt auf der ganzen Welt nichts Vergleichbares, keinen Geschmack, der sich damit messen kann, und ich schluckte gierig jeden Tropfen, den er mir schenkte.

Ein unbequemes Ziehen in den Beinen und im Rücken brachte mich schließlich dazu, ihn freizugeben und mich neben ihm auf dem Bett auszustrecken. Während er heftig atmend dalag, zog ich mir mit einem Schnalzen den Handschuh von den Fingern und warf ihn zu Boden.

»Das hat Spaß gemacht.« Ich drehte den Kopf, um ihn anzusehen, aber er hatte die Augen immer noch nicht geöffnet. »Alles okay bei dir?«

Den Arm immer noch übers Gesicht gelegt, leckte Harrison sich über die Lippen. »Wir sollten essen gehen.«

Ich blinzelte ein paarmal. »Wie bitte?«

»Essen gehen.« Er wandte mir das Gesicht zu, sodass er unter seinem Arm hervorspähen und mich ansehen konnte. »Du und ich.«

»Ich …« Stirnrunzelnd schüttelte ich den Kopf. »Ich dachte, du bist nicht an einer Beziehung interessiert.«

Er verdrehte die Augen. »Miteinander essen gehen, nicht gleich heiraten.«

»Du bist ein Idiot. Warum sollte ich mit dir ausgehen wollen?« Ich wollte nicht den Anschein erwecken, als warte ich ungeduldig auf seine Antwort, denn sosehr ich es auch zu verbergen versuchte, die Vorstellung, mit ihm essen zu gehen, war viel verlockender, als sie sein sollte.

Endlich ließ er den Arm sinken und rollte sich auf die Seite, um mich besser ansehen zu können. »Obwohl ich weiß, dass ich in ein paar Monaten wieder weg bin, obwohl andere Frauen Interesse zeigen, etwas mit mir anzufangen, obwohl ich weiß, dass keiner von uns beiden zu mehr als dem hier bereit ist, kann ich einfach nicht anders, ich möchte aus unserer gemeinsamen Zeit so viel wie möglich herausholen. Mit anderen Worten: Ich mag dich und möchte dich besser kennenlernen.«

Oh. Ich blinzelte den plötzlichen Ansturm ungeweinter Tränen fort. Ich hätte mich über diese Aussicht nicht so freuen sollen. Ich sollte mich auch nicht schuldig fühlen, doch irgendwie tat ich beides. »Dann also gut. Wenn du es so sagst. Ich würde gern mit dir essen gehen. Aber du bleibst trotzdem ein Idiot.«

Er lächelte. Kein Schmunzeln oder Grinsen oder sonst etwas. Ein echtes Lächeln, das seine Augen leuchten ließ und ein warmes Glühen in meiner Brust entfachte. Vielleicht, trotz allem, was gegen uns arbeitete, würde doch noch alles gut werden.

Ich ignorierte die wispernden Zweifel in meinem Hinterkopf, schmiegte mich eng an ihn und ließ meinen Gedanken freien Lauf. Schließlich würden wir nur essen gehen. Wie schlimm konnte das werden?

19

Die nächsten paar Tage wurden zu einer Abfolge von Flirten per SMS, der Suche nach Restaurants, die schön waren, aber nicht *wir haben ein Date* schrien, und Masturbieren. Ich musste ebenfalls arbeiten, was den ganzen Tagträumen über das Treffen mit Harrison einen Dämpfer versetzte. Er hatte im Lauf der Woche mehrere Kunden-Meetings, was es zu einer Herausforderung machte, Zeit mit ihm zu verbringen.

Kein Wunder, dass er Single war. Der Kerl war ein absoluter Workaholic.

Arbeitszeit war das Einzige gewesen, worüber Rob und ich gestritten hatten. Er war Lehrer gewesen, wodurch er viel freie Zeit zur Verfügung hatte, allerdings innerhalb eines bestimmten Zeitrahmens. Er stichelte herum, wenn ich nicht bereit war, früher Schluss zu machen, um nachmittags ins Kino zu gehen, oder mir ein langes Wochenende freizunehmen, nur um rumzumachen. Schließlich hatte ich nur vier Wochen Jahresurlaub und wollte diesen nicht verplempern. Aber selbst ich arbeitete weniger als Harrison.

Das bedeutete sorgfältige Planung, was die Organisation unseres Abendessens anging. Nachdem wir unsere Terminkalender verglichen hatten, einigten wir uns auf Donnerstagabend um sieben.

Bei der Arbeit war ich den ganzen Tag über total unkonzentriert. Es war eine Katastrophe. Ich schaffte es, ein Meeting zur Überarbeitung des neuesten Security-Software-Handbuchs zu überstehen, das bis Punkt fünf dauerte. Dann verabschiedete ich mich hastig und sauste zur U-Bahn.

Zu Hause angekommen brauchte ich unangemessen lange, um mich zurechtzumachen. Es war ja schließlich nicht so, dass Harrison eine schlechtere Meinung von mir bekommen würde, wenn ich mich nicht herausputzte. Verdammt, ich war mir immer noch nicht ganz sicher, ob das ein richtiges Date war oder ob wir einfach nur irgendwie Freunde waren, die irgendwie miteinander Sex hatten und zusammen essen gingen. Denn sich für das eine anzuziehen war etwas völlig anderes, als sich für das andere anzuziehen.

Als ich so dastand und in meinen Schrank starrte, entdeckte ich ein blaugrünes Sommerkleid, das ich mir vor ein paar Jahren gekauft hatte. Vorsichtig nahm ich es heraus und erinnerte mich dabei an das letzte Mal, als ich es getragen hatte. Rob und ich hatten es geschafft, miteinander auszugehen, bevor er zum letzten Mal ins Krankenhaus musste. Er hatte mir gesagt, dass er die Farbe an mir liebte und wie es sich perfekt an meine Taille und Hüften schmiegte.

Mir wurde eng in der Brust, als ich es vom Bügel nahm und überstreifte. Ich hatte abgenommen, seit ich es das letzte Mal getragen hatte. So wirkte Stress immer auf mich. Als ich in den Spiegel blickte, fiel mir auf, wie sehr ich mich seit diesem ersten und einzigen Tragen verändert hatte. Es gab nichts an dem Kleid auszusetzen. Wenn überhaupt, dann stand es mir jetzt besser als damals.

Aber es passte nicht richtig, so als gehöre es einer anderen Person in einem anderen Leben. Ich war damals emotional schwer angeschlagen gewesen und kam da gerade erst wieder raus. Harrison war dabei eine große Hilfe gewesen, mich wieder zurück ins Licht zu holen. Obwohl ich dieses Kleid in

Gedanken immer mit den letzten Tagen von Robs Krankheit verbinden würde, verdiente das Kleidungsstück ebenso sehr eine zweite Chance wie ich.

Und dennoch wurde ich das Gefühl nicht los, dass es nicht fair war. Niemandem gegenüber.

Nein, ich musste das hier tun. Ich wählte ein paar neuere Teile meines Modeschmucks aus, um es ein wenig aufzupeppen und ihm einen neuen Look zu geben. Außerdem nahm ich mir ein paar Minuten zusätzlich Zeit, um mein Haar zu glätten, und ließ es zur Abwechslung über meine Schultern fallen. So wäre es anders genug als beim letzten Mal.

Ich jedenfalls war es.

Das Klopfen an meiner Tür erklang um fünf nach sieben. Ich spähte durch den Türspion, da ich nicht aus Versehen Pierce umarmen wollte, und sah, dass es Harrison war. Seltsamerweise wirkte er ein wenig daneben. Regelrecht nervös. Vielleicht hatte er einfach einen schlechten Tag gehabt und brauchte eine kleine Pause. Ich schlüpfte in meine Sandalen und öffnete mit einem Lächeln die Tür.

»Hey, du.«

Ich wurde von einem kleinen Blumenstrauß begrüßt. »Für dich.« Statt seiner üblichen Fröhlichkeit klang Harrison müde.

»Danke. Ich stell sie nur noch schnell ins Wasser, bevor wir gehen.« Als ich eine Minute später wieder zur Tür kam, schaute Harrison gerade auf sein Handy. »Gibt's ein Problem?«

»Nein. Etwas, von dem ich dachte, es sei geklärt, ist nur heute wieder aus der Versenkung aufgetaucht. Das sollte aber unsere Pläne nicht beeinträchtigen.« Mit einem Lächeln steckte er das Handy in die Tasche und bot mir seinen Arm an. »Wollen wir?«

»Ich weiß, du hast gesagt, ich soll das Lokal aussuchen.

Deshalb dachte ich, wir könnten ins *Peartree* gehen. Ungezwungene Atmosphäre, aber die haben eine großartige Weinkarte. Ich habe für halb acht reserviert.«

»Perfekt.« Sein Handy vibrierte, doch er ignorierte es.

Die Fahrt verlief angenehm, und wir plauderten hauptsächlich über die Bewohner unseres Gebäudes. Harrison legte den Kopf schief und sah mich von der Seite an. »Ich glaube, Pierce hat mir gedroht.«

»Er hat was? Unmöglich.«

»Was hast du ihm denn über uns erzählt?«

»Gar nichts! Als er letztens mit dem Newsletter vorbeikam, sah er, dass ich mich chic gemacht hatte, und hat eine Bemerkung darüber verloren. Er sagte, es wäre gut für mich, wieder rauszugehen und Verabredungen zu haben. Ich habe ihm nicht gesagt, mit wem ich mich treffe.« Das hatte ich doch nicht … oder?

»Na ja, er hat es sich zusammengereimt. Ich bin ihm gestern Abend beim Nachhausekommen über den Weg gelaufen. Er meinte, falls ich dir wehtue, würde ich mich vor der Eigentümergemeinschaft verantworten müssen.«

Ich presste die Hände an meine erhitzten Wangen. »Tut mir leid. Das hätte er nicht zu dir sagen dürfen.«

»Schon in Ordnung. Es ist gut, dass ihr alle aufeinander aufpasst. So was sieht man nicht alle Tage. Besonders nicht in einer Großstadt.«

»So was hat er noch nie gemacht. Gott, ich hätte nicht einmal gedacht, dass er mich überhaupt mag!« Ich fühlte mich eher gereizt als geschmeichelt. Wenn man bedachte, wie oft er mich für das Nichtbefolgen der Regeln schikaniert hatte, hatte er kein Recht, sich in mein neu erwachtes Liebesleben einzumischen.

»Eindeutig tut er es doch. Da wären wir.« Er bog ins Parkhaus ein.

Das *Peartree* war rammelvoll, als wir ankamen. Sogar trotz Reservierung mussten wir zehn Minuten warten, bis unser Tisch frei wurde. Doch statt unseres bisherigen ungezwungenen Hin und Hers schaffte ich es diesmal nicht, mich zu entspannen. Es gab keinen Grund, nervös zu sein. Harrison war so charmant und lustig wie immer. Warum zum Teufel war ich also so krampfig?

»Du siehst aus, als könntest du was zu trinken gebrauchen.« Er reichte mir die Weinkarte. »Der heutige Abend geht auf mich. Bestell dir, was immer du willst.«

Ja, Alkohol war immer eine großartige Idee. Als der Kellner kam, lächelte ich und gab meine Bestellung auf. Kaum war er wieder außer Hörweite verschwunden, beugte Harrison sich vor und nahm meine Hände in seine. »Warum bist du nervös?«

Ich musste einfach lachen. »Das habe ich mich auch schon gefragt. Es ist ja nicht so, als wäre das ein erstes Date oder so was.« Nur, dass es das total war.

»Wir wollten beide eine Gelegenheit, einander besser kennenzulernen, also da wären wir. Gutes Essen, guter Wein und ausgezeichnete Gesellschaft.« Er gab mir einen Kuss auf den Handrücken. »Lass uns ein Spiel spielen.«

»Den Film hab ich gesehen, und der ging nicht gut aus.« Ich hasste Horrorfilme. Dennoch hatte ich mir jeden Teil der *Saw*-Reihe angesehen, weil sie einfach großartig waren.

»Es werden keine Körperteile abgetrennt, versprochen. Ich dachte eher an so was wie zwanzig Fragen.«

Wir verstummten kurz, als der Kellner unsere Flasche Wein und einen Brotkorb brachte. Ich nahm einen großzügigen Schluck Wein – gütiger Gott, war der gut –, bevor ich meine Aufmerksamkeit wieder auf Harrisons Vorschlag richtete. »Ich finde, das ist eine gute Idee. Du fängst an.«

Ich wollte ihm über die Lippen lecken, besonders wenn er so schmunzelte. Er nickte und senkte die Stimme. »Okay. Willst du irgendwelche Regeln aufstellen, an die ich mich halten soll?«

»Wir dürfen nur bei zwei Fragen die Aussage verweigern.

Abgesehen davon, würde ich sagen, ist alles erlaubt. Also, frag schon los!«

»Schön.« Harrison ließ seinen Wein im Glas kreisen und sah mir fest in die Augen. »Wie alt warst du, als du zum ersten Mal Sex hattest?«

Und schon wurde ich wieder rot. »Ähm … Wow, du gehst wohl gern gleich in die Vollen. Ich war siebzehn, und es war mit Rob. Wir waren seit sechs Monaten offiziell zusammen, aber wir kannten uns schon ewig.«

Er trank einen Schluck, ohne den Blickkontakt abreißen zu lassen. Obwohl ich schon so viel Zeit mit Harrison verbracht hatte, hatte ich mich immer noch nicht an diese irre eindringliche Art, wie er mich ansah, gewöhnt. Als wäre ich der wichtigste Mensch auf der Welt, er aber immer noch nicht dahintergekommen, wie ich tickte.

Ich räusperte mich. »Okay, jetzt bin ich dran. Wann hattest du zum ersten Mal Sex? Und mit wem?«

»Das waren zwei Fragen.«

»Ich riskier's.«

Der Ausdruck auf seinem Gesicht veränderte sich, für den Bruchteil einer Sekunde lang wirkte er liebevoll. Nicht gerade das, womit ich ihn zu assoziieren gelernt hatte. »Ich war sechzehn, und ihr Name war Amelia. Sie war die ältere Schwester meines besten Freundes.«

Ich beugte mich vor und senkte die Stimme zu einem Flüstern. »Wie viel älter?«

»Das ist eine weitere Frage.« Er zwinkerte. »Willst du auch deine dritte schon aufbrauchen?«

Schmollend lehnte ich mich wieder zurück. »Du bist echt kleinlich. Nein, du bist wieder dran.« Sein Handy wählte genau diesen Moment, um zu vibrieren. »Musst du da nicht rangehen?«

Der liebevolle Ausdruck verpuffte in dem Augenblick, in dem er aufs Display schaute. »Nein. Das kann warten.«

»Bist du sicher?« Ich hätte nicht genau sagen können warum, aber ich wusste, wer auch immer das war, hatte nichts mit seinem Job zu tun.

»Bin ich. Welche Sache auf deinen Sexkarten hat dir am meisten Angst gemacht?«

»Einen Dreier zu haben. Ich nehme an, deshalb hat Rob es auch ganz an den Schluss gestellt. Das war immer schon eher seine Fantasie als meine.« Das reichte, um die Stimmung aufzulockern und unsere Unterhaltung wieder in Schwung zu bekommen.

Wir setzten dieses Frage-und-Antwort-Spiel während der zwanzig Minuten fort, die es dauerte, bis unsere Vorspeise vom Hauptgang abgelöst wurde. Ich hatte mich endlich genug entspannt, um mehr als nur ein wenig albern zu sein. Harrison spielte mit, aber immer wieder fing sein Handy an zu vibrieren. Ein schneller Blick aufs Display, ein Stirnrunzeln und dann eine Frage an mich.

Als unsere Hauptgerichte abserviert wurden, dämmerte mir allmählich, dass dieses Irgendwie-Date nicht besonders gut lief. »Wie war dein Steak?«

»Ein bisschen zu sehr durch.« Finster starrte er sein Handy an.

»Mein Fisch war fantastisch. Ich liebe Thunfisch, und er war genau richtig.«

Er starrte immer noch sein Handy an. »Hast du Lust auf ein Dessert?«

»Vielleicht.« Ich rutschte auf meinem Stuhl herum, und nicht aus dem guten Grund. »Harrison?«

»Ja.«

»Wie viele Fragen habe ich noch übrig?«

»Die hier nicht mitgezählt? Zwei.«

»Okay.« An dieser Stelle des Abends hatte ich wirklich nicht mehr viel zu verlieren. »Wer ruft dich da ständig an?«

Er schloss kurz die Augen. »Ich verweigere die Aussage.«

Ah.

Es gab nur einen einzigen Grund, warum er diese spezielle Frage nicht beantworten wollte. »Es ist deine Freundin, nicht wahr?«

Der gelassene Mann, der mir bereitwillig seinen Körper angeboten hatte, damit ich mit meinen Sexkarten experimentieren konnte, war auf der Stelle verschwunden. Ein harter Zug lag auf seinem Gesicht, obwohl ich nicht sicher war, ob das an meiner Frage lag oder an der Tatsache, dass ich ihn gerade bei der größten Lüge aller Zeiten ertappt hatte.

Meine Brust wurde so eng, dass es mir schwerfiel zu atmen. Es war, als zerquetschten meine Lungen mir das Herz.

»Nun, vielen Dank für das Essen. Ich denke, ich verzichte aufs Dessert.« Ich faltete fein säuberlich meine Serviette zusammen und stand auf.

»Lyssa, es ist nicht …«

»Ich habe dir doch gesagt, mein Name ist Alyssa. A-lys-sa. Drei Silben. Du hast dir das Recht nicht verdient, irgendeine davon wegzulassen.«

»Na schön. Alyssa. Es ist nicht so, wie du denkst.«

»Es ist nicht wichtig, was ich denke. Du hast mich angelogen. Ich kann vieles verzeihen, aber mich wegen einer anderen Frau anzulügen, gehört nicht dazu.«

Ich straffte die Schultern, schnappte mir meine Handtasche und marschierte hinaus zum nächstbesten Taxi.

20

Nie wieder würde ich ein Date haben. Ich korrigiere mich, nie wieder würde ich an einem Donnerstagabend ein Date haben. Denn wenn die ganze Sache gewaltig den Bach runterging, so wie mit Harrison, dann musste ich am nächsten Tag meinen Arbeitskollegen unter die Augen treten. Was bedeutete, ich musste so tun, als wäre ich fröhlich, obwohl ich in Wirklichkeit total verbittert und dementsprechend mies gelaunt war.

Ich brauchte Wein, Schokolade und eine Liebesschnulze. Oder vielleicht einen Porno. Ich hatte mich noch nicht entschieden.

Als ich schließlich mit entsprechendem Proviant bewaffnet meinen erbärmlichen Hintern nach Hause schleppte, krümmte ich mich innerlich bei der Vorstellung, Harrison womöglich über den Weg zu laufen. Ich hätte unsere räumliche Nähe berücksichtigen sollen, als ich mit dieser ganzen *Treib's mit deinem Nachbarn*-Geschichte angefangen hatte. Ich musste mich innerlich kurz wappnen, bevor ich die Treppe hochmarschierte und zu meiner Wohnung ging.

Wie es das Schicksal wollte, war Harrison nirgends zu sehen. So schnell ich konnte, huschte ich zu meiner Wohnung. Wieder einmal fummelte ich in der Handtasche nach meinen Schlüsseln. Während ich so dastand und in den unendlichen Tiefen meiner Tasche wühlte, hörte ich das gefürchtete Quietschen einer sich öffnenden Tür.

»Alyssa?«

Ich schaute nicht in Harrisons Richtung, mehr denn je darauf bedacht, in meine Wohnung zu kommen.

»Alyssa, wir müssen reden.«

Seine sich nähernden Schritte verstärkten das Tempo meiner hektischen Suche nur noch. *Ah, da!* Das Metall lag kühl in meiner Hand, als ich den Schlüssel aus der Tasche zog. Ich rammte ihn ins Schloss, riss die Tür auf und schlug sie hinter mir zu. Zur Sicherheit schob ich auch noch den Riegel vor, ehe ich mich mit dem Kopf an die Tür lehnte.

Harrison blieb anscheinend stehen, und ich hörte ihn frustriert brummen, auch wenn ich die Worte nicht verstehen konnte. Es ärgerte ihn, dass ich ihm offensichtlich aus dem Weg ging, was mir allerdings eigentlich egal sein sollte. Mein Verhalten war gerechtfertigt. Er hatte mich angelogen. Er hatte sich nicht einmal die Mühe gemacht, diese Tatsache zu leugnen. Aber nur weil es mit ihm nicht gut gelaufen war, hieß das nicht, dass mein Plan, Robs Karten durchzuspielen, deswegen vereitelt war. Harrison war nur ein Werkzeug. Ein Mittel zum Zweck. Es war nicht so, als hätte ich angefangen, mich in ihn zu verlieben oder so was. Keine Beziehung – das war unsere einzige verbindliche Regel.

Andere Mütter haben auch schöne Söhne und der ganze Mist. Nikki würde wissen, wie sie einen Kerl für mich auftun konnte, der bereit wäre, ein paar meiner Fantasien in die Tat umzusetzen. Vielleicht würde ich sie sogar eines von diesen Speeddating-Dingern für mich organisieren lassen, die ich ihrer Meinung nach unbedingt ausprobieren sollte.

Das Klopfen an der Tür dröhnte durch meine Stirn, die immer noch am Holz lehnte. Ich taumelte rückwärts und ließ dabei beinahe meine Einkaufstüte und ihren kostbaren Inhalt fallen.

»Alyssa?«

Verdammter Harrison. »Geh weg.«

»Bitte. Lass mich mit dir reden.«

»Nein.« Ich achtete darauf, extralaut in die Küche zu stampfen und die Besteckschublade heftig zuzuknallen, sobald ich einen Löffel für die Eiscreme herausgeholt hatte.

Ein weiteres Klopfen.

»Verzieh dich, Harrison!« Dann marschierte ich ins Wohnzimmer, schmiss meine DVD ein und guckte halbherzig meinen Film, während ich vor mich hin schmollte.

Scheißmänner.

Fünfzehn Minuten Stille hatten mich davon überzeugt, dass er aufgegeben und sich wieder in seine Wohnung getrollt hatte. Ich würde nie zugeben, enttäuscht darüber zu sein, dass er es nicht hartnäckiger versucht hatte, auch wenn ich es war. Die Eiscreme im Becher war weich geworden und begann, kleine sahnige Rinnsale um die kleinen Erdnussbutterstückchen darin zu bilden. Ich machte mir nicht die Mühe, den Film anzuhalten, als ich in die Küche ging, um den Becher in den Gefrierschrank zu stellen.

Wieder klopfte es an der Tür, diesmal aber leiser als zuvor. Es klang nicht nach Harrison. Obwohl ich ihn augenscheinlich nicht so gut kannte, wie ich gedacht hatte. Womöglich versuchte er mich auszutricksen oder so was.

Als ich durch den Türspion sah, begrüßte mich das lächelnde Gesicht von Mrs Le Page. Es sah aus, als hielte sie etwas in den Händen, aber die Linse verzerrte es so, dass ich es nicht erkennen konnte. Vorsichtig öffnete ich meine Tür und spähte um die Ecke. »Hi.«

»Hallo, Schätzchen. Erwische ich Sie grad zu einem schlechten Zeitpunkt?«

»Nein, schon in Ordnung. Ich habe mir nur grad einen Film angesehen. Was kann ich für Sie tun?«

Ich hätte merken sollen, dass etwas im Busch war, als sie mit diesem Funkeln in den Augen zu mir hoch lächelte. »Ich hatte mich gefragt, ob Sie mir wohl bei einem kleinen Problem helfen könnten.«

»Wobei denn?«

Ich öffnete die Tür weiter und entdeckte, dass Harrison an der Wand lehnte. »Hi.«

Verärgert funkelte ich sie an. »Verräterin.«

Mrs Le Page tätschelte Harrisons Arm. »Dieser charmante junge Mann steht hier draußen im Flur herum und wartet darauf, dass Sie ihm aufmachen, damit er sich bei Ihnen entschuldigen kann. Es würde mir außerordentlich helfen, wenn Sie mit ihm reden. Wenn es Ihnen nicht gefällt, was er zu sagen hat, dann haben Sie meine Erlaubnis, ihn zu ohrfeigen.«

»Hey!« Er stieß sich von der Wand ab. »Das war nicht Teil unserer Abmachung.«

»Sie haben etwas Dummes getan. Das überrascht mich nicht, schließlich sind Sie ein Mann und genetisch dazu veranlagt, Frauen zu verärgern. Das liegt in der Natur der Dinge.« Die schmächtige Frau schob Harrison vor die Tür, sodass er direkt vor mir stand. »Und jetzt unterhalten Sie beide sich.« Als sie sich zum Gehen wandte, drückte sie kurz eine Hand an die Brust.

»Geht es Ihnen denn gut?« Unaufgeforderte Einmischung hin oder her, ich wollte nicht, dass sie krank war.

»Nur eine kleine Magenverstimmung, die mich schon den ganzen Tag lang plagt. Sobald ich mich hinlege, geht es mir wieder gut.«

»Brauchen Sie Hilfe?« Harrison legte ihr die Hand auf den

Rücken, um sie zu stützen. »Ich kann Sie nach oben begleiten.«

»Damit Sie die Gelegenheit verpassen, sich zu entschuldigen?« Mrs Le Page schnaubte. »Na, fangen Sie schon an, zu Kreuze zu kriechen, junger Mann!« Dann ließ sie mich allein mit Harrison zurück.

Ich klammerte mich an die Türkante, in der Hoffnung, es würde mir irgendwie Stabilität geben. »Du hast eine Minute.«

»Das war meine Exfrau, die angerufen hat.«

Kennt ihr das, wenn man in Büchern von jemandem liest, den eine Erkenntnis so heftig trifft, dass es ihm wie ein Schlag ins Gesicht vorkommt? Genau das passierte total. Im einen Moment glaubte ich noch, alles zu wissen, was es über ihn zu wissen gab, und im nächsten, PENG!

Mir fiel die Kinnlade herunter. »Du … Du warst verheiratet?«

Sein Gesicht war völlig ausdruckslos. »Fünf Jahre lang. Es nahm ein schlimmes Ende.«

Ich hätte ihn vermutlich hereinbitten, eine Flasche Wein köpfen und auf zivilisierte Weise mit ihm darüber reden können. Stattdessen verstärkte ich meinen Griff um die Tür und hoffte, aus dem, was er sagte, schlau werden zu können. »Das hättest du vielleicht erwähnen sollen.«

»Es war nicht wichtig. Die Sache war vorbei.«

»Warum haben ihre Anrufe dich dann so aufgewühlt? Wie lange seid ihr schon geschieden?«

»Es wurde vor sechs Monaten rechtskräftig.« Er wandte den Blick ab. Der Muskel in seinem Kiefer arbeitete wie wild. »Sie hat die Wahnvorstellung, es bestünde noch eine Chance, dass wir wieder zusammenkommen.«

Irgendetwas verkrampfte sich in meinem Magen, bis ich

bittere Galle in meiner Kehle hochkommen spürte. Harrison war ehrlich gewesen, als er gesagt hatte, dass er nicht bereit für eine Beziehung war, dass nicht einmal ansatzweise die Möglichkeit bestand. Es war seltsam, aber ich hatte über unsere Abmachung hinaus keinen Gedanken an ihn und sein Leben verschwendet. Sicher, ich wusste, dass er Familie, Freunde und einen anstrengenden Job hatte, aber eine Exfrau? Irgendwie machte das Harrison realer. Zu einem Menschen mit eigenen Problemen, der sich über die Gesellschaft eines Freundes freuen könnte. Jemand, mit dem er über seine Probleme sprechen konnte. Jemand, der mit ihm auf dem Sofa kuschelte oder ihm den Rücken freihielt.

Ich ertappte mich dabei, dass ich mich näher zu ihm lehnte. Mein Blick wanderte zu seinem Gesicht hoch und blieb dort. Gott, er sah müde und einsam aus. Vielleicht ebenso sehr wie ich.

Vielleicht …

Nein. Er war von Anfang an deutlich zu mir gewesen. Er war nicht auf der Suche nach irgendetwas. Seine Ex hatte eindeutig immer noch Schwierigkeiten, sich mit der Scheidung abzufinden, und er hatte genug damit zu tun, damit fertigzuwerden. Ich hatte mich glauben lassen, es könnte etwas zwischen uns wachsen, und ihm dadurch mehr Druck gemacht, als er gebrauchen konnte. Es war nicht seine Schuld, es war meine. So wie ich nach Robs Tod Zeit und Freiraum gebraucht hatte, brauchte Harrison sicher dasselbe.

Aber ich kannte mich auch gut genug, um zu wissen, dass ich nicht weiter in seiner Nähe sein, weiter diese Dinge tun konnte, die wir taten, ohne mich emotional zu verstricken. Wenn nun noch eine frischgebackene Exfrau dazukam, konnte ich damit nicht umgehen. Er verdiente jemanden, der auf jede Weise, wie er es brauchte, für ihn da sein konnte. Und im Augenblick war ich nicht diese Person.

Am besten brachen wir das Ganze ab, solange wir beide noch konnten.

»Klingt, als hättest du gerade viel am Hals.« Ich straffte die Schultern und schaute zu Boden. »Ich möchte, dass du weißt, dass ich dir wirklich dankbar bin für das, was du in den letzten paar Wochen alles für mich getan hast. Ich habe eine Menge gelernt. Sowohl über Sex als auch über mich selbst. Aber ich denke wirklich, es ist am besten, wenn wir die Sache hier beenden. Im Guten auseinandergehen. Ich glaube einfach nicht … Na ja.« Ich streckte ihm die Hand hin. »Okay?«

»Ungern.« Er zögerte, bevor er in meine dargebotene Hand einschlug. »Na schön.«

Beinahe gleichzeitig ließen wir unsere Hände wieder los. Ich trat einen Schritt in meine Wohnung zurück und machte Anstalten, die Tür zu schließen, doch er hielt mich noch einmal zurück. »Es tut mir leid. Ich wollte dich nie verletzen.«

Der Kloß in meinem Hals machte es schwer zu lügen. »Wie kommst du darauf, dass ich verletzt wäre? Bis dann.«

Das Klicken der Tür und das Schlurfen seiner Schritte, die sich von mir entfernten, verstärkten das Gefühl von Übelkeit in meinem Magen. Ich ließ den Film und mein Weinglas links liegen, nahm gleich die ganze Flasche und ging schnurstracks ins Schlafzimmer.

21

Der Nachteil, eine mürrische Zicke zu sein, bestand darin, dass sogar ich allmählich genug von mir hatte. Ich versuchte, mit Nikki zu reden, aber das entwickelte sich zu einem Zicken-Wettstreit, der eindrucksvoll gewesen wäre, wenn wir beide noch auf die Highschool gingen, doch in Anbetracht unseres fortgeschrittenen Alters war er einfach nur traurig. Ich hätte Mom anrufen können, sie hätte allerdings nichts als Mitleid und liebe Worte für mich, wo ich in Wahrheit eigentlich jemanden zum Streiten brauchte. Das Letzte, was ich wollte, war, auf ihr herumzuhacken.

Ich hätte joggen gehen sollen, aber das war beim letzten Mal nicht so gut gelaufen.

Stattdessen beschloss ich, mich mit einem Film zu verwöhnen. Es war ewig her, dass ich im Kino gewesen war, was ziemlich untypisch für mich war. Es lief einer dieser lauten Sommer-Blockbuster – eigentlich war es nicht wichtig, worum es dabei ging –, und ich wollte mich in dem Lärm verlieren.

Erst zu spät bemerkte ich, dass Harrison Ford darin mitspielte.

Natürlich.

Die Straßen Torontos waren stark befahren und die Luft feucht, als ich nach Hause ging. Der Verkehr war nicht chaotisch, hatte aber gewiss auch nicht die beruhigende Wirkung, die ich mir von meinem Nachhauseweg erhofft hatte. Unsere

Straße liegt abseits der Hauptverkehrswege, und normalerweise herrscht dort nicht viel Betrieb. Deshalb war ich geschockt, als ich beim Einbiegen einen Feuerwehrwagen und eine kleine Menschenmenge am anderen Ende der Straße entdeckte.

Moment mal. Die sind vor meinem Haus.

Oh nein!

Ich legte einen Zahn zu, bis ich aus voller Kraft rannte. Die Menge wurde von einem Polizisten zurückgehalten. Ich drängte mich nach vorne und zog ihn am Ärmel. »Ich wohne da drin. Was ist passiert?«

Der junge Mann hielt seine Miene ausdruckslos. »Es tut mir leid, Ma'am, aber Sie müssen auf die Entwarnung warten, bevor wir Sie wieder reinlassen können.«

»Was ist passiert?« Das Herz klopfte mir bis zum Hals. Das da drin waren keine Fremden, das waren meine Freunde. Selbst diejenigen, die ich nicht so gut kannte, wie ich vielleicht wollte, sie alle waren Teil meines Kommens und Gehens. Meines Lebens.

»Es gab einen Küchenbrand in einer der Wohnungen.« Der Muskel am Kiefer des Polizisten zuckte. »Das ist alles, was ich sagen kann.«

Scheiße, das war alles andere als hilfreich.

Es liefen einige Bewohner vor dem Gebäude herum, aber niemand schien mehr zu wissen als ich. Erst als Pierce auf die Vorderstufen des Gebäudes heraustrat, horchten alle auf.

»Was ist passiert?«, rief jemand.

»Wann können wir wieder rein?«, fiel ein anderer ein.

Pierce kam die Stufen herunter, ohne auf die Blicke zu achten, die der Polizist ihm zuwarf. »Hören Sie alle bitte! Lassen Sie diese Leute ihre Arbeit erledigen. Gehen Sie einen Kaffee trinken oder ins Kaufhaus. Sie können in ungefähr einer Stunde wieder ins Gebäude. Vielleicht auch erst in zwei.«

Das veranlasste einige Leute davonzugehen. Andere schlugen in einiger Entfernung auf den Gehwegen ihr Lager auf. Ich tat weder das eine noch das andere, sondern entschied mich, stehen zu bleiben, bis Pierce näher kam. Ich wurde stocksteif vor Entsetzen, als ich erkannte, dass er geweint hatte.

Pierce, der eiskalte Highschool-Direktor, der unzählige Schüler mit angedrohtem Nachsitzen und Wohnungseigentümern mit angedrohten Repressalien der Hausverwaltung terrorisiert hatte, hatte geweint.

»Pierce?« Meine Stimme zitterte, und ich musste mich räuspern. Er schwieg so lange, dass ich seinen Arm drückte. »Geht es Ihnen gut?«

Sein Lächeln war bestenfalls kläglich. »Ich werd's überleben.«

»Kann ich irgendwie helfen?«

»Nein, meine Liebe.« Dann geschah das Merkwürdigste. Er drehte sich zu mir um und umarmte mich. »Beten Sie einfach.«

»Was?«

Die Notärzte wählten genau diesen Augenblick, um aus dem Gebäude zu kommen, eine Trage zwischen sich. Mein Verstand weigerte sich zu akzeptieren, was ich sah. Ich versteifte mich unter Pierce' Griff. »Nein.«

»Es tut mir leid«, sagte er, als er mich losließ.

In die schneeweißen Krankenhauslaken gehüllt sah Mrs Le Page so winzig aus. Ihre Gesichtsfarbe war grau, und ihre Lider waren eingesunken. Das konnte nicht die lebenslustige und resolute Frau sein, die erst gestern noch versucht hatte, in meine Beziehungsprobleme einzugreifen. Diese Frau hier war alt, gebrechlich, totenähnlich.

Und doch war da ihr Ehemann und kämpfte weinend darum, an ihrer Seite zu bleiben, als man sie in den Krankenwagen lud. Die Sanitäter halfen ihm hoch, knallten die Türen zu und rasten los, mit blinkenden Lichtern, aber stummer Sirene.

Meine Welt verlor den Boden unter den Füßen. »Oh Gott.«

»Sie konnten mir keine Auskunft geben.« Pierce knackte mit den Zähnen. »Blöde Schweigepflicht. Aber ich hörte, dass sie einen Herzinfarkt erwähnten. Sie muss beim Kochen etwas verschüttet haben, das den Brand auslöste.«

»Sie kommt wieder in Ordnung.« Ich weiß nicht, wen ich mit meiner Aussage zu überzeugen versuchte. »Sie ist zäh.«

»Meine Liebe.« Seine Stimme brach und er musste sich räuspern. »Meine Liebe. Sie … Ich … Sie hat es nicht geschafft.«

Nein. Nein, nein, nein, ich konnte nicht noch jemanden verlieren! Ich war nicht bereit dazu.

Das war nicht fair! Sie waren ein schönes Paar, und immer noch so unglaublich verliebt ineinander. Sie waren jedermanns Ersatzgroßeltern, die uns neckten und dafür sorgten, dass wir uns selbst nicht zu ernst nahmen.

Sie war meine Freundin, und ich würde sie vermissen.

Pierce drückte mich noch ein letztes Mal, bevor er einen Schritt zurücktrat. »Ich werde ins Krankenhaus fahren, um zu sehen, ob ich Mr Le Page irgendwie helfen kann. Ich glaube, sie haben einen Sohn, bei dem er bleiben kann. Er muss benachrichtigt werden. Die Versicherungsgesellschaft ebenso. Entschuldigen Sie mich.«

Die Menge teilte sich um Pierce, als er in Richtung Parkplatz davonmarschierte. Er mochte ein Paragrafenreiter sein, aber wir und unser Zuhause lagen ihm wirklich am Herzen. Wenn es etwas gab, das man tun konnte, dann würde Pierce sich darum kümmern.

Während ich dastand und zum Gebäude hochstarrte, versuchte ich, meinen Atem zu beruhigen und meine Tränen am Fallen zu hindern. Ich wünschte, Rob wäre hier. Er wäre ebenso erschüttert wie ich, doch warme Arme um mich zu spüren, eine breite Brust zum Anlehnen und Ausweinen zu haben, war das, was ich mehr als alles andere brauchte. Er hätte es mir gegeben.

Aber Rob war nicht da.

Ich war allein.

»Alyssa?«

Als ich mich umdrehte, sah ich Harrison fassungslos dastehen. Er zwängte sich an den anderen vorbei, kam zu mir und zog mich in eine Umarmung. Kaum legten sich seine Arme um mich, brach der Damm in meinem Innern und ich begann zu weinen.

»Schon okay.« Er strich mir mit den Fingern durchs Haar. »Ich bin ja da.«

Harrison führte mich zu seinem Auto und half mir, auf den Beifahrersitz zu rutschen. Dann schloss er die Tür, und ich war umgeben von wunderbarer Stille. Wortlos setzte er sich hinters Steuer und ließ den Motor an.

»Wohin fahren wir?« Ich klang, als hätte ich ein Jahr lang geweint.

»Ich weiß es nicht. Irgendwohin außer hier.«

»Du weißt nicht einmal, was passiert ist?«

Er legte mir die Hand auf den Oberschenkel und drückte ihn leicht. »Ich brauche es nicht zu wissen, um zu sehen, dass du völlig aufgelöst bist.« Er sah zu mir herüber. Ein Stirnrunzeln trübte sein gutes Aussehen. »Würdest du lieber bleiben?«

»Gott, nein. Überall sonst ist gut.«

Nachdem er sich durch den Verkehr Torontos gekämpft hatte, bog er auf den Parkplatz des Westin Harbour Castle ein und führte mich hinunter ans Ufer. Es fühlte sich gut an, draußen zu sein und die frische Luft zu atmen. Eine leichte Brise kam vom Wasser her und kühlte die Sonnenstrahlen auf meiner Haut. Harrison sagte nichts, er füllte die Stille nicht, wie Rob es getan hätte. Stattdessen verschränkte er seine Finger mit meinen und schlenderte neben mir her.

Bei einer Bank blieben wir stehen und setzten uns. Der See war wunderschön; der Himmel strahlend blau, mit kaum einer Wolke irgendwo in Sicht. Ich atmete tief ein, suchte mir einen Punkt weit draußen am Horizont und sprach schließlich die Worte aus: »Mrs Le Page hatte einen Herzinfarkt. Sie hat es nicht geschafft.«

Ich hätte ihm sofort sagen sollen, was passiert war. Auch wenn er Mrs Le Page nicht so gut gekannt hatte, hatte sich doch eindeutig eine enge Freundschaft zwischen ihnen entwickelt. Er versteifte sich, sein Griff wurde fester. »Das ist … Scheiße. Die Ärmste.«

»Mr Le Page ist im Krankenwagen mit ihr ins Krankenhaus gefahren. Ich … Ich weiß, wie schwer das für ihn sein muss.« Obwohl man Rob nicht mit dem Krankenwagen ins Krankenhaus gefahren hatte, war diese letzte Autofahrt einfach nur furchtbar gewesen.

»Ist er allein?«

»Pierce ist hinterhergefahren. Ich glaube, sie haben auch einen Sohn. Ich glaube, Pierce wollte ihn anrufen oder so was.«

»Das ist gut.« Er zog meine Hand näher an seinen Oberschenkel. »Geht es dir gut?«

»Eigentlich nicht. Es bringt viele schlimme Erinnerungen zurück.« Der Wind kitzelte mich im Gesicht und ließ mein Haar wehen. »Es hat mir außerdem etwas wieder vor Augen geführt.«

»Was?«

Ich wandte mich zu ihm, nahm sein Gesicht in die Hände und küsste ihn. »Dass das Leben viel zu kurz ist.«

Er sah mich mehrere Augenblicke lang an, bevor er mich in die Arme nahm und mit dem Rücken hinunter auf die Parkbank drückte. Seine Lippen waren weich, als er den Kuss vertiefte; sein Körper eine harte Masse aus Muskeln, Blut und Knochen. Sein Herz pochte in seiner Brust und schlug gegen meine Hand, die auf seiner Haut lag. Es erschien irgendwie falsch, Vergnügen zu finden, wenn ich nichts als Schmerz spürte. Aber ich tat es trotzdem. Und ich hörte nicht damit auf, denn das Leben war zu kurz. Ich brauchte keine Liebe von ihm. Verdammt, ich war mir inzwischen nicht einmal mehr sicher, ob ich Ehrlichkeit brauchte.

Was ich wollte, was ich brauchte, war jemand, der mich sah und dem ich nicht egal war. Ich brauchte es, mich lebendig zu fühlen und das Schreckgespenst des Todes zu verscheuchen.

Als der Kuss abbrach und er auf mich herunterblickte, wusste ich, dass Harrison trotz seiner Fehler derjenige war, den ich wollte. Nervös leckte ich mir über die Lippen, da ich wusste, dass das, was ich gleich sagen würde, die Dinge zwischen uns wieder einmal verändern würde. »Wir sind erst bei Tag zehn.«

»Ich dachte, du wärst fertig mit mir.« Er gab mir einen Kuss auf die Nasenspitze.

»War ich auch.« Sanft schob ich ihn von mir, bis wir beide wieder aufrecht saßen. »Ich hatte mir irrtümlicherweise den Floh ins Ohr gesetzt, dass wir eine Chance auf eine Beziehung hätten.«

»Ich hatte dir doch gesagt …«

»Ich weiß.« Ich kicherte. »Du warst mein Trostpflaster, und ich habe mich hinreißen lassen. Ich hatte mir diesen ganzen Plan im Kopf zurechtgelegt. Wie unsere Beziehung sich entwickeln würde, ganz egal, wie sehr wir beide auch das Gegenteil behaupten. Als ich dann das mit deiner Exfrau herausfand, habe ich überreagiert.«

»Ich hätte es dir sagen sollen.« Harrison ließ den Kopf hängen. »Tut mir leid.«

»Ich weiß. Ich mag dich wirklich und verbringe gern Zeit mit dir. Ich will nichts mehr als weiter mit dir Spaß haben. Ich glaube, wir können beide ein bisschen mehr Spaß in unserem Leben gebrauchen.«

»Einverstanden.«

Er hielt mir die Hand hin, und ich nahm sie. Als unsere Hände sich verschränkten, fühlte ich mich diesmal, anders als zuvor, geerdet. Als wäre das der Beginn von etwas Neuem und Aufregendem. Es ermutigte mich auf eine Weise, die ich nicht erwartet hatte.

»Eins noch.« Einen Moment lang sog ich an meiner Unterlippe, während ich herauszufinden versuchte, wie ich es am besten formulierte. »Ich finde, wir sollten ein bisschen flexibler werden, was die Karten betrifft.«

»Wie meinst du das?«

»Anstatt sie der Reihe nach durchzugehen, lass uns einfach sehen, wohin es uns führt.«

Unter die Traurigkeit in Harrisons Blick mischte sich der

Funke von etwas anderem. Es mochte zwar nicht alles besser machen, es mochte den Schmerz, eine liebe Freundin verloren zu haben, nicht vertreiben, aber es war ein Anfang. Vorläufig zumindest würden wir einander haben. Was danach kam, nun, darüber würde ich nachdenken, wenn es so weit war.

Harrison nickte. »Ich werde trotzdem in eineinhalb Monaten wieder fortgehen.«

»Ich weiß. Aber einstweilen nehme ich, was ich kriegen kann.«

Hoffentlich würde es genug sein.

Teil 3

Die Wahrheit über mich

22

»Ich schwör's bei Gott, du wirst noch zum Master of Sex!« Nikki saß auf meinem Bett und sah mir dabei zu, wie ich meine Sex-Survival-Tasche umorganisierte.

»Es ist keine Schande, vorbereitet zu sein.« *Scheiße, ich hatte da wirklich eine Menge Gleitgel! Vielleicht sollte ich ein paar Tuben rausnehmen? Nö.*

»Natürlich nicht. Solange du endlich dazu kommst, ihn flachzulegen.«

Ich hörte auf, in der Tasche zu kramen, um sie stirnrunzelnd anzusehen. »Wovon redest du? Wir hatten schon Sex.«

»Nein, du und Mr Knackarsch habt es euch gegenseitig besorgt, aber ihr habt nicht miteinander geschlafen. Penis muss in Vagina.« Sie hob die Hände, um es zu demonstrieren.

»Du bist echt blöd.«

»Und du machst es offensichtlich falsch. Ich muss jetzt endlich mal was über tatsächliches Gevögel hören.«

»Wirklich, Nikki?«

»Komm mir nicht mit Nikki. Ich habe recht, und das weißt du.«

Leider hatte sie das wirklich. Harrison und ich hatten zwar schon eine Menge gemacht, aber wir hatten noch nicht diese eine Sache gemacht, der ich so entgegenfieberte. Nun, da wir alles ausdiskutiert hatten und beide wussten, wie weit es zwischen uns gehen würde, musste ich nur noch Mrs Le Page' Beerdigung überstehen, und dann würden Harrison und ich ein langes Wochenende voll Marathon-Sex miteinander verbringen.

Das waren drei ganze Tage, um mich abzulenken.

»Also, wo fahrt ihr hin?« Nikki nestelte am Henkel der Sporttasche. »Irgendwohin, wo es schön ist, hoffe ich.«

»Er wollte es mir nicht sagen. Meinte, das würde die Überraschung verderben.« Ich machte mir keine Hoffnungen auf ein Fünf-Sterne-Hotel oder etwas in der Art, aber ich wäre auch nicht sauer, falls es das war, was er im Sinn hatte.

»Eine Beerdigung und dann ein Ausflug.« Mit einem Seufzen ließ Nikki sich rückwärts aufs Bett plumpsen. »Du scheinst das Glück gepachtet zu haben. Und das Pech auch.«

Mrs Le Page hätte die Tatsache gewürdigt und sogar begrüßt, dass ich meine Sex-Survival-Tasche mit zu ihrer Beerdigung brachte, sicher versteckt im Kofferraum von Harrisons Wagen und einsatzbereit, sobald wir das Hotel erreichten oder wo immer er mich auch hinbringen wollte. Ich war mir sicher, dass sie von irgendwo auf uns herablächelte, glücklich darüber, dass etwas Gutes aus ihrem Hinscheiden entstanden war.

Selbst wenn dieses Gute nur vorübergehend war.

Der Gottesdienst fand am Samstagmorgen in der Kirche der anglikanischen Gemeinde statt, zu der das Ehepaar Le Page gehörte. Es war Jahre her, seit ich irgendeine Art von Messe besucht hatte, und ich war angenehm überrascht, dass ich nicht sofort in Flammen aufging, als ich über die Schwelle trat. Da ich mir nicht wirklich sicher war, wo ich hingehen und was ich tun sollte, setzte ich mich auf einen Platz im hinteren Teil.

Harrison hatte sich geweigert, mit reinzukommen, als ich mich vor der Kirche mit ihm getroffen hatte. »Ich habe sie eigentlich gar nicht richtig gekannt.«

»Aber du hast sie gekannt.« Ich zuckte mit den Schultern und nickte grüßend den Leuten zu, die die Kirche betraten. »Es würde niemanden stören.«

»Ich hab's nicht so mit Tod.« Er wollte mir nicht in die Augen sehen und konzentrierte sich stattdessen auf den vorbeiströmenden Verkehr.

»Das hat niemand. Aber es gibt dir die Gelegenheit, dich zu verabschieden.«

Als er mich schließlich ansah, konnte ich die ungeweinten Tränen in seinen Augen sehen. »Die letzte Beerdigung, auf der ich war, war die meiner Mom. Ich war fünfzehn, und alles daran … hat mir eine Scheißangst eingejagt. Seitdem habe ich versucht, auf andere Beerdigungen zu gehen, aber ich schäme mich zu sagen, dass ich immer panikartig abhauen musste. Nicht sehr männlich, ich weiß. Ich habe stattdessen meine eigene Weise, mich zu verabschieden.« Er lächelte mich an. »Okay?«

»Ja, natürlich.« So merkwürdig das auch war, ich neigte dazu zu vergessen, dass ich nicht die Einzige war, die sich bereits mit dem Tod hatte auseinandersetzen müssen. Seine Mutter in so jungen Jahren zu verlieren … Gott, ich konnte mir gar nicht vorstellen, wie schwer das gewesen sein musste. »Tut mir leid.«

»Mir auch. Ich komme in einer Stunde wieder.«

Anstatt ihn also an meiner Seite zu haben, saß ich allein und lauschte den Kirchenliedern. Es ging mir gut. Wirklich. Ich erfuhr, dass der Vorname meiner verstorbenen Nachbarin Charlotte, nicht Mrs war. Sie war für ihr Leben gern gereist, am liebsten in warme Regionen. Und sie hatte vor ihrem Ruhestand dreißig Jahre lang als Floristin gearbeitet.

Ich schaffte es, die Grabrede ihres Sohnes zu überstehen,

jemand, den ich bisher nur vom Hören kannte, aber ich konnte die Ähnlichkeit zwischen ihm und seinem Vater erkennen. Ich hielt sogar die Tränen zurück, als ihre drei Enkel aufstanden und *Ave Maria* sangen.

In dem Augenblick, als Mr Le Page vor die Kanzel trat und über die versammelte Trauergemeinde blickte, brachen sich die Tränen Bahn und rollten mir in steten Tropfen über die Wangen.

»Ich danke Ihnen allen für Ihr Kommen.« Seine Stimme war überraschend ruhig. »Meine Charlotte war die beste Frau, die ich je gekannt habe. Sie war meine Vertraute. Meine Geliebte. Meine beste Freundin. Du wirst mir fehlen, Liebchen.«

Ich biss mich in die Wange, um nicht laut aufzuschluchzen.

Sobald der Gottesdienst vorüber war, ging ich, weil ich vermeiden wollte, mit irgendjemandem zu reden, den ich kannte. Ich würde im Moment nichts als Schluchzen und Schniefen herausbringen. Harrison lehnte ein Stück die Straße runter am Kofferraum seines Wagens. Ich lief direkt zu ihm und in seine wartenden Arme. Gott, ich wollte wirklich nicht mehr weinen!

Er ließ mir gute fünf Minuten Zeit, bis er sanft mein Kinn anhob. »Willst du los?«

Ich schniefte. »Ja. Wohin fahren wir?«

»Das ist eine Überraschung.«

Ich fing an, mich zu entspannen, als mir bewusst wurde, dass er uns aus Toronto rausbrachte. Es war lange her, dass ich die Stadt verlassen hatte, und das hier war das perfekte Timing. Erst als wir vom Highway 401 runter waren, sah Harrison in meine Richtung. »Drei Tage und zwei Nächte, um so viele deiner Karten abzuhaken, wie wir können.«

»Das hört sich gut an.« Der Gedanke an jede Menge schmutzigen Sex mit ihm war das perfekte Mittel gegen meine momentanen Leiden.

»Ausgezeichnet. Wir werden das erste in etwa einer Stunde von deiner Liste streichen, also lehn dich zurück und entspann dich.«

Wir plauderten über belangloses Zeug und kabbelten uns wegen der Sender im Satellitenradio. Wir teilten uns sogar eine Tüte Chips, die er mitgebracht hatte, was das Ganze zu einem meiner besten Roadtrips in der letzten Zeit machte. Die Schwermut der Beerdigung verflog, während wir über den Highway auf unser Ziel zurasten, und wich dem Kitzel von Erwartung und Hoffnung.

Das hieß, bis wir auf den Kiesparkplatz von etwas einbogen, das wohl die billigste Absteige von einem Motel nördlich von Toronto sein musste.

»Mann.« Ich öffnete nicht einmal meinen Sicherheitsgurt. »Auf keinen Fall.«

Er grinste so breit, dass ich glaubte, ihm könnten die Wangen platzen. »Tag elf.« Dann hüpfte er fröhlich pfeifend aus dem Wagen.

Ein Fünf-, nein, ich wollte nicht so streng sein, Vier-Sterne-Hotel mit Spa. Darauf hatte ich gehofft. Oder allerwenigstens eine gehobene Frühstückspension. Aber nein, er nahm meine Sexliste ja so genau und achtete darauf, dass jeder Punkt abgehakt wurde.

Rob hätte es gefallen.

Ich zweifelte keine Sekunde daran, dass die beiden sich prächtig verstanden hätten. Sie hätten sich über meinen Gesichtsausdruck bei meiner Ankunft totgelacht. Rob hätte es mit einem Foto für die Nachwelt festhalten wollen. Zum

Glück hatte Harrison nicht diese überaus nervige Angewohnheit.

Eindeutig war das hier der Ort, wo an diesem Wochenende alles stattfinden würde. Ich konnte mich entweder zusammenreißen und wie die Erwachsene, die ich angeblich war, mitspielen oder ich konnte im Auto bleiben und schmollen. Meine Unterlippe schob sich einen Moment lang vor, aber nur, bis Harrison den Kofferraumdeckel zuschlug. Zusammen mit meinem Weekender hatte er auch meine Sex-Survival-Tasche über die Schulter geschlungen.

Im Nu war ich aus dem Wagen. »Du sorgst besser dafür, dass Tag elf es wert ist.«

Lachend legte er mir den Arm um die Schultern. »Versprochen. Wir sind aus einem sehr speziellen Grund hier.«

Kaum öffneten wir die Tür zur Lobby und gingen hinein, hatte ich ungelogen einen Flashback wie aus einem billigen B-Movie. Die Tapete – *gütiger Gott, igitt!* – stammte eindeutig noch von vor meiner Geburt. Zigarettenqualm hatte im Laufe der Zeit das geblümte Muster verblassen lassen. Der Gestank längst vergangenen Rauchs klebte an jeder Oberfläche im Raum.

Die Frau hinter dem Tresen war völlig auf ihr Sudoku-Heft fixiert. Sie löste die Aufgaben mit Kugelschreiber, eine halb leere Tasse Kaffee in Reichweite. Ihr graues Haar war kurz geschnitten, und eine Lesebrille thronte auf ihrer Nasenspitze. »Ja?« Sie schaute nicht einmal hoch.

»Wir hätten gern ein Zimmer.« Harrison klang viel zu fröhlich. Die Frau musste das ebenfalls denken, denn sie blickte hoch und sah ihn finster an. »Für zwei Nächte«, fügte er hinzu.

Sie seufzte und ging zu einem uralten Computer. »Name,

Adresse und Telefonnummer. Wir nehmen nur Kreditkarten. Kein Bargeld. Auschecken bis spätestens mittags. Wenn Sie was klauen, setz ich es Ihnen doppelt auf die Rechnung.«

Ich musste mich abwenden, um Harrison nicht anzusehen, denn beim kleinsten Augenkontakt wäre ich total zusammengebrochen, und ich hatte den Eindruck, dass das unserer Gastgeberin nicht gefallen hätte.

»Sie haben Zimmer mit Massagebetten, richtig?« Er stellte die Frage so unschuldig, dass ich es ihm beinahe abkaufte, die Antwort nicht bereits zu kennen.

»Sie sind der Spinner, der letztens angerufen hat? Ich hab Ihnen doch gesagt, dass wir eins haben. Den Mist will heutzutage keiner mehr.«

»Wir nehmen das Zimmer, falls es frei ist.«

Sie verdrehte die Augen und schob einen Zimmerschlüssel über den Tresen. »Sehen Sie hier vielleicht noch andere Autos auf dem Parkplatz? Es gehört ganz Ihnen.«

Fröhlich pfeifend füllte Harrison das Formular aus, dann zwinkerte er der Frau zu, bevor er seine Kreditkarte über den Tresen schob. Das war's, ich würde anfangen zu kichern und nie mehr damit aufhören können. Ich hastete zur Tür hinaus, während Harrison der Frau noch »Haben Sie vielen Dank. Wir freuen uns schon auf unseren Aufenthalt!« zurief.

Kaum waren wir außer Sichtweite der Fenster, prustete ich hemmungslos los. »Oh mein Gott, das war total irre!«

»Ich wusste schon, als ich mit ihr telefoniert habe, dass wir unbedingt hierherkommen müssen. Es war einfach zu perfekt.«

»Das hier ist wirklich der beste schrägste Ort der Welt«, stimmte ich ihm von ganzem Herzen zu.

Das Motel erstreckte sich entlang des Highways. Verblasste weiße Farbe blätterte von der Vertäfelung, und die Dachkastenverkleidung begann, sich zu lösen. Mit ganz viel Glück hatte das Dach keine Löcher. Falls doch, hoffte ich, dass der Wetterbericht schönes Wetter versprach, bis wir uns wieder auf den Heimweg machten. Unser Zimmer lag zum Ende des Motels hin. Ich musste annehmen, das war der Tatsache geschuldet, dass es ein Massagebett hatte und man die Sorte Leute, die ein Zimmer mit einem Massagebett wünschten, so weit wie möglich von anderen fernhalten wollte.

Harrison steckte den Schlüssel ins Schloss und musste ein paarmal rütteln, bis er schließlich hineinglitt. Ich hielt den Atem an und hoffte das Beste. Der Geruch nach abgestandener Luft und einem billigen Raumspray schlug uns entgegen. Der Fußboden war mit einem zerschlissenen braunen Flokati ausgelegt, der im Badezimmer braunen Fliesen wich. Staub war nirgends zu sehen; ich hoffte, das bedeutete, dass die Zimmer immer noch regelmäßig geputzt wurden. Wenigstens die Bettwäsche war aus diesem Jahrhundert. Ein geschmackvolles schokoladenbraunes Oberbett bedeckte unsere vibrierende Matratze, gekrönt von vier Kissen.

Der Anblick war zu verlockend, um zu widerstehen. Ich ließ meine Handtasche fallen und sprang aufs Bett. Die Matratze war weicher, als ich erwartet hatte, und ich hüpfte nicht annähernd so hoch, wie ich wollte. »Die Laken riechen sauber. Ich hoffe, hier gibt's keine Bettwanzen.«

»Ich bezweifle, dass seit den Achtzigern irgendjemand hier in dem Zimmer übernachtet hat.« Er ließ das Gepäck fallen, langte in seine Tasche und holte eine Rolle Vierteldollarmünzen hervor. »Lust auf eine Runde?«

Es war zwar lächerlich, aber eine absolut geniale Idee. »Scheiße, ja! Schmeiß das Ding an!«

Ich rollte zur Seite, um ihm Platz zu machen. Es dauerte einen Moment, bis wir es uns bequem gemacht hatten und in die kleine, am Kopfbrett befestigte Maschine reichlich Münzen eingeworfen hatten. Kurz erklang ein seltsamer surrender Laut, bevor das Bett zu rattern begann.

Wisst ihr noch, wie es war, wenn man als Kind heimlich auf dem Bett herumhopste und ganz genau wusste, dass man Ärger bekam, wenn man erwischt wurde? Dieses Gefühl ausgelassener Freude, durchzogen von einem unterschwelligen Hauch von Gefahr? Das war das Gefühl, das mich durchzuckte und hell auflachen ließ. Harrisons Glucksen verwandelte sich in schallendes Gelächter, je länger der Irrsinn dessen, was wir da gerade taten, andauerte.

Mein Kopf wackelte zur Seite, wodurch ich ihn besser ansehen konnte. Zum ersten Mal seit unserem Streit wirkte er mit sich im Reinen. Der angespannte Zug um seine Augen und sein Kiefer war verschwunden. Seine Haut war gerötet, und in seinen Augen lag eine Begeisterung, die ich noch nie zuvor gesehen hatte. Er war wirklich der bestaussehende Mann, den ich kannte.

Ich hätte das komische Gefühl in meiner Brust mühelos dem vibrierenden Bett ankreiden können. Es war ein merkwürdiges Kribbeln, das in jede Zelle meines Körpers ausstrahlte. Wie eine seltsame Kettenreaktion des Glücks, angestoßen von einem Mann, der in mein Leben getreten war, als ich ihn am dringendsten brauchte. Ich wusste nicht, ob es Schicksal war oder einfach nur gutes Timing, aber ich war dankbar, dass er hier bei mir war.

Unsere Blicke trafen sich, und wieder durchzuckte mich dieses Kribbeln. Auf seinen Wangen zeigte sich allmählich Bartschatten, ein Look, den ich bei Männern allgemein und bei ihm im Besonderen zu schätzen wusste. Ich hob die Hand und berührte leicht seine Lippen, genoss es, wie sie sich durch die Vibrationen anfühlten. Er knabberte an meinen Fingerspitzen, bevor er sie in den Mund sog. Seine Zunge strich neckend um meine Nägel und leckte an den Knöcheln.

»Küss mich.« Es war eine einfache Bitte, eine, die er zweifellos erfüllen würde. Doch wieder einmal tat er nicht, was ich von ihm erwartete.

Anstatt mich zu küssen, sog er meine Finger tiefer in seinen Mund. Seine Zähne knabberten an meiner Haut und sandten angenehme kleine Schauer durch mich hindurch. Die Kombination aus seinem Necken und den Vibrationen machte mich scharf genug, um zu betteln. »Bitte, küss mich!«

Meine Finger wurden mit einem Plopp freigegeben, und er rollte sich über mich. Ich hakte mein Bein um seines, genoss das Gefühl seiner Hose an meiner nackten Haut. Er legte die Hand an meine Wange und strich mit dem Daumen an meinem Kiefer entlang. Da war etwas in seinem Ausdruck, eine Gefühlsregung, die zu benennen ich zu viel Angst hatte. Aber ich konnte ihr nicht entfliehen – oder ihm. Ich war wie erstarrt durch seinen Blick und das Gewicht meiner Sehnsucht. Ich keuchte auf, als er das Knie höher zwischen meine Beine schob, und wurde feucht vor Verlangen. Dann war das Warten vorüber. Er beugte sich vor und presste seine Lippen auf meine.

Der Kuss begann sanft, hauptsächlich Haut auf Haut, wobei die Vibrationen die meiste Arbeit leisteten. Doch als die Sekunden verstrichen, wurde er ungeduldig und begann, den Kuss zu vertiefen. Seine Zunge tauchte in meinen Mund, um meine zu necken. Sie war weich und ein Kontrast zu dem rauen Kratzen seiner Bartstoppel an meinem Kinn. Ich hielt nichts zurück, öffnete den Mund für ihn, nahm seinen Geschmack und Geruch in mich auf. Seine Hände wanderten über mein Gesicht und den Hals, liebkosten mich, hielten mich auf eine Weise, dass ich seine Liebe und seinen Respekt spüren konnte, auch wenn er sie nicht in Worte fasste.

Ich schob meine Hände in sein Haar und staunte abermals, wie weich es war. Leicht grub ich die Nägel in seine Kopfhaut und fuhr hinunter zu seinem Nacken. Er erschauderte an mir, und seine Muskeln spannten sich an, während ich ihn weiter reizte. Stöhnend rieb Harrison seinen harten Schwanz an mir.

»Ich kann es nicht erwarten, endlich in dir zu sein«, sagte er an meinem Mund. Ich wollte die Worte verschlingen, für immer in mir versiegeln.

Mit ein wenig Anstrengung rückte ich so, dass ich meine Beine um seine Taille schlingen konnte. Die veränderte Stellung brachte seinen Schwanz an meine Klitoris, zusätzlicher Druck zu dem vibrierenden Bett. Dieser Moment war unbezahlbar. Die Anspannung wuchs, als er die Hüften entgegengesetzt zum Rütteln des Bettes bewegte. Ich näherte mich allmählich dem Punkt, an dem es kein Zurück mehr gab. Mein Orgasmus schlich sich nicht länger an. Er galoppierte mit voller Kraft auf mich zu.

Als ich die Augen zufallen ließ, bereit, mich über die Klippe taumeln zu lassen, hörte das Bett auf zu vibrieren.

»Nein«, stöhnte ich. »Scheiße, das ist nicht fair!«

»Du warst kurz davor, stimmt's?« Er küsste sich an meinem Hals entlang zu meiner Brust, wo er mehrere ehrfürchtige Küsse auf mein Dekolleté hauchte.

»Du hast ja keine Ahnung.«

»Oh, ich denke schon.« Anstatt aufzuhören, wie er es sonst immer getan hatte, setzte er seine Küsse an meinem Bauch entlang fort. Erst als er sich zwischen meinen Beinen positionierte und nach dem Saum meines Kleides griff, wurde mir klar, was er vorhatte.

Oh, er war ein Schatz!

Das schwarze Spitzenhöschen war meine Art des Kompromisses dafür, am Tag einer Beerdigung Sex zu haben. Es war eindeutig die richtige Wahl gewesen, denn Harrison stöhnte auf, als er mein Kleid hochschob. Anstatt es mir sofort auszuziehen, beugte er sich vor und rieb seine Nase an meinem Slip.

»Du riechst so verdammt fantastisch.« Er öffnete den Mund, legte die Lippen über meine von Stoff bedeckte Klitoris und pustete. Die heiße Atemluft brachte mich dazu, mich unter ihm aufzubäumen.

»Wenn du so weitermachst, halte ich nicht lange durch.«

»Das können wir auf keinen Fall zulassen.« Er zog sich ein wenig zurück und hakte die Finger unter den Bund des Höschens. »Das ist das Sexieste, das ich je gesehen habe.«

Trotz allem, was wir bisher gemacht hatten, wurde ich schüchtern, als er die dünne Spitze über meine Hüften hinunterstreifte und mich ihm entblößte. Es war nichts, das er nicht schon einmal gesehen hatte, warum also fühlte es sich anders an? Anstatt das Höschen einfach beiseitezuwerfen, steckt er es in seine Hosentasche.

»Was …«

»Pst.« Dann senkte er das Gesicht zwischen meine Beine und leckte über meine Klitoris.

Die Wärme seines Mundes ließ meine Schenkel zittern. Ich grub die Nägel in die Bettdecke, aus Angst, ich könnte unvermittelt die Flucht ergreifen, bevor ich dazu kam, das Endergebnis zu genießen. Er fuhr mit der Zunge um die geschwollene Knospe und ließ sie hin und wieder darüberschnellen, ehe er fortfuhr, mich mit seinen Neckereien zu foltern. Es war beinahe zu viel nach dem Druck der Vibrationen zuvor. Erst als er mit einem Finger in mich eindrang und ihn krümmte, um etwas tief in meinem Innern zu treffen, von dem ich nicht einmal gewusst hatte, dass es da war, raste mein Orgasmus über mich hinweg.

Ich bog den Rücken durch und hob die Hüften von der Matratze, während seine Hände unter mich glitten, um meinen Hintern zu stützen. Ich rief seinen Namen, bevor er sich zu einem wortlosen Schrei auflöste und die Lust mich überwältigte. »Hör auf! Bitte! Oh Gott!«

Er zog sich von mir zurück, das Kinn nass von meiner Erregung. »Du schmeckst köstlich.«

Schwer atmend drehte ich den Kopf weg, unfähig, ihn anzusehen. »Du bist verrückt.«

»Ich sage nur die Wahrheit.« Er strich über die Innenseite meiner Schenkel. »Brauchst du was zu trinken?«

Oh nein, auf keinen Fall. »Nein. Aber einen Schwanz brauche ich.«

Es war seltsam, Harrison leicht verlegen zu sehen. »Ich wollte es nicht überstürzen. Bei diesem Wochenende geht es um dich.«

»Dann betrachte es als eine Verlängerung dessen, was du gerade getan hast.« Ich setzte mich auf, packte ihn am Hemd und schüttelte ihn leicht. »Wir haben alles gemacht, außer dieser einen Sache, die ich will. Und jetzt geh ein Kondom aus der Sex-Survival-Tasche holen und schwing deinen Hintern wieder her, um mich zu vögeln.«

Er sah mich so eindringlich an, dass ich glaubte, wieder rot zu werden. Was immer es auch war, das er sah, der Moment verflog wieder. Er gab mir einen leichten Klaps auf den Oberschenkel und machte sich wie befohlen auf die Suche nach den Kondomen. Es machte Spaß, ihn dabei zu beobachten, wie er sich durchs Zimmer bewegte. Wie sich seine Arme beugten, als er sein Hemd aufknöpfte und abstreifte. Der Wechsel seines Gesichtsausdrucks innerhalb vom Bruchteil einer Sekunde, der verriet, dass sich seine Gedanken überschlugen. Ich wusste zwar nicht alles über seine Vergangenheit, aber seine Exfrau hatte ihn eindeutig verletzt.

Dieses Miststück. Sie hoffte besser, dass wir uns nie begegneten.

Lockend winkte ich ihn mit dem Finger zu mir, als er anfing, den Schritt seiner Hose zu öffnen. »Komm her und lass mich dir die ausziehen.«

»Mein Plan war eigentlich, dass wir erst Strip-Poker spielen und dann Sex haben.« Am Fuß des Bettes blieb er stehen. »Aber im Lauf der Jahre habe ich gelernt, flexibel zu sein.«

Meine Hände zitterten, als ich seinen Reißverschluss öffnete und durch die Unterhose hindurch seinen Schwanz griff. Anders als zuvor wusste ich nun, was ihm gefiel, kannte die Stellen, die ihn verrückt machen würden. Die Nervosität, mit der ich halb gerechnet hatte, stellte sich nicht ein. Es war merkwürdig, aber irgendwo in meinem Kopf hatte Harrison sich vom Freund mit gewissen Vorzügen zum Geliebten gewandelt. Diese Erkenntnis beruhigte mich geistig und körperlich und half mir, den Augenblick vollständig zu genießen.

Und dieser spezielle Augenblick beinhaltete, dass ich seinen Schwanz in den Mund nahm.

Ich war zu ungeduldig, um ihm die Unterhose ganz auszuziehen, ich schob sie nur gerade so weit hinunter, dass ich seine Eichel lecken konnte. Ich leckte ihn so, wie er es bei mir getan hatte, langsam und stetig. Ich würde ihn nicht in meinem Mund kommen lassen, nicht diesmal. Nein, diese Ehre gebührte einem anderen Körperteil.

Es war eine gewisse Herausforderung, aber ich verwöhnte ihn weiter, während ich Hose und Unterhose über seine Hüften und Schenkel nach unten zog. Zum Glück kam mir die Schwerkraft zu Hilfe, und ich hatte rasch einen nackten Harrison vor mir. Ich packte seine Pobacken, um ihn tief in den Mund zu saugen.

»Herrgott, du bist gut darin!« Er griff nach meinem Kopf, ließ die Hände dort jedoch eher liegen als nachzuhelfen.

Ich würde nicht mit ihm darüber streiten. Verdammt, ich hatte mir im Lauf der Jahre einige Videos angesehen, wie man einen Mann mit dem Mund um den Verstand bringt. Es war nichts daran auszusetzen, in irgendetwas besonders gut sein zu wollen, und Rob hatte sich nie beschwert. Es war schön zu wissen, dass meine Fähigkeiten übertragbar waren.

Sein Schwanz war heiß und feucht, als ich daran leckte. Ich zog die Lippen über die Zähne und biss ganz vorsichtig in seine Eichel. Harrison sog den Atem ein und grub die Finger fester in mein Haar, ein sicheres Zeichen, dass es ihm gefiel. Während ich mit der freien Hand mit seinen Hoden spielte, spürte ich, wie sie sich zusammenzogen, die Haut nun zu straff, um daran zu ziehen. Er war kurz davor zu kommen, etwas, von dem ich nicht wollte, dass es geschah. Jedenfalls noch nicht.

Ich fand es mehr als nur ein wenig schade, mich von ihm zurückziehen zu müssen, aber ich wollte ihn endlich in mir spüren. Doch das leichte Stöhnen, das er von sich gab, als ich ihn schließlich aus meinem Mund gleiten ließ, war unglaublich befriedigend. »Halt kurz still. Ich will dir das hier nur schnell überstreifen.«

Ich fummelte das schlüpfrige Kondom aus der Verpackung. Es war buchstäblich Jahre her, seit ich es mit einem von diesen Dingern zu tun gehabt hatte. Ich hatte nach der Hochzeit die Pille genommen, also verlief die ganze Sache mit der Anwendung bestenfalls unbeholfen. Harrison genoss die Show jedenfalls, dem Dauergrinsen auf dem Gesicht nach zu schließen. Aber kaum traf Latex auf Haut, verdrehte er die Augen und ein Schauer durchlief ihn von Kopf bis Fuß.

»Magst du das?« Ich achtete darauf, seinen Schaft besonders fest zu drücken, als ich das Kondom bis zur Wurzel abrollte.

»Ich mag deine Hände auf mir.« Er hatte die Zähne zusammengebissen und die Augen geschlossen. »Und deinen Mund.«

»Das merke ich. Ich hoffe, du magst den Rest von mir genauso.« Ich ließ ihn los, strecke mich wieder auf dem Bett aus und spreizte die Beine.

»Du …« Er schluckte, und seine Zunge schnellte kurz über seine Unterlippe. »Du bringst mich noch um.«

»La petite mort.« Ich legte den Kopf schief und lächelte. »Es wird dir gefallen.«

Harrison ließ sich auf der Matratze auf Händen und Knien nieder und kroch an mir hoch, bis sein Mund meinen bedeckte und sein Schwanz gegen meine pulsierende Mitte drängte. »Du bist wunderschön.« Er stieß zu.

Ich keuchte auf. Sein Penis füllte mich vollkommen aus, und er drang tief in mich ein. Mein Atem wurde flach, und eine Sekunde lang überwältigte mich die tiefe Bedeutung des Moments. Ich war dankbar, dass er stillhielt und mir erlaubte, mich darauf einzustellen, ihn in mir zu haben.

»Ist alles okay?« Er strich mir das Haar hinters Ohr.

»Ja.« Ich versuchte zu lächeln, aber meine Lippen zitterten zu sehr. Eine Träne trat aus meinem Augenwinkel hervor und rollte am Haaransatz entlang zu meinem Ohr. »Ich dachte nicht, dass ich so reagieren würde. Es ist dumm.«

»Nein, ist es nicht.« Er wischte die Träne mit dem Daumen fort. »Soll ich aufhören?«

»Oh Gott, nein! Nur … Bleib eine Weile so.«

Die Welle unerwarteter Emotionen verebbte, je länger er mich in den Armen hielt. Die ganze Zeit über gelang es Harrison, sich zurückzuhalten, und er versuchte kein einziges Mal, mich zum Weitermachen zu drängen. Das half mir, mich zu entspannen, und im Nu begann ich sanft meine Hüften zu bewegen, um ihn zu ermutigen. Er küsste mich heftig, während er zu stoßen begann.

Obwohl ich im vergangenen Monat die Dildos benutzt hatte, war das künstliche Silikon nichts im Vergleich dazu, mit einem Mann Liebe zu machen. Es war nicht einfach nur sein Schwanz; nein, bei ihm war es ganz eindeutig das Gesamtpaket. Der Duft nach Old Spice und Shampoo, der Hauch von Schweiß, der von ihm ausging, als er sich auf dem Bett bewegte. Das Gefühl, seine Haut auf mir zu spüren, durch seine Haare fahren zu können.

Und wow, war er heiß! Hitzewellen ließen Schweißperlen zwischen meinen Brüsten und an meinem Bauch hervortreten. Wir mussten kurz aufhören, damit ich mein Kleid und den BH ausziehen konnte, dann war ich splitterfasernackt. Nun völlig ungehindert nahm Harrison meine Brüste in die Hände und sog erst an dem einen, dann an dem anderen Nippel. Nicht ein einziges Mal war ich in der Vergangenheit in der Lage gewesen, multiple Orgasmen zu haben. Es lag mir einfach nicht, ganz gleich, wie sehr Rob und ich uns auch angestrengt hatten. Doch die Tatsache, dass der Präzedenzfall noch nicht geschaffen war, schien nicht wichtig zu sein.

Harrison kreiste mit den Hüften und rieb sich an meiner Klitoris, während er mich gleichzeitig in die Brustwarzen kniff. Die Mischung aus Lust und Schmerz war etwas, das ich noch nie zuvor erlebt hatte. Nicht so. Das leise Erwachen der Erregung wurde stärker und heißer, bis ich stöhnend Harrisons Stößen entgegenkam.

»Gott.« Seine Stimme klang gedämpft, da er die Stirn an meine Schulter presste. »Du bringst mich dazu, dass ich komme.«

»Du mich auch.«

Er biss mich in die Stelle, wo Schulter und Hals sich trafen. Seine Zunge schnellte wild über meine Haut, genauso wie er meine Klitoris gereizt hatte. Es war alles zu viel für mich: mit ihm zusammen zu sein, alles, was wir getan hatten, das uns zu diesem Augenblick geführt hatte, all das floss ineinander. Meine Muskeln spannten sich an und ich zog mich um ihn zusammen, als mein zweiter Orgasmus über mich hereinbrach. Ich biss ihn in den Oberarm und grub die Nägel in seinen Rücken, während ich laut aufschrie.

Harrison verkrampfte sich ebenfalls. Er stöhnte in die Matratze. Seine Hüften zuckten, als er noch zweimal in mich stieß, bevor er schließlich zusammenbrach. Er erdrückte mich, darum bohrte ich ihm die Finger in die Seiten. »Krieg keine Luft.«

Er stützte sein Gewicht auf Unterarme und Knie und küsste mein Schlüsselbein. »Tut mir leid. Ich dachte einen Moment lang, du hast mich umgebracht. Musste mich vergewissern, dass ich noch atme.«

Aus heiterem Himmel fing ich an zu lachen. Zum ersten

Mal seit Robs Tod war ich glücklich. Wirklich glücklich, Hand aufs Herz. Früher war ich immer guter Dinge gewesen, doch seit Robs Tod war es mit meiner Unbeschwertheit schlagartig vorbei. Harrison hatte wieder etwas Sonnenschein in mein Leben gebracht, mich wieder zuversichtlicher werden lassen

»Alles okay bei dir?« Er sah verwirrt aus.

Ich versetzte ihm einen Schubs, damit er von mir runterrollte. »Es geht mir gut. Das war … der Wahnsinn!« Ich küsste ihn als Zugabe.

»Nicht bewegen. Ich hole ein Handtuch, um dich sauber zu machen.« Er hielt das Kondom fest und verschwand eine Minute lang im Badezimmer.

Ich streckte mich entspannt auf dem Bett aus und ließ mich von der Matratze stützen. Das hier war es, was ich vermisst hatte. Es war weniger der Sex als vielmehr die Vertrautheit. Rob und ich hatten jedes Mal Spaß gehabt, wenn wir uns geliebt hatten. Es war einer der Gründe, warum mich seine Karten eigentlich nicht überrascht hatten. Und ja, sie würden mir helfen, sexuell wieder aus meinem Schneckenhaus herauszukommen, aber sie dienten auch einem anderen Zweck. Sie waren ein Mittel, mir dabei zu helfen, den richtigen Mann zu finden, den einen, der mich glücklich machen konnte.

Nur jemand, der diese Karten mit Humor nehmen konnte und dabei seine Würde nicht verlor, würde gut zu mir passen. Rob musste das ebenfalls erkannt haben. Zu schade, dass der Mann, der sich als perfekt für mich herausstellte, in einem Monat fort sein würde.

Den Blick an die Decke geheftet erkannte ich, dass Harrison und ich tatsächlich gut zusammenpassten. Sicher, wir waren nicht perfekt, auch hatten wir keine gemeinsame Vergangenheit wie Rob und ich, bevor wir zusammengekommen waren, doch das machte keinen Unterschied. Ich liebte das Abenteuer, das Entdecken. Ich liebte die neuen Insiderwitze, die wir zu entwickeln begannen. Gott, ganz besonders liebte ich die Art, wie er mich heißmachen und auf meinem Körper wie auf einem Instrument spielen konnte. Es war überwältigend.

Ich liebte …

Langsam setzte ich mich auf, und meine Augen wurden riesengroß. *Scheiße.*

Ich fing wirklich an, mich in ihn zu verlieben. Irgendwie, ohne es richtig zu bemerken, hatte Harrison einen kleinen Fleck in meinem Herzen erobert, der nichts mit Sex zu tun hatte, sondern rein mit … was zum Teufel wir beide auch immer hatten. Er hatte angefangen, in mir Wurzeln zu schlagen, und nun schlängelten sich Gedanken und Gefühle für ihn durch mich hindurch.

Ich würde herausfinden müssen, was ich dagegen tun konnte, bevor die Sache schlimm für uns beide ausging.

23

Als wir uns zusammensetzten und uns genauer ansahen, was Rob für mich und meinen Partner geplant hatte, erkannten wir, dass es zu viel für drei Tage war. Ich meine, ich war mehr als glücklich über die Vorstellung, an diesem Wochenende nonstop Sex zu haben, und obwohl Harrison mir versicherte, den Anforderungen mehr als gewachsen zu sein, waren wir uns beide einig, dass wir vielleicht Pausen brauchen würden. Und wahrscheinlich etwas zu essen. Und Wein. Definitiv Wein.

Ich erkannte außerdem, dass, so viel Spaß die Sex-Sessions auch machten, ich schon wieder anfing, gierig zu werden. Harrison würde nur noch knapp über einen Monat hier sein, und ich wusste immer noch nicht alles über ihn, was ich wissen wollte. Wenn er mich schon verlassen würde, dann wollte ich nach jedem Detail schürfen, das ich zutage fördern konnte. Mir jedes Fitzelchen einprägen und in meinem Kopf neben den Erinnerungen an Rob abspeichern. Ich brauchte mich nicht zu fragen, warum er mir so wichtig geworden war. Das war offensichtlich.

Diese Erkenntnis traf mich mitten während einer besonders epischen Vögelei. Ich war auf Händen und Knien, und Harrison nahm mich von hinten. Seine Hände kneteten abwechselnd meine Hüften und liebkosten mein Steißbein. Diese beiden Bewegungen waren so unterschiedlich in ihrer Intensität, dass es mich dazu brachte, mich zu fragen, woran er dachte. Oder genauer gesagt, an wen.

»Vermisst du deine Exfrau?« Ich stellte die Frage, als ich zwischen meine Beine griff und begann, mit seinen Hoden zu spielen.

Harrison lachte leise, während er ein bisschen härter in mich stieß als zuvor. »Ich hab im Augenblick ein wenig Angst davor, diese Frage zu beantworten.«

Ich zog an seinen Hoden, aber nicht so, dass es ihm wehtun würde. »Nur aus Neugier. Hattest du seither auch schon mit anderen Frauen Sex oder nur mit mir?«

Mit einer Bewegung, von der ich nicht nachvollziehen konnte, wie er sie fertiggebracht hatte, drehte er mich auf den Rücken und ließ seinen Schwanz wieder in mich gleiten. »Warum reden wir über meine Ex?«

»Es macht Spaß, beim Sex zu reden.« Ich fuhr mit den Fingernägeln an seinen Armen entlang. »Findest du nicht auch?«

»Nicht über meine Ex.«

»Sorry. Mein Hirn macht die seltsamsten Sachen, wenn ich geil bin. Rob hat immer …«

»Über Rob auch nicht.«

Ich verdrehte die Augen. »Na schön.«

Dann machte er diese Sache mit seinen Händen an meiner Klitoris und meinem Nippel in seinem Mund, und ich schrie wie am Spieß. Nachdem er gekommen war und wir in all unserer verschwitzten nackten Pracht ausgestreckt auf dem Bett lagen, verschränkte ich unsere Finger miteinander und fragte noch mal.

»Also, warst du seit deiner Scheidung mit anderen Frauen zusammen?«

Er stieß dieses kleine Schnauben durch die Nase aus, das Verärgerung hätte sein können, aber ich deutete es als seine Erkenntnis, dass ich nicht lockerließ, wenn ich mir einmal etwas in den Kopf gesetzt hatte. Er war schlauer als die meisten, wenn er das jetzt schon über mich herausgefunden hatte.

Er drückte leicht meine Hand. »Du bist die einzige Frau seit Angie. Ich war nicht besonders scharf drauf, eine Beziehung anzufangen, nicht einmal eine Affäre.«

»Was hat dich dann dazu gebracht, bei mir deine Meinung zu ändern?« Ich wollte mich angesichts seiner Kehrtwende in Bezug auf Frauen geschmeichelt fühlen, war aber nicht so naiv zu glauben, ich wäre der Grund dafür.

»Du. Na ja, du und deine Situation. Mrs Le Page hat dich mir in den ersten Tagen ganz schön schmackhaft gemacht. Und dann war da dieser Vorfall in der Bar. Du hast meinen Beschützerinstinkt geweckt.«

»Irgendwas hab ich jedenfalls geweckt.« Ich strich mit dem Finger an seinem erschlafften Glied entlang. »Nun, dein Beschützerinstinkt wird ziemlich bald lernen müssen, mich zurückzulassen.«

»In sechs Wochen.« Er drehte sich auf die Seite, sodass unsere Nasen sich beinahe berührten. Ihm so nah zu sein war, als habe sich die ganze Welt aufgelöst und alles, was noch existierte, war dieses Zimmer und der Mann mit mir auf diesem Bett.

Da war etwas an dem Ausdruck in seinen Augen, das meine Haut kribbeln und meinen Atem schneller gehen ließ. Ein Funke, den ich schon einmal gesehen hatte, aber nicht bei Harrison, sondern an dem Tag, an dem Rob mir den Antrag gemacht hatte. Langsam rieb er seine Nasenspitze an meiner. »Ich glaube, wir haben ein Problem.«

»Und zwar?« Es gelang mir kaum, ein Flüstern zustande zu bringen.

»Ich kann nicht wieder eine Beziehung eingehen. Ich kann

es einfach nicht.« Er schluckte heftig, bevor er mir eine Hand an die Wange legte. »Und du bist immer noch in deinen verstorbenen Mann verliebt.«

Ich zuckte zusammen, aber er ließ mein Gesicht nicht los. »Was soll das heißen? Natürlich liebe ich Rob noch. Ich werde ihn immer lieben.«

»Das sollst du ja auch, um Gottes willen.« Er seufzte und schloss einen Moment lang die Augen. »Ich merk doch, dass du schon wieder fieberhaft überlegst. Du vergleichst mich mit ihm. Probierst Dinge aus, die du für ihn gemacht hast, um zu sehen, ob sie mir gefallen. Aber ich bin nicht er.«

»Ich weiß. Ich will auch gar nicht, dass du er bist.«

Es war nicht fair, und dennoch verstand ich, warum es ihn störte. Ich schob mich in eine sitzende Position. In dieser Stellung wölbte sich mein Bauch vor, und mein Busen sackte ab und berührte ihn beinahe. Rob hätte mich in die kleinen Speckröllchen gepikt, mich vielleicht sogar damit geneckt, und mir wären weder mein Aussehen noch seine Worte peinlich gewesen. Harrison konnte ihnen ebenfalls nicht widerstehen, aber anstatt sie zu piken, strich er in einer zärtlichen Liebkosung über die Wölbungen.

»Du bist erst der zweite Mann, der mich je nackt gesehen hat.«

»Ich fühle mich geehrt.«

»Solltest du auch.« Ich küsste ihn auf die Stirn. »Du hast recht. In Gedanken vergleiche ich Situationen wirklich mit dem, was ich in der Vergangenheit getan habe. Manchmal überraschen mich deine Reaktionen, weil sie nicht so sind, wie ich es gewohnt bin. Das ist eigentlich wirklich aufregend für mich, etwas, womit ich nicht gerechnet hatte. Neuanfänge haben etwas für sich. Ich werde nicht lügen und behaupten, dass ich mir nicht wünschte, wir könnten länger zusammen sein, sehen, ob etwas daraus werden könnte, aber ich weiß, das wird nicht passieren. Also lass uns einfach Spaß haben, bis du fortmusst. Okay?«

Ich rechnete damit, dass ihn meine Worte erleichterten, aber zu meiner Überraschung war er enttäuscht, zumindest für einen kurzen Moment. »Klingt perfekt.«

Er wollte nicht, dass es aufhörte.

Meine Lunge versagte mir einen Augenblick lang ihren Dienst, während mein Verstand die Bedeutung dessen verarbeitete. Trotz allem – seiner Ex, Rob, nur noch sechs Wochen hier zu sein – wollte er nicht, dass es aufhörte.

Ich wusste nicht, was ich davon halten sollte. Ich meine, es war gut. Wirklich gut. Sicher, nun wusste ich mehr über seine Vergangenheit, und das machte die Sache komplizierter. Und nein, ich war wahrscheinlich nicht bereit für etwas Ernstes. Aber trotz alledem wollte ich noch lange nicht, dass er ging.

Ich wollte Harrison in meinem Leben, für mehr als nur Sex.

Unabhängig von dem ganzen *Klar, bin ich vielleicht ein klitzekleines bisschen verliebt* gepaart mit dem ganzen *Rob würde mir keinen Vorwurf machen, aber trotzdem hab ich Schuldgefühle*.

Als ich wieder Luft holte, raste mein Herz vor Aufregung. Wenn er anfing, etwas für mich zu empfinden, wenn es eine Chance gab, dass er sich tatsächlich in mich verlieben könnte, dann würde ich sie ergreifen.

Ich wollte Harrison. Ich wollte viel mehr Zeit, um ihn kennenzulernen.

Bei Gott, ich würde ihn für mich gewinnen!

Harrison stand auf und machte sich auf die Suche nach der

Sex-Survival-Tasche. »Wenn wir uns einig sind, Spaß zu haben, dann machen wir uns besser an deine Karten. Ich würde nur ungern etwas unerledigt lassen, wenn ich gehe.«

Die Karten. Nun, wenn es das war, was mir die nötige Zeit verschaffen würde, um herauszufinden, wie ich ihn dazu bringen konnte, in Toronto und demzufolge bei mir zu bleiben, dann würde ich sie nutzen.

»Also dann«, ich stützte mich auf die Unterarme, »stellen wir eine Liste auf und machen uns an die Arbeit.«

Operation *Harrisons Herz erobern* war gestartet.

24

Was ich wirklich brauchte, war eine Grapefruit.

Harrison war nicht sonderlich begeistert, als ich ihn davon überzeugte, dass wir eine Pause von unserem Sexmarathon brauchten, um einkaufen zu gehen. Wir mussten uns dringend frisch machen und auch zum örtlichen Supermarkt fahren, obwohl dort alles total überteuert war. Als ich ihm sagte, dass er nicht mit mir reinzukommen brauchte, lächelte er und stellte das Autoradio an, um zu warten.

Das gab mir Gelegenheit, die eine Sache zu finden, die ich benutzen wollte, um eine der Sexkarten abzuhaken.

Eine Grapefruit.

Da war dieser Link gewesen, den die Mädels bei der Arbeit herumgemailt hatten. Er war so was von nicht für den Arbeitsplatz geeignet, dass es eine Menge Getuschel darüber gab und man ihn anderen nur auf dem Smartphone zeigte, sobald sie versprochen hatten, kein Wort zu sagen. Es war irgendwie unglaublich.

In dem Video demonstrierte eine Frau, wie man jemanden mithilfe einer Grapefruit oral befriedigte. Sie war eine Prostituierte und wirkte trotzdem ein bisschen wie deine Tante, die dir ohne das Wissen deiner Eltern Sextipps gibt. Sie zeigte mir und jeder anderen Frau im Büro, wie man es mit Selbstvertrauen machte, und ich wusste, dass ich das eines Tages ausprobieren musste. Die Geräusche, die aus ihrem Mund kamen, während sie die Frucht über einen Dildo rutschen und gleiten ließ, waren obszön. Und durch und durch erregend.

Ich musste das unbedingt mit Harrison machen.

Der Verkäufer schaute mich komisch an, als ich das Bier, ein Päckchen Feuchttücher und die Grapefruit vor ihn hinstellte. Ich lächelte nur, fröhlich in meinem Wissen, was ich mit alldem anstellen würde, und ohne mich im Geringsten darum zu scheren, was er darüber dachte. Ich bezahlte meine Einkäufe und hüpfte regelrecht aus dem Laden.

»Das hat ja gar nicht lang gedauert.« Harrison drehte die Musik leiser, sobald ich einstieg. »Was hast du besorgt?«

»Das ist eine Überraschung.«

Die Bierflaschen klirrten, als ich mit dem Fuß gegen die Tüte stieß. »Bier. Du bist eine umwerfende Lady.«

»Ich weiß.«

»Mir ist aufgefallen, dass auf unserem Weg in die Stadt ein Park liegt. Willst du da kurz mal anhalten?«

Er war äußerst subtil, aber Sex in einem Park stand ebenfalls auf der Liste. Es gab keinen Grund, warum ich nicht meine Sache durchziehen und ihm als Dreingabe auch noch den Kitzel von ein wenig Öffentlichkeit geben konnte. »Klingt toll.«

»Ich weiß nicht, ob mir dieser selbstgefällige Tonfall von dir gefällt.« Er tätschelte meinen Oberschenkel, als er vom Parkplatz fuhr.

»Wart's nur ab.«

Als wir dort ankamen, stellte sich heraus, dass es sich eher um eine Anlegestelle für Boote als um einen Park handelte, allerdings gab es genug Grünflächen, um die Verwechslung zu entschuldigen. Ein Pick-up parkte auf der anderen Seite des Parkplatzes, dem Wasser am nächsten, aber das schien alles zu sein. Wir waren allein.

»Oh, perfekt!« Ich sprang aus dem Auto und nahm die Tüte mit. »Komm schon.«

Ich wartete nicht auf ihn, sondern marschierte zielstrebig zu einer grasbewachsenen Fläche bei einem Baum. Falls jemand vorbeikam, würden wir ihn sehen und hören, bevor er uns sah. Das gab uns die notwendige Reaktionszeit, uns zu bedecken und sicherzustellen, dass man uns nicht wegen Erregung öffentlichen Ärgernisses verhaftete oder so was. »Harrison, schnapp dir ein paar Servietten.«

Mein Vater hatte mir beigebracht, immer ein Taschenmesser in der Handtasche zu haben. Man weiß nie, wann man sein Auto aufbrechen oder ein Schloss reparieren musste, oder welche unvorhersehbaren Abenteuer ich seiner Meinung nach auch immer haben würde. Für dieses spezielle Abenteuer brauchte ich das Messer, um die Enden der Grapefruit abzuschneiden und sie auszuhöhlen. Keine leichte Aufgabe in Anbetracht meiner Werkzeuge, aber absolut machbar.

»Ich glaube, du machst das falsch.« Er ließ die Servietten neben mir fallen und breitete eine Decke aus. »Komm und setz dich hier rüber. Da ist es bequemer.«

»Sobald ich hiermit fertig bin.« Grinsend wischte ich mir die Hände mit den feuchten Tüchern ab. »Oh übrigens, könntest du bitte deine Hose ausziehen? Die Unterhose auch.«

Dieser besondere Ausdruck auf seinem Gesicht war mehr als anbetungswürdig. Er warf mir merkwürdige Blicke zu, selbst noch, als er seine Hose auszog. Ich liebe Männer, die verwirrt sein können und trotzdem mitmachen.

Der Anblick seiner nackten Beine im hellen Sonnenlicht ließ mich ihn als völlig neuen Menschen wahrnehmen. Die Haare auf seinen Beinen waren viel dichter, als mir bisher aufgefallen war. Die Muskeln waren ebenfalls viel deutlicher zu sehen. Sie waren dick und wohlgeformt, vom Hintern bis zu seinen Füßen. Ich hatte seinen Körper berührt und war von ihm berührt worden, aber selbst das hatte mich nicht das Gesamtpaket wertschätzen lassen.

»Du bist verdammt sexy.« Ich hob die Grapefruit, damit er sie sehen konnte. »Willst du gar nicht fragen, was wir machen?«

»Welcher Tag?« Lächelnd streckte er sich auf der Decke aus.

»Ich denke, das hier zählt für Tag einundzwanzig und Tag achtundzwanzig.« Ich hielt inne, um zu überlegen. »Wir könnten auch noch Tag fünfzehn gleich mitmachen, wenn du willst.«

»Sex mit Essen, Sex im Park und … Rollenspiele?«

»Gutes Gedächtnis, Mr Kemp.« Ich erhob mich auf die Knie und lächelte ihn liebenswürdig an. »Oh Sir, ich habe all die Dinge besorgt, die Sie wollten. Was soll ich nun mit ihnen tun?« Im Theaterkurs an der Highschool war ich durchgefallen. Meine Lehrerin hatte mich sogar angefleht, nie mehr Schauspielunterricht zu nehmen und mich lieber auf Wirtschaftskurse zu konzentrieren. Meine schauspielerischen Leistungen hatten sich im Lauf der Jahre nicht verbessert.

Das Lächeln auf Harrisons Gesicht verflog. Verschwunden war der Mann, der einen Augenblick zuvor noch verblüfft gewirkt hatte, und an seine Stelle war ein Mann getreten, der eiskalt aussah. »Du hast zu lange gebraucht.«

Scheiße, er war tatsächlich ziemlich gut. Diese harte Tour war absolut antörnend. »Es tut mir leid, Sir. Kann ich Ihnen ein Getränk holen?«

»Aber schnell.«

Ich legte die Grapefruit weg, nahm ein Bier und hebelte

den Kronkorken mit meinem Taschenmesser ab. »Hier, bitte schön.«

»Erwartest du, dass ich das anfasse, nachdem du es mit diesen widerlichen Fingern angefasst hast?«

Ich wurde tatsächlich nervös. Verdammt, er hatte recht. »Nein, Sir. Natürlich nicht.«

»Das will ich dir auch geraten haben. Und nun komm her und gib mir mein Getränk.«

Ich war mir nicht ganz sicher, was ich tun sollte, bis er sich auf die Unterarme stützte und den Mund öffnete. Ich legte die Flaschenöffnung an seine Lippen und neigte sie vorsichtig, bis er mehrere Schlucke getrunken hatte. »Passabel.«

»Danke, Sir.« Es war nur ein kleines Rollenspiel, trotzdem fühlte sich sein Lob gut an. »Kann ich sonst noch etwas für Sie tun?«

»Mir etwas zu essen bringen.« Sein Blick wanderte zu der kleinen Saftlache, die auf die Decke getropft war. »Vielmehr will ich, dass du dir etwas in den Mund steckst. Runter mit dir und nimm meinen Schwanz in den Mund.«

Großer Gott! Mein Körper zitterte, als ich mich zwischen seinen Beinen positionierte. Die Sonne schien durch die Blätter des Baumes über uns und fiel heiß auf meinen Rücken. Sogar durch die Decke hindurch fühlte sich der Boden kalt an meinen Knien an. Der Kontrast verwirrte meinen Körper und machte mich nervös. Ich war geil, besorgt, erwischt zu werden, und verwirrt darüber, warum es mich anmachte, dass Harrison sich wie ein Arschloch aufführte.

Doch um das zu hinterfragen, war später noch Zeit. Zuerst hatte ich einen Blowjob zu erledigen.

»Sir, wenn Sie gestatten, würde ich gerne etwas versuchen. Um Ihnen mehr Vergnügen zu bereiten.«

Er antwortete nicht sofort. Den Kopf zur Seite geneigt nickte er mir mit dem Kinn zu. »Deine Brüste zu sehen würde mir Vergnügen bereiten. Zieh dein Shirt aus.«

Das war einfach genug zu befolgen. Ich zog T-Shirt und BH aus und legte beides auf einen kleinen Stapel neben seinen Sachen.

»Gut. Nun darfst du deine Sache versuchen. Falls es mir nicht gefällt, gibt es Konsequenzen.« Damit streckte er sich auf dem Rücken aus und verschränkte die Hände hinter dem Kopf. »Fang an.«

Okay. Richtig. Fangen wir mit dieser Sache an. Los geht's.

Ich nahm die Grapefruit und musterte die Öffnung, die ich durch das Aushöhlen der Mitte geschaffen hatte. Der Durchmesser des Lochs war ein bisschen zu klein für seinen Umfang, deshalb steckte ich die Daumen hinein und riss es so weit auf, bis ich glaubte, dass es bequem für ihn war. Dann positionierte ich die Grapefruit an der erigierten Spitze und schob sie vorsichtig an seinem Schaft hinunter.

»Fuck!« Er bäumte mir die Hüften entgegen.

Ich musste ihn mit der freien Hand wieder zurück auf die Decke drücken. »Bereite ich Ihnen Schmerzen, Sir?«

»Nein«, stieß er mit zusammengebissenen Zähnen hervor. »Fahr fort.«

»Sind Sie sicher? Ich möchte nicht, dass die Säure in einen Riss …«

»Wenn du aufhörst, gerbe ich dir das Fell, Weibsstück.« In seinen Augen lag ein Funkeln, und seine Lippen drohten, sich zu einem Lächeln zu krümmen.

Dann funktionierte meine verrückte Idee also. Danke, Internet-Blowjob-Lady!

Ich benutzte die Frucht, um ihn ein paar Züge lang damit

zu massieren. Es dauerte ein paar Minuten, bis ich den Dreh raushatte. Das hier war nicht wie in dem Video; die Frau war im Umgang mit dem Dildo viel erfahrener gewesen. Nein, das hier waren Harrison und ich, und das Letzte, was ich wollte, war, ihn zu verletzen und das einem Arzt in der Notaufnahme erklären zu müssen.

Aber je mehr ich seinen Schaft mit der Frucht bearbeitete, desto mehr Saft begann zu fließen. Seine Haut glänzte im Sonnenlicht, der Geruch von männlicher Erregung, Gras und Grapefruit umfing mich. Ich konnte nicht länger widerstehen. Bei der nächsten Abwärtsbewegung beugte ich mich vor und nahm seinen Schwanz in den Mund.

Harrisons Beine zitterten, als seine Muskeln sich anspannten. Ich stöhnte, da mir die Geräusche aus dem Video wieder einfielen und ich diese Erfahrung so intensiv wie möglich für uns beide machen wollte. Dann erhöhte ich das Tempo. Schneller massierte ich mit der Frucht an seinem Schwanz auf und ab, während ich sowohl Saft als auch seine Sekrete schluckte.

»Es ist wie deine Muschi und dein Mund zur gleichen Zeit.« Er sagte die Worte Richtung Himmel, aber ich hörte sie tief in meinem Körper. »Großer Gott.«

Ich machte weiter, da ich wusste, dass er keine Antwort brauchte. Die Frucht war durch meinen Griff weicher geworden, wodurch ich besser mit der Schale spielen konnte. Mit beiden Händen veränderte ich ihre Form und flachte sie ab, wie diese Papierschiffchen, die ich als Kind gefaltet hatte.

»Alyssa …« Er stöhnte laut. »Du bringst mich zum Kommen.«

Es machte nichts, dass mein eigener Orgasmus im Moment nicht auf dem Plan stand. In null Komma nichts hatte ich ihn an den Rand seiner Beherrschung gebracht. Ich hatte ihn in aller Öffentlichkeit, wo jeder es sehen konnte, zu einem bebenden Etwas reduziert. Ich massierte härter und schneller, damit er kam. Es dauerte nur noch eine weitere Minute, bis er aufschrie. Sein Schrei hallte über das Wasser und wurde von den Bäumen am Seeufer zurückgeworfen. Saft und Sperma vermischten sich in meinem Mund. Ich schluckte alles hinunter, genoss die Einzigartigkeit dieses Geschmacks.

»Hör auf. Hör auf, bitte.« Seine Hände waren an meinem Kopf und drängten mich, mich zurückzuziehen.

Mit einem Ploppen gab ich ihn frei. »Das ist neu für mich. Ich habe noch nie Obst benutzt, und mich hat auch noch nie ein Kerl angefleht, dass ich aufhöre.« Vorsichtig zog ich die Grapefruit ab und warf sie beiseite. »Geht's dir gut?«

Harrison hatte die Arme über die Augen gelegt und sog in gewaltigen, keuchenden Zügen den Atem ein. »Ich bin tot.«

»Oh, das ist fantastisch.« Ich nahm eine Serviette, um mir den Mund abzuwischen. »Ich hab auch noch nie jemanden umgebracht.«

»Du bist eine Gefahr für alle Männer. Du könntest eine Serienkillerin sein. Schau dir nur meinen armen Schwanz an.« Er schnippte leicht gegen den erschlafften Schaft.

»Todesursache Blowjob. Irgendwie glaube ich nicht, dass mich allzu viele Leute deshalb anzeigen würden.«

Er lachte. »Nein. Ich denke, du bist in Sicherheit. Wahrscheinlich würden sie sogar Schlange stehen.«

Ich streckte mich neben ihm aus und strich träge mit meinen klebrigen Fingern über seinen Bauch. »Du bist total verschmiert.«

Obwohl er genau so reagiert hatte, wie ich wollte, war es

nicht genug. Gott, ich wurde zu einem gierigen Sexmonster! Meine Finger wanderten tiefer und strichen neckend durch sein Schamhaar. Ich hätte nicht gedacht, dass noch Energie in ihm steckte, aber je länger ich seine Leisten streichelte, wobei ich sorgsam darauf achtete, seinen Schaft zu meiden, desto mehr begann sein Schwanz, Lebenszeichen von sich zu geben. Und da ich nun wusste, dass eine Wiederholungsvorstellung möglich war, würde ich das voll ausnutzen.

»Hier, lass mich das wiedergutmachen und dich ein wenig säubern.«

Es hatte etwas Beruhigendes an sich, mit den Feuchttüchern über seine Haut zu reiben und den Saft von seinem Körper zu wischen. Sein Haar quietschte, als ich rubbelte und schrubbte. Sein Schwanz fing an, steif zu werden. Es wäre ein Leichtes, Shorts und Höschen auszuziehen und ihn hier in der frischen Luft zu reiten. Ich war so erregt, dass ich wahrscheinlich innerhalb einer Minute kommen würde.

Keine schlechte Idee.

»Du hast nicht zufällig ein Kondom dabei?« Ich zeichnete eine Linie an seinem härter werdenden Schaft entlang.

»Du versuchst wirklich, mich umzubringen.« Sein Lächeln wurde von dem Arm überschattet, der immer noch über seinem Gesicht lag. »Ich glaube, ich habe welche im Auto.«

»Ach ja. Tag neunzehn.« Ich streichelte seine Hoden. »Das wären dann vier auf einmal.«

»Wir scheinen uns mit einem Riesentempo durch diese Karten zu arbeiten.«

»Würdest du es lieber nicht tun? Willst du sie dir aufheben?« Ich wollte nicht, dass er meine Enttäuschung bemerkte, aber ich war wirklich echt schlecht darin, etwas zu verbergen.

»Auf keinen Fall. Ich muss mich nur erst erholen. Gib mir noch 'ne Minute.«

Ich legte die Finger um seinen Schwanz. »Du kommst mir ziemlich erholt vor.«

Er packte mein Handgelenk, um mich daran zu hindern, ihn zu massieren. »Das Kondom ist in der Mittelkonsole. Geh es holen und schwing deinen Hintern auf den Rücksitz. Ich bin in einer Sekunde da.«

Okay, dann habe ich eben vielleicht vor Freude gequiekt, bevor ich mir das Shirt überwarf und zum Auto rannte. Ich war heiß auf ihn! Man kann es einem Mädchen schließlich nicht vorwerfen, von der Aussicht auf heißen Sex auf dem Rücksitz begeistert zu sein. Ich bemühte mich, nicht zu Harrison zurückzuschauen, um zu sehen, was er machte, aber das war wirklich schwer. Die Packung Kondome war genau dort, wo er gesagt hatte. Ich nahm einen Streifen heraus und ließ die anderen, wo sie waren. Wenn alles weiter so lief, wie ich wollte, würde ich sie später noch brauchen. Dann öffnete ich die hintere Tür und streckte mich auf dem Rücksitz aus.

Im Film wirkt Sex im Auto heiß und einfach. Es gibt heftiges Atmen und beschlagene Scheiben; Hände und Füße pressen sich andeutungsweise gegen das Glas. Normalerweise findet er nachts statt, und gelegentlich ist ein Psychokiller irgendwie daran beteiligt, oder vielleicht ein Werwolf. Zumindest in den Filmen, die ich gesehen hatte. Was dabei allerdings gern verschwiegen wird, sind die Kleinigkeiten – wie Sicherheitsgurte. Die Schnallen waren strategisch platziert, um zu nerven. Eine drückte sich in meine Seite, während ich – in meinem Eifer, die Stellung einzunehmen – mit dem Ohr gegen eine andere knallte.

Ich rieb mir das Ohr, als Harrison sich mit unseren in die Decke gewickelten Sachen den Hügel hochschleppte. Er warf das Bündel in den Kofferraum, bevor er um den Wagen herum zu mir kam. »Geht's dir gut?«

»Ja, ich hatte nur einen kleinen Gurtunfall.« Ich hielt ihm die Kondome hin.

»Du bist zu ungeduldig.«

»Nein, einfach nur scharf auf dich.«

»Ich liebe Frauen, die wissen, was sie wollen.« Er nahm den Rand der Kondomverpackung zwischen die Zähne und hielt sie fest, während er mir Shorts und Höschen auszog.

»Halt dich nicht mit dem T-Shirt auf. Ich werd' nicht lang brauchen.«

Oooh, das schien ihn ein wenig traurig zu machen!

»Ich wollte versuchen, noch mal zu kommen«, sagte er, sobald er ein Kondom aus der Verpackung entfernt hatte. »Das klappt vielleicht nicht.«

»Ich hab's nicht eilig. Komm noch mal.«

Wenn man mir vor einem Jahr gesagt hätte, dass ein Orgasmus für mich nichts Besonderes wäre, hätte ich ihm ins Gesicht gelacht.

»Wie großzügig.« Er rollte das Kondom über, hob meine Beine und positionierte seinen Schwanz an meiner Öffnung. »Wie wär's, wenn wir das spontan entscheiden?« Und dann füllte er mich aus.

Was Sex im Auto anging, trafen die Filme eines richtig, nämlich dieses Gefühl, etwas Unartiges zu tun. Mit meinen Knöcheln hoch oben neben seinen Ohren war ich auf eine Weise gedehnt, die nicht natürlich war. Das Kunstleder der Sitzbank begann durch den Schweiß auf meinem Körper zu quietschen. Harrison roch immer noch nach Grapefruit, und seine Haut hielt den Duft von Sonnenschein. Unsere Stellung drängte seinen Körper hart gegen meine bereits geschwollene Klitoris und seinen Kopf in einem unbequemen Winkel gegen das Dach.

Er war nackt, ich halb angezogen, und wir vögelten auf dem Rücksitz eines Mietwagens. Die Gewalt seiner Stöße ließ das Auto im Takt wippen. Ich schloss die Augen und sog alles in mich auf. Das hier war anders und fremdartig und berauschend. Ich konnte mir nicht vorstellen, das hier mit irgendeinem anderen als ihm zu tun. Nicht einmal mit Rob.

Ich strich über seine Arme und genoss das Gefühl seiner angespannten Muskeln. Meine Mitte pulsierte, und ich wusste, dass es nicht mehr lange dauern würde, bis ich selbst aufschrie. Aber sosehr ich auch kommen wollte, ich wollte nicht, dass es aufhörte. Ich konnte nicht erklären warum, aber ich wusste, dass das hier besonders war.

Ich wusste, dass ich vielleicht, eventuell in Harrison verliebt war.

Von einer Sekunde auf die andere schwoll mein Orgasmus an und ergoss sich über mich. Schreiend klammerte ich mich an ihn. Ich wollte ihm entgegenkommen, wurde jedoch gegen den Sitz gepresst und konnte mich nicht bewegen. Es war ebenso frustrierend, wie es mich erregte.

»Ja, so ist's gut.« Er stieß, so tief er konnte. »Ja.«

Die Lust trat in den Hintergrund, als mein Orgasmus verebbte. Nicht dass das Harrison aufhielt. Er hatte es ernst gemeint, dass er ein zweites Mal kommen wollte, und ich war voll und ganz dafür. Was ich nicht erwartet hatte, war, dass mein Körper Lust darauf hatte, das zu wiederholen. Statt des überwältigenden Verlangens aufzuhören, blieb ich empfindsam und meine Klitoris bereit für mehr.

Na, also gut dann.

Ich legte meine Beine über seine Schultern, was meinen Hintern näher zu ihm brachte. Der veränderte Winkel ließ ihn tiefer stoßen. Unser gemeinsames Stöhnen und Keuchen erfüllte die Enge des Autos. Es war ein seltsamer Gegensatz zu der Weite des Raumes, wo wir eben noch gewesen waren. Alles wirkte intensiver, gesteigert.

Harrison hatte die Augen geschlossen. Es faszinierte mich, wie ihm das Haar vor Schweiß an der Stirn klebte. Die gerötete Haut an Wangen und Brust unterstrich das satte Braun seiner Bartstoppeln und betonte seine Muskeln. Als sein Orgasmus nahte, spannten sich die Muskeln in seinem Kiefer an und seine Lippen begannen zu zittern. Ich war noch nicht ganz so weit wie er, aber das war mir egal. Fasziniert beobachtete ich, wie dieser starke, gut aussehende Mann die Kontrolle verlor.

Diesmal war sein Stöhnen tiefer, kehliger und vibrierte durch mich hindurch. Er stieß noch ein paarmal zu, bevor er schließlich zum Stillstand kam. Ja, das war noch nicht genug. Ich hinderte ihn daran, sich aus mir zurückzuziehen, und schob die Hand zwischen uns, um mich selbst dorthin zu bringen.

»Lass mich.« Seine Stimme war rau.

Zum Glück wusste er genau, wie er mich berühren musste. Seinen Schwanz weiter tief in mir, rieb er mit fieberhaftem Tempo meine Klitoris. Mein Körper war ein bebender Fels, während ich den Orgasmus herbeizwang. So kurz davor. Gleich.

»Aaaah!« Ich schrie und zuckte und umklammerte ihn, als ich kam.

Es war, als habe jedes Molekül Luft meinen Körper verlassen, nur um mit einem mächtigen Keuchen wieder zurückzuströmen.

Nach einer Minute zog Harrison sich aus mir zurück und legte langsam meine Beine auf dem Sitz ab. »Wow.«

Mein Körper schmerzte von der unbequemen Stellung. »Genau. Wow trifft es ziemlich auf den Punkt.«

Wir brauchten nicht lange, um uns zu säubern und wieder anzuziehen. Ich war froh, aus dem Wagen zu klettern und mich strecken zu können. Ich fühlte mich fantastisch, vollkommen gesättigt und mit mir selbst im Reinen. Nicht nur hatte ich gerade zwei umwerfende Orgasmen gehabt, ich konnte auch mit der Vorstellung leben, tatsächlich in Harrison verliebt zu sein.

Als ich mich umdrehte, um die Umgebung auf mich wirken zu lassen, merkte ich, dass etwas nicht stimmte. Etwas fehlte …

»Oh mein Gott, der Pick-up ist weg!«

Träge schaute Harrison über seine Schulter zu der Stelle, wo das fragliche Fahrzeug zuvor noch gewesen war. »Ja, das Boot kam zurück, als ich gerade dabei war, zu kommen.«

»Und du hast nicht daran gedacht, mir das zu sagen?« Das war ein Kreischen. Ich kreischte ihn tatsächlich an.

»Sie haben meinen nackten Arsch gesehen, sonst nichts, deshalb glaube ich nicht, dass sie uns irgendwelchen Ärger machen werden.«

Ich setzte mich so heftig auf den Boden, dass mich ein Stein in den Hintern pikte. »Lass mich auf der Stelle sterben.«

»Ach was, die haben dich gar nicht gesehen.«

»Darum geht es nicht! Die könnten die Polizei rufen.«

Er hielt mir die Hand hin. Ich konnte nicht fassen, dass er bei der ganzen Sache so ruhig blieb. »Dann sollten wir besser von hier verschwinden.«

Als ich meine Hand in seine legte, fühlte sich alles richtig an. »Mein Held.«

»Jederzeit.«

Meine Brust berührte seine, als ich aufstand, deshalb bemerkte ich, dass er kurz zuckte. Ob es nun wegen seiner Bemerkung oder wegen etwas anderem war, ich würde nicht erwähnen, was ich gesehen hatte. Aber dieser Funke von Hoffnung, der in mir aufgekeimt war, flammte ein kleines bisschen heller auf.

Harrison war unter der Dusche, um sich Grapefruit von den Lenden zu schrubben, als ich fand, dass es an der Zeit war, mich bei Nikki zu melden. Wenn jemand meine Situation verstehen konnte, dann meine Schwester. Ich machte eine Tüte Chips auf, die wir auf dem Rückweg zum Motel besorgt hatten, während ich darauf wartete, dass sie ranging.

»Alyssa! Wo zum Teufel steckst du?«

Das war nicht gerade die Begrüßung, die ich erwartet hatte. »Dir auch Hallo.«

»Du hast dich seit zwei Tagen nicht gemeldet. Du hattest mir versprochen, dass du dich melden würdest!«

»Ich hab dir doch eine SMS geschrieben, als wir angekommen sind. Du wusstest, mit wem ich zusammen bin und alles. Mit Harrison.« Er war nicht irgendein Fremder, den sie nicht kannte. Eigentlich war er das irgendwie doch.

»Scheiße, er hätte dich kidnappen können. Du hättest mich eher anrufen sollen.«

Ich hielt das Handy von meinem Ohr weg und schaute aufs Display. Ja, ich hatte tatsächlich meine Schwester angerufen, die es noch nie interessiert hatte, was irgendjemand von ihr oder dem, was sie tat, hielt. »Warum flippst du so aus?«

»Warum ich … Du bist mit einem Wildfremden weg, um Sex zu haben.«

»Nikki, du wusstest doch, was wir vorhatten …«

»Ich weiß immer noch nicht, wo du bist. Er hätte dich überall hinschleppen können, und wir hätten dich nie ausfindig machen können. Du bist ziemlich naiv, wenn es um solche Dinge geht.«

»Ich bin nicht naiv …«

»Gott allein weiß, was dieser Mann mit dir hätte anstellen können!«

»Nikki!« Ich war normalerweise keine, die wütend auf sie wurde, doch das hier war ein bisschen zu viel. »Ich weiß nicht, was dein Problem ist, aber du musst dich verdammt noch mal beruhigen.«

»Du denkst nicht mit deinem Kopf. Du bist immer zu vertrauensselig, und das nutzen die Leute aus.«

Die Sache mit Schwestern ist die, dass sie sich schon früh in der Beziehung gegenseitig ein unsichtbares Messer ins Herz stoßen. Dann, im Lauf der Jahre, dreht man es, nur um der anderen zuzusetzen. Nikki drehte meines gerade heftig.

»Ich bin kein kleines Kind mehr. Ich weiß, was ich tue. Und entschuldige mal, aber du warst diejenige, die mich dazu ermutigt hat, loszuziehen und ein bisschen Spaß mit ihm zu haben. Du hast mir gesagt, dass ich nichts zu verlieren habe und Erfahrungen sammeln soll. Du warst diejenige, die gesagt hat, dass ich Rob hinter mir lassen muss.«

»Rob. Ja, den hast du eindeutig hinter dir gelassen. Auf zum Nächsten!«

»Hey! Das ist nicht fair.« Meine Kehle schnürte sich zu. »Rob ist schon eine ganze Weile nicht mehr da. Ich bemühe mich, mein Leben auf die Reihe zu kriegen.«

Am anderen Ende herrschte Schweigen. Ich konnte sie atmen hören, deshalb wusste ich, dass sie nicht aufgelegt hatte. »Nikki, was ist los?«

»Nichts. Ich hatte Angst. Ich bin froh, dass es dir gut geht.«

»Süße …«

»Ruf mich an, sobald zu zurück bist, damit ich weiß, dass du zu Hause bist.« Sie hatte aufgelegt.

Was zum Teufel war da gerade passiert?

Ich saß immer noch da und starrte das Handy an, als das Rauschen der Dusche verstummte und Harrison nackt in eine Dampfwolke gehüllt aus dem Bad kam und sich das Haar mit einem Handtuch trocken rubbelte. »Ich hätte dir ja Sex unter der Dusche angeboten, aber dazu brauche ich ein bisschen mehr Erholungszeit.«

Es gab nichts, was ich in Bezug auf Nikki tun konnte, jedenfalls nicht im Moment. Ich hatte mein ganzes Leben damit verbracht, die Dinge zu tun, die andere von mir erwartet hatten. Es tat mir leid, dass ich sie aufgebracht hatte, aber letzten Endes war die einzige Möglichkeit, wie ich mein Leben weiterleben und die Dinge bekommen konnte, die ich wollte, etwas zu wagen und sie mir zu nehmen.

»Hey, alles okay?« Harrison legte mir die Hand an die Wange und strich mit dem Daumen an meinem Kiefer entlang.

»Ja. Ich hab mich nur kurz bei meiner Schwester gemeldet.«

»Bist du sicher? Du wirkst aufgewühlt. Wenn wir zurückfahren sollen …«

»Nein.« Ich legte meine Hand über seine und hielt sie an meinem Gesicht fest. »Sie hatte einen schlechten Tag und hat es an mir ausgelassen. Nichts, wovon sie sich nicht wieder erholen würde.«

Ich war mir ziemlich sicher, er wusste, dass ich log, aber er sprach mich nicht darauf an. »Okay. Da ist noch ein trockenes Handtuch, wenn du duschen willst.«

»Super. Wie wär's, wenn wir uns dann was suchen, wo wir zum Abendessen hingehen können?«

Als Antwort schenkte er mir ein Lächeln. Es ließ mich wieder optimistisch werden, was uns beide betraf, nachdem Nikki mich zuvor so verunsichert hatte.

25

Ich war erschöpft und schlief gut in dieser Nacht, trotz der spitzen Sprungfedern, aus denen die Matratze größtenteils bestand. Als ich aufwachte, streckte ich mich in der Erwartung, Harrisons Wärme zu spüren. Stattdessen berührte ich kalte Laken. Sofort hellwach setzte ich mich auf und suchte das Zimmer ab. Der Koffer war nicht zu sehen. Ebenso wenig die Sex-Survival-Tasche.

»Was zum …«

Nikki konnte doch nicht recht in Bezug auf ihn gehabt haben. Auch wenn ich sexuell nicht so erfahren mit Männern war wie sie, besaß ich doch eine gute Menschenkenntnis. Das, was zwischen Harrison und mir war, mochte zwar keine Liebe sein, aber er schätzte mich. Er würde mich nicht mitten in der Pampa mit leeren Händen sitzen lassen.

Oder?

Ich saß im Bett, die Laken zur Brust hochgezogen, und wartete darauf, dass etwas passierte. Als ich hörte, wie das Auto vorfuhr und die Wagentür zuschlug, wich die Anspannung von mir. Harrison öffnete die Tür, einen Becherhalter mit zwei Bechern Kaffee in der Hand und einer Tüte von *Tim Horton's Café and Bake Shop* obendrauf.

»Gut, du bist auf. Ich hab uns Frühstück besorgt.«

Es war kitschig, aber in dem Moment, als er mich anlächelte, war es, als wäre die Sonne hinter den Wolken hervorgekommen. Wärme breitete sich in meiner Brust aus, geschürt durch die Freude, die ich empfand. »So eine gute Frühstücksmöglichkeit wie *Tim's* hätte ich hier gar nicht erwartet.«

»Hier, bitte schön.« Ich nahm den Kaffee und das Frühstückssandwich von ihm entgegen. »Muffins hab ich auch noch. Für später.«

Ohne die Matratze zum Schaukeln zu bringen oder den Kaffee zu verschütten, beugte Harrison sich vor und küsste mich. Es war ein träger Kuss, einer, der stundenlang so hätte weitergehen können, ohne dass es mich gestört hätte. Er hatte schon einen Schluck von seinem Kaffee getrunken, und der Geschmack weckte mein Verlangen nach mehr, danach, das Aroma von seiner Zunge zu saugen. Wir hätten es wahrscheinlich nicht mal zum Frühstücken geschafft, wenn uns nicht das Klingeln seines Handys unterbrochen hätte.

Geh nicht ran. Bleib hier und knutsch weiter mit mir rum …

»Tut mir leid.« Er küsste mich noch einmal schnell, bevor er das Handy aus der Tasche fischte. »Hallo?«

Es war erstaunlich, wie schnell er von entspannt und glücklich zu angespannt und wütend umschaltete. Es schien nichts dazwischen gegeben zu haben. Im einen Moment war er noch bester Laune und im nächsten, *Puff*, stinksauer.

»Ich habe dir doch gesagt, du sollst mich nicht anrufen.«

Man brauchte kein Genie zu sein, um sich zusammenreimen zu können, dass seine Ex am Telefon war. Ich fühlte mich etwas unwohl, aber ich war nicht so eitel zu glauben, es ginge mich irgendetwas an. Ich nahm meinen Kaffee und das Sandwich und bedeutete Harrison, dass ich nach draußen gehen würde.

Die Luft war schwer an diesem Morgen. Große graue Wolken bedeckten den Himmel. Es war in letzter Zeit so heiß und schwül gewesen, dass der drohende Regen keine große

Überraschung darstellte. Im Augenblick schien das Wetter jedoch noch zu halten, deshalb trug ich mein Frühstück hinüber zu einem alten Picknicktisch. Das graue Holz bohrte sich unangenehm in die Rückseite meiner Oberschenkel, und ich musste ein wenig herumrutschen, bis ich bequem saß.

Eigentlich war das hier ganz angenehm. Eine schöne, heiße Tasse Kaffee und ein warmes Essen, um mich zu beschäftigen, während ich darauf wartete, dass mein Kerl herauskam. Im Geiste kuschelte ich mich an den Ausdruck *mein Kerl*, liebte es, wie es sich anfühlte. Sicher, ich interpretierte vermutlich zu viel hinein, aber Harrison begann sich so zu verhalten wie Rob, ehe wir uns verlobt hatten. Klar, gab es gewisse Hindernisse, denen wir uns stellen mussten, wenn wir wollten, dass aus uns etwas wurde, aber ich konnte mir nicht vorstellen, dass sie unüberwindlich waren.

Seine klammernde Exfrau wäre die größte Sorge. Na ja, das und die Tatsache, dass sein Job ihn bald schon wieder woanders hinführen würde. Falls dieser Ort sich als Montreal herausstellen sollte, oder irgendwo anders in Ontario, dann konnte ich damit schon mal was anfangen. Vielleicht bestand sogar die Chance, dass er seinen Arbeitgeber um eine dauerhaftere Stelle hier in Toronto bitten konnte. Es gab viele Möglichkeiten, die wir besprechen konnten.

Rob. Ja, den hast du eindeutig hinter dir gelassen. Auf zum Nächsten.

Das Sandwich lag in meinem Magen wie Blei, und ich musste mich zwingen, den letzten Bissen hinunterzuschlucken. Es war nicht falsch, mein Leben weiterzuleben. Rob hatte mir gesagt, er würde nicht wollen, dass ich allein blieb. Verdammt, selbst Nikki hatte das gesagt. Jetzt ließen ihre Worte die Schuldgefühle wieder aufleben, die ich bereits überwunden geglaubt hatte. War das, was ich mit Harrison hatte, etwas Schlechtes? Ich fand nicht, aber vielleicht war ich ja blind für das, was wirklich vor sich ging.

Gott, warum musste das Leben ständig so kompliziert sein?

Ich hatte meinen Kaffee halb ausgetrunken, als Harrison endlich zu mir nach draußen kam.

»Alles okay?« Als er nicht sofort antwortete, drehte ich mich um, um ihn anzusehen. »Harrison?«

Er schüttelte leicht den Kopf. »Ja, alles gut.«

Eindeutig war es das nicht, aber ich wollte ihn nicht drängen. »Komm und setz dich. Ich denke, das Ding hält uns beide aus.«

Ehrlich gesagt war ich mir da nicht so sicher. Als er sich auf die andere Seite setzte, neigte sich der ganze Tisch auf nicht gerade vertrauenerweckende Weise. »Beängstigend«, meinte Harrison, nachdem alles aufgehört hatte zu kippen.

»Hey, mit mir allein war alles stabil. Ich will ja nicht behaupten, dass du das Problem bist, aber du weißt schon.«

»Ich bin es gewohnt, das Problem zu sein. Keine Sorge.« Er lächelte, doch es erreichte nicht ganz seine Augen.

Seine Stimmung hatte sich eindeutig geändert, und ausgiebige innige Küsse würden wohl erst wieder auf dem Plan stehen, wenn es mir gelang, sie aufzubessern. Ich schob meine Hand über den Tisch und legte sie auf seine. »Also, ich dachte, vielleicht könnten wir heute etwas machen, das nichts mit Sex zu tun hat. Nun, zumindest für den ersten Teil des Tages. Ich bin sicher, wir können ein oder zwei Karten einschieben.« Ich grinste. »Wie ich schon sagte, nur so ein Gedanke. Gestern beim Zurückfahren hab ich ein Schild gesehen, dass man hier Seilrutschen kann. Rob und ich haben das früher ein paarmal im Jahr gemacht. Das ist total lustig, falls du das noch nicht gemacht hast. Wir könnten unseren Puls ein wenig in die Höhe treiben.«

Er zog seine Hand fort und lehnte sich zurück. »Nicht so wirklich mein Ding.«

»Oh. Klar.« Vielleicht hatte er Höhenangst und wollte es nur nicht zugeben. Ich zermarterte mir das Hirn, um mir etwas anderes einfallen zu lassen. »Jetzt weiß ich's. Wir sind ziemlich nah am Lake Simcoe. Wir könnten rauffahren und uns vielleicht ein Speedboat ausleihen. Das haben Rob und ich auch ein paarmal gemacht.«

»Nein.«

»Ja, du hast wahrscheinlich recht. Ich glaube, mein Bootsführerschein ist ohnehin nicht mehr gültig.«

Da musste es doch etwas geben! Ich wusste, dass Harrison ein aktiver Typ war, aber ich wusste nicht wirklich, ob er etwas für Outdoor-Aktivitäten übrighatte. Nicht dass das bei Rob der Fall gewesen wäre, doch wir hatten immer etwas gefunden, was wir unternehmen konnten. »Das Einzige, was mir sonst noch einfällt, wäre, vielleicht unterwegs in ein paar der kleinen Antiquitätenläden zu stöbern. Rob hat es gehasst, wenn ich ihn dorthin mitgeschleppt habe, aber sie sind ziemlich cool, und man findet immer etwas …«

»Alyssa!« Er rief meinen Namen so laut, dass ich heftig genug zusammenzuckte, um den Picknicktisch erneut ins Wanken zu bringen.

»Was?«

»Ich bin nicht Rob.«

Whoa! Zuerst konnte ich vor lauter Schock nichts sagen, gab mich dann aber gereizt. »Was soll das heißen? Natürlich bist du nicht Rob. Ich habe ihn vor zwei Jahren beerdigt.«

»Darauf würde man nie kommen, wenn man dich reden hört. Du hast ihn jetzt innerhalb von dreißig Sekunden dreimal erwähnt.«

Hatte ich das? Sicher dachte ich oft an Rob, aber ich hatte Fortschritte gemacht und versuchte, nach vorne zu schauen. Versuchte, mich Harrison zuzuwenden. »Na und wenn schon?«

»Und deshalb wirst du es schwer haben, irgendeinen anderen zu finden. Du liebst einen Toten.«

Mir wurde schwindlig, und mein Magen fühlte sich an, als wäre er voll Blut. Speichel lief mir in den Mund, und einen Augenblick lang glaubte ich, mich tatsächlich übergeben zu müssen. Ich musste mich an die Tischkante klammern, um nicht zu schwanken. »Wie bitte?«

»Jeden Tag, wenn ich mit dir rede, kann ich es sehen. Dieses Funkeln in den Augen, wenn du an ihn denkst. *Wie würde Rob reagieren? Würde ihm das gefallen? Das hab ich mit Rob am liebsten gemacht, also muss jeder Mann, mit dem ich je zusammen bin, es auch mögen!«*

Mir fehlten die Worte. Selbst wenn ich in der Lage gewesen wäre zu sprechen, hätte ich nicht gewusst, was ich sagen sollte. Wie sollte man auf so etwas antworten? Ich konnte es nicht einmal leugnen. Ich liebte Rob und würde es immer tun. Aber bedeutete das, dass ich für immer dazu verdammt war, den Rest meines Lebens allein zu verbringen?

Er hatte die Hände zu Fäusten geballt, und sein Atem kam stoßweise. *»Vielleicht, wenn Harrison alles macht, was ich von ihm will, wird alles gut. Aber nicht so gut wie mit Rob.«*

»Du Arschloch!« Tränen liefen mir übers Gesicht, doch ich machte keine Anstalten, sie fortzuwischen. »Das habe ich nicht verdient.«

Langsam wich jede Farbe aus seinem geröteten Gesicht. »Nein.«

»Um eine Beziehung ging es hier nie. Das hast du von Anfang an gesagt.« Ich wischte mir mit einer der Servietten die Nase. »Du warst einverstanden, Sex mit mir zu haben. Du warst derjenige, der betont hat, dass es nicht mehr als das ist. Wie kannst du es wagen, wütend auf mich zu werden, weil … weil ich bin, wer ich bin!«

»Alyssa, es tut mir leid.«

»Das sollte es auch, verdammt noch mal.«

Harrison stand langsam auf und kam herum auf meine Seite. Als er die Hand ausstreckte, um meine Schulter zu berühren, zuckte ich unwillkürlich zurück. Er ließ seine Hand wieder sinken. »Das hätte ich nicht sagen sollen.« Seine Stimme war leise geworden. »Nichts davon.«

»Nein. Hättest du nicht.« Ich würde nicht mehr weinen. Die Genugtuung würde ich ihm nicht geben. »Ich würde jetzt gern nach Hause fahren.«

»Wir sollten vermutlich erst reden.«

»Nein.« Ich stand auf, sorgsam darauf bedacht, ihn nicht zu berühren. »Du hast recht. Ich liebe Rob immer noch. Es muss schwierig für dich sein, damit umzugehen. Dass deine Exfrau dir Ärger macht, tut mir leid. Ihr habt euch getrennt. Es hat nicht funktioniert. Ihr geht nun beide getrennte Wege.«

Es fiel mir schwer, mich zu ihm umzudrehen, ihm in die Augen zu sehen und darin zu lesen, was er empfand. Was seiner ausdruckslosen Miene nach zu urteilen offensichtlich nicht viel war.

»Aber wenigstens hast du die Möglichkeit, immer noch mit ihr zu reden, wenn du willst. Ich nicht. Alles, was mir geblieben ist, sind Erinnerungen.«

»Das ist das Problem. Ich bin mit dir zusammen und habe das Gefühl, du benutzt mich. Ich bin nicht Harrison, sondern ein Rob-Ersatz.«

»Du hast dich angeboten. Ich habe dich nicht gebraucht.«

»Blödsinn! Ich hab dich in diesem Club gesehen. Du sahst total verschreckt aus, als dieser Kerl kam und anfing, sich an dir zu reiben.«

»Und du dachtest, ich müsste gerettet werden?« Ich mochte ja vieles sein, aber sogar Rob hatte gewusst, dass ich sehr wohl in der Lage war, auf mich selbst aufzupassen.

Schon wieder Rob. Vielleicht hat er recht.

Nein. Scheiß drauf, und Scheiß auf ihn.

»Harrison, ich weiß, das fällt dir schwer zu glauben, aber ich habe es geschafft, meinen Mann durch die Chemo zu bringen, gesehen, wie er sich erholt, gesehen, wie der Krebs zurückkommt, ihn begraben, alle Formalitäten seines Todes geregelt und trotzdem weitergemacht. Ich sehe vielleicht nicht aus wie eine Kämpfernatur oder stark oder was moderne Frauen sonst sein müssen. Aber. Ich. Bin. Es.«

»Ich weiß.« Seine Worte waren sanft, beinahe traurig. »Das hab ich auch nie bezweifelt.«

»Das Traurige ist, dass ich dachte, wir hätten vielleicht eine Chance, obwohl du mir gesagt hast, dass du keine Beziehung willst. Das war es, was ich gedacht habe, bevor du hier rausgekommen bist: wie ich dich davon überzeugen könnte, dass wir einen Versuch wert wären, du und ich. Danke, dass du mich wieder auf den richtigen Weg zurückgebracht hast.« Ich ging zurück zum Zimmer. »Ich werde jetzt packen.«

»Unsere Taschen sind schon im Auto. Ich wollte dich zurück in die Stadt fahren, um eine Nacht in einem Fünf-Sterne-Hotel anstatt in dieser Absteige zu verbringen.«

Ich konnte ihn nicht einmal ansehen. »Ich nehme an, du hast mir was zum Anziehen draußen gelassen?«

»Ja. Im Badezimmer.«

»Dann erspart mir das einen Schritt. Ich ziehe mich an, und dann kannst du mich nach Hause fahren.«

Das waren die letzten Worte, die wir für mehrere Wochen miteinander wechselten.

26

Heute war die erste Eigentümerversammlung, seit wir Mrs Le Page zur letzten Ruhe gebettet hatten. Aus Pietätsgründen hatte Pierce das Treffen letzten Monat ausfallen lassen, allerdings ließ sich das Geschäftliche nicht ewig aufschieben. Wir wurden informiert, dass auch dieses Mal das monatliche Treffen stattfinden würde. Augen zu und durch.

Zum ersten Mal, seit ich ins Gebäude eingezogen war, erschien ich in der Cafeteria früh genug, um beim Aufbauen zu helfen. Ich erntete mehr als nur ein paar komische Blicke der anderen Bewohner, als ich hereinkam, mir einen der Trolleys mit den Stühlen schnappte und begann, die Reihen aufzustellen. Sogar Pierce stutzte, als er hereinkam, aber er war schlau genug, nicht zu mir herüberzukommen, um mit mir zu reden.

Offensichtlich brodelte die Gerüchteküche mit Volldampf.

Ich hatte schon miese Laune, seit der Wecker geklingelt hatte. Das konnte ich nur zum Teil der Tatsache ankreiden, dass ich Mrs Le Page so vermisste. Hauptsächlich lag das daran, dass die andere Person, die ich vermisste, ohne dies jedoch zugeben zu wollen, Harrison war. Dieser Erkenntnis war ein fünfminütiges Bad in Selbstmitleid gefolgt, bevor ich mich zusammengerissen hatte und zur Arbeit gegangen war. Danach war mein Tag nicht viel besser geworden, und das Letzte, was ich wollte, war, in meiner Wohnung Trübsal zu blasen. Also hatte ich etwas gegessen und mich dann auf den Weg nach unten gemacht, um beim Aufbauen zu helfen.

Was den Reaktionen der anderen nach der Anfang vom Ende war.

Ich fing an, die Stuhlreihen auszurichten, wobei ich auf ausreichend Beinfreiheit achtete, während allmählich die Leute eintrudelten. Alles verlief normal, bis sich plötzlich eine gedämpfte Stille über den Saal legte. Ich drehte mich um und sah Mr Le Page in der Tür stehen. Mit seiner Anwesenheit hatte ich heute Abend ehrlich nicht gerechnet. Gott, ich war nach Robs Tod fast ein Jahr lang nicht in der Lage gewesen, mich bei diesen Treffen blicken zu lassen. Als ich schließlich wieder hingegangen war, hatte mich dasselbe verlegene Schweigen begrüßt. Erst als Mrs Le Page auf mich zumarschiert war und mich zu ihrem Platz geführt hatte, damit ich neben ihr und ihrem Mann sitzen konnte, hatte ich das Gefühl gehabt, das Treffen womöglich doch zu überstehen.

Ich straffte den Rücken und ging zu Mr Le Page hinüber. Mein Hals schmerzte, und ich hatte Angst davor zu sprechen. Stattdessen schaute ich zu ihm hoch, schenkte ihm ein zittriges Lächeln und nahm ihn in die Arme. Zuerst war seine Umarmung schwach, als ich den Kopf auf seine Schulter legte, doch schon bald schloss er die Arme fester um mich. So standen wir da und hielten uns aneinander fest. Jeder von uns wusste, dass der andere ganz genau verstand, wie wir uns fühlten.

Schließlich lösten wir uns wieder voneinander, und ich wandte den Blick nur lange genug ab, dass er sich verstohlen eine Träne von der Wange wischen konnte. »Nun, meine Liebe. Was gibt es Neues?«

»Ich habe uns die besten Plätze besorgt, Mr Le Page. Ganz hinten und nah bei der Tür.«

»Ausgezeichnet. Man kann nie wissen, ob wir nicht vielleicht flüchten müssen, falls der alte Pierce mit seinen Schimpftiraden loslegt.«

Ich hakte mich bei ihm unter, ohne auf die anderen zu achten, während wir zu unseren Plätzen gingen. »Das könnte heute Abend gut sein, nehme ich an. Ich habe gehört, jemand hat Müll in die Recyclingtonnen geworfen.«

Er kicherte, was wieder ein wenig Glanz in seine Augen zurückbrachte. »Herrje, wer wäre denn so dumm, das zu tun?«

»Ich schlage vor, wir schieben es Harrison in die Schuhe. Ist ja nicht so, als wäre er noch lange hier.«

Mr Le Page neigte den Kopf zur Seite und schaute mich an, als wir uns setzten. Ich gab mein Bestes, seine stumme Frage zu ignorieren.

Das Letzte, was ich im Moment wollte, war, über Harrison zu reden. Oder über meine nicht existente Beziehung mit ihm. Oder dass, obwohl ich ihn mehr oder weniger hasste und in den letzten paar Wochen alles in meiner Macht Stehende getan hatte, um ihm aus dem Weg zu gehen, ich ihn womöglich irgendwie so sehr vermisste, dass mir das Herz wehtat.

Oder dass ich ihn wirklich mit Rob verglichen und mich deshalb beschissen gefühlt hatte, als er mich darauf aufmerksam machte.

Auf keinen Fall würde ich über irgendetwas davon reden.

Die restlichen Bewohner schlurften nach und nach herein, und ein paar kamen sogar herüber, um Mr Le Page ihr Beileid auszusprechen. Ich hielt die ganze Zeit über seine Hand und drückte sie beruhigend, wenn ich glaubte, dass er es brauchen könnte. Schließlich hatten sich die Plätze gefüllt, und Pierce eröffnete die Versammlung.

»Ich danke Ihnen allen für Ihr rechtzeitiges Erscheinen. Außerdem möchte ich mich bei unseren Freiwilligen bedanken, die heute Abend beim Aufbau geholfen haben: Oliver, Michael und Alyssa.«

Der vereinzelte Applaus und das leichte Lächeln, das Pierce mir schenkte, fühlten sich ziemlich gut an. Vielleicht hätte ich öfter früher kommen sollen.

»Kommen wir zur Tagesordnung.«

Jemand betrat verspätet den Raum. Das dumpfe Geräusch der alten Cafeteria-Tür gefolgt von Schritten hallte durch den Saal. Pierce beäugte den Nachzügler und warf ihm seinen nur allzu vertrauten Blick tiefer Missbilligung zu, bevor er fortfuhr. Wer immer da auch zu spät gekommen war, zog sich hinter uns einen Stuhl heran, dann verschwendete ich keinen weiteren Gedanken an ihn.

Obwohl ich mich darauf gefreut hatte zu helfen, war die Versammlung selbst so langweilig wie immer. Beim letzten Mal hatte es Spaß gemacht, Harrison dabeizuhaben, auch wenn er mich mehr als nur ein bisschen genervt hatte. Und Mr Le Page hatte zwar normalerweise nichts gegen ein wenig fröhliches Herumalbern einzuwenden, aber im Moment genügte ein einziger Blick auf ihn, um zu wissen, dass er seinen eigenen Erinnerungen an frühere Versammlungen nachhing.

Mein Stuhl rutschte leicht, als die Person hinter mir versehentlich dagegentrat. Ich rückte ein paar Zentimeter nach vorne, um ihr ein wenig mehr Beinfreiheit zu geben. Nächsten Monat würde ich sicherheitshalber noch ein bisschen mehr Platz zwischen den Reihen lassen. Der Saal war groß genug, da konnten wir das auch ausnutzen. Nach einer Minute fing die Person an, mit dem Fuß gegen mein Stuhlbein zu klopfen. Ich ließ es eine Weile gut sein, bis es anfing, unerträglich zu nerven.

»Aufhören«, brummte ich und drehte mich um, um denjenigen, wer immer es auch war, finster anzufunkeln.

Nur, um Harrison dort sitzen zu sehen.

Keine Chance.

Ich drehte mich wieder nach vorne, verschränkte die Arme und starrte stur geradeaus. Ich bin sicher, Pierce sagte irgendetwas, weil ich sehen konnte, wie sein Mund sich bewegte. Doch das Einzige, worauf ich mich konzentrieren konnte, war das Gewicht von Harrisons Blick auf meinem Hinterkopf und das unablässige Klopfen seines Fußes gegen meinen Stuhl.

Ich würde ihm nicht die Genugtuung geben, darauf zu reagieren, also fand ich mich damit ab, genervt zu sein, und ignorierte ihn weiter.

Das gefiel ihm eindeutig gar nicht. Ehe ich michs versah, hatte er sich vorgebeugt und sein Mund war neben meinem Ohr. »Ich muss mit dir reden.«

»Pst.«

»Lyssa.«

Oh, das machte er absichtlich, um eine Reaktion von mir zu bekommen! »Drei. Silben.«

»Gibt es ein Problem dort hinten?«, fragte Pierce laut genug, um seine Verärgerung zu zeigen.

»Ganz und gar nicht«, antwortete Harrison. »Ich habe nur Ms Barrow gerade gefragt, ob es ihr etwas ausmachen würde, ein wenig zu rücken, damit ich besser sehen kann.«

Laut scharrend rückte ich meinen Stuhl zur Seite. »Besser?«

»Danke, Ms Barrow.« Pierce sah Harrison über den Rand seiner Brille hinweg an. »Mr Kemp, mir ist bewusst, dass Sie nächste Woche ausziehen, aber versuchen Sie trotzdem bitte, respektvoll gegenüber den anderen Bewohnern zu sein.«

»Moment mal, du ziehst aus?« Ich drehte mich vollständig zu ihm um. »Ich dachte, du wärst noch ein paar Wochen hier?«

»Ich hab dir doch gesagt, dass ich mit dir reden muss.«

Pierce räusperte sich. »Ich bin sicher, Sie beide können alles auch noch beim Grillfest besprechen. Nach der Versammlung.«

»Tut mir leid.« Ich drehte mich wieder nach vorne. Auf keinen Fall würde ich jetzt noch aufpassen können.

Harrison ging fort.

Ich würde wieder allein sein.

Das Letzte, was ich wollte, war, auf die Dachgartenparty zu gehen. Es machte keinen Unterschied, dass es die letzte in diesem Sommer war, was stets Margaritas bedeutete, oder dass ich zufällig gehört hatte, dass Mrs Castor hausgemachte Salsa und Chips mitgebracht hatte. Wenn ich nach oben ging, dann würde Harrison mir sicher folgen. Und wenn Harrison mir folgte und anfing, mit mir zu reden, dann würden wir uns am Ende streiten. Auch wenn ich ihm beim letzten Mal Bier ins Gesicht geschüttet hatte, würde ich auf gar keinen Fall guten Tequila an seinesgleichen verschwenden.

Aber eine reinhauen könnte ich ihm vielleicht.

Am Ende wurde mir die Entscheidung abgenommen. Mr Le Page hatte sich bei mir untergehakt und benutzte mich gewissermaßen als Schutzschild. Auch wenn Pierce während der Versammlung nicht direkt etwas gesagt hatte, war sein Blick immer wieder zu dem Witwer hinübergehuscht. Das hatte auch die Aufmerksamkeit der anderen verstärkt auf ihn gezogen, was einen Strom von Beileidsbekundungen zur Folge hatte, nachdem die Versammlung beendet war.

»Möchten Sie zurück in Ihre Wohnung gehen?«, flüsterte ich.

»Nein. Ich … Ich denke, ich brauche es, unter Leuten zu sein. Mir fehlt die Gesellschaft.«

Ich wusste genau, wie er sich fühlte. Manchmal war die Aussicht, allein zu sein, schlimmer als der gegenwärtige Zustand. Wenn er noch nicht bereit war, damit umzugehen, dann würde ich ihn nicht im Stich lassen. Als wir uns auf den Weg nach oben machten, bemerkte ich, dass Harrison nirgends zu sehen war. Gut, vielleicht hatte er den Wink verstanden und war gegangen. Er hatte mir gesagt, dass er früher als ursprünglich geplant abreisen würde. Es machte keinen Unterschied, ob ich die Gründe dafür kannte oder nicht. Es war ja nicht so, als wären wir ein Paar. Er schuldete mir keine Erklärung – oder sonst irgendwas, was das betraf.

Ich verdrängte meine Enttäuschung und blieb bei Mr Le Page untergehakt, während wir zum Dach hinaufstiegen.

Die Margaritas waren kalt genug, um die Plastikbecher kondensieren zu lassen. Ich musste mir mehr als einmal die Hände abwischen. Ich hatte gedacht, dass ich mich unwohl fühlen würde, während die Leute ihm ihr Beileid aussprachen und merkwürdige Unterhaltungen führten, um möglichst alle Gesprächsthemen zu meiden, die Mr Le Page an seine Frau erinnern könnten. Nach zwanzig Minuten hörten die Leute schließlich auf vorbeizukommen und ließen uns beide allein.

Er trank seinen Drink aus und starrte dann auf den Boden des leeren Bechers. »Wie sind Sie nur so würdevoll mit dem hier fertiggeworden?«

»Mit der Margarita? Glauben Sie mir, ich hatte schon mehr als nur den einen oder anderen Tequila-Unfall.«

Er lächelte. »Mit den Leuten. Im Herzen weiß ich, dass sie es nur gut meinen. Aber wenn sie reden, dann … Dann will ich …« Das Lächeln erstarb auf seinen Lippen, und er schaute wieder in den leeren Becher. »Ich brauche noch einen Drink.«

Ich nahm ihm den Becher ab und steckte meinen hinein. »Nein, brauchen Sie nicht. Das hilft nicht. Und ich weiß genau, wie Sie sich fühlen. Sie wollen die Leute schlagen. Oder anschreien. Sie wollen toben und ihnen zeigen, wie wütend Sie sind. Warum sieht niemand, wie unfair das ist? So sollte es nicht enden. Sie sollte nicht als Erste gehen. Sie sollte überhaupt nicht sterben.« Ich stellte meinen Drink auf den Boden, damit ich seine Hände nehmen konnte. »Sie sind wütend. Das vergeht mit der Zeit.«

»Ich denke immerzu, ich hätte merken sollen, dass etwas mit ihr nicht stimmte.« Er weinte, ohne einen Laut von sich zu geben. »Ich kann nicht glauben, dass sie krank war und ich es nicht gesehen habe.«

»Und hiermit haben Sie offiziell die Phase des Verhandelns erreicht.« Gott, es war seltsam, mit anzusehen, wie jemand genau dieselben Gedanken hatte, die mir damals im Kopf herumgegangen waren. »Das war für mich schlimmer als die Wut. Weil ich mir selbst die Schuld gab. Aber es war nicht unsere Schuld. Nicht meine und ganz sicher nicht Ihre.«

Er nickte langsam, doch ich ließ mich nicht täuschen zu glauben, es ginge ihm gut. Das würde wieder werden, aber das brauchte Zeit. »Das, was mich nach Robs Tod, als ich versucht habe, mit allem fertigzuwerden, am meisten verrückt gemacht hat, waren die Ratschläge, die alle mir geben wollten. Trotzdem würde ich Ihnen auch gern einen geben, wenn ich darf?«

Diesmal war sein Lächeln ein wenig aufrichtiger. »Natürlich.«

»Wehren Sie sich nicht gegen Ihre Gefühle. Es ist okay, wütend zu sein, sich traurig und einsam, zwischendurch allerdings auch mal besser zu fühlen. Es wird dauern, durch all diese Phasen zu gehen, aber wehren Sie sich nicht dagegen. Sie müssen sie alle durchmachen, so schmerzvoll sie auch sein mögen. Und dann werden Sie eines Morgens aufwachen und die Sonne wird ein wenig heller scheinen. Dann werden Sie wissen, dass alles wieder gut werden wird.«

Er drückte mich herzlich an sich. »Meine Charlotte hat immer gesagt, Sie wären viel zu weise für Ihr Alter.« Er ließ mich wieder los und nahm unsere Becher. »Wie wär's, wenn ich uns beiden noch einen Drink hole?«

»Das wäre wunderbar.«

Ich hätte nie gedacht, dass meine eigenen Erfahrungen einmal jemand anders nützlich sein könnten. Wenn auch nur das kleinste bisschen von dem, was ich gelernt hatte, dabei half, seinen Schmerz ein wenig zu lindern, dann würde ich mein Bestes geben, um für ihn da zu sein. Schließlich hatte er dasselbe für mich getan.

Harrison trat neben mich. Ich brauchte nicht einmal hinzusehen, ich erkannte ihn an seinem Aftershave und seinem Shampoo. Schlimm, dass sich mir sein unverwechselbarer Geruch schon nach so kurzer Zeit eingeprägt hatte.

»Wie geht es ihm?«

Seine Frage überraschte mich. Was sie eigentlich nicht sollte. Ich wusste, dass er während seiner Zeit hier eine Art Freundschaft mit dem älteren Mann geschlossen hatte. »So gut, wie man es unter den Umständen erwarten kann.«

»Es ist gut, dass er dich zum Reden hat. Jemanden, der

weiß, was er durchmacht. Mein Dad hatte das nicht, als wir unsere Mom verloren haben. Ich glaube, das hat es für ihn schwerer gemacht.«

»Was kann ich für dich tun, Harrison?« Nach all dem Drumherum konnte ich lockeren Small Talk mit ihm nicht verkraften. Es schmerzte zu sehr.

»Ich muss mit dir reden. Allein.«

»Vergiss es. Was du sagen willst, kannst du auch hier sagen.«

Ein paar Leute schlenderten grüßend an uns vorbei. Ich spürte, wie er sich neben mir versteifte, und wusste, dass es ihn ärgerte, nicht zu bekommen, was er wollte. Na, so ein Pech aber auch! Dieses Privileg hatte er damals im Motel verloren.

»Ich wollte dir sagen, dass es mir leidtut. Bevor ich gehe, wollte ich, dass du das weißt.«

Seine Entschuldigung hätte mir mehr bedeuten sollen, als sie tatsächlich tat. »Schön. Es tut dir leid. Ich glaube dir. Du kannst jetzt gehen.«

Er seufzte schwer. »Willst du nicht einmal wissen, warum ich gehe?«

»Wegen der Arbeit? Einem anderen Kundenproblem irgendwo im Land? Ist das überhaupt wichtig? Letzten Endes läufst du davon.« *Lässt mich zurück. Genau wie alle anderen.*

Der Muskel in seinem Kiefer zuckte. »Du hast nicht die geringste Ahnung, was ich tue. Was los ist.«

»Da hast du verdammt recht. Weil du das alles für dich behältst. Hierbei ging es schließlich nur um Sex.«

»Alyssa …«

»Nein. Hör einfach auf.« Meine Kehle schnürte sich zu, was es mir schwer machte, meine Wut hinunterzuschlucken.

»Du hattest recht damit, dass ich dich mit Rob vergleiche. Er ist … war ein sehr großer Teil meines Lebens, und das wird sich nicht ändern. Ich werde mich nicht ändern, ich werde diesen Teil meines Lebens nicht verleugnen.«

»Darum habe ich dich auch nie gebeten.«

»Das vielleicht nicht, du hast aber auch deutlich zum Ausdruck gebracht, dass es dir nicht gefällt.«

»Kannst du mir das verübeln?« Er trat näher, sodass ich seine Körperwärme spüren konnte. »Du hattest dieses perfekte Scheißleben. Hast du überhaupt eine Ahnung, wie schwer es für jemanden ist, in diese Fußstapfen zu treten? Deshalb durfte es nur um Sex gehen und um nichts weiter. Du bist nicht bereit, dich zu ändern? Schön. Aber du kannst nicht erwarten, dass sich deine Liebhaber für dich ändern. Ich bin nicht Rob. Ich werde nie Rob sein. Ich bin ich, Alyssa.«

»Wie kommst du darauf, ich würde wollen, dass du dich änderst?«

Er blinzelte. »Du hast wirklich keine Ahnung, stimmt's?«

Mr Le Page wählte genau diesen Augenblick, um endlich zurückzukommen, und reichte mir meinen frisch gefüllten Becher. »Ah, es ist schön zu sehen, dass ihr zwei wieder miteinander redet. Ich hatte mir schon Sorgen gemacht, ihr hättet euch irgendwie entzweit.«

Ich wusste, dass mir nur noch etwa fünf Minuten blieben, bis ich losheulte. Ich musste hier raus. Weg von hier. Ich drehte mich zu Mr Le Page um und umarmte ihn fest. »Ich bin mir nicht sicher, ob wir je eins waren. Wissen Sie, diese Sache mit der Wut, die ich erwähnt hatte. Die neigt dazu, zum merkwürdigsten Zeitpunkt wiederzukommen. Es tut mir wirklich leid, Sie allein lassen zu müssen, aber ich muss nach Hause.«

»Schon in Ordnung, meine Liebe.«

»Ich bin sicher, Harrison leistet Ihnen gern Gesellschaft.« Und damit ging ich.

Das war's. Es reichte mir. Die Vorstellung, mich zu ändern, nur um der vorgefassten Meinung eines anderen zu entsprechen, wie eine Beziehung zu sein hatte, würde nicht funktionieren. Harrison rief mir einfach nur wieder in Erinnerung, dass ich meine einzige Chance auf Liebe bereits gehabt hatte. Das war nun vorbei, und ich akzeptierte besser die Tatsache, dass ich von nun an allein war. Zweifellos würde ich mit anderen Männern ähnliche Fehler machen.

Darum war es das jetzt.

Diese Alyssa hier würde Single bleiben.

Teil 4

Neuanfänge

27

Heftiges Stöhnen und künstliche Kung-Fu-Geräusche erfüllten mein Schlafzimmer. Ich lag nackt unter dem Laken ausgestreckt, den Laptop strategisch auf der ungenutzten Seite der Matratze platziert, und schaute einen Porno. Den hier hatte ich mir tags zuvor aus dem Sexshop besorgt und war schon ziemlich neugierig darauf. Er war von derselben Produktionsfirma, die auch den Piratenfilm produziert hatte, also hatte ich mir gedacht, der hier könnte genauso gut sein. Und oh Mann, ich wurde nicht im Geringsten enttäuscht!

Wer hätte gedacht, dass Ninjas so scharf sein konnten?

Ich ließ eine Hand zwischen meine Beine gleiten und streichelte sanft meine Klitoris. Es war eine Weile her, seit ich einen Orgasmus gehabt hatte. Ich weigerte mich, an das letzte Mal, als ich gekommen war, zu denken, da es mit ihm-der-nicht-genannt-werden-soll gewesen war. Ich musste neu anfangen und mir ein paar neue Erinnerungen schaffen, die ich für zukünftige Fantasien benutzen konnte. Also bye-bye Piraten und hallo Ninjas!

In der aktuellen Szene kroch der Ninjameister gerade zum Fenster der gefangenen Prinzessin herein. Die Handlung hatte zwar versucht zu erklären, warum der Ninjameister ein Weißer mittleren Alters mit einem Riesenschwengel war, aber für meinen Geschmack hatte die Handlung viel zu viele Lücken. Gott sei Dank … ein großer Schwanz.

»Du meine Güte! Wie bist du in mein Zimmer gekommen?« Die Prinzessin war dieselbe Frau, die die Prinzessin in dem Piratenfilm gespielt hatte. Wer hätte gedacht, dass es selbst im Porno möglich war, auf eine bestimmte Rolle festgelegt zu werden? Ich fragte mich, ob sie Ambitionen hatte, andere Filme zu drehen, oder ob ihr dieser Job wirklich Spaß machte. Ich hoffte Letzteres.

»Still, sonst hören sie uns.« Er nahm die Maske ab und enthüllte ein sauber rasiertes Kinn und dichtes schwarzes Haar. »Ich bin der Ninjameister und hier, um dich zu retten.«

»Aber mir wurde gesagt, du wärst ein Schurke. Dass ich wegen dir hier in diesem Schloss gefangen gehalten werde.«

»Das würde ich niemals tun. Du bist mir als Ehefrau versprochen. Und gemeinsam werden wir ganz Asien regieren.«

Also, bei dem Porno hier legten sie nicht gerade Wert auf historische Genauigkeit. Da hatten sie es bei den Piraten besser getroffen.

»Mich heiraten? Aber meine Entführer haben gedroht, mir die Jungfräulichkeit zu nehmen. Ich werde es nie bis zur Hochzeit schaffen, unberührt zu bleiben.« Sie lehnte sich zurück in die Kissen, was ihre Brüste entblößte.

»Dann werde ich dich jetzt gleich vögeln und als die meine beanspruchen.« Er packte die Vorderseite seiner seidenen Hose und riss sie auf.

Bingo, da war der Schwengel.

Ich erhöhte den Druck auf meine Klitoris und rieb in kleinen Kreisen, um den Reiz zu verstärken. Der Ninjameister hatte der Prinzessin das Nachtgewand mit einer einzigen mühelosen Bewegung heruntergerissen, und nun war sie völlig nackt. Dann packte er sie an der Taille und drückte sie flach aufs Bett. Als er anfing, sie zu lecken, legte ich ebenfalls richtig los.

Es fühlte sich gut an, wie mein Körper sich unter meiner Berührung erwärmte. Meine Brustwarzen waren steif und ich wurde schön feucht. Als das Stöhnen im Film stärker wurde, schloss ich die Augen. Ich brauchte ihn mir nicht anzusehen, um ihn als Anregung zu benutzen. Die Laute reichten aus, um mich weiter anzuheizen.

Als meine Augen ihre Stimulation verloren, übernahm mein Verstand. Ich wurde zu der Prinzessin, nackt auf den Laken, den Ninja zwischen meinen Beinen. Sein schwarzes Haar war weich, als ich mit den Fingern hindurchfuhr.

Die Stoppeln an seinem Kinn fühlten sich rau an der Innenseite meiner Schenkel an, während er meine Klitoris in seinen Mund saugte. Quälend ließ er seine Zunge darüberschnellen, während er meine Schenkel knetete. Seine Hände wanderten näher zu meiner Öffnung, umkreisten sie mit den Fingerspitzen, damit ich genau wusste, was er als Nächstes vorhatte.

Ich stieß meinen Finger in mich und bewegte ihn langsam, rein und raus. Diesmal fiel mein Stöhnen in das des Pärchens im Film mit ein. Ich konnte sein Gesicht sehen, während er mich verschlang, doch als er hochblickte, war es nicht der Ninjameister, sondern Harrison zwischen meinen Beinen.

Sogar in meiner Fantasie wusste ich, dass ich nicht an ihn denken sollte. Wusste, dass es nur zu Enttäuschung und Herzschmerz führen würde. Aber das hier war der einzige Ort, an dem ich mich nicht selbst anlügen konnte. Wo ich ihm nicht entkommen konnte, selbst wenn ich wollte. Der einzige Ort, an dem ich mir erlaubte zu träumen.

»Ich werde dich jetzt vögeln, Liebste.«

Ja. Ich schob einen zweiten Finger tief in mich und stieß fieberhaft zu. Gedanken an Harrisons harten Körper, der sich an mich presste, riefen eine seltsame Art von Muskelgedächtnis wach. Meine Muskeln zogen sich um meine Finger zusammen, während mein Daumen hart gegen meine Klitoris drückte. Dazu die Schreie der Prinzessin im Film, und ich war so weit. Mein Orgasmus kam schnell und heftig, eine Explosion von Blitzen. Ich bäumte mich auf, um das Gefühl nachzuempfinden, ihn in mir, bei mir zu haben, doch es gelang mir nicht ganz.

Schließlich verebbte die lustvolle Wonne und ließ mich irgendwie gesättigt, schuldbewusst und leicht verstört, was meine Ninjas betraf, zurück.

Das war nicht fair.

Ich klappte den Laptop zu, warf die Bettdecke zurück und ging ins Bad. Ich war mit Nikki zum Mittagessen verabredet, und falls ich wieder zu spät kam, würde ich mir das ewig anhören müssen. Also drängte ich meine Fantasien in den hintersten Winkel meines Verstandes zurück und hetzte durch meine Samstagmorgenroutine.

Nikki war schon da, aber ihr bestellter Kaffee war noch nicht gekommen. Das bedeutete, ich war nicht in Schwierigkeiten. »Tut mir leid, dass ich zu spät dran bin.« Ich ließ mich auf meinen Stuhl fallen und hängte meine Handtasche über die Lehne. »Wartest du schon lange?«

»Eigentlich bist du das gar nicht. Zu spät dran, meine ich. Ich war ehrlich gesagt zu früh da.«

Da lag etwas in ihrer Stimme, das meine Aufmerksamkeit weckte. »Was ist los?«

Auf äußerst Nikki-untypische Weise stritt sie nicht ab, dass es ein Problem gab. »Irgendwie ist das der Grund, warum ich mich mit dir treffen wollte. Ich denke, ich muss mich bei dir entschuldigen.«

»Wofür?« Die letzten drei Male, die wir uns gesehen hatten, war alles blendend gelaufen. Wir waren uns letzte Woche sogar einig gewesen, welchen Film wir sehen wollten, ohne uns zu kabbeln.

»Dafür, dass ich dir gesagt habe, du sollst Harrison nicht trauen.«

Mir sträubten sich die Nackenhaare. »Kein Grund, sich dafür zu entschuldigen. Du hattest die ganze Zeit recht. Er konnte mit unserer Vereinbarung nicht umgehen, was nichts mit mir zu tun hatte. Er war ein Arsch, und ich bin ohne ihn viel besser dran.«

»Nein, bist du nicht.« Nikki seufzte und ließ sich in ihren Sitz zurücksinken. »Es geht dir dreckig.«

»Blödsinn. Mir ging es dreckig, als er da war.« Es tat nichts zur Sache, dass ich in den zwei Wochen, seit er ausgezogen war, immer wieder zu seiner Wohnung gegangen war und an die Tür geklopft hatte, in der Hoffnung, er würde immer noch aufmachen. Das war nichts als meine eigene kindische Zwanghaftigkeit, und ich musste wirklich erwachsen werden und drüber wegkommen.

»Lyssa …«

»Alyssa. Drei Silben.« Die Antwort war ein Reflex.

»Seit wann ist der Spitzname ein Problem für dich?«

»Ist er nicht. Es ist alles bestens. Mir geht's bestens.« *Ich hatte nur womöglich ein gebrochenes Herz.*

»Es geht dir dreckig. Genauso wie damals, als du von Robs Krebs erfahren hast.«

»Vergleich die beiden nicht miteinander. Harrison zu verlieren war überhaupt nicht, wie Rob zu verlieren. Wie kannst du auch nur denken, das wäre im Entferntesten dasselbe?«

»Das denke ich gar nicht. Aber die Tatsache, dass du gesagt hast, Harrison zu *verlieren*, anstatt Harrison *ziehen lassen zu müssen* oder so etwas, beweist, dass ich recht habe. Du warst in ihn verliebt, und ich war zu eifersüchtig, um es zu bemerken.«

An ihrem Satz war so vieles falsch, dass ich gar nicht wusste, wo ich anfangen sollte. »Du warst eifersüchtig? Worauf?«

Mit einem hilflosen Seufzer ließ Nikki den Kopf auf die Tischplatte sinken. Die Kellnerin, die gerade an unseren Tisch kam, warf nur einen einzigen Blick auf Nikki mit ihrer Stirn auf dem Platzset und gab mir ein Zeichen, dass sie später wiederkommen würde. Ich würde ihr auf jeden Fall ein gutes Trinkgeld geben.

»Nikki, bitte sag mir, was los ist!«

Sie hob den Kopf gerade weit genug, um wie ein Kleinkind auszusehen, das glaubte, gleich Ärger zu bekommen. »Hab ich doch gesagt. Ich war eifersüchtig.«

»Auf …?«

»Ich habe drei Ehen hinter mir. Drei. Jede davon hatte ein Ende, nicht alle ein schreckliches, aber alle hatten ein Ende. Mit Michael war ich am längsten verheiratet, und selbst wir schafften nur zwei Jahre.« Sie setzte sich wieder auf und richtete mit abgewandtem Blick ihre Frisur. »Ich habe dich und Rob angesehen und mir gedacht: Wow, die sind so verliebt, aber das ist absolut die Ausnahme. Ich kannte niemand sonst, der so glückselig war wie ihr. Dann hast du Harrison kennengelernt, und wieder hat dich dieselbe Freude erfüllt, das konnte ich sehen. Ich wollte wissen, warum du immer die guten Kerle zu bekommen scheinst. Warum konnte ich keinen guten finden? Einen einzigen. Das war alles, was ich wollte. Jemanden für mich allein, der mich so mag, wie ich bin. Als ich herausfand, dass Harrison dich zu einem Sexwochenende entführt hatte, wurde ich eifersüchtig. Es tut mir leid, dass ich Zweifel in dir gesät habe, was ihn betrifft.«

Ich war nicht oft wie vor den Kopf geschlagen, aber Nikki hatte es geschafft, mich völlig sprachlos zu machen. Meine ältere, viel erfolgreichere Schwester, die immer völlig sorgenfrei wirkte, war eifersüchtig auf meine zwei Beziehungen. Anscheinend nahte wirklich das Ende der Welt.

»Nun, du kannst beruhigt sein, dass ich nicht über irgendeine merkwürdige Art männerbezirzenden Voodoo verfüge. Harrison war ein Arsch, und er ist fort.«

»Aber wäre er auch gegangen, wenn du dir nicht in den Kopf gesetzt hättest, dass er ein Arsch ist? Ich meine, die Sache fing gleich nach meinem Anruf an, den Bach runterzugehen. Vielleicht habe ich dich beeinflusst, ohne es wirklich zu wollen.« Sie presste sich die Handballen auf die Augen. »Ich wollte dir nie wehtun. Und ganz sicher wollte ich euch beide nicht auseinanderbringen.«

»Hast du auch nicht. Harrison hatte von Anfang an klargemacht, dass er kein Interesse an einer neuen Beziehung hat. Er hasste es, dass Rob und ich so glücklich waren. Dadurch fühlte er sich ziemlich unter Druck gesetzt. Es hatte nichts mit dir zu tun, oder gar mit mir.« Ich nahm die Speisekarte und überflog die Tagesgerichte. »Aber da du dich schon schuldig fühlst, kannst du gerne die Rechnung übernehmen.«

»Bist du sicher?«

»Was das Bezahlen betrifft? Und ob.«

»Nein, dass ich nichts dafürkann. Ich mag es nicht, dich so unglücklich zu sehen. Nicht, nachdem ich endlich meine kleine Schwester zurückbekommen habe.«

Ich umklammerte die Speisekarte fester, lächelte jedoch so

strahlend ich konnte. »Ich bin immer noch da. Also, was gibt es hier Leckeres zu essen?«

Ich kehrte mit vollem Magen und noch vollerem Kopf zu meiner Wohnung zurück. Obwohl Nikki und ich nicht weiter über Harrison gesprochen hatten, ging er mir nicht mehr aus dem Kopf. Das war zum Wahnsinnigwerden. Nein, Nikki hatte nichts gesagt, was meine Entscheidung beeinflusst hätte. Es war einfach nur echt schlechtes Timing gewesen. Oder gutes Timing, da ich dadurch einen Puffer gehabt hatte, um über ihn wegzukommen, bevor er tatsächlich fortgegangen war.

Ohne es zu bemerken, war ich an meiner Tür vorbeigegangen und schon auf halbem Weg zu der von Harrison. *Gott, war das dämlich!* Ich musste über ihn hinwegkommen. Er war fort, dorthin unterwegs, wohin auch immer seine Arbeit ihn geschickt hatte, und ich würde ihn nie wiedersehen. Dennoch, da ich schon so weit gekommen war, konnte ich dem Drang nicht widerstehen, mein aussichtsloses Unterfangen zu Ende zu bringen.

Das Holz fühlte sich kalt an meinen Fingerknöcheln an, als ich klopfte. Das hier war dumm. Er war nicht da. Ich wartete gar nicht erst, sondern machte kehrt, um zu meiner Wohnung zurückzugehen.

»Hallo?«

Als ich herumfuhr, begrüßte mich der Anblick einer kleinen blonden Frau. Ihr Haar war zu einem adretten Bob geschnitten, und sie trug eine elegante Hose und eine Bluse, die geradezu nach Businesslook schrien. »Hallo.«

»Haben Sie gerade geklopft?« Sie warf einen Blick zurück in ihre Wohnung. »Ich ziehe gerade ein und höre ständig irgendwelche Sachen. Ich dachte, das war die Tür. Dieses Haus ist merkwürdig.«

»Ja, hab ich.« Ich marschierte zu ihr zurück und streckte ihr die Hand entgegen. »Ich bin Ihre Nachbarin, Alyssa. Meine Wohnung ist die gleich nebenan. Ich dachte, ich komme mal rüber und sage Hallo.« *Da habe ich mich aber in letzter Sekunde gerettet.*

»Maranda. Hi. Ich bin nur für ein paar Wochen hier, um einen Auftrag abzuschließen, den unser letzter Mitarbeiter nicht zu Ende geführt hat.«

»Harrison?« Ich konnte nicht glauben, dass er einen Job unerledigt gelassen hätte. Nicht, nachdem ich wusste, wie ernst er die Dinge nahm. »Ich dachte, er wäre mit seinem Kunden fertig und die Firma habe ihn zurückbeordert?«

Maranda runzelte die Stirn. »Er hätte mit Ihnen nicht über seine Arbeit oder unsere Kunden sprechen dürfen. Das ist vertraulich.«

Ich konnte sie jetzt schon nicht leiden. »Hat er auch nicht. Das war nur ein wenig Small Talk. Ich weiß nicht einmal, mit wem er sich getroffen hat.«

Ihr Stirnrunzeln verriet mir, dass sie mir das nicht ganz abkaufte. »Ich kenne ihn nicht. Mir wurde nur gesagt, er müsse sich um irgendwelche persönlichen Angelegenheiten kümmern. Seine Frau ist krank oder so was.« Sie schaute zurück in ihre Wohnung. »Es tut mir leid, ich muss mich für ein Kundentreffen fertig machen. Brauchen Sie sonst noch etwas?«

Harrisons Aufenthaltsort. »Nö. Ich wollte Sie nur im Haus willkommen heißen.« Ich winkte ihr kurz zu. »Hallo.«

»Danke.« Sie lächelte mich knapp an, bevor sie die Tür schloss.

Ich rief mir die Ereignisse meiner letzten Begegnung mit

ihm in Erinnerung und versuchte, mir einen Reim darauf zu machen. Ich hatte ihm keine Chance gegeben, mir zu sagen, was los war. Soweit ich wusste, war er wie geplant weiterversetzt worden, nur eben ein wenig vorzeitig. Das Einzige, worum ich mich gesorgt hatte, war ich selbst gewesen, dass er mich zurückließ, dabei hätte ich mich stattdessen um ihn sorgen sollen.

Zu was für einem Menschen machte mich das? Die Antwort darauf wollte ich eigentlich nicht wissen.

Es gab nur einen Menschen, der wissen konnte, was los war. Es war Zeit, Mr Le Page einen Besuch abzustatten.

28

Der Geruch nach altem Rauch und neuer Farbe hing in der Luft, als ich Mr Le Page' Wohnung betrat. Es war das erste Mal, dass ich seit dem Tod seiner Frau hier war, eine Tatsache, derentwegen ich mich schrecklich fühlte. Der Boden der Kuchenform, die ich mitgebracht hatte, war klebrig und immer noch warm von meinem Ofen. Ich wusste, dass er Apfelkuchen liebte, und seine Küche war immer noch nicht wieder voll funktionsfähig, also dachte ich, er würde sich über die Leckerei freuen.

»Wie ich sehe, kennen Sie den Weg zum Herzen eines Mannes.« Sein Lächeln vertrieb meine Nervosität. »Lassen Sie mich Ihnen das abnehmen, dann essen wir ein Stück.«

»Ich wusste nicht, ob Sie beschäftigt sind, aber ich wollte Sie sehen.«

»Das weiß ich zu schätzen. Ich liebe meinen Sohn, aber er trauert ebenso sehr wie ich. Es ist schön, einmal eine Pause von allem zu haben. Außerdem könnte ich Ihre Meinung zu ein paar Einrichtungsfragen gebrauchen.«

Die Küche war in besserem Zustand, als ich erwartet hatte. Die Handwerker hatten bereits neue Schränke und eine neue Arbeitsplatte installiert. »Wow, die waren aber schnell!«

»Bobby, mein Sohn, hat das mich für mich arrangiert. Ein Freund von ihm hat eine Firma, und na ja«, er breitete die Arme aus, »das hier ist das Ergebnis.«

Auf dem Tisch lagen Farbkarten und Fliesenmuster. Sofort

fing ich an, zu kombinieren und zusammenzustellen. »Oh, das ist schön!«

»Charlotte war immer diejenige, die all das gemacht hat. Ich habe keinen Blick für so was.« Seine Stimme stockte, und er musste sich räuspern. »Kann ich Ihnen etwas Tee anbieten?«

»Ja, bitte.«

Innerhalb einer Minute hatte ich drei Auswahlmöglichkeiten für seine Küche herausgearbeitet und ein Stück Kuchen als Belohnung dafür bekommen. »Das sind die besten Kombinationen. Ich würde sagen, suchen Sie sich die aus, die Sie am ehesten anspricht.«

»Danke, meine Liebe.« Er aß einen Bissen und seufzte genüsslich. »Und der hier ist köstlich.«

»Ich dachte mir, dass Sie etwas Leckeres gebrauchen könnten.«

»In der Tat. Also, was beschäftigt Sie, dass es Sie zu mir hochführt?«

»Was mich beschäftigt?« Ich hasste es, dass ich so leicht rot wurde. »Kann ich nicht einfach vorbeikommen und nach einem guten Bekannten sehen?«

»Natürlich. Wussten Sie, dass Charlotte immer sagte, Sie wären das liebste Mädchen, das sie kannte, aber dass Sie nicht einmal lügen könnten, wenn es um Ihr Leben ginge?«

Ich lachte. »Ich bin wirklich ziemlich schlecht darin.«

»Stimmt. Also werde ich den Tee eingießen und Sie werden reden.«

Ich spießte ein Apfelstück auf die Gabel und drehte es auf meinem Teller herum. »Harrison ist fort.«

»Ja, das ist er. Macht Ihnen das etwas aus?«

»Ich … Ich weiß, das sollte es nicht. Aber ja, das tut es.«

Er stellte eine kleine Tasse vor mich hin. Der Tee war schwach, kaum mehr als Wasser mit ein wenig Geschmack. Ich erinnerte mich, dass Mrs Le Page sich einmal beklagt hatte, sie könnte ihren Mann nie den Tee machen lassen, weil er ihn nie lange genug ziehen ließ. Sie behauptete, er mache das absichtlich, weil es eins der wenigen Dinge war, die sie auf die Palme brachten. Jetzt fragte ich mich unwillkürlich, ob er seinen Tee womöglich einfach so schwach gebrüht mochte.

Vielleicht war Harrison mein schwacher Tee. Er hatte geglaubt, ich versuche, ihn in Rob zu verwandeln, eine Kopie von ihm zu machen, um dasselbe wiederzubekommen, das ich zuvor gehabt hatte. Doch das hatte ich nicht, nicht bewusst. Wenn überhaupt, dann war mir, je mehr Zeit ich mit Harrison verbrachte, umso deutlicher bewusst geworden, dass die Dinge, die ich an ihm am meisten mochte, genau die Dinge waren, die ihn völlig von Rob unterschieden.

Rob und ich waren lange Zeit nur Freunde gewesen, bevor aus uns ein Paar wurde. Wir waren zusammengewachsen, hatten uns gegenseitig ergänzt. Harrison und ich waren nicht so, wir hatten uns nicht zu einem Paar entwickelt, aber das hieß nicht, dass wir deshalb weniger eines waren. Wir waren eher wie Puzzleteilchen, die nach ein wenig gegenseitigem Herumprobieren perfekt zusammenpassten.

Er wäre wirklich der Richtige für mich.

»Ihnen scheint ja viel durch den Kopf zu gehen, meine Liebe.«

Erschrocken blickte ich hoch. Wie zum Teufel hatte ich vergessen können, wo ich war? »Tut mir leid. Ich war nur … Ich versuche, mir über einiges klar zu werden. Ich habe gerade die Frau gesehen, die in Harrisons Wohnung eingezogen ist.«

»Ich verstehe. Was hat sie zu Ihnen gesagt, um all das auszulösen?«

»Dass seine Frau, seine Exfrau, krank ist und er zu ihr gekommen ist, um ihr zu helfen.« Ich konnte nicht wütend auf ihn sein, weil er der Frau helfen wollte, die er geheiratet hatte. Auch wenn sie nicht mehr zusammen sein mochten, hatte sie ihm einmal etwas bedeutet, und es war bewundernswert, dass er für sie da sein wollte.

»Das hat er mir beim Eigentümertreffen gesagt. Er hat mich außerdem gebeten, es Ihnen nicht zu erzählen.«

Das hätte mich nicht überraschen sollen, tat es aber. »Ich habe ihm auch keinerlei Grund gegeben, es mich wissen lassen zu wollen.«

»Daran lag es nicht.« Mr Le Page trank von seinem Tee, dann verzog er das Gesicht und schaute hinunter in die Tasse. »Den habe ich zu schwach gemacht. Alte Gewohnheit. Tut mir leid.«

»Schon in Ordnung. Woran lag es nicht?«

Mit einem Seufzen stellte er die Tasse ab. »Charlotte war in solchen Dingen viel besser als ich. Er kannte zu dem Zeitpunkt noch kaum Einzelheiten, aber er sagte, dass bei seiner Exfrau Krebs festgestellt worden war.«

Oh Gott! »Warum wollte er mir das nicht sagen? Ich hätte helfen können.« Wenn er für seine Ex da sein wollte, würde er selbst ein paar Leute brauchen, die ihn unterstützten. Das war etwas, das ich auf die harte Tour gelernt hatte.

»Ich glaube, er wollte Sie nicht daran erinnern, was Rob durchmachen musste.«

»Natürlich. Der Idiot.« Typisch Harrison, versuchte immer, die Situation in Ordnung zu bringen, ob er nun verstand, was kaputt war oder nicht.

»Ich sollte Ihnen noch etwas anderes sagen. Bevor Rob starb, gab er Charlotte einen Brief. Er wollte, dass sie ihn dem jungen Mann gibt, der irgendwann Ihr Herz erobern würde. Ich hatte den Brief völlig vergessen, bis ich ihre Sachen durchsah. Also habe ich ihn Harrison gegeben, als ich hörte, dass er fortgeht.«

Tränen traten mir in die Augen. »Was stand drin?«

»Ich weiß es nicht. Wir haben ihn nicht geöffnet, und Harrison hat ihn nicht in meinem Beisein gelesen.«

Ich konnte mir nicht vorstellen, was Rob jemandem in einem Brief wohl sagen mochte. Gott, falls Harrison diese ganze Situation nicht schon vorher merkwürdig gefunden hatte, dann war er jetzt sicher froh, das Weite gesucht zu haben.

»Er wird nie wieder mit mir reden wollen.« Ich ließ das Gesicht in die Hände sinken. »Ich habe das so gründlich verbockt.«

»Das denke ich nicht.« Das Geräusch, wie er seinen Tee schlürfte, war irgendwie beruhigend. »Der Junge hatte Sie gern. Jeder, der Augen im Kopf hatte, konnte das sehen. Ich glaube, er hatte Angst davor, dieselben Fehler noch einmal zu machen, die seine Ehe ruiniert hatten. Er wollte Sie, aber er wusste nicht, wie er Sie für sich gewinnen sollte.«

Ich lugte zu ihm hoch. »Glauben Sie?«

»Das weiß ich. Und was wichtiger ist, Charlotte wusste das, und in Herzensangelegenheiten irrte sie sich selten.«

Er hatte Angst gehabt, und ich war wütend gewesen. Der Anruf seiner Ex und Nikkis Sticheleien waren zu den beiden Faktoren dazugekommen und hatten ausgereicht, um uns beide überreagieren zu lassen. Er hatte ein letztes Mal versucht, einen Schritt auf mich zuzugehen, bevor er endgültig fortging, und ich hatte ihn eiskalt abblitzen lassen, ohne auch nur mit der Wimper zu zucken. Ich hatte meine Chance, glücklich zu sein, vertan und fühlte mich seitdem elend.

Mr Le Page stellte seine Tasse ab und beugte sich vor. »Ich weiß, es steht mir nicht zu, aber bei meinem letzten Gespräch mit Harrison ist mir etwas aufgefallen. Er wirkte verärgert darüber, dass seine Exfrau sich bei ihm gemeldet hatte. Nicht dass er das offen zugeben würde, da sie krank ist. Aber er hat erwähnt, dass es ihm schwerfällt zurückzugehen. Sie hatten einen Schlussstrich gezogen. Er hatte diesen Teil seines Lebens zu den Akten gelegt. Im Gegensatz zu Ihnen und mir, die wir um unsere verstorbenen Partner trauern, war Harrison bereit für etwas Neues.«

Oh.

Die Sichtweise eines Menschen wird durch seine Erfahrungen im Leben geprägt. Meine war durch den Verlust von Rob geprägt worden. Ich hatte keinerlei Zweifel, dass wir heute immer noch zusammen wären, wenn er nicht krank geworden und gestorben wäre. Harrisons Leben war nicht so verlaufen. Er hatte dieses Kapitel abgeschlossen, sich entschieden, seine Ehe zu beenden. Obwohl es nur natürlich war, dass ich noch total oft an Rob dachte, galt dasselbe nicht für ihn. Seine Exfrau wäre die Letzte, mit der er irgendjemanden vergleichen wollen würde.

»Ich bin so ein Idiot!« Stöhnend schloss ich die Augen.

»Nein, sind Sie nicht. Sie sind eine liebenswerte Frau mit einem großen Herzen. Sie haben mehr als genug Liebe für beide in sich. Mehr als genug, um dieses spezielle Problem zu lösen, falls Sie das wirklich wollen.«

»Danke für den Tee.« Ich kippte den Rest meiner Tasse hinunter und stand auf. »Ich sollte vermutlich gehen und … ja, gehen.«

»Haben Sie seine Nummer? Um sich bei ihm zu melden?« In den Augen des alten Mannes lag ein Funkeln. »Ich habe sie irgendwo aufgeschrieben, falls Sie sie nicht haben. Er wollte sichergehen, dass ich ihn anrufen kann, falls ich je etwas brauchen sollte.«

»Die hab ich. Ich wollte nur wissen, was los ist, bevor ich ihn anrufe.« Ich umarmte Mr Le Page. »Danke!«

»Ich bringe nur zu Ende, was meine Charlotte angefangen hat. Sie war überzeugt davon, dass er der perfekte Mann für Sie ist.«

»Falls Sie irgendetwas brauchen …«

»Dann komme ich runter.«

Mit einer letzten Umarmung verabschiedete ich mich. Wenn ich Harrison zurückbekommen wollte, brauchte ich einen Plan.

29

Ich war entschlossener denn je, Harrison zurückzugewinnen. Um sicherzugehen, dass mein Plan genug Schweinkramfaktor hatte, um zu wirken, aber nicht zu irrsinnig, um ihn in die Flucht zu schlagen, ging ich ihn kurz mit Nikki durch. Nachdem sie ihn abgesegnet hatte, startete ich Operation *Star Wars*, auch bekannt als *Harrison dazu bringen, mit mir zu reden*.

Handy. Hab ich.

Blankokarten. Hab ich.

Dessous. Hab ich auch.

Dildo und Klebeband. Oh yeah, Baby!

Ich war startklar.

Mein Plan bestand aus zwei Phasen. Zuerst musste ich Harrison überhaupt einmal dazu kriegen, wieder mit mir zu reden, um ihn um Verzeihung dafür bitten zu können, dass ich ihm keine Chance gegeben hatte, mir zu erklären, was los war. Als Zweites musste ich mich um ihn bemühen. Ich hatte nicht die geringste Ahnung, wie man sich um einen Mann bemüht, aber ich kannte Harrison inzwischen gut genug, um wenigstens einen vernünftigen Versuch starten zu können.

Gut möglich, dass das hier alles für die Katz sein würde. Er könnte genau in diesem Moment am Bett seiner Exfrau sitzen und ihr seine neu entflammte Liebe gestehen. Krankheit bewirkte die seltsamsten Dinge mit einer Beziehung, und ich hatte schon mehr als einmal Paare gesehen, die unter ähnlichen Umständen wieder zueinandergefunden hatten. Falls das der Fall war, falls ich meine Gelegenheit verpasst hatte, mit ihm zusammen zu sein, dann würde ich das akzeptieren müssen. Ich hatte eine Chance gehabt und sie verbockt.

Aber falls nicht, falls noch ein Funken Hoffnung bestand, dass aus uns beiden vielleicht etwas werden könnte, dann musste ich es versuchen. Das schuldete ich uns beiden.

Ich begann am Samstagmorgen des Labor-Day-Wochenendes. Die Luft war kühl, und der Wind hatte aufgefrischt, typisch für einen Tag Ende August. Ich hatte meine Utensilien in eine Einkaufstasche aus Stoff gestopft und war startklar, für den Fall, dass alles klappte. Mein Handy lag auf dem Wohnzimmertisch, das Display gegenwärtig dunkel. Ich holte tief Luft, um mir Mut zu machen, nahm das Handy und durchsuchte meine Kontakte nach Harrisons Nummer.

Hallo?

Es fiel mir schwer, auf eine Antwort zu warten. Es gab haufenweise Gründe, warum er nicht sofort zurückschrieb. Er könnte unterwegs sein, um Besorgungen zu machen, oder im Krankenhaus bei seiner Frau, je nachdem, welche Behandlungen man bei ihr durchführte. Alles Mögliche. Ich sollte ihn nicht drängen zu antworten. Das war nicht der Ton, den ich wollte, ebenso wenig war es die Art und Weise, wie ich sein Vertrauen wiedergewinnen wollte.

Trotzdem musste ich sagen, was ich auf dem Herzen hatte.

Hi. Hier ist Alyssa (für den Fall, dass Du mich aus Deinen Kontakten gelöscht hast). Ich wollte Dir nur sagen, dass ich das von Deiner Ex gehört habe. Wenn es irgendetwas gibt, wie ich Dir helfen kann, IRGENDETWAS, dann lass es mich wissen. Ich habe das selbst schon durchgemacht. Ich weiß, wie schwer es ist, damit fertigzuwerden und trotzdem zu versuchen, für den anderen stark zu bleiben. Du brauchst jemanden, der für Dich da ist. Wenn nicht mich, dann such Dir bitte jemand anders dafür.

Ich drückte auf Senden, und ein eigenartiges Zittern kroch meine Arme hoch. Das war beinahe alles. Beinahe. Aber eine letzte Sache musste ich ihm noch sagen. Es hatte keinen Sinn, jetzt noch zu kneifen.

Oh, ich wollte Dir außerdem noch sagen, dass ich Dich liebe – das glaube ich zumindest –, und falls es dafür zu spät ist, dann ist das okay. Ich hab's verbockt. Du hattest es nicht verdient, ständig mit Rob verglichen zu werden. Du hattest recht. Ich glaube, ich habe mich dafür schuldig gefühlt, ihn hinter mir lassen zu wollen. Dafür bereit zu sein, ihn hinter mir zu lassen. Ich wollte nur, dass Du das weißt. Und dass es mir leidtut. Einen schönen Tag noch!

Da. Nun war offiziell er am Zug.

Ich ließ mein Handy auf dem Tisch und die Tasche auf dem Sofa liegen, stand auf und ging meine Toilette schrubben. Warum auch nicht? Den größten Teil der nächsten Stunde verbrachte ich damit, jeden Quadratzentimeter Oberfläche, den ich in meiner Wohnung finden konnte, zu putzen, bis ich nichts mehr hatte, was ich noch putzen konnte. Dann saugte ich Staub. Dann ordnete ich meine Schuhe neu. Ich wollte gerade damit anfangen, die Wäsche zu waschen, als mein Handy *Born to be Wild* spielte, mein Klingelton speziell für Harrison.

Ich hatte mich noch nie für besonders sportlich gehalten, aber ich hechtete regelrecht über die Armlehne meines Sofas, um ans Telefon zu kommen, und landete wippend auf den Kissen. Kurz wappnete ich mich für die unzähligen möglichen Antworten, die mich erwarten konnten, ignorierte mein hämmerndes Herz und nahm das Handy.

Bin eben erst aufgewacht.

Na, das war ja eher enttäuschend. Dann schaute ich auf die Uhr. *Es ist neun. Du bist doch normalerweise schon längst auf.*

Ich bin in Calgary.

Moment mal. *Was?*

Zu Hause. In Calgary. Da, wo meine Ex ist.

Das war etwas, das ich hätte wissen sollen. Dort waren sie zwei Stunden hinterher. *Tut mir leid.*

Schon gut. Jetzt bin ich wach.

Ich wurde ein bisschen hibbelig, weil er noch mit keinem Wort darauf eingegangen war, was ich geschrieben hatte. Es war ja nicht so, dass ich jeden Tag meine Liebe per SMS gestehe. Dennoch wusste ich, dass Operation *Star Wars* nicht so einfach siegreich sein würde. Ich musste die Sache weiter vorantreiben.

Wie geht es ihr? Was für eine Art Krebs hat sie?

Hat Mr Le Page das ausgeplaudert?

Ja. Sei nicht sauer auf ihn. Er hat es mir erst erzählt, nachdem ich ihn gelochert habe. Das war zwar nicht ganz die Wahrheit, aber ich wollte Mr Le Page keinen Ärger machen.

Bin ich nicht. Eine Pause. *Sie wird wieder gesund.*

Also, jetzt stellte er sich absichtlich stur. *Da bin ich sicher. Viele Krebsarten sind gut behandelbar, wenn sie früh genug entdeckt werden. Was hat sie denn? Brustkrebs? Ich hoffe nicht, aber auch da gibt es inzwischen eine Menge ausgezeichneter Behandlungsarten.*

Eine weitere Pause, viel länger diesmal. *Nein, Hautkrebs.*

Ich wollte ja keine Art von Krebs verharmlosen, aber wenn man schon Krebs bekam, dann war der wie ein Sechser im Lotto. Was mich verwirrte, war, dass Harrison die Stadt verlassen hatte, um bei ihr zu sein. Er hätte das auch aus der Ferne regeln und sie gelegentlich besuchen können. Dann erinnerte ich mich an die ganzen Anrufe, seine Frustration und ein paar seiner Bemerkungen.

Sie hat Dir nicht gesagt, wie schlimm es ist, erst als Du zu ihr gekommen bist, nicht wahr? Du dachtest, es wäre etwas Ernsteres, als es tatsächlich war?

Ja.

Autsch. *Das tut mir leid.*

Das braucht es nicht. Du warst schließlich nicht diejenige, die mich angelogen hat.

Nein, aber ich habe Dir auch keinen Grund gegeben zu bleiben. Nun, ich hatte ihn dazu gebracht, mit mir zu reden, und ausnahmsweise einmal verbockte ich es nicht. Es war vielleicht noch zu früh für die Umgarnungsphase, doch es würde mir eine Vorstellung davon geben, ob die ganze Sache funktionieren konnte.

Ich nahm eine meiner Blankokarten aus der Tasche, schrieb meine Botschaft darauf und machte ein Foto.

Harrison, ich vermisse Dich.

Mit ein paar Klicks war das Bild verschickt. Seine Antwort verzögerte sich länger, als ich gehofft hatte, aber als sie kam, ließ sie die Schmetterlinge in meinem Bauch flattern.

:-) Ich vermisse Dich auch.

Ja! Operation *Star Wars* war in vollem Gang. Ich steckte mein Handy in die Tasche, schnappte mir den Stoffbeutel und ging ins Schlafzimmer, um mich fertig zu machen. Als ich meine Wohnung verließ, wusste ich, dass ich nicht aufgeben würde, bis ich ihn zurückgewonnen hatte.

30

Die nächste Phase meines Plans beinhaltete ein wenig visuelle Verführung. Ich entschied, dass sich mein Café am besten dafür eignete. Mir war nicht bewusst gewesen, wie voll es dort an einem Samstagvormittag war, aber davon würde ich mich nicht abhalten lassen. Ich machte ein Foto von der Außenseite des Gebäudes, bevor ich hineinging und mich anstellte. Len, der Barista, der meinem Kaffee beim letzten Mal ein bisschen zusätzlichen Kick gegeben hatte, nahm die Bestellungen auf. Zum Glück waren zu viele andere Leute in der Nähe, als dass er mehr als nur lächeln und mir zuzwinkern konnte.

Ich lächelte zurück, während ich mein Getränk bezahlte, und floh, so schnell ich konnte.

Es dauerte eine Minute, bis ich einen Tisch fand, der nicht direkt neben einer Familie war. Ich setzte mich, stellte meinen Kaffee auf den Tisch und nahm die Stofftasche auf den Schoß. Dann wollten wir mal ein bisschen Spaß haben! Ich blätterte durch die Sexkarten, bis ich die fand, die ich wollte. Ich legte sie auf den Tisch, machte ein Foto und schickte es an Harrison.

Tag dreizehn

Nimm heiße Flüssigkeit in den Mund und gib ihm damit einen Blowjob

Bevor ich den nächsten Teil in Angriff nahm, musste ich vorsichtig sein. Ich wartete, bis ich sicher war, dass niemand hersah, dann zog ich den Dildo aus der Tasche, legte ihn neben den Kaffeebecher und die Karte und machte ein weiteres Foto. Grinsend stopfte ich ihn wieder in die Tasche, gerade als eine der Baristas vorbeikam. Sie warf mir einen seltsamen Blick zu.

Scheiße. »Ich mache da was für einen Junggesellinnenabschied. Dildo auf Tour.«

Das schien die richtige Bemerkung gewesen zu sein, denn die Frau lachte und nickte. »Das kenn ich. Meine Freundinnen haben gekniffen, und ich war am Ende diejenige, die das Ding am Hals hatte. Viel Spaß!«

»Danke!« *Ich bin so was von verlogen.* Wenigstens war es für einen guten Zweck.

Da ich bei dem, was ich als Nächstes vorhatte, nicht zu auffällig wirken wollte, trank ich meinen Kaffee, so schnell ich konnte. Dann stand ich auf und ging zur Toilette. Es war eine dieser kleinen Toiletten, die nur aus einem einzigen Raum bestanden, weshalb ich fand, dass sie für die nächste Karte perfekt wäre. Alles, was es brauchte, war eine kleine bauliche Veränderung.

Wieder holte ich den Dildo hervor, zusammen mit dem Klebeband. Mit ein wenig Einfallsreichtum klebte ich ihn etwa auf Taillenhöhe an die Wand. Perfekt. Dann ließ ich meine Ausrüstung zu Boden fallen und zog mich so schnell ich konnte aus, bis ich nur noch die Dessous trug, die ich für diese Gelegenheit gekauft hatte. Ich stellte mich neben den an die Wand geklebten Dildo, sodass er im Spiegel noch zu sehen war, und machte ein Foto.

Oh ja.

Mich wieder anzuziehen dauerte ein bisschen länger, war aber dennoch schnell erledigt. Ein Klopfen an der Tür brachte mich dazu, die Karten fallen zu lassen, die ich gerade durchgeblättert hatte.

»Einen Moment noch.« Ah! Da war sie ja. Ich platzierte die Karte auf dem Dildo und schoss schnell ein weiteres Foto, ehe ich die ganze Konstruktion wieder von der Wand riss und in meine Tasche stopfte.

Tag zwanzig

Sex auf einer öffentlichen Toilette

Ich schickte es zusammen mit dem Foto von mir und dem Dildo an Harrison ab, bevor ich mich vergewisserte, jeden Beweis meines Treibens beseitigt zu haben, und den Raum verließ. Draußen wartete eine junge Mutter mit ihrem Kleinkind darauf, dass ich die Toilette frei machte. *Keine Schuldgefühle, keine Schuldgefühle …* »Tut mir leid. Sie gehört ganz Ihnen.« Hastig floh ich aus dem Café.

Mein Handy hatte mehrmals vibriert, nachdem ich gegangen war, aber ich war zu feige, um nachzusehen, was Harrison geschrieben hatte. Schlimmstenfalls, so hoffte ich, nahm er meine kleinen Abenteuer mit Humor. Bestenfalls, so hoffte ich, törnte es ihn an.

Der nächste Stopp meines kleinen Sexabenteuers war der CN Tower. Es kam mir ein wenig lächerlich vor, Eintritt zu bezahlen, nur um ein Foto machen zu können, doch ich würde Operation *Star Wars* nicht halbherzig angehen. Es hieß alles oder nichts.

Nicht dass Harrison die Bedeutung zu würdigen wissen würde, aber bei meiner Höhenangst war der CN Tower der letzte Ort in Toronto, den ich zu besuchen geneigt war. Zuerst einmal war es ein gewaltiger, riesiger Betonturm. Zweitens musste man besagten Betonturm in einem Glasaufzug hinauffahren. Und zu guter Letzt hatte das verdammte Ding einen Glasboden. Oh nein. Und doch war ich hier, hatte das Eintrittsgeld bezahlt und bestieg den Aufzug, um zur Spitze dieses Monolithen hochzufahren, damit ich das perfekte Dildofoto machen konnte.

Wer behauptete, die Romantik wäre ausgestorben?

Als sich die Türen des Aufzugs öffneten, bemerkte ich eine Gruppe, die sich für den EdgeWalk bereit machte. Diese Idioten bezahlten Geld dafür, in ein Klettergeschirr geschnallt zu werden und an der Außenseite dieses Dings herumzulaufen. Die waren völlig irre. Und doch …

Ich ging zu dem Kerl, der aussah, als habe er das Sagen. »Entschuldigung? Ich hätte da eine sehr ungewöhnliche Bitte.«

Bis ich ihm erklärte hatte, was er für mich tun sollte, hatte sich der Kerl schon vor Lachen ausgeschüttet. »Sie wollen, dass ich ein Foto von Ihrem Dildo draußen neben der Tür mache?«

»Wenn das möglich wäre. Es ist eine Art Scherz. Mein Freund ist nicht in der Stadt und … nun ja.«

»Schon okay. Aber erzählen Sie bloß niemandem, dass ich das gemacht habe. Sonst könnte ich Ärger bekommen.« Er streckte die Hand aus, und ich reichte ihm die Tasche. »Geben Sie mir zehn Minuten.«

Fünfzehn Minuten später schickte ich Harrison zwei Fotos.

Tag dreiundzwanzig

Sex auf einem Balkon

Das zweite war das Foto des Dildos vor der Tür, die zur Außenseite des CN Tower führte, die Skyline von Toronto im Hintergrund.

Nachdem das erledigt war, bedankte ich mich bei dem Guide und fuhr zurück auf festen Boden. Ich brauchte eine Ablenkung von der Aussicht aus dem Fahrstuhl, deshalb nahm ich mir einen Augenblick Zeit, um zurückzuscrollen und nachzusehen, was Harrison vorhin geschrieben hatte. Die erste Nachricht war einfach nur ein Smiley. Aber mit jedem weiteren Foto, das ich gesendet hatte, wurden seine Nachrichten wortreicher.

:-)

Süß.

Ein heißer Mund würde sich eigenartig anfühlen.

Ist das eine öffentliche Toilette? Wie hast Du es geschafft, dass das Ding mit dem Klebeband an der Wand bleibt?

LOL Tatsächlich! Wo ist das? Das muss ich zu meiner Liste von Sehenswürdigkeiten hinzufügen.

Ich glaub's ja nicht, Du trägst Dessous! In einer … Mann, Mädchen, mein Schwanz ist gerade steinhart.

Wo willst Du jetzt hin? Hallo?

Ist das … Bist Du auf dem Scheißturm?

LOL!!! Wie hast Du es geschafft, dieses Foto zu bekommen? Ich kann nicht glauben, dass Du das tust!

Als der Aufzug den Boden erreichte, grinste ich wie ein Honigkuchenpferd. Es funktionierte. Ich hatte noch einen weiteren Halt vor mir, bevor ich nach Hause gehen konnte. Auf dem Weg zur U-Bahn-Station machte ich einen Abstecher zur Buchhandlung. Da ich dort drin im Lauf der Jahre schon mehr Stunden verbracht hatte, als ich zählen konnte, wusste ich genau, wo das Buch stand, das ich wollte. Ursprünglich hatte ich einfach nur vorgehabt, ein Foto von dem Dildo neben dem Kamasutra zu machen, doch als ich es in die Hand nahm und ein paar der Seiten durchblätterte, wurde mir bewusst, dass ich womöglich tatsächlich eine Ausgabe haben wollte. Ihr wisst schon, nur für den Fall, dass ich je in eine Situation kommen würde, in der ich eine verdammt heiße Sexstellung brauchte und mir keine guten Ideen einfallen wollten.

Ich bezahlte, so schnell ich konnte, dann stopfte ich das Buch zu den anderen Sachen in der Tasche. Die restlichen Fotos, die ich machen wollte, konnte ich in meiner Wohnung aufnehmen, also sprang ich in die U-Bahn und fuhr zurück.

Bei dem ganzen Herumgerenne war es bereits später Nachmittag geworden. Ich war am Verhungern und brauchte dringend etwas zu essen. Das passte vom Timing her perfekt zu dem, was ich als Nächstes vorhatte. Während ich mir ein Eier-Käse-Sandwich machte, suchte ich ein paar Gegenstände zusammen, mit denen man vielleicht gut spielen konnte: einen breiten Pfannenwender, ein Glas Honig und ein Nudelholz. Ich hatte zwar keine genaue Vorstellung, was wir mit dem Nudelholz anstellen könnten, aber ich wusste, dass Harrison da schon das eine oder andere einfallen würde. Ich legte alles in eine Reihe, diesmal mit der Karte zusammen, und schoss das Foto.

Tag fünfundzwanzig

Benutz drei Gegenstände aus der Küche!

Diesmal wartete ich auf Harrisons Antwort. Ich starrte das Handydisplay an, während ich mein Sandwich aß, dann machte ich mit einer Tüte Chips weiter. Als die Antwort kam, musste ich sie ein paarmal lesen, bevor ich realisierte, was er da schrieb.

Ich würde Dir damit den Hintern versohlen und Dich dann mit dem Nudelholz zum Kommen bringen. Und wenn Du glaubst, Du kannst nicht mehr, dann drehe ich dich um, gieße Honig auf deine Scham und lecke ihn ab, bis Du schreist.

Meine Hand war zwischen meinen Beinen, ehe ich wusste, wie mir geschah. Wie war es möglich, dass er mich so schnell heißmachen konnte? Ich hatte noch ein Foto, das ich ihm schicken wollte, und nach dieser Bemerkung wollte ich die Sache ins Schlafzimmer verlegen. Ich lehnte das Kamasutra an mein Kissen und legte den Dildo und die Karte daneben.

Tag achtzehn

Probiere eine Stellung aus dem Kamasutra aus!

Ich war überrascht, dass ich nicht sofort wieder von ihm hörte. Natürlich gab es eine Reihe logischer Erklärungen, warum er nicht antworten konnte. Dort drüben war es Mittag. Vielleicht musste er sich mit Freunden treffen, nach seiner Frau sehen, arbeiten. Dennoch: Als eine Stunde verstrich und immer noch keine Antwort kam, entschied ich, dass ich nicht länger warten konnte. Operation *Star Wars* musste eine Pause einlegen, und ich musste einfach die Daumen drücken, dass doch noch alles klappte.

31

Nachdem es am Samstag so gut gelaufen war, wurde ich zunehmend besorgt, als Harrison nicht antwortete. Ich wartete bis kurz vorm Zubettgehen, bevor ich versuchte, ihm noch eine Nachricht zu senden. Inzwischen war ich ehrlich genug gewesen, was meine Gefühle und Sehnsüchte anbelangte, dass er mir zumindest irgendeine Reaktion schuldete.

Auch wenn es nur war, um sich zu verabschieden.

Ich schickte ein schnelles *Hey, alles okay?* los, dann ging ich duschen. Als ich, ein Handtuch um den Kopf gewickelt, wieder aus dem Bad kam, blinkte die Anzeige an meinem Handy. Doch statt einer Entschuldigung oder dem Schwanzfoto, auf das ich heimlich gehofft hatte, befand sich auf dem Display nur ein kurzes *Ich melde mich morgen*. Aber was war mit heute Abend?

Ich ließ mich ins Bett fallen und rief Nikki an.

Meine Schwester hielt sich nicht einmal damit auf, Hallo zu sagen. »Also, wie läuft's? Irgendwas von ihm gehört?«

»Wir haben uns unterhalten.«

Ich hielt das Handy von meinem Ohr weg, als sie kreischte. »Und?«

»Und ich hab ihm die Dildofotos geschickt.«

Ein weiteres Kreischen. »Haben sie ihm gefallen? Klar haben sie ihm gefallen! Wahrscheinlich fand er sie zum Schießen.«

»Er hat tatsächlich gelacht.« Ich seufzte. Ungewollt, aber es kam mir einfach über die Lippen.

»Was ist passiert? Muss ich den Kerl verprügeln?«

»Nein. Außerdem ist er ohnehin in Calgary.«

»Was zum Teufel machte er denn da?«

»Da kommt er her, und da lebt auch seine Ex. Er ist zurückgegangen, um ihr beizustehen. Sie hat Krebs, aber zum Glück ist die Diagnose nicht so schlimm, wie befürchtet. Das hat sie ihm aber erst gesagt, als er bei ihr war. Sie hat Hautkrebs, und er sagt, sie wird wieder gesund.«

»Das hat sie benutzt, um ihn zurückzubekommen. So was hab ich schon bei gewissen zwanghaften Typen gesehen. Er wird einen Schlussstrich ziehen müssen. Vielleicht sollte er wegziehen. Jetzt hab ich's! Er kann zurück nach Toronto kommen und dich heiraten. Ich wette, seine Firma könnte ihn sogar hierher versetzen.«

Der Gedanke war mir auch schon in den Sinn gekommen, aber ich weigerte mich, mir Hoffnungen zu machen. »Den Druck werde ich ihm nicht machen. Dann wäre ich nicht besser als seine Ex. Wenn er mich will, wenn er eine Beziehung mit mir will, dann muss es seine Entscheidung sein.«

»Ja. Aber schick ihm in der Zwischenzeit weiter Dildofotos.«

Ich lachte. »Ich hab dich lieb! Danke!«

»Hab dich auch lieb. Ich muss doch dafür sorgen, dass meine kleine Schwester glücklich ist. Du hast es verdient, glücklich zu sein.«

»Du auch. Du wirst den Richtigen schon noch finden.«

»Zweifellos. Und in der Zwischenzeit habe ich stellvertretend durch dich eine Menge Spaß.«

Ich legte auf und gab mir größte Mühe, in dieser Nacht Schlaf zu finden. Doch statt Schlaf fand ich mich in den Fängen einer Reihe erotischer Träume wieder. Harrison und ich nackt am Strand, wie wir uns am Wasser liebten. Harrison auf dem Rücksitz eines Cabrios mit offenem Verdeck. Ich kletterte auf seinen Schoß und begann, ihn zu reiten. Ich, gefangen von einem Piraten, und Harrison stürmte in Armeehose und mit nacktem Oberkörper zu meiner Rettung. Ich hatte keine Ahnung, wo dieser letzte Traum herkam. Nicht dass das wichtig wäre, denn jeder Traum endete gleich. Kurz bevor mein Orgasmus sich ankündigte, wachte ich auf und ging leer aus.

Ich konnte nicht einmal mehr einen anständigen erotischen Traum haben.

Um sechs Uhr morgens gab ich den Gedanken an Schlaf auf, machte mir stattdessen einen Kaffee und begann, im Kamasutra zu lesen. Einige der Stellungen sahen ganz natürlich aus, ein paar davon hatten Harrison und ich sogar schon ausprobiert. Für andere jedoch musste man wahrscheinlich eine Art Schlangenmensch sein, um sie ausführen zu können. Zugegeben, Harrison war in Topform, aber selbst er würde ein paar davon schwierig finden.

Der menschliche Körper war nicht dafür gedacht, sich so zu verbiegen.

Als ich das Buch auf die Seite drehte, damit ich mich besser in die Stellung hineindenken konnte, kam ich plötzlich zu einer Erkenntnis.

Ich hatte seit Tagen nicht mehr an Rob gedacht.

Das Buch wurde schwer in meinen Händen, und ich ließ es in meinen Schoß fallen. Ich hatte mich so darauf konzentriert, einen Weg zu finden, Harrison wieder zurückzugewinnen, dass Rob mir nie in den Sinn gekommen war. Nicht einen Moment. Nicht einmal in den Augenblicken, in denen es ganz automatisch gewesen wäre. Stattdessen hatte Harrison sich still und leise in meine Gedanken geschlichen und anstandslos die Hauptrolle übernommen.

Schuldgefühle zwangen mir Tränen in die Augen, doch ich blinzelte sie fort. Es gab keinen Grund, sich dafür schuldig zu fühlen, an einen anderen Mann zu denken. Wenn überhaupt, sollte ich stolz auf mich sein. Ich hatte endlich angefangen, mein Leben weiterzuleben. Ich hatte jemanden gefunden, von dem ich wusste, dass er mich glücklich machen konnte, ebenso glücklich, wie ich mit Rob gewesen war. Er war keine Kopie oder ein Ersatz; Harrison war etwas Neues, anderes. Er brachte eine andere Seite meiner Persönlichkeit zum Vorschein, ermutigte mich, auf andere Weise zu wachsen.

Harrison hatte die Freude in mein Leben zurückgebracht. Ich hoffte nur, dass ich in der Lage sein würde, dasselbe auch für ihn zu tun.

Der Sonntag zog sich endlos hin. Immer noch kein Lebenszeichen von Harrison. Ich schickte ihm über den Tag verteilt ein paar Nachrichten und sah, dass er sie erhalten und gelesen hatte, aber er antwortete nicht. Ich nahm sogar eine der Blankokarten, zeichnete ein trauriges Smiley darauf und schickte ihm das Foto. Das bewirkte eine Antwort, allerdings nur ein kurzes *Morgen. Versprochen.* Nun, ich hatte schon so lange auf ihn gewartet, was war da schon ein weiterer Tag?

Folter, das war's, was es war.

Ich schlief beschissen in dieser Nacht, da mein Verstand mir die bizarrsten Szenarien vorgaukelte. In der Hälfte davon liebten Harrison und ich uns. In der anderen Hälfte brach er mir das Herz. Das lag eindeutig an der Unsicherheit, nicht zu wissen, woran ich bei ihm war, dennoch ärgerte es mich. Nach allem, was ich durchgemacht hatte, verdiente ich ein wenig Glück. Oder etwa nicht?

Mein Handy vibrierte, was mich dazu veranlasste, ein Auge zu öffnen, um auf die Uhr zu sehen. Scheiße, ich hatte es auf Vibrieren statt stumm gestellt. Es war fünf Uhr dreiundvierzig morgens. Wahrscheinlich nur eine Spam-Mail oder so etwas. Ich machte mein Auge wieder zu und hoffte, wieder einschlafen zu können. Ein weiteres Vibrieren, gefolgt von einem dritten, und ich langte hinüber, um das Handy stumm zu schalten. Irgendjemand würde dran glauben müssen, sobald ich wach war. Später.

Als ich wieder aufwachte, war es beinahe halb zehn. Meine Muskeln schmerzten davon, viel mehr Zeit im Bett als üblich verbracht zu haben. Ich reckte und streckte mich lang aus und blieb so liegen, bis ich mich schließlich auf den Bauch rollte. Mein Handy balancierte gefährlich an der Kante des Nachttisches. Ich nahm es und ließ mich wieder zurück in die Kissen fallen, um den Spam zu löschen.

Nur war es kein Spam.

Es war eine Nachricht von Harrison. *Guten Morgen!*

Wow, da musste es bei ihm mitten in der Nacht gewesen sein. Er musste wirklich lange auf gewesen sein, um an einem Projekt für einen Kunden zu arbeiten oder so was. Ich scrollte hinunter und erkannte, dass es nicht nur drei, sondern über ein Dutzend Nachrichten und Bilder waren. Was zum Teufel machte er?

Zeit für eine Schnitzeljagd!

Das Nächste war tatsächlich ein Foto. Ich musste das Handy drehen, um zu erkennen, dass es ein Foto von einem dunklen Raum war, erhellt von etwas, das ich für einen Laptop hielt. Das war … merkwürdig. Ich scrollte weiter, las und schaute und versuchte herauszufinden, was zum Kuckuck er im Schilde führte.

Ein nächtliches Foto von einem geparkten Wagen.

Die erleuchtete Konsole eines Autos – oh, ein Audi, schön.

Ein Highway? Vielleicht?

Schließlich kam ich zu einer weiteren Nachricht. *Um diese Nachtzeit ist es wirklich ruhig. Da hat man jede Menge Zeit, um nachzudenken.*

Nachdenken war gut, zumindest hoffte ich das. Der Nachricht folgte ein weiteres Foto. Das hier brachte mich dazu, mich kerzengerade im Bett aufzusetzen. Es war das Schild des Calgary International Airport. Ich schwang die Beine aus dem Bett und stand auf, während ich zum nächsten Foto weiterscrollte. Ein Flughafenangestellter mit einem Ticket in der Hand. Gefolgt von einer Nahaufnahme des Tickets. Calgary – Toronto, einfach, Ankunft fünf Uhr dreiundvierzig morgens.

»Oh mein Gott, er ist hier!« Ich starrte mich im Spiegel an und schrie.

Es war ein Freudenschrei. Bis ich realisierte, dass ich noch vollkommen verschlafen aussah. Ich musste ins Bad und mir überlegen, was ich anziehen sollte. Ich hatte keine Ahnung, wo er war oder wann er zu mir kommen würde. Falls er überhaupt kam. Das musste er doch, oder? Das war doch der ganze Sinn und Zweck davon, nach Toronto zu fliegen, um mich zu sehen. *Gott, ich hoffte es!*

Völlig aus dem Häuschen schnappte ich mir mein Handy und rannte ins Bad. Während ich unter der Dusche stand, vibrierte mein Handy noch ein paarmal, und jedes Mal schnellte mein Herzschlag ein wenig höher. Meine Haut war immer noch feucht, nachdem ich mich schnell abgerubbelt hatte, doch das kümmerte mich nicht besonders. Mit zitternden Fingern scrollte ich durch die Nachrichten.

Das Innere eines Flugzeugs.

Eine Tasse Kaffee an Bord. Ich krümmte mich innerlich, da ich wusste, wie beschissen der üblicherweise schmeckte.

Das nächste Foto war die Skyline Torontos vom Flugzeug aus. Ich hielt inne und starrte es einfach an. Großer Gott, er war wirklich, wirklich hier!

Während ich auf das Display starrte, kam eine weitere Nachricht. *Ich nehme an, Du bist jetzt wach.*

Ich musste meine Antwort dreimal tippen, um meine Tippfehler zu korrigieren. *Ja, bin ich. Wo bist Du??*

Sag ich nicht. Du musst mich suchen. Er ließ ein weiteres Foto folgen. Es war von dem See. Nein, nicht nur von dem See, sondern von der Bank am See, wo wir nach der Beerdigung angehalten hatten. Hastig zog ich mich an und rannte zur U-Bahn.

Das Gedränge auf den Straßen und in der U-Bahn war immer noch dicht, wenn man bedachte, dass Feiertag war. In der Innenstadt fanden viele Veranstaltungen statt, wodurch ich umso langsamer vorankam. Ohne eine zu ungeduldige Zicke zu sein, lavierte ich mich aus der U-Bahn-Station und ging so schnell ich konnte zu unserer Bank.

Nur war Harrison nirgends zu sehen.

Ich war vom Laufen erschöpft, also setzte ich mich. Vielleicht hatte er aus irgendeinem Grund kurz weggemusst. Er würde zurückkommen. Mein Handy vibrierte.

Rede mit dem Mann.

Rede mit wem?

»Entschuldigung?« Ich fuhr auf der Bank herum und sah einen Mann Mitte vierzig hinter mir stehen. Er trug Laufkleidung, nicht gerade der Typ Mensch, der wartend herumstehen würde. »Sind Sie Alyssa?«

»Ja.« Mein Herz setzte einen Schlag lang aus.

»Die sind für Sie.« Er joggte zu einem Abfalleimer und hob einen Strauß Blumen auf, der dahinter verborgen auf dem Boden gelegen hatte.

Es waren Margeriten, und sie dufteten wunderbar. »Danke.«

»Keine Ursache.« Sein Grinsen war ansteckend. »Ich habe das Gefühl, dass Sie heute noch einen schönen Tag haben werden.«

»Das denke ich auch.« Ich drückte die Blumen an die Brust, während er weiterlief.

Sie waren wunderschön. Ich vergrub die Nase in den Blütenköpfen und atmete tief ein. Mein Kopf füllte sich mit ihrem Duft, und mein Herz mit seiner Liebe. Das war es, was meinem Leben so lange gefehlt hatte. Leidenschaft und Spaß und Albernheit und Liebe. Ich wollte mehr. Mehr davon, mehr von ihm, mehr, mehr, mehr.

Mein Handy vibrierte wieder. *Gefallen sie Dir?*

Ich liebe sie. Wo bist du??

Gleich. Rede mit der Frau.

Ich war schon auf den Füßen und drehte mich auf der Suche nach dem nächsten Puzzlestück im Kreis. Es wanderten eine Menge Leute umher, aber niemand schien ein Interesse daran zu haben, mit mir zu reden.

Mein Handy vibrierte. *Sie arbeitet. Glaube ich.*

Arbeitet? Hier arbeiteten nicht viele Leute am Labor Day. Erst als ich mich ein zweites Mal drehte, fiel mir eine ältere Chinesin ins Auge, die in einem Abfallbehälter am Weg nach Flaschen suchte. Auf bloße Vermutung hin ging ich den Weg zum Pier hinunter auf sie zu.

»Entschuldigung?« Sie antwortete nicht. »Entschuldigen Sie. Ich bin Alyssa.«

Sie schaute zu mir hoch, musterte mich und grinste im selben Moment breit. Dann nickte sie mehrmals, langte in die oberste Tasche ihres Trolleys und reichte mir eine Fahrkarte. Sie war für die Fähre hinüber nach Center Island. Es war ein Feiertag, das hieß, sie fuhr etwa jede halbe Stunde. Ich hatte ungefähr fünfzehn Minuten, um dort hinzukommen.

»Danke!« Ich drückte ihr obendrein noch einen Kuss auf die Wange und rannte los.

Die Fahrt von der Innenstadt zur Insel dauerte nur wenige Minuten, aber es hätten auch Tage sein können, so ungeduldig brannte ich darauf, Harrison endlich wiederzusehen. Es half auch nicht, dass er mir ständig neue Nachrichten schrieb.

Die Fähre auf dieser Seite hat abgelegt.

Es ist wirklich ziemlich schön auf der Insel. Obwohl es mit dir hier noch schöner wäre.

Bist Du schon drauf? Und jetzt?

Warte, ich kann die Fähre sehen. Ich möchte, dass Du zum Bug gehst und mir winkst. Ich will sehen, ob ich Dich erkennen kann.

Hast Du gewunken??

Ich rannte zur Vorderseite der Fähre und winkte so wild ich konnte, bezweifelte jedoch, dass er viel davon sehen würde, wenn man bedachte, wie viele Menschen um mich herumstanden. Aber ich suchte nach ihm, und mit jeder Minute, die verstrich, wurden meine Aufregung und meine Vorfreude stärker.

Da!

Er stand dicht am Rand des Kais, und in dem Moment, als unsere Blicke sich trafen, sah ich ihn grinsen. Er straffte die Schultern und stellte sich kurz auf die Zehenspitzen, bevor er sich umdrehte und fortging.

Nein! *Geh nicht weg, Du Arsch!*

Ich gehe nicht weit. Komm und hol mich.

Es gelang mir, manierlich zu bleiben, bis ich von Bord ging und den Kai betrat. Ich bemühte mich, ihn durch das Gedränge der an und von Bord strömenden Menschen hindurch zu entdecken, jedoch ohne Erfolg, also beschloss ich, in die Richtung zu gehen, in die ich ihn hatte verschwinden sehen.

Harrison stand am Ende des Kais am anderen Ende der Fähre, die Hüfte lässig an die Metallabsperrung am Eingang gelehnt. Ich schlängelte mich durch die Menge, bis ich ihn schließlich erreichte. Ich blieb erst stehen, als ich beinahe an ihn gedrückt wurde. Wie ich es schaffte, mich zurückzuhalten und ihm nicht um den Hals zu fallen, wird mir wohl immer ein Rätsel bleiben. Stattdessen sah ich ihm in die Augen und lächelte.

»Hi.« Vor Ergriffenheit musste ich einen Kloß hinunterschlucken, der mir die Kehle zuzuschnüren drohte. »Du bist hier.«

Sein Haar war in den paar Wochen, seit ich ihn zum letzten Mal gesehen hatte, länger geworden. Wegen der dunklen Sonnenbrille, die auf seiner Nase thronte, konnte ich seine Augen nicht sehen. Aber das war nicht wichtig. Von dem Schwung seiner Lippen, diesem kleinen Schmunzeln, das er perfektioniert hatte, wusste ich, dass die Augen hinter diesen dunklen Gläsern funkelten. Harrison führte etwas im Schilde, und genau wegen seiner schelmischen Art hatte ich ihn ja so gern.

»Alyssa, Miss Alle-Drei-Silben. Hast du Lust, mit mir einen Spaziergang zu machen?« Er wandte sich um und bot mir seinen Arm an.

Ich nahm den Blumenstrauß in die andere Hand und hakte mich bei ihm unter. »Liebend gern.«

Kaum spazierten wir los, fiel all die Anspannung, die sich während der letzten zwei Tage in mir angestaut hatte, von mir ab. Er war hier, und ich war bei ihm. Ich trat näher, sodass unsere Körper sich seitlich berührten.

»Du hast mir gefehlt«, sagte ich ein paar Minuten später, da ich es hinter mich bringen wollte. »Mehr, als ich gedacht hätte.«

»Du hast mir auch gefehlt. Ehrlich, ich hätte nicht gedacht, das ich noch einmal von dir höre.«

»Ich auch nicht.« Der Wind kitzelte mich im Gesicht, und der Duft von frisch gemähtem Gras umgab uns. »Du bist wirklich hier.«

»Ja.« Er lachte leise. »Immer noch hier.«

»Das wird jetzt wohl nicht richtig rüberkommen, aber ich muss es trotzdem fragen. Warum? Wir haben uns gestritten, wieder einmal, und ich habe dich stehen lassen. Ich war gemein und dickköpfig. Ich dachte, das war's, und dass du endgültig fort wärst.«

Er blieb stehen und legte den Arm um mich. »Wenn du das wirklich geglaubt hast, warum hast du mir dann die Fotos geschickt? Warum hast du dich überhaupt bei mir gemeldet?«

Er hatte wirklich eine besondere Art, auf den Punkt zu kommen. »Ich hatte das über deine Exfrau herausgefunden. Und ich habe mich daran erinnert, wie verletzt und allein ich mich gefühlt hatte, als ich das mit Rob durchgemacht habe. Wie wütend ich auf ihn war, auf den Krebs, und welche Schuldgefühle ich wegen meiner Wut bekam. Ich wollte nicht, dass du durch all das allein durchmusst.«

Menschengruppen strömten an uns vorbei und teilten sich dabei wie Wasser an einem Felsen im Fluss. Wir standen einfach nur da, und soweit es mich betraf, waren wir die einzigen Menschen auf der ganzen Welt. Ich war so weit gekommen, verstand, welche Konsequenzen es hatte, mit meinen Gefühlen nicht vollkommen ehrlich zu sein. Ich konnte nicht aufhören, bis ich alles gesagt hatte.

Also holte ich tief Luft und legte meine Hand auf sein Herz. »Mir ist außerdem bewusst geworden, dass ich einen Fehler gemacht hatte. Du hattest recht. Ich habe dich in Gedanken mit Rob verglichen, und das war nicht fair. Das Komische ist, als ich dachte, dass du fort wärst, dass ich dich sehr wahrscheinlich nie wiedersehen würde, gingst du mir nicht mehr aus dem Kopf. Ich dachte überhaupt nicht mehr an Rob. Dann, als ich mit Mr Le Page geredet habe, wurde mir klar, dass ich dich und deine Beziehung zu deiner Ex aus meiner eigenen ›Witwen‹-Perspektive betrachtet hatte. Ich hatte Dinge hineininterpretiert, die nicht da waren. Das war nicht fair dir gegenüber. Ich wusste, dass ich noch einmal eine Chance auf etwas Besonderes gehabt hatte, auf etwas, das, wie meine Schwester mich erinnert hat, einem nicht allzu oft begegnet, und ich hatte sie verbockt.«

»Nein, hast du nicht.«

Ich wollte lachen, wusste aber, dass er das falsch auffassen würde. »Danke, dass du mich auch an etwas erinnert hast.«

»Woran denn?« Seine Stimme war leise, doch das konnte das leicht raue Stocken nicht verbergen.

»Dass Liebe zu kostbar ist, zu selten, um sie sich einfach durch die Lappen gehen zu lassen. Ich hatte mir eingeredet, dass das, was ich mit Rob hatte, meine einzige Chance auf Liebe gewesen war. Dass, auch wenn der Sex toll ist, er alles wäre, was ich noch zu erwarten hätte. Ich brauchte mehr als das. Ich brauchte einen Freund ebenso wie einen Liebhaber.«

Wir sahen einander noch ein wenig länger an, bevor wir unseren Weg fortsetzten. Als er sprach, war es das erste Mal, dass die selbstsichere Maske ins Rutschen kam. Sein Griff um meinen Arm verstärkte sich, als habe er Angst, ich könnte davonlaufen. *Als ob ich das tun würde!*

»Als Angie mich anrief, als ich ihr endlich zuhörte und sie mir sagte, dass sie krank ist, bin ich gegangen. Sie hatte mich betrogen, mich benutzt, damit sie sich in gewissen gesellschaftlichen Kreisen bewegen konnte, aber sie hatte mich nicht geliebt. Nicht so, wie du und Rob euch geliebt habt.«

Eine Gruppe Kinder rannte an uns vorbei, Luftballons hinter sich herziehend. Er sah ihnen nach, und sein Schritt wurde langsamer. »Ich glaubte nicht, dass ich dir das geben könnte, was Rob dir gegeben hat. Je mehr ich dir zuhörte, wie du von ihm erzählt hast und von den Dingen, die ihr getan habt, desto weniger wusste ich, ob ich das Zeug dazu hatte. Meine einzige langfristige Beziehung war mit Schwierigkeiten behaftet gewesen und hatte schrecklich geendet. Ich wollte dir nicht wehtun, aber in meiner Vorstellung war ich dazu verdammt, die Sache ebenso zu verbocken wie bei ihr. Also ging ich zurück.«

»Aber sie hatte dich angelogen.«

»Das war keine große Überraschung. Das war ihre Art, mich zu zwingen, ihr zuzuhören. Und ich tat es. Zuhören. Das Problem war, sie sagte nichts Neues. Es ging nur um ihre Wünsche und Bedürfnisse. Sie fragte mich nicht, was ich wollte oder brauchte. Das Komische war, dass ich beinahe drauf reingefallen wäre.« Er nahm mein Gesicht in die Hände und beugte sich vor, bis unsere Lippen sich berührten. »Bis du mir dieses erste Foto geschickt hast. Da wusste ich, dass das, was ich mit ihr hatte, nie echt gewesen war. Nicht wie das, was wir miteinander geteilt haben. Ich musste dich zurückbekommen. Wenn du mich haben willst.«

»Ja.«

Ich könnte nicht sagen, wer den Kuss begann; nicht dass das wichtig wäre. Er hielt mein Gesicht in den Händen, seine Daumen streichelten meine Haut, während die Finger meine Kopfhaut massierten. Seine Lippen waren sanft fordernd, unnachgiebig in ihrem Verlangen nach mehr. Ich verweigerte es ihm nicht, mir ebenso wenig. Ich legte die Hände um seinen Nacken und drängte mich fest an ihn, bis niemand mehr hätte erkennen können, dass wir keine Einheit waren.

Es war der Augenblick, in dem ich wieder zur Mehrzahl wurde.

Alyssa und Harrison.

Als wir endlich wieder Luft holten, nahm ich in der Entfernung Gekicher und anzügliches Pfeifen wahr. »Anscheinend haben wir Publikum.«

Er zog die Augenbrauen hoch und schaute sich um. »Ich erinnere mich nicht, dass das auf den Karten gestanden hätte.«

»Ich denke, die Karten können wir jetzt getrost vergessen. Wir sind offiziell über sie hinaus.« Ich gab ihm einen kleinen Klaps auf die Brust und spielte mit einem seiner Knöpfe. »Allerdings wünschte ich mir, wir hätten ein Bett.«

»Komisch, dass du das erwähnst.« Er drehte mich so, dass ich ein reizendes kleines Haus sehen konnte. »Ta-da!«

»Was ist das?«

»Das ist eine Frühstückspension, deren letzte Gäste rein zufällig einen Tag früher abgereist sind. Wir haben ein Zimmer für eine Nacht. Wenn du willst.«

Vor Freude quietschend hüpfte ich auf und ab. »Und ob ich will! Auf der Stelle. Auf der Stelle Sex, bitte!«

Er zog mich wieder an seine Seite und führte mich den Weg entlang. »Beruhige dich, sonst ändern sie womöglich noch ihre Meinung.«

»Wissen die denn nichts von dem bevorstehenden verrückten animalischen Sex? Das sind aber sehr schlechte Manieren, sie nicht vorzuwarnen, Mr Kemp.«

»Ich bin ein sehr schlechter Mensch.«

Ich küsste seinen Handrücken. »Nein, bist du nicht. Du bist ein sehr guter Mensch. Und ich freue mich schon darauf, dir ganz genau zu zeigen, was ich für dich empfinde.«

32

Die Besitzerin der Frühstückspension war eine reizende Frau mittleren Alters, die alles andere als naiv war, was die Tatsache betraf, dass wir gleich übereinander herfallen würden wie die Irren.

»Sie beide haben Glück. Wir sind normalerweise den ganzen Sommer völlig ausgebucht. Meine letzten Gäste mussten wegen einer unerwarteten Änderung ihrer Flugzeiten vorzeitig abreisen.«

»Anscheinend ist mir das Glück zurzeit sehr gewogen«, sagte Harrison, bevor er mir einen Kuss auf die Schläfe gab. »Danke, dass Sie uns dazwischenquetschen konnten.«

»Ich habe die Bettwäsche gewechselt und die Speisekarte auf den Nachttisch gelegt. Normalerweise brauche ich Ihre Bestellung eine Stunde vor dem Abendessen. Falls ich bis sieben nichts von Ihnen gehört habe, nehme ich an, dass Sie nicht hungrig sind.«

Das Funkeln in ihren Augen, als sie uns zu dem Zimmer im hinteren Teil des Hauses führte, ließ mich rot anlaufen wie eine Tomate. Ja, ich wusste, dass *nicht hungrig* der Code für Sex war. Zum Glück sprach sie uns nicht direkt darauf an. Ich wäre wahrscheinlich vor Scham im Erdboden versunken.

Ich holte tief Luft, ehe ich die Tür öffnete und eintrat. Das Zimmer war absolut hinreißend. Langsam drehte ich mich im Kreis, um alles in mich aufzunehmen. »Wow. Hier ist es … Wow!«

»Ich könnte es selbst nicht besser ausdrücken.« Dabei sah er nichts anderes als mich an.

Und schon errötete ich wieder. »Ach, hör auf.«

»Ich werde nicht aufhören, bis ich dich schreien höre.« Er machte die Tür zu und schloss ab.

»Nein. Auf keinen Fall. Bei Schreien kann ich nichts anders, als Einspruch zu erheben. Hast du ihren Blick nicht gesehen?« Es wäre etwas weniger peinlich gewesen, wenn wir ein frisch verheiratetes Paar wären oder so was. Aber nur etwas.

»Na, wenn das so ist, könnten wir Tag zweiundzwanzig machen.« Er fing an, sein Hemd aufzuknöpfen, während er sich die Schuhe abstreifte.

Da ich nicht zurückstehen wollte, zog ich mein T-Shirt aus und schleuderte es beiseite. »Wie kommt es, dass du alle Karten auswendig kennst? Ich weiß nur ein paar davon.«

»Ich bin ein Kerl. Es sind Sexkarten von einem Kerl. Außerdem habe ich ein ausgezeichnetes Gedächtnis.« Er zog seinen Reißverschluss auf und streifte die Hose ab. »Außerdem habe ich von allen Fotos gemacht.«

»Du hast was?« Ich warf ihm meine Shorts an den Kopf. »Warum hast du Fotos von ihnen gemacht?«

»Um dich zu beeindrucken«, schmunzelte er und schob dann seine Unterhose zu Boden.

Ich sah seinen erigierten Schwanz an und leckte mir die Lippen. »Ich gebe zu, ich bin beeindruckt. Aber es kommt nicht nur auf dein gutes Gedächtnis an. Du musst auch unter Beweis stellen, wie gut du die Aufgaben erfüllst.« Ich machte kurzen Prozess mit dem Rest meiner Kleidung und hörte nicht auf, bis ich ebenso nackt war wie er.

»Das hört sich nach einer Herausforderung an.« Er kam einen Schritt näher.

»Ist es auch.« Ich machte ebenfalls einen Schritt.

Er machte einen Schritt zur Seite in Richtung Bett. »Dann sorge ich besser dafür, dass ich deinen Erwartungen gerecht werde.«

Ich machte wie er einen Schritt zur Seite. »Das wirst du.«

»Du darfst keinen Laut von dir geben.« Dann bückte er sich und holte etwas aus seiner Hosentasche. »Die habe ich vorhin abgenommen. Ich denke, die könnte jetzt nützlich sein.«

Es war eine schwarze Seidenkrawatte.

Mein Körper war sehr erfreut, sie zu sehen. Anstatt mit Worten meine Zustimmung zu geben, setzte ich mich aufs Bett und öffnete den Mund. Harrison seufzte leise, als er die Krawatte an meine Lippen legte, sie zurechtrückte und an meinem Hinterkopf verknotete. »Das ist das Heißeste, das ich je gesehen habe.«

Ich hätte antworten können, denn so fest saß die Krawatte nicht, aber das Spiel hatte bereits begonnen, und ich wollte das hier so gut wie möglich machen. Denn ich und leise sein war wirklich keine gute Kombination.

»Rutsch auf dem Bett nach hinten. Genau in die Mitte.«

Ich rutschte zurück, bis ich an der richtigen Stelle war, und streckte mich dann aus. Meine Brustwarzen waren bereits steif und ich war feucht. Seit Tagen hatte ich hiervon geträumt, davon, wieder mit ihm zusammen zu sein. Nun, da der Moment endlich gekommen war, wusste ich nicht, ob ich auch nur eine Sekunde länger warten konnte, ihn auf mir zu spüren.

Leider hatte Harrison nicht denselben Plan wie ich. Er ging um das Bett herum, nahm meine Hand und streckte meinen Arm aus. Dann ging er zur anderen Seite, ohne mich dabei aus den Augen zu lassen, und wiederholte das Ganze mit meinem anderen Arm. Am Fuß des Bettes arrangierte er meine Füße so, dass ich nun einem menschenförmigen Seestern glich.

Noch vor einem Monat hätte ich mich in dieser Stellung verlegen gefühlt, bloßgestellt, nackter als ich bereits war. Aber nicht jetzt, nicht mit ihm. Das Einzige, woran ich denken konnte, war Harrison und der Wunsch, er würde mich berühren, mich lecken, mich so heftig kommen lassen, dass ich völlig vergaß, keinen Lärm machen zu dürfen.

Harrison kehrte zum Fuß des Bettes zurück, um auf mich herabzusehen. Er hob einen Finger an seine Lippen, als Erinnerung, keinen Laut von mir zu geben, dann legte er sich leise halb aufs Bett, sodass sein Gesicht zwischen meinen Beinen schwebte. Er beugte sich vor und küsste mich erst auf die Innenseite des einen und dann des anderen Oberschenkels. Sein Atem kam als heißer Strom heraus, was meinen Körper erbeben ließ.

Der Kuss seiner Zunge in der kleinen Vertiefung zwischen meinem Bein und der Hüfte ließ mich vor schwindelerregendem Eifer beinah aufstöhnen. Stattdessen biss ich auf seine Krawatte und hoffte, dass er die nicht wiederhaben wollte. Er drehte leicht den Kopf und wiederholte den Kuss auf der anderen Seite, bevor er einen Pfad aus Küssen über meine Hüfte und hoch zu meinen Rippen zog. Ich versuchte, mich unter ihm fortzuwinden, aber seine Hände hielten mich fest. Ich war gezwungen, mich in der Bettdecke festzukrallen, als hinge mein Leben davon ab.

Harrison setzte seine sinnliche Folter fort. Küsste die Unterseite meiner Brüste. Leckte die Stelle, wo mein Dekolleté wäre, wenn meine Brüste nicht leicht auseinanderfallen würden. Küsste mich genau unter meiner Achsel, was mich beinah kichern ließ. Ich trommelte mit den Fersen auf die Matratze, was eine stumme Forderung war, schneller zu machen. Ohne auf mich zu achten, fuhr er mit seiner Inventur meines Körpers fort.

Er sog träge an meiner Brustwarze, dabei ließ er die Zunge auf eine Weise über die Spitze schnellen, die eher liebevoll als erregend war. Erst als er die Brüste wechselte und die feuchte Spitze zwischen Daumen und Zeigefinger nahm, setzte die wahre Lust ein. Er kniff und rollte sie, ließ die Erregung erst langsam wachsen und sich dann von Minute zu Minute steigern. Ich fing an, meine Hüften aufzubäumen, wollte, dass er mich leckte, in mich eindrang, alles, was mir helfen würde zu kommen.

Er tat es nicht.

Nach einer Weile, die mir qualvoll lange vorkam, begann er sich auf der anderen Seite meines Körpers wieder nach unten zu küssen und spiegelte dabei jeden Kuss seines Weges nach oben. Als Zugabe fügte er noch ein paar zusätzliche Küsse und Liebkosungen mit seiner Zunge hinzu, besonders als er zu meinem Bauch zurückkehrte. Meinem Bauchnabel widmete er besondere Aufmerksamkeit. Er leckte ein paarmal um ihn herum, bevor er endlich eine Spur aus Küssen zu meinem Schamhaar hinunterzog.

Doch anstatt sich geradewegs um meine Klitoris zu kümmern, senkte Harrison seine Nase auf das dichte Büschel, das meinen Venushügel bedeckte, und atmete mich ein. Ich hatte das bei ihm auch schon gemacht, weil ich es liebte, wie sein natürlicher Geruch alles in meinem Kopf noch viel realer zu machen schien. Die rauen Härchen bewegten die Haut darunter, als er mit ihnen spielte, und der Bereich wurde von Sekunde zu Sekunde empfindsamer.

Ich liebte es.

Ich hasste es.

Ich würde wirklich schreien, wenn er nicht bald zur Sache kam!

Vielleicht hatte ich geseufzt, als er tiefer rutschte und mit beiden Händen meine Klitoris aus dem Haar, das sie beschützte, freilegte. Seine Daumen teilten alles, was im Weg war, bis die Luft die erhitzte Haut küsste. Ich blickte hinunter, und bei dem Ausdruck von Freude auf seinem Gesicht wurde mir ganz warm ums Herz, bevor er den Kopf senkte und meine Klitoris mit dem Mund bedeckte.

Zuerst leckte er nicht, sondern saugte nur. Der Druck wurde stärker, je länger er weitermachte. Mit steigendem Druck wuchs auch die Lust. Ich hob die Hüften und presste mich fest gegen seinen Mund, in der Hoffnung, er würde mir geben, was ich wollte. Es musste funktioniert haben, denn ehe ich michs versah, begann er, mit der Zunge über meine Klitoris zu fahren.

Diese ganze Sache mit dem Stummbleiben wurde allmählich wirklich schwierig. Ich kniff die Augen zu, während mein Körper sich anspannte. Ich war so gereizt, so erregt, dass ich nicht wusste, ob ich tatsächlich überhaupt würde kommen können. War es möglich, zu erregt zu sein? Vielleicht. Doch letzten Endes war das ohnehin nicht die Art und Weise, wie ich meine Erfüllung spüren wollte. Ich griff nach unten und zog an seinem Kopf, um ihm zu bedeuten, zu mir hochzukommen.

Ich wollte ihn in mir haben, wenn ich kam. Ich wollte das Gefühl genießen, wie sein Schwanz in mich glitt, wie seine Hände mich hielten, während ich ihn ritt. Ja, das war das Bild, das ich nicht aus dem Kopf bekam.

Ohne sein Stirnrunzeln zu beachten, schob ich ihn zur Seite und machte Anstalten, mich auf ihn zu schwingen. Als er begriff, was ich vorhatte, lächelte er und legte sich bereitwillig auf den Rücken. Ich schnappte mir ein Kondom vom Nachttisch, wo er in weiser Voraussicht eine ganze Packung platziert hatte, und rollte es über seinen Schaft. Anders als er war ich nicht zu neckenden Liebkosungen fähig. Ich schwang ein Bein über ihn, positionierte seine Spitze an meiner Öffnung und ließ mich niedersinken, bis wir vereint waren.

Meine Klitoris berührte heiße Haut, Schweiß bildete sich bereits auf unseren Körpern. Die Bettdecke unter meinen Knien war weich, was den Ritt bequem machte. Die Hände auf seine Brust gestützt hob ich die Hüften und glitt langsam an seinem Schaft entlang, bevor ich mich wieder fallen ließ. Harrison atmete durch die Nase ein und biss die Zähne zusammen. Oh ja, das hier würde Spaß machen!

Wieder hob und senkte ich mich auf ihm. Dann wieder. Und immer wieder, bis ich glaubte, den Verstand zu verlieren. Jedes Mal küsste meine Klitoris seinen Körper, zogen meine Muskeln sich um seinen Schwanz zusammen. Er verstärkte seinen Griff an meinen Hüften. Seine Nägel gruben sich in meine Haut, ermutigten mich weiterzumachen. Wir setzten diesen kleinen Tanz fort, Rhythmus und Geschwindigkeit wuchsen mit jedem Stoß. Meine Brüste wippten mit der Bewegung, meine Brustwarzen sehnten sich kribbelnd danach, berührt, gekostet zu werden. Ich beugte mich vor und sah ihn flehend an, genau das zu tun. Er hatte die Augen geschlossen, deshalb beugte ich mich vor, so weit ich konnte, um mit der Brust sein Kinn zu treffen.

Er lächelte und tat, ohne die Augen zu öffnen, was ich wollte.

Ich musste auf die feuchte Seide der Krawatte beißen, um nicht aufzustöhnen. Ich vermisste es, laut zu sein. Vermisste es, zu betteln und zu flehen, zu seufzen und zu stöhnen. Aber sosehr diese Dinge mich auch erregten und stimulierten, hatte die Stille einen Reiz für sich. Ich war in der Lage, die Geräusche unseres Liebesspiels zu hören. Das Schlagen seines Herzens zu hören, als ich den Kopf auf seine Brust senkte. Der Geruch von Schweiß und unserer Erregung ließ mir das Wasser im Mund zusammenlaufen. Selbst das Gefühl seiner Hände auf meinem Körper, seiner Zunge auf meiner Brust war verstärkt. Das hier war Besessenheit einer anderen Art.

Wir besaßen einander.

Ich stand kurz vor dem Höhepunkt und wollte jedes letzte Quäntchen davon auskosten. Ich begann, mit den Hüften zu kreisen, wodurch sich meine Klitoris an ihm rieb, bis ich wusste, dass es kein Zurück mehr gab. Ich wollte das Spiel weiterspielen, die Laute so gut unterdrücken wie möglich. Ich biss mir auf die zwischen die Zähne gezogenen Lippen. Die Luft, die ich durch meine Nase einsaugen konnte, kam weder schnell noch tief genug. Mir wurde schwindlig, was nur dazu diente, die wachsende Lust noch mehr zu intensivieren.

Die ersten Wellen meines Orgasmus trafen mich unvorbereitet. Ich wurde so von ihnen überrascht, dass ich nicht einmal Gelegenheit hatte, meine Muskeln anzuspannen. Beim nächsten Abwärtsstoßen zuckten meine Hüften, was Harrison dazu brachte, die Augen zu öffnen. Der überraschte Ausdruck auf seinem Gesicht war nur flüchtig, da mich im nächsten Moment die nächste Welle meines Höhepunkts zwang, die Augen zu schließen und jeden Muskel meines Körpers anzuspannen. Ich biss hart auf die Krawatte in meinem Mund, nicht ganz in der Lage, meinen Lustschrei zu unterdrücken. Es war ein tiefer, kehliger Laut, ursprünglich beinahe. Nicht etwas, das normalerweise von mir kommen würde.

Während die Wellen unablässig weiterzuwogen schienen, spürte ich, dass er sich unter mir anspannte. Seine Hände gruben sich in meine Hüften und hielten mich still. Ich war zu schwach, um zu protestieren, und ließ ihn tun, was er brauchte. Er nahm mich hart, rammte sich mit einer Gewalt in mich, die meinem erschöpften Leib beinahe einen weiteren Orgasmus entriss. Ich konnte nichts anderes tun, als hinunterzusehen und zu beobachten, wie sich sein Gesicht vor Lust verzerrte, als er kam. Die Sehnen an seinem Hals traten hervor, und sein Gesicht rötete sich, als er versuchte, seine eigenen Schreie zu unterdrücken. Mit einem letzten mächtigen Stoß brach Harrison auf der Matratze zusammen und zog mich stumm zu sich herunter auf seine Brust.

Sobald wir uns erholt hatten, hob er die Hände und nahm mir die bereits lockere Krawatte vom Mund. Ich musste ein paarmal schlucken und wischte mir den Speichel ab, der sich an meinen Mundwinkeln und auf seiner Brust gesammelt hatte.

»Tut mir leid wegen der Krawatte. Die ist so ziemlich hinüber.«

»Dann kommt sie in unsere Sex-Survival-Tasche. Wir können sie wiederverwenden.«

Ich liebte die Tatsache, dass es nächste Male geben würde. »Gute Idee. Denkst du, man hat uns gehört?«

»Zweifellos. Das Bett hat gequietscht.«

»Wirklich?« Eindeutig war ich weggetretener gewesen, als mir bewusst war. »Na ja.«

Er schlang die Arme ein wenig enger um mich. »Alyssa?«

»Ja?«

»Ich möchte dir wirklich etwas sagen. Aber ich bin nicht sicher, ob es dafür zu früh ist oder nicht.«

Ich hob den Kopf, damit ich ihm in die Augen sehen konnte. »Wenn es das ist, was ich hoffe, dann nein, es ist nicht zu früh.«

»Nachdem meine Ehe in die Brüche gegangen war, wollte ich keine neue Beziehung. Ich wollte niemanden als Lückenbüßer und denjenigen am Ende verletzen.« Er strich mir das Haar aus der Stirn. »Aber manchmal laufen die Dinge nicht so, wie wir es erwarten. Und wir verlieben uns, wenn wir nicht damit rechnen.«

Ich hatte Tränen in den Augen, und mein Herz hämmerte.

»Alyssa, ich liebe dich. Ich möchte hier bei dir in Toronto bleiben.«

»Ich liebe dich auch«, flüsterte ich. Ich musste mich räuspern, bevor ich fortfahren konnte. »Was ist mit deiner Arbeit? Wird man dich hierher versetzen lassen?«

»Das ist mir egal. Wenn nicht, dann habe ich genug Kontakte hier in der Gegend. Mehr als nur ein paar davon haben mir bereits eine Stelle angeboten, falls ich mich je entschließen sollte zu wechseln.«

»Wirklich? Das wird wirklich passieren?« Mein Grinsen war so breit, dass mir die Wangen schmerzten.

»Ja. Wenn du mich haben willst.«

»Oh ja. Mich hast du jetzt am Hals.« Mit einem Seufzen legte ich den Kopf wieder auf seine Schulter.

»Das ist gut. Denn ich glaube, wir haben da noch ein paar dieser Karten zu erledigen.«

Es war komisch, aber die Vorstellung, sie durchzugehen, hatte etwas von ihrem Reiz verloren. »Weißt du was? Wie wär's, wenn wir uns ein paar eigene Karten machen? Etwas, das wir beide gern mal probieren würden.«

Die Finger, die mit meinem Haar gespielt hatten, hielten mitten im Zwirbeln inne. »Wirklich?« Er küsste mich auf den Scheitel.

»Ja. Ach, übrigens …«

»Ja?«

»Du darfst mich Lyssa nennen, wenn du willst.«

33

Der Friedhof war von Sonnenlicht durchflutet. In der Ferne brummte ein Rasenmäher vor sich hin und konkurrierte mit den Klängen eines Priesters, der nicht weit entfernt eine Beisetzung abhielt. Kies knirschte unter meinen Füßen, als ich den langen Pfad zu Robs Grab entlangging. Es war nicht länger eines der neueren Gräber. Das Gras wuchs dort inzwischen lang genug, um ebenso hoch wie der übrige Rasen und zu einem Teil der Umgebung geworden zu sein.

Meine Schritte wurden langsamer, als ich meinem Ziel näher kam. Es war nicht so, dass ich nicht gern herkam oder dass es mich an meine eigene Sterblichkeit gemahnte, aber es war diese wachsende Leere, die sich einstellte, jedes Mal wenn ich seinen Namen in den Stein gemeißelt sah.

Ich stellte den Blumenstrauß, den ich mitgebracht hatte, in die kleine steinerne Vase, die Teil des Sockels war. Rob hatte nie viel für Blumen übriggehabt, doch er hatte auf der Vase bestanden, weil er wusste, dass ich gern Blumen an sein Grab stellen würde. So war es auch. Nur eine weitere Weise, auf die er mir immer noch half.

»Hey.« Ich kniete nieder und zupfte etwas von dem Gras fort, das zu dicht an den Grabstein heranwuchs. »Ich vermisse dich. Und ich liebe dich immer noch.«

Ich hatte mich schließlich damit abgefunden, dass ich Rob immer noch lieben konnte, ohne dass es Auswirkungen auf meine wachsende Liebe zu Harrison hatte. Liebe war keine

Sache von Entweder-oder. Sie war eine grenzenlose Einheit, die an Stärke gewann, je mehr man sie teilte.

»Also diese verdammten Dinger…« Ich zog die Sexkarten aus der Tasche und hielt sie vor den Grabstein. »Die haben sich als gute Idee erwiesen. Ich weiß, du hast gesagt, dass ich mich nicht gleich mit dem ersten Kerl einlassen soll, den ich treffe. Ich weiß, du hast auch gesagt, dass ich mich wirklich nicht in diese Person verlieben sollte. Dass ich mir Zeit lassen soll, mich selbst und das, was ich will, kennenzulernen.«

Ich hatte die Karten in eine Plastiktüte gesteckt, damit sie nicht verstreut wurden. Das war das Letzte, was ich brauchen konnte. Sexkarten, die auf einem Friedhof verloren gingen. Obwohl die Geschichten, die sich daraus vielleicht ergeben würden, sicher unterhaltsam wären.

»Die Sache ist die: Ich hatte Zeit, bevor ich mich auf eine neue Beziehung eingelassen habe. Und auch wenn ich vielleicht nicht allzu viel Erfahrung in Sachen Sex hatte, hatte ich doch eine Menge Erfahrung, was Liebe betrifft. Was du und ich miteinander hatten, war etwas Besonderes. Aber es war nicht meine einzige Chance. Das verstehe ich jetzt. Und dafür habe ich dir zu danken.«

Ich legte die Karten auf den Grabstein und sah zu, wie der Wind den leeren Teil der Tüte wie eine Fahne umherwehte.

»Ich glaube, du würdest Harrison wirklich mögen. Er ist kein Computerfreak, wie du es warst. Oder ein Gamer, obwohl ich es geschafft habe, ihm beizubringen, wie man Siedler spielt, und er ist ziemlich gut. Und Nikki hat ihn tatsächlich gern, was einiges heißt. Er ist ernsthaft, weiß aber, wie man Spaß hat. Er mag Actionfilme und bringt mich dazu, ins Fitnessstudio zu gehen. Er liebt mich so, wie ich bin, samt meinen Eigenarten.«

Der Wind blies ein wenig stärker, und als ich hochblickte, sah ich, dass die Wolkendecke zugenommen hatte. »Eigentlich sollte es heute nicht regnen, aber ich glaube, das tut es womöglich doch noch. Ich sollte besser gehen.« Aber ich stand nicht auf.

»Ich vermisse dich. Es tut nicht mehr weh, aber ich vermisse dich immer noch. Harrison hilft mir dabei. Er liebt mich, und ich liebe ihn wirklich auch. Danke, dass du das wusstest, dass du das verstehst. Danke, dass du einer der fantastischsten Männer warst, die ich je gekannt habe.«

Dann stand ich auf und gab dem kalten Stein einen Kuss. »Harrison wartet auf mich. Wir gehen essen und sehen uns einen Film an. Wir feiern seinen neuen Job. Oh, und er zieht zu mir in die Wohnung. Natürlich wird das am Anfang ungewohnt sein, aber ich weiß, dass wir das gut hinkriegen werden.«

Ich schenkte Rob noch ein weiteres Lächeln, dann ging ich zurück zum Parkplatz, wo Harrison auf mich wartete. Als ich dort ankam, umarmte er mich fest und hielt mich, bis ich meine Gefühle wieder in den Griff bekam.

»Alles okay?« Er küsste mich auf die Nasenspitze.

»Ja. Es geht mir gut.«

»Wir können das Abendessen ausfallen lassen, wenn du willst.«

»Nein. Rob wollte, dass ich mein Leben weiterlebe. Und das werde ich auch tun.«

Zögernd blickte Harrison den Weg entlang, den ich gerade gekommen war. »Ich sollte ihm meine Reverenz erweisen.«

»Nicht dass du das nicht könntest, aber warum?« Ich wusste es zu schätzen, dass er Rob als Teil meines Lebens akzeptierte, der nicht verschwinden würde, aber das bedeutete nicht, dass er es erzwingen musste.

Als er in seine Tasche langte und einen Brief hervorzog, stockte mir der Atem. »Hauptsächlich deswegen.«

Ich brauchte nicht zu fragen, was es war. Ich hatte Robs Brief, den Mr Le Page Harrison gegeben hatte, nie wirklich vergessen. »Was steht drin?«

»Als ich wieder in Calgary war und du angefangen hattest, mir Fotos zu schicken, fiel mir dieser Brief wieder ein. Ich hatte ihn nicht gelesen, aber ich wusste, dass ich es tun musste, bevor ich wegen uns eine Entscheidung traf.«

Er hielt ihn mir hin, damit ich ihn nahm, aber ich konnte nicht. »Sagst du mir, was drinsteht?«

Er nickte und steckte ihn wieder in die Tasche. »Lieber Wer-immer-du-auch-bist, sie ist das Beste, das Dir je passieren wird. Ja, sie ist es wert.«

Vor Rührung traten mir Tränen in die Augen, doch es gelang mir, sie zurückzuhalten. »Du auch.«

Er lächelte und streichelte meine Hand, ehe er mir die Autotür öffnete »Ich bringe dich an einen besonderen Ort.«

Das brachte mich zum Schmunzeln. »Ach ja? Wohin?«

»Das Drehrestaurant auf der Spitze des CN Tower.« Er beugte sich vor und küsste mich heftig. »Wie ich hörte, haben sie da eine schöne, große Toilette.«

Ich lachte, als er die Tür zuschlug. Die Sonne kam zwischen den Wolken hervor, um mein Gesicht zu wärmen. Alles würde wunderbar werden.

Epilog

Der Wind nahm zu und zerrte an der Plastiktüte, die auf dem kalten Grabstein lag. Sie hatte nur wenig Gewicht, und der Wind war hartnäckig. Blätter wirbelten wie Helikopterflügel von den Bäumen und streiften die Tüte im Fallen.

Die Beerdigung ein Stück weiter den Weg entlang ging eben zu Ende. Eine Reihe ernster Trauergäste zog in kleinen Gruppen vorbei. Jedes Grüppchen kommentierte etwas aus dem Leben der zweiundneunzigjährigen Frau, die sie gerade zur letzten Ruhe gebettet hatten. Viele sprachen von den schönen Zeiten, die sie mit der Dame geteilt hatten. Andere sprachen über den Priester, den folgenden Empfang, das Wetter.

Zum Schluss kamen die jungen Leute. Die Urgroßenkel, die die Frau zwar kaum noch gekannt, aber sie dennoch in guter Erinnerung hatten, an Kekse, Weihnachtsgeschenke und Zwanzig-Dollar-Noten, die ihnen zugesteckt worden waren, wenn die Eltern nicht hinsahen. Sie waren keine Kinder mehr, und standen allesamt bereits fest im Leben.

Als die Gruppe sich näherte, wurde der Wind noch stärker. Die Tüte mit einem Stapel handgeschriebener Karten war seiner Gewalt nicht gewachsen, sosehr sie sich auch bemühen mochte, an der Stelle zu bleiben, an der man sie abgelegt hatte. Die Gruppe war schon fast vorbei, als der Wind zu einem letzten Stoß ansetzte und die Tüte mit den Karten zur Erde taumeln ließ.

Eine junge Frau sah gerade im richtigen Moment hin, um ihr Fallen zu bemerken. »Wartet mal!«, rief sie der Gruppe zu.

Sie bückte sich, um die Karten aufzuheben, in der Absicht, sie wieder zurück auf den Stein zu legen. Das hieß, bis sie sah, was auf dem linierten Karton geschrieben stand.

Tag eins

Masturbiere!

»Was zum Teufel …« Neugierig öffnete sie die Tüte und warf einen schnellen Blick auf den Inhalt. »Großer Gott.«

»Glenna, kommst du?«

Einem Impuls folgend steckte die junge Frau die Karten in die Tasche. »Ja, sofort.«

»Was war das?«

Glenna war nicht wie ihre Cousinen. Sie war kein draufgängerischer Mensch. Sicher, sie wusste, was sie wollte, wen sie wollte, aber *er* wusste nicht einmal, dass es sie gab. Vielleicht konnten diese Sexkarten ihr helfen, der Typ Frau zu werden, den man bemerkte.

Nicht dass sie den anderen etwas von ihrem Plan erzählen würde. »Ach, nichts. Nur ein wenig Abfall.«

Sie konnte es nicht erwarten, nach Hause zu kommen und die Karten durchzusehen. Aber schließlich hatte sie ja die ganze Nacht noch Zeit dazu.

Danksagung

Wie kann man mit nur wenigen einfachen Worten seinen Dank aussprechen, seine Wertschätzung für all die Unterstützung zeigen, die man bekommen hat? Man kann es nicht, nicht wirklich. Dennoch will ich versuchen, mein Bestes zu geben.

Meinen Lesern: Eure Unterstützung über die Jahre hinweg bedeutet mir alles. Danke, dass ihr weiterhin meine Geschichten in die Hand nehmt und euch mit auf die Reise nehmen lasst.

Danke, Kristina und Kim. Als ich dieses Buch schrieb, nahm mein Leben eine herausfordernde Wende. Ihr wart da, um meine Hand zu halten, mich zu umarmen und am Ball bleiben zu lassen, als ich es am dringendsten brauchte. Meine Freundinnen und Verbündete, ich liebe euch beide.

Meiner wunderbaren Agentin Courtney Miller-Callihan danke ich außerdem. Mann, sind wir in kurzer Zeit weit gekommen. Deine Unterstützung, dein Rat und deine Freundschaft sind mehr, als ich zu Beginn unserer Zusammenarbeit erwartet hatte. Ein einfaches Dankeschön wird nie genug sein.

Ein großes Dankeschön auch an Esi Sogah, meine Lektorin und die Frau, die nicht schreiend die Flucht ergriff, als sie die Prämisse dieses Buches las. Du hast mit dieser Geschichte etwas riskiert, und dafür werde ich dir ewig dankbar sein. Außerdem bin ich mir ziemlich sicher, dass wir womöglich bei der Geburt getrennt wurden. Wir sollten diese Möglichkeit mal bei einem Glas Wein besprechen. Oder auch zwei.

Und schließlich danke ich meinem Mann Mark. Es gibt keine Worte. Aber zum Glück kennst du mich so gut, dass ich mir nicht den Kopf darüber zerbrechen muss, sie zu finden. Ich liebe dich.

Leseprobe

MEREDITH WILD

Hardwired – verführt

Die Empfangsdame der Angelcom Venture Group bedachte mich mit einem zweifelnden Blick, bevor sie mich in den Konferenzraum am Ende des Flurs geleitete. Unauffällig überprüfte ich mein Outfit und vergewisserte mich, dass alles dort saß, wo es hingehörte. So weit, so gut.

»Machen Sie es sich bequem, Miss Hathaway. Die übrigen Teilnehmer sollten in Kürze eintreffen.«

»Danke«, erwiderte ich höflich und war froh, dass der Raum fürs Erste noch leer war. Ich holte tief Luft und ließ im Gehen die Fingerspitzen über den Konferenztisch gleiten, bis ich an einer Fensterwand mit Blick über den Bostoner Hafen angelangte. In mein wachsendes Lampenfieber mischte sich Ehrfurcht. In wenigen Augenblicken würde ich mich von Angesicht zu Angesicht einer Handvoll der wohlhabendsten und einflussreichsten Investoren der Stadt wiederfinden. Ich war so weit außerhalb meines Wohlfühlbereichs, dass es schon nicht mehr witzig war. Ich holte tief Luft und schüttelte aufgekratzt die Hände aus, in der Hoffnung, mein Körper würde sich wenigstens ein bisschen entspannen.

»Erica?«

Ich fuhr herum. Ein junger Mann kam auf mich zu, etwa in meinem Alter, mit sauber gescheiteltem blondem Haar, dunkelblauen Augen und angetan mit einem beeindruckenden Dreiteiler. Wir reichten einander die Hand.

»Sie müssen Maxwell sein.«

»Ach, nennen Sie mich doch bitte Max.«

»Professor Quinlan hat mir viel von Ihnen erzählt, Max.«

»Glauben Sie ihm kein Wort.« Mit seinem Lachen enthüllte er strahlend weiße Zähne, zu denen seine Bräune einen solchen Kontrast darstellte, dass ich mich fragte, wie viel Zeit er überhaupt in Neuengland verbrachte.

»Nur Gutes, versprochen«, log ich.

»Das ist sehr freundlich von ihm. Da schulde ich ihm wohl was. Gehe ich recht in der Annahme, dass das Ihr erster Pitch ist?«

»Unverkennbar.«

»Sie machen das schon. Denken Sie einfach immer daran, dass die meisten von uns auch irgendwann mal in Ihren Schuhen gesteckt haben.«

Ich lächelte und nickte, obwohl meiner Einschätzung nach die Wahrscheinlichkeit, dass Max Pope, Erbe des Großreeders Michael Pope, schon mal bei irgendwem anders als seinem Vater um mickrige zwei Millionen geworben hatte, äußerst gering war. Nichtsdestotrotz war er der Grund, weshalb ich heute Vormittag hier sein durfte, und dafür war ich dankbar. Quinlan hatte genau den richtigen Gefallen eingefordert.

»Bedienen Sie sich. Die Teilchen sind köstlich.« Er wies

auf das üppige Frühstücksbuffet, das an der Wand aufgebaut war.

Der Knoten in meinem Magen sah das anders. Ich musste meine Nervosität in den Griff bekommen. Heute früh hatte ich nicht einmal einen Kaffee hinunterwürgen können. »Danke, ich bin so weit zufrieden.«

Als nach und nach die anderen Investoren eintrafen, stellte Max mich vor, und ich gab mir redlich Mühe, Small Talk zu machen. Innerlich verfluchte ich währenddessen Alli, meine beste Freundin, abwesende Geschäftspartnerin und Marketingexpertin. Sie hätte selbst mit einer Dosensuppe eine anregende Unterhaltung führen können, während ich kaum etwas anderes als die Zahlen und Fakten im Kopf hatte, die ich gleich präsentieren würde. Nicht gerade ideal für den Austausch von Belanglosigkeiten mit Menschen, denen ich noch nie begegnet war.

Als die Anwesenden sich langsam am Konferenztisch niederließen, nahm ich auf der anderen Seite Platz, um zum zwanzigsten Mal mit prüfendem Blick meine Papiere zu ordnen. An der Wand gegenüber fand ich eine Uhr. Mir blieben weniger als zwanzig Minuten, um dieses kleine Grüppchen von Fremden davon zu überzeugen, dass ich eine Investition wert war.

Das Gemurmel verstummte, doch als ich für den Startschuss zu Max blickte, wies er auf den leeren Platz mir gegenüber. »Wir warten noch auf Landon.«

Landon?

Die Tür schwang auf. *Heilige Scheiße.* Mir blieb die Luft weg.

Hereinmarschiert kam mein geheimnisvoller Unbekannter – gute eins achtzig männlicher Pracht –, der sich nicht deutlicher von seinen anzugtragenden Kollegen hätte unterscheiden können. Sein schwarzes Shirt mit V-Ausschnitt unterstrich seine perfekt austrainierten Brust- und Schultermuskeln, und die ausgewaschene Jeans saß wie angegossen an seinem Traumkörper. Unvermittelt wurde mir eng in meiner Haut, als ich mir vorstellte, noch einmal diese Arme um mich zu spüren, ob zufällig oder aus anderen Gründen.

Bewaffnet mit einem riesigen Eiskaffee ließ er sich auf den Stuhl auf der anderen Seite des Tisches fallen, offenbar ungerührt von seiner Verspätung oder dem Mangel an formellem Auftreten, und warf mir ein wissendes Lächeln zu. Wenn ich an den gepflegten Geschäftsmann zurückdachte, in den das Glück mich vorgestern hatte hineinrauschen lassen, war er heute ein völlig anderer Mensch. Sein dunkelbraunes Haar war umwerfend zerwuschelt und stand in alle Richtungen ab, als wäre er gerade erst aufgestanden – es schrie förmlich nach meinen Fingern. Ich biss mir auf die Lippe, um mir nicht anmerken zu lassen, wie anziehend ich ihn fand.

»Das ist Blake Landon«, stellte Max ihn vor. »Blake, das ist Erica Hathaway. Sie ist hier, um ihr fashionzentriertes soziales Netzwerk vorzustellen, Clozpin.«

Landon hielt einen Moment inne. »Cleverer Name. Du hast sie hergeholt?«

»Ja, wir haben einen gemeinsamen Bekannten in Harvard.«

Blake nickte und bedachte mich mit einem durchdringenden Blick, bei dem ich augenblicklich rot wurde. Er leckte sich die Lippen. Auch diesmal hatte die schlichte Geste eine kaum weniger durchschlagende Wirkung auf mich als am Abend unserer ersten Begegnung.

Ich holte tief Luft und schlug die Beine übereinander, wobei ich mir nur allzu bewusst war, welche Empfindungen er dazwischen auslöste. *Reiß dich zusammen, Erica.* Das Knäuel nervöser Energie, das noch vor Sekunden in meinem Bauch gelauert hatte, war zu einer lodernden sexuellen Energie explodiert, die mich pulsierend von den Fingerspitzen bis in den Unterleib erfüllte.

Ich ließ langsam den Atem entweichen, strich das Revers meiner schwarzen Kostümjacke glatt, während ich mich innerlich dafür schalt, zu einem derart unpassenden Zeitpunkt in eine solche Schwärmerei zu verfallen. Stotternd begann ich meine Präsentation. Ich erklärte das Grundprinzip der Website und fuhr fort mit einem kurzen Überblick über unser erstes Jahr mit einfachstem Marketing und dem daraus resultierenden exponentiellen Wachstum. Verzweifelt versuchte ich, die Konzentration zu wahren, doch jedes Mal, wenn Blake und ich Blickkontakt hatten, gab es einen Kurzschluss in meinem Gehirn.

Schließlich unterbrach er mich. »Wer hat die Website entwickelt?«

»Mein Mitgründer Sid Kumar.«

»Und wo ist der?«

»Leider konnten meine Geschäftspartner heute nicht kommen, auch wenn sie sehr gern dabei gewesen wären.«

»Sie sind also im Moment die Einzige in Ihrem Team, die sich dem Projekt voll widmet?«

Mit erhobener Augenbraue lehnte er sich lässig auf seinem Sessel zurück und gestattete mir damit einen besseren Ausblick auf seinen Oberkörper. Ich zwang mich, nicht hinzustarren.

»Nein, ich …« Mühsam versuchte ich, eine ehrliche Antwort zusammenzukriegen. »Wir haben gerade unseren Abschluss gemacht, deshalb hängt der Umfang unserer Beteiligung über die kommenden Monate stark von der finanziellen Stabilität des Projekts ab.«

»Mit anderen Worten: Das Engagement Ihrer Kollegen hängt vom Geld ab.«

»Gewissermaßen.«

»Ihres ebenfalls?«

»Nein«, entgegnete ich scharf und ging bei dieser Unterstellung augenblicklich in die Defensive. Monatelang hatte ich mein gesamtes Leben diesem Projekt gewidmet und an nichts anderes gedacht.

»Fahren Sie fort.« Er wedelte mit der Hand.

Ich atmete tief durch und warf einen Blick auf meine Notizen, um zurück in die Spur zu finden. »Zu diesem Zeitpunkt bemühen wir uns um eine Kapitalzufuhr, um unser Marketing ausbauen und damit das Wachstum und den Umsatz ankurbeln zu können.«

»Wie ist Ihre Konversionsrate?«

»Von Besuchern zu registrierten Usern etwa zwanzig Prozent …«

»Okay, aber was ist mit zahlenden Usern?«, fiel er mir ins Wort.

»Etwa fünf Prozent unserer User machen das Upgrade auf einen Pro-Account.«

»Wie gedenken Sie das zu steigern?«

Ungeduldig trommelte ich mit den Fingern auf den Tisch und versuchte, meine Gedanken zu ordnen. Jede seiner Fragen klang wie eine Herausforderung oder eine Beleidigung und machte gründlich jede Motivationsrede zunichte, mit der ich mein Selbstbewusstsein im Vorfeld dieses Termins zu pushen versucht hatte. Am Rande der Panik suchte ich mit einem Blick zu Max nach einem Hoffnungsschimmer. Er wirkte leicht amüsiert. Offenbar hatte er nichts anderes von Mr Landon erwartet. Die anderen starrten ausdruckslos von ihren Notizblöcken zu mir und wieder zurück und ließen keinerlei Interesse durchblicken – ob nun vorhanden oder nicht.

Für den Bruchteil einer Sekunde hatte ich geglaubt, unser Zusammenstoß vor ein paar Tagen könnte bedeuten, er würde Nachsicht zeigen, aber offensichtlich war das nicht der Fall. Der geheimnisvolle Unbekannte stellte sich als Arschloch heraus.

»Bisher haben wir uns darauf konzentriert, die generellen Mitgliedszahlen auszuweiten und zu pflegen, die wie erwähnt viral wachsen. Mit einer soliden Basis potenzieller Konsumenten hoffen wir mehr Händler und Marken aus der Branche anzuziehen und somit unsere bezahlten Mitgliedschaften zu steigern.«

Ich hielt inne und wappnete mich schon für die nächste Unterbrechung, doch glücklicherweise leuchtete Blakes Handy stumm auf und lenkte ihn ab. Erleichtert, endlich nicht mehr unter seinem Röntgenblick zu stehen, schloss ich mit der Konkurrenzanalyse und einigen Finanzprognosen, bevor meine Zeit um war.

Über den Raum senkte sich ein unbehagliches Schweigen. Blake nahm einen Schluck von seinem Kaffee, schaltete das Display seines Telefons ab und legte es zurück auf den Tisch. »Sind Sie in einer Beziehung?«

Das Herz hämmerte mir in der Brust und mein Gesicht wurde heiß, als wäre ich unerwartet im Unterricht drangenommen worden. *Ob ich in einer Beziehung bin?* Schockiert starrte ich ihn an, unsicher, ob ich wirklich verstand, worauf er hinauswollte. »Wie bitte?«

»Beziehungen können zeitraubend sein. Wenn Sie die benötigten Mittel von Angelcom erhalten sollten, könnte das ein Faktor sein, der Ihre Wachstumsfähigkeit beeinflusst.«

Ich hatte ihn nicht missverstanden. Als wäre es nicht schon genug Druck, die einzige Frau im Raum zu sein, musste er auch noch meinen Beziehungsstatus ins Rampenlicht stellen. *Frauenfeindlicher Drecksack.* Ich biss die Zähne zusammen, diesmal, um ihm nicht eine Flut von Beleidigungen entgegenzuschleudern. Auch wenn ich um jeden Preis die Contenance wahren musste, ich hatte nicht vor, einfach mit einem Lächeln über sein unangemessenes Verhalten hinwegzugehen.

»Ich kann Ihnen versichern, Mr Landon, dass ich mich diesem Projekt zu einhundert Prozent verschrieben habe«, erklärte ich langsam und mit fester Stimme. Ich hielt seinem Blick stand und versuchte ihm zu zeigen, wie wenig beeindruckt ich von seiner Vorgehensweise war. »Haben Sie noch weitere Fragen bezüglich meines Privatlebens, die Einfluss auf Ihre heutige Entscheidung hätten?«

»Nein, ich denke nicht. Max?«

»Äh, nein, ich glaube, das wäre weitestgehend geklärt. Meine Herren, sind Sie so weit, eine Entscheidung zu treffen?« Max grinste und machte eine Geste zu den restlichen Anwesenden.

Die anderen drei Anzugträger nickten und äußerten dann der Reihe nach ihre Anerkennung für meine Bemühungen sowie ihren Beschluss, auf eine Beteiligung zu verzichten.

Blake sah mir in die Augen und hielt einen Moment inne, bevor er ebenso lässig sein Urteil ergehen ließ, wie er auch schon meinen restlichen Morgen in eine Katastrophe verwandelt hatte. »Ich verzichte.«

In mir schrillten die Alarmglocken, und Tränen drohten.

Dicht gefolgt von meiner inneren Stimme, die eine Abschiedsrede für Mr Landon formulierte, in der ich ihm genau sagen würde, wohin er gehen konnte und wie er da hinkommen sollte. Ich blickte zu Max und wartete auf den Todesstoß.

»Nun, Erica, ich finde, Sie haben da eine wirklich großartige Community geschaffen, und ich würde gern mehr darüber hören. Lassen Sie uns innerhalb der nächsten zwei Wochen einen Folgetermin vereinbaren, dann sehen wir uns die Logistik des Ganzen mal genauer an. Danach entscheiden wir, ob wir Ihnen einen Deal anbieten wollen. Wie klingt das?«

Dem Himmel sei Dank. Am liebsten wäre ich über den Tisch gesprungen und Max um den Hals gefallen. »Das wäre klasse. Ich freue mich schon darauf.«

»Super. Ich denke, dann sind wir hier fertig.«

Max stand auf und unterhielt sich noch kurz mit den anderen, bevor sie den Raum verließen, sodass ich mich Blake allein gegenüber wiederfand, dessen umwerfendes Gesicht mich selbstgefällig angrinste. Ich wusste nicht, ob ich ihm eine scheuern oder seine Haare in Ordnung bringen sollte. Und ein paar andere Sachen hatte ich da auch noch im Kopf. Dieser Ansturm der widersprüchlichsten Gefühle für eine einzelne Person innerhalb derart kurzer Zeit ließ mich ernsthaft an meiner geistigen Gesundheit zweifeln.

»Das haben Sie gut gemacht«, sagte er und beugte sich vor. Seine Stimme war tief und heiser. Ein Kribbeln glitt über meine Haut.

»Wirklich?«, entgegnete ich zittrig.

»Wirklich«, versicherte er mir. »Darf ich Sie zum Frühstück einladen?« Sein Blick wurde weicher, als hätten wir nicht die vergangenen zwanzig Minuten miteinander im Clinch gelegen.

Verwirrt schob ich meine Notizen zurück in meine Tasche. Blake war ein schöner Mann, aber wenn er glaubte, ich würde mich nach dieser Darbietung von ihm abschleppen lassen, dann überschätzte er sich gewaltig.

»Es gibt da diesen tollen kleinen Pub gleich auf der anderen Straßenseite. Die servieren ein echtes Irisches Frühstück.«

Ich erhob mich und hielt seinen Blick fest, hocherfreut über diese Gelegenheit, ihn seine eigene Zurückweisung schmecken zu lassen. »Es war mir ein Vergnügen, Mr Landon, aber es gibt Leute, die müssen arbeiten.«

Meredith Wild

Hardwired – verführt

Roman

Die Liebesgeschichte, über die die ganze Welt spricht!

Erica Hathaway ist tough und klug. Sie musste früh lernen, auf eigenen Beinen zu stehen. Als sie für ihr Internet-Startup einen Investor sucht, trifft sie auf Blake Landon. Blake ist sexy, mächtig und geheimnisvoll – und er schmettert ihr Projekt kurzerhand als uninteressant ab. Erica ist außer sich vor Wut. Und doch fühlt sie sich auf magische Weise zu Blake hingezogen. Je mehr Erica über den Selfmade-Milliardär erfährt, desto deutlicher wird, dass er gute Gründe für seine Entscheidung hatte. Und obwohl sie spürt, dass sie besser die Finger von Blake lassen sollte, gibt sie sich ihrem Verlangen hin …

Die Nummer-1-Bestseller-Reihe aus den USA – endlich auch in Deutschland!

Band 1 der Serie
352 Seiten, broschiert mit Klappe
€ 12,99 [D]
ISBN 978-3-7363-0124-5

www.egmont-lyx.de

LYX
EGMONT